青·科幻丛书

杨庆祥／主编

宝树 著

时间外史

作家出版社

宝树

科幻作家。

2010年开始科幻创作，出版有《三体X：观想之宙》《时间之墟》等数部长篇小说与短篇小说集《古老的地球之歌》《时间狂想故事集》，在《科幻世界》《超好看》《最小说》《知识就是力量》《人民文学》等刊物发表数十篇作品，多次获银河奖、全球华语科幻星云奖主要奖项，亦有多部小说被译为英文发表于F&SF、Clarkesworld等杂志及收录选集。

作为历史、现实和方法的科幻文学

——序"青·科幻"丛书

杨庆祥

一、历史性即现代性

在常识的意义上，科幻小说全称"科学幻想小说"，英文为 Science Fiction。这一短语的重点到底落在何处，科学？幻想？还是小说？对普通读者来说，科幻小说是一种可供阅读和消遣，并能带来想象力快感的一种"读物"。即使公认的科幻小说的奠基者，凡尔纳和威尔斯，也从未在严格的"文类"概念上对自己的写作进行归纳和总结。威尔斯——评论家将其 1895 年《时间机器》的出版认定为"科幻小说诞生元年"——称自己的小说为"Scientific Romance"（科学罗曼蒂克），这非常形象地表述了科幻小说的"现代性"，第一，它是科学的。第二，它是罗曼蒂克的，即虚构的、想象的甚至是感伤的。这些命名体现了科幻小说作为一种现代性文类本身的复杂性，凡尔纳的大部分作品都可以看成是一种变异的"旅行小说"或者"冒险小说"。从主题和情节的角度来看，很多科幻小说同时也可以被目为"哥特小说"或者是"推理小说"，而从社会学的角度看，"乌托邦"和"反乌托邦"的小说也一度被归纳到科幻小说的范畴里面。更不要说在目前的书写语境中，科幻与奇幻也越来越难以区别。

虽然从文类的角度看，科幻小说本身内涵的诸多元素导致了其边界的不确定性。但毫无疑问，我们不能将《西游记》这类诞生于古典时期的小说目为科幻小说——在很多急于为科幻寻根的中国学者眼里，《西游记》、《山海经》都被追溯为科幻的源头，以此来证明中国文化的源远流长——至少在西方的谱系里，没有人将但丁的《神曲》视作是科幻小说的鼻祖。也就是说，科幻小说的现代性有一种内在的本质性规定。那么这一内在的本质性规定是什么呢？有意思的是，不是在西方的科幻小说谱系里，反而是在以西洋为师的中国近现代的语境中，出现了更能凸显科幻小说本质性规定的作品，比如吴趼人的《新石头记》和梁启超的《新中国未来记》。

王德威在《贾宝玉坐潜水艇——晚清科幻小说新论》对晚清科幻小说有一个概略式的描述，其中重点就论述了《新石头记》和《新中国未来记》。王德威注意到了两点，第一，贾宝玉误入的"文明境界"是一个高科技世界。第二，贾宝玉有一种面向未来的时间观念。"最令宝玉大开眼界的是文明境界的高科技发展。境内四级温度率有空调，机器仆人来往役，'电火'常燃机器运转，上天有飞车，入地有隧车。""晚清小说除了探索空间的无穷，以为中国现实困境打通一条出路外，对时间流变的可能，也不断提出方案。"[②]王德威将晚清科幻小说纳入到现代性的谱系中讨论，其目的无非是为了考察相较"五四"现实主义以外的另一种现代性起源。"以科幻小说而言，'五四'以后新文学运动的成绩，就比不上晚清。别的不说，一味计较文学'反映'人生、'写实'至上的作者和读者，又怎能欣赏像贾宝玉坐潜水艇这样匪夷所思的怪谈？"[②]但也正是在这里，我们看到了一种基于现代工具理性所提供的时间观

---

① 王德威：《贾宝玉坐潜水艇——晚清科幻小说新论》，收入王德威《想象中国的方法》，三联书店 2003 年。

② 同上。

和空间观，这种时间观与空间观与前此不同的是，它指向的不是一种宗教性或者神秘性的"未知（不可知）之境"，而是指向一种理性的、世俗化的现代文明的"未来之境"。如果从文本的谱系来看，《红楼梦》遵循的是轮回的时间观念，这是古典和前现代的，而当贾宝玉从那个时间的循环中跳出来，他进入的是一个新的时空，这是由工具理性所规划的时空，而这一时空的指向，是建设新的世界和新的国家，后者，又恰好是梁启超在《新中国未来记》中所展现的社会图景。

二、现实性即政治性

如果将《新石头记》和《新中国未来记》视作中国科幻文学的起源性的文本，我们就可以发现有两个值得注意的侧面，第一是技术性面向，第二是社会性面向。也就是说，中国的科幻文学从一开始就不是简单的"科学文学"，也不是简单的"幻想文学"。科学被赋予了现代化的意识形态，而幻想，则直接表现为一种社会政治学的想象力。因此，应该将"科幻文学"视作一个历史性的概念而非一个本质化的概念，也就是说，它的生成和形塑必须落实于具体的语境。在这个意义上，我们会发现，科幻写作具有其强烈的现实性。研究者们都已经注意到中国的科幻小说自晚清以来经历的几个发展阶段，分别是晚清时期、1950 年代和 1980 年代，这三个阶段，恰好对应着中国自我认知的重构和自我形象的再确认。有学者将自晚清以降的科幻文学写作与主流文学写作做了一个"转向外在"和"转向内在"的区别："中国文学在晚清出现了转向外在的热潮，到'五四'之后逐渐向内转；它的世界关照在新中国的前三十年中得到恢复和扩大，又在后三十年中萎缩甚至失落。"[1]这种两分法基本

---

[1] 李广益：《论刘慈欣科幻小说的文学史意义》，《中国现代文学研究丛刊》2017 年第 8 期。

上还是基于"纯文学"的"内外"之分，而忽视了作为一个综合性的社会实践行为，科幻文学远远溢出了这种预设。也就是说，与其在内外上进行区分，莫如在"技术性层面"和"社会性层面"进行区分，如此，科幻文学的历史性张力会凸显得更加明显。科幻文学写作在中国语境中的危机——我们必须承认在刘慈欣的《三体》出现之前，我们一直缺乏重量级的科幻文学作品——不是技术性的危机，而是社会性的危机。也即是说，我们并不缺乏技术层面的想象力，我们所严重缺乏的是，对技术的一种社会性想象的深度和广度，这种缺乏又反过来制约了对技术层面的想象，这是中国的科幻文学长期停留在科普文学层面的深层次原因。

在这个意义上，以刘慈欣《三体》为代表的 21 世纪以来的中国科幻文学写作代表着一种综合性的高度。它的出现，既是以往全部（科幻）历史的后果，同时也是一种现实性的召唤。评论者从不同的角度意识到了这一点："经济的高速发展及科技的日新月异让我们身边出现了实实在在'看得见摸得着'的变化。3D 打印、人工智能、大数据、可穿戴设备、虚拟现实、量子通信、基因编辑……尤其中国享誉世界的'新四大发明'：共享单车、高铁、网购和移动支付，更是和我们的生活紧密相关，中国在某些方面甚至已经站在了全球科技发展的前沿。在这样的情况下，……科幻小说对未来的思考，对于人文、伦理与科学问题的关注已经成为了社会的主流问题，这为科幻小说提供了新的历史平台。"[1]"以文学以至文艺自近代以来具有的地位和影响而论，置身于全球化程度日益加深的时代，对文学提出建立或者恢复整全视野的要求，自在情理之中。刘慈欣科幻小说的文学史意义，因而浮出水面。"[2]

---

[1] 任冬梅：《浅析新世纪以来中国科幻小说的现状及前景》，《当代文坛》2018 年第 3 期。

[2] 李广益：《论刘慈欣科幻小说的文学史意义》，《中国现代文学研究丛刊》2017 年第 8 期。

虽然刘慈欣一直对"技术"抱有乐观主义的态度，并坚持做一个"硬派"科幻作家。但是从《三体》的文本来看，它的经典性却并非完全在于其"技术"中心主义。毫无疑问，《三体》中的技术想象有非常"科学"的基础，但是，《三体》最激动人心的地方，却并非在这些"技术"本身，而是通过这些技术想象而展开的"思想实验"。我用"思想实验"这个词的意思是，这些"技术"想象不仅仅是科学的、工具的，同时也是历史的、哲学的。或者换一种说法，不仅仅是理性主义的，同时也是理性主义的美学化和悲剧化。也就是说，《三体》所代表的科幻文学的综合性并不在于它书写了一个包容宇宙的"时空"——这仅仅是一个象征性的表象，而很多人都在这里被迷惑了——而更在于它回到了一种最根本性的思想方法——这一思想方法是自"轴心时代"即奠定的——即以"道""逻各斯"和"梵"作为思考的出发点，并在此基础上想象一个新的命运体。如果用现代性的话语系统来表示，就是以"政治性"为思考的出发点。政治性就是，不停地与固化的秩序和意识形态进行思想的交锋，并不惮于创造一种全新的生存方式和建构模式——无论是在想象的层面还是在实践的层面。

三、以科幻文学为方法

在讨论科幻文学作为方法之前，需要稍微了解当下我们身处的历史语境。冷战终结带来了一种完全不同的世界格局，也在思想和认识方式上将20世纪进行了鲜明的区隔。具体来说就是，因为某种功利主义的思考方法——从结果裁决成败——从而将苏东剧变这一类"特殊性"的历史事件理解为一种"普遍化"的观念危机，并导致了对革命普遍的不信任和污名化。辩证地说，"具体的革命"确实值得怀疑和反思，但是"抽象的革命"却不能因为"具体的革命"的失败而遭到放逐，因为对"抽象革命"的放弃，思想的惰性被重新体制化——在冷战之前漫长的 20 世纪的革命中，思想始终因为革命的张力而生机勃勃。正如弗里德里克·詹姆逊在《对本雅明的几点看法》一文中指出的，"体制一直都明白它的敌人就是观念和分析以及具有观念和进行分析的知识分子。于是，体制制定出各种方法来对付这个局面，最引人注目的方法就是怒斥所谓的宏大理论或宏大叙事。"意识形态不再倡导任何意义上的宏大叙事，也就意味着在思想上不再鼓励一种总体性的思考，而总体性思考的缺失，直接的后果就是思想的碎片化和浅薄化——在某种意义上，这导致了"无思想的时代"。或者我们可以稍微迁就一点说，这是一个高度思想仿真的时代，因为精神急需思想，但是又无法提供思想，所以最后只能提供思想的复制品或者赝品。

与此同时，因为"冷战终结"导致的资本红利形成了新的经济模式。大垄断体和金融资本以隐形的方式对世界进行重新"殖民"。这新一轮的殖民和利益瓜分借助了新的技术：远程控制、大数据管理、互联网物流以及虚拟的金融衍生交易。股票、期权、大宗货品，以及最近十年来在中国兴起的电商和虚拟支付。这一经济模式的直接后果是，它生成了一种"人人获利"的假象，而掩盖了更严重的剥削事实。事实是，大垄断体和大资本借助技术的"客观性"建构了一种"想象的共同体"，个人将自我无限小我化、虚拟化和符号化，获得一种象征性的可以被随时随地"支付"的身份，由此将世界理解为一种无差别化的存在。

当下文学写作的危机正是深深植根于这样的语境中——宏大叙事的瓦解、总体性的坍塌、资本和金融的操控以及个人的空心化——当下写作仅仅变成了一种写作（可以习得和教会的）而非一种"文学"或者"诗"。因为从最高的要求来看，文学和诗歌不仅仅是一种技巧和修辞，更重要的是一种认知和精神化，也就是在本原性的意义上提供或然性——历史的或然性、社会的或然性和人的或然性。历史以事实，哲学以逻辑，文学则以形象和故事。如果说存在着一种如让·贝西埃所谓的世界的问题性①的话,我觉得这就是世界的问题性。写作的小资产阶级化——这里面最典型的表征就是门罗式的文学的流行和卡夫卡式的文学被放大,前者类似于一种小清新的自我疗救,后者对秩序的貌似反抗实则迎合被误读为一种现代主义的深刻——他们共同之处就是深陷于此时此地的秩序而无法他者化,最后,提供的不过是绝望哲学和憎恨美学。刘东曾经委婉地指出中国现代文学提供了太多怨恨的东西,现在看来,这一现代文学的"遗产"在当下不是被超克而是获得了其强化版。

我正是在这个意义上认为21世纪的中国科幻文学提供了一种方法论。这么说的意思是,在普遍的问题困境之中,不能将科幻文学视作一种简单的类型文学,而应该视作为一种"普遍的体裁"。正如小说曾经肩负了各种问题的索求而成为普遍的体裁一样,在当下的语境中,科幻文学因为其本身的"越界性"使得其最有可能变成综合性的文本。这主要表现在1.有多维的时空观。故事和人物的活动时空可以得到更自由地发展,而不是一活了之或者一死了之;2.或然性的制度设计和社会规划。在这一点上,科幻文学不仅仅是问题式的揭露或者批判(自然主义和现实主义的优势),而是可以提供解决的方案;3.思想实验。不仅仅以故事和人物,同时也直接以"思想实验"来展开叙述;4.新人。在人类内部如何培养出新人?这是现代的根本性问题之一。在以往全部的叙述传统中,新人只能"他"或者"她"。而在科幻作家刘宇昆的作品中,新人可以是"牠"—— 一个既在人类之内又在人类之外的新主体;5.为了表述这个新主体,需要一套另外的语言,这也是最近十年科幻文学的一个关注点,通过新的语言来形成新的思维,最后,完成自我的他者化。从而将无差别的世界重新"历史化"和"传奇化"——最终是"或然化"。

---

① [法]让·贝西埃《当代小说或世界的问题性》,史忠义译,北京大学出版社,2012年。

我记得早在 2004 年，一个朋友就向我推荐刘慈欣的《三体》第一部。我当时拒绝阅读，以对科幻文学的成见代替了对"新知"的接纳。我为此付出了近十年的时间代价，十年后我一口气读完《三体》，重燃了对科幻文学的热情。作为一个读者和批评家，我对科幻文学的解读和期待带有我自己的问题焦虑，我以为当下的人文学话语遭遇到了失语的危险，而在我的目力所及之处，科幻文学最有可能填补这一失语之后的空白。我有时候会怀疑我是否拔高了科幻文学的"功能"，但是当我读到更多作家的作品，比如这套丛书中的六位作家——陈楸帆、宝树、夏笳、飞氘、张冉、江波——我对自己的判断更加自信。不管怎么说，"希望尘世的恐怖不是唯一的最后的选择"，也希望果然有一种形式和方向，让我们可以找到人类的正信。

　　权且为序。

2018 年 2 月 27 日　于北京

　　　　　　　　　时间外史

目　录

自　序

时间是玩跳棋的孩子，孩子掌握着王权。

——赫拉克利特

收录在本书中的十篇作品，或隐或显，都与"时间"有关。

在古代，时间被设想为一条衔着自己尾巴的长蛇，一个自我循环的大圆，日升月落，春去秋来，一代代人长成和老去，帝国建立和毁灭，文明兴起又衰落……岁月一次次逝去而又回归，令人悲叹，又给人渺小的生命以慰藉。

近现代以来，时间渐渐被思考为一条一往直前的直线，或者至少在曲折中前进的折线，如生命的演化或社会的进步，通向革命，通向繁盛，通向更美好的未来。不过，假如时间无限，这条直线最后会通向何方呢？物理学家揭示出黯淡的前景：自宇宙大爆炸以来，时间之箭永远朝着熵值增大的方向飞去，从宇宙尺度来看，我们的星辰大海只是转瞬即逝的刹那，上升与繁盛亦不过是暂时现象，亿亿万万年后，星星会熄灭，物质会分解，最终一切归于黑暗的寂灭，直到永远。

无论是循环之圆还是只有一个方向的直线，其共同点都是一个封闭的区域，一种惟一的可能。一切从开头便已注定，一切都随着日月运行和钟表转动，按部就班，一丝不苟地进行。更有一种极端的理论，说我们的世界不过是黑洞表面二维信息的投影。按此讲法，或许这宇宙早已结束，我们是生存于最后的黑洞上的幽灵，所谓的时间，是一种幻觉。

这就是时间的本相么？

或许是的。

但时间不止于此，还有其他的可能，还有其他的故事可以述说。

宇宙大爆炸发生在一百多亿年前，我们所看到的宇宙中最远的天体不过在一百多亿光年之外，是其一百多亿年前的样子，考虑到宇宙的膨胀，那些天体现在大约是在四五百亿光年外。这当然已经是非常非常大的天文数字，但比起无限来，却如同沧海一粟。还有更遥远的世界，更广袤的时空，由于光速的限制，无法进入我们的时间视野。那也是我们永远无从抵达的时间。

在我们的宇宙中，大爆炸已经结束，但在我们无法抵达的宇宙其他区域，大爆炸仍在延续，或刚刚开始，永恒的暴涨中，一条又一条时间的洪流展开又终结，宛如喷泉不断地迸发又落下，又如传说中的湿婆，不停地跳着它的创造与毁灭之舞。

甚至还有其他的宇宙！如果我们的宇宙是我们观察到量子坍缩后的现象，那么对于其他的观察者，它也可能以其他的方式坍缩。在某个宇宙中，希特勒打赢了"二战"，而在另一个宇宙中，恐龙统治世界，人类从未出现。亿万斯年，亿万宇宙。

还有时间旅行。我们能否提前见证未来，又能否改变过去？这会带来一系列难以解释的悖论，但迄今为止，理论物理学中并没有否定这种可能，甚至给出了一些理论的支持，比如虫洞。某些微小的虫洞或许本身就是时空结构的一部分，如果我们曾经"穿越"到一百万分之一秒之前，我们会察觉到吗？

甚至还有更怪异的可能性。归根到底，我们时间理论是基于所见到的宇宙现象，但如果这一切均为虚构呢？倘若我们并非生活在21世纪，而是72世纪的人类（或其他什么）所制造的一个虚拟世界，又如何？进一步来讲，倘若这宇宙的一切的现象都是某种高等生物制造的恶作剧，而真实的宇宙完全不同，时间又有什么意义？

或许，我们从未梦想到时间的本质。

所以在这本书中，让我们尽可能地想象，也许时间既不是一个环也不是一条直线，而是一种——或者很多种——完全不同性质的存在。它会停止、倒退、中断、跃迁、返回、重组、衍生、多头并进，亦此亦彼，编织成网络，融汇成海洋，凝结成晶体。

自然，这些只是想象，是假托科幻之名的胡思乱想。也许真相无非就是开头所说的那样，组成这本书的每一个字，我写作时的每一次神经元电脉冲，你读书时的每一下眨眼，都不过是命中注定，是遥远未来储存在黑洞表面的信息。宇宙贫乏无趣，生命黯淡如斯。

但至少，这些故事里的世界不会在那里。它们的时间也不会汇入那个最终的渊薮。那些星光的闪耀，玫瑰的绽放，哲人的苦思，恋人的微笑，生命的忧虑，死亡的惨痛，故事中说到和未能说到的一切，都不会在那里。就像伽利略看到的星星，并不在他的望远镜里。

它们是时间的故事，却高翔于时间之外。

它们是时间无法实现的自我，也是时间送给我们最神秘又最平凡的礼物——

自由。

宝　树

于平凡的公元时间

2017.07.25

穴居进化史

公元前 100000000 年

咚！咚！咚！

大地有规律地震颤着，一下又一下，由远而近，由小而大，由轻微而猛烈。

卡卡躲在黑暗中，耳朵贴在洞壁上，警觉地听着来自上面的声音，它知道这意味着什么，一头用两条后腿行走的巨兽正走过它的寓所上方。它依稀能明白，这是巨兽对自己领土的日常巡视，没什么可怕，那小山一样的巨兽对它没有任何兴趣。但大地的震动令它没有逻辑思维能力的大脑也直观地感受到，伟大的森林之王拥有何等的体型和重量。有时候，它周围抖动得如此厉害，尘土扑扑而下，让它害怕自己辛辛苦苦建造的房屋会在巨兽的践踏下整个崩塌，将它活埋在大地深处。

但这恐怖的一幕并没有发生，巨兽的脚步一步步走过它的头顶，慢慢走远了。

卡卡松了一口气，它知道自己暂时安全了，可以上到地面。它迅速穿过自己挖出的复杂隧道，在一丛蕨叶的后面露出毛茸茸的小脑袋和尖鼻子。巨兽刚刚走过，周围一片静谧。卡卡大胆地钻出来，前肢趴在地上，惬意地伸了个懒腰，在清晨的空气中深深嗅着，寻找着食物的气息。

用不着多嗅，它尖锐的眼睛就看到了一块石头上伏着一个褐色的小东西。卡卡顿时兴奋起来，它认出那是一只蜥蜴，肥美而多汁，可以供它饱餐一顿。一早上就碰到这顿美食，真是好运气。

卡卡蹑着步子，向自己的早餐走去，在蜥蜴觉察到之前，就猛扑上去，迅速按住了它的尾巴。但蜥蜴立刻反应过来，扭动着身体，挣断了尾巴，蹿下石头，在蕨丛下的真菌和苔藓间灵活地穿行着。卡卡快步追在它后面，狩猎的本能让它浑身的血液都要沸腾。

但蜥蜴及时钻进了一个树洞，很快不见了。卡卡尝试着把头伸进去，但失败了。虽然它自己体型不大，但是那个树洞更小。卡卡沮丧极了。不过片刻之后，它就忘了自己在这里干什么。刚才的记忆已经从它简陋的海马体中被清除，它还嗅得到蜥蜴的味道，但是不记得它躲在哪里，迷惑地四下打转。

一个长长的影子蓦然出现在它背后，卡卡感受到光线的微妙变化，一转身就看到了那家伙，毛发直竖。从今天的角度看，它看上去是一只硕大的"怪鸟"，但事实上那不是真正的鸟。它两腿着地，浑身覆盖着羽毛，长着尖牙长喙，但没有翅膀，在鸟的翅膀所在的地方，是一对灵活的前肢，末端是两只尖锐的长爪。卡卡很熟悉这种动物，它知道这是自己的天敌，它的爪子可以轻松地撕裂自己的身体，正如自己撕裂蜥蜴那样。

卡卡扭头没命狂奔了起来，怪鸟大步跟在它背后，尖声鸣叫着，前爪不住向下扑击。卡卡感到了背后死亡的腥风，它在苏铁树间绕来绕去，绝望地试图甩掉它。但怪鸟却不依不饶地跟在它背后。

卡卡设法寻找着回家的道路，它知道只有那才是它绝对安全的避难所。它有限的大脑不足以理解空间结构，但对这片森林的经验让它本能地寻找着熟悉的场景，一棵树引向另一棵树，一块石头后面是一蓬草丛……近了，更近了……

终于，一个亲切的入口出现在面前，谢天谢地，它挖了不止一个洞口，很快就可以回到家里了！

当卡卡正要钻进洞里时，一只冰冷的爪子无情地按住了它，卡卡竭力尖叫着，挣扎着，但是无济于事，它的背已经被划破，鲜血直流，怪鸟硕大的脑袋和狰狞的长吻朝它俯了下来……

这时候，卡卡看到，在怪鸟背后，却出现了另一个更大的黑色头颅，光这个头，就比怪鸟的整个身体还要大。那是森林之王的脑袋。这可怖的巨兽，竟然无声无息地出现在这里。但还不够塞牙缝的卡卡当然不是它的目标。

怪鸟不知怎么，感受到了身后的危险，它终于放开了卡卡，咯咯叫着，惊恐地向前跑去。

巨兽一声大吼，令整个森林颤抖起来，卡卡浑身瘫软，侧倒在地上。它看到巨兽的大足就从它头顶跨过，落在离它还不到一个身体长度的地方，它的长尾摆动着，扫过整个天空，似乎要将整座苏铁树林都扫倒。没几步，巨兽的獠牙就咬住了可怜的怪鸟。一阵徒劳的挣动和哀鸣之后，刚才还威风凛凛的狩猎者便成为了奉献给森林之王的牺牲品。

一块鲜血淋漓、热气腾腾的肉从空中掉了下来，落在卡卡身边，还带着几根羽毛，不知道是怪鸟身体的哪个部分，这些碎肉塞满巨兽的牙缝都不够，它对此不屑一顾。卡卡反应过来，敏捷地叼起那块肉，一瘸一拐地跑回了自己的洞穴。

这一次的遭遇让卡卡知道了自己的宿命，它永远只能留在洞穴周围，越少出来越好。外面是巨兽和怪鸟们的天下，而它自己的空间小得可怜。

在黑暗中，卡卡吃饱了肉，觉得安全而又惬意。背上已经渐渐不疼了，早上的恐怖也已被遗忘，它觉得只要能躲在自己的洞穴里，远离那些危险，日子还是很舒心的。它模糊地想起自己小时候，在另一个洞里，在母亲的怀中，吸吮着乳腺中分泌出来的甘甜汁液……那是多么快乐的时光啊。

当天夜里，卡卡做了一个梦。它梦见有朝一日，自己从洞穴里出来，身体越长越大，变成了一种新的"巨兽"，它不是四肢着地，而是像巨兽和怪鸟一样用后肢直立行走，成为了整个森林的主人，一切都匍匐在它脚下，任它予取予求，并且走得更远更远，征服了地平线以外，那些它既不知道，也无法想象的世界……

据说，那是哺乳动物的第一个梦。

公元前 40000 年

阿鲁躺在岩洞深处，远离人们围着的篝火。属于他的那块冰冷石头上没有舒适保暖的兽皮，只有一堆脏兮兮的干草。已经是深夜了，外面下着大雪，气温下降得很厉害。阿鲁感到寒气已经闯入了洞穴，包裹着他的身子，正在侵蚀进裸露的皮肤底下。

阿鲁向篝火望去，他也想躺在篝火边上享受松木块所带来的光明和温暖。但那里围着的都是些强壮有力的猎人和他们的女人。阿鲁只要稍微走近几步，就会被他们揍得鼻青脸肿后一脚踢开。阿鲁已经试了许多次，不敢再去找打了。

火堆边上传来"啪啪"的声音和女人低低的呻吟，阿鲁向声音的方向望去，看到了膀大腰圆的阿熊骑在果果身上，正呼哧呼哧地在她青春气息十足的躯体上发泄着欲望，篝火将一男一女动作的影子映在洞壁上，显得格外魅惑。

阿鲁眼馋地吞了口唾沫，果果是部族里最年轻漂亮的女孩，每个男人都喜欢，当然也包括他，但平常总凑不到她跟前。前些日子，他总算鼓起勇气，在灌木丛里摘了一把野果，选出最好的送给果果，女孩正要接过的时候，阿熊出现在他背后，一巴掌把他打到

时间外史

边上去，然后把一条血淋淋的麋鹿腿扔在果果跟前，果果脸上出现了惊喜的表情，把鹿腿捧了起来。阿熊咧嘴一笑，一把抱起了果果，到了一棵松树后面。被打得晕头转向的阿鲁哼哼唧唧了半天才爬起来，只看到树后伸出的四条腿交叠在一起……

阿鲁也想弄到一条鹿腿送给果果，但他力气小也跑不快，布陷阱的水平也不敢恭维，打到好猎物的机会微乎其微，有一次他好不容易逮住了一只肥兔子，也被阿熊和阿豹他们一把抢走，打了牙祭，哪有他送出去的份。最漂亮的女人归最强壮的猎人，这个世界的游戏规则就是这么简单。

狩猎永远是阿鲁心头的噩梦，他的舅舅就是在打猎时，被一只猛犸象活活踩死的，他的哥哥被一头剑齿虎咬掉了半只胳臂，伤口化脓，没几天就死掉了。可是每天，他仍然要和其他男人一起冒着严寒去雪原上集体狩猎，却只能分到骨头和肠子之类微薄的部分——如果能分到的话。阿鲁害怕打猎，即使对果果的迷恋也没法让他想成为一个好猎人，因为他知道他天生不能。对他来说，山洞里是最令他放松的处所。只有在这里，他才能找到外面没有的安全感。

篝火那边，阿熊发出一声低吼，身体抖动了几下，便搂着果果，倒在兽皮上呼呼睡去。寒冷——以及阿熊的鼾声——却让阿鲁难以入睡，他坐起身，从干草下拿出半根烧焦的木棒，在岩壁上涂抹了起来，不久，一只栩栩如生的野牛轮廓出现在洞壁上，然后是一只跳跃的小鹿。

这是阿鲁惟一的技能，也是部族里其他人都不会的技能，他几乎能够画出任何动物的形象，人们在他画出的线条前都感到困惑，他们知道，这些单薄的形象并不是真的动物，却让他们觉得那是一只动物，他们不知道这是怎么回事。有一次，阿熊看到阿鲁画了一头野牛，迷惑地看了半天，越来越烦躁，最后大吼一声，把阿鲁按倒在地上揍了一顿，禁止他再作画。但凑巧，那天他们居然真的打到了一只野牛。有人说那是阿鲁的奇怪符号带来的好运。阿熊对此嗤之以鼻，不过对阿鲁的古怪行径总算是睁一只眼闭一只眼了。

阿鲁又画了一只狮子，他不是第一次画狮子，但这次在狮子身边，他添了一个男人，拿着一根木叉，又向狮子。画上的男人只是几笔简略的轮廓，看不出任何特征。但是阿鲁在心里说：那是我，是我阿鲁。看我多厉害！一个人打下了一头狮子。

阿鲁想了想，又在狮子脚下画了一个倒下的人，那是阿熊，不过没有脑袋。脑袋，被狮子吃了，他想。

阿鲁傻呵呵地笑起来，似乎忘却了身边的一切烦恼。他画得兴起，又在画里的"阿鲁"边上添了另一个人形，有着诱人的身体曲线，阿鲁在它的胸口点上了一对饱满的乳房。他心里说，看，那是果果。在他创造的这个世界里，果果是受他保护的女人，当他杀死那头狮子后，就会把狮子扛在身上，和果果一起走回属于他们的洞穴，甜蜜地生活在一起……

对了，还要画一个孩子，他和果果的孩子……

洞穴外，冰河时代的雪越下越大。

公元前 15000 年

午夜，夜神统治的天空发生了恐怖的变化，雷神也许是好几天没有吃到祭品，怒吼起来，挥动大斧，将天空的巨幕一次次撕开，诸天间的滔滔河水从电光的缝隙间倾泻下来，在风神的助威下，变成万千道冰冷的鞭子，无情地鞭打着大地众生。

骨笛和几个同伴挤在一起，蜷缩在一棵橡树之下，面对天神的愤怒瑟瑟发抖。这棵橡树粗壮高大，枝繁叶茂，可以遮蔽大部分风雨，而他们躲在一根不知怎么折断而垂下的大树枝底下，形成了一个狭小的封闭空间。这个临时避难所对付一般的小雨问题不大。但在今天的暴风雨之下就没那么有用，虽然大部分水都顺着树枝和叶子流走，但还有一些雨水从枝叶间的缝隙渗透进来，把他们浑身淋湿。女人们恐惧地祈祷着，男人们不满地咒骂着，只盼望这场豪雨快点过去。但从黄昏到深夜，风雨没有半点停止的迹象。

"我们不该到这里来的。"骨笛听到哥哥石斧抱怨说，"如果留在北方老家就好了，至少还有山洞可以住。"

"可留在老家，我们会冻死的。"骨笛说，"冰雪神统治了一切，大地终年冰封，寸草不生，除了长毛象和披毛犀，没有动物能活下来。"

"呜呜，可是这里也很冷啊，一定是冰雪神追来了……"他的妹妹贝壳在另一边害怕地啼哭着。

"不会的。"骨笛宽慰妹妹说，"你看，至少还有森林，而且下的是雨，不是雪。"

但他想起了那些传说：北方的冰雪神打败了森林神，封锁了大地，森林神逃往南方。大地被无尽冰川覆盖，几乎没有多少生命能够幸存，人类被迫追随森林神的步伐，逃往温暖的南方。

但骨笛的氏族离开北方太晚了，对他们来说，森林只是一个美好的传说。他们走了整整两轮月亮盈亏，路上死了十多个人，才越过冰川和草原，到达了这片林木丰美的森林。他们满怀希望地寻找山洞，打算定居下来开始新的生活。不久，他们果然找到了一个合适的山洞。

可他们很快发现，自己不是最早的殖民者。山洞早已被另一群人——从骨笛的角度看，那些棕色皮肤，卷头发的家伙几乎不能说是人——所占据。他们不说骨笛氏族的语言，说话像是鸟叫。冲突爆发了，但对方把守了洞口的要道，骨笛他们没法攻进去，反而死了两个同伴，只有狼狈撤走。

一天天过去了，他们在陌生的森林中漫游着，风餐露宿，一直找不到合适的山洞，北方大地的人们都躲到了这里，许多山洞都被各色人群占据，即便有个别没被占据的又太小，容纳不了那么多人。他们只有栖息在树下，平常还好，生起火来也还暖和，但一旦遇到暴风雨就难以栖身。这些日子因为淋了风雨，死了两个半大孩子和一个老人，现在他们只有十来个人，如果再持续下去，这个孑遗的小部落就会在这陌生的土地上灰飞烟灭了。

必须尽快找到新的洞穴，骨笛想。

骤然，一阵暴风吹来，原来垂下的大树枝彻底断了，带着枝叶滚倒在一旁，骨笛和他的同伴们立刻暴露在风雨的直接吹打之下，人们惊叫着，慌忙躲到仅剩的一块枝叶之下遮蔽，但那地方实在太小，庇护不了那么多人了。

骨笛和石斧倒是找到了较好的位置，但弱小的贝壳就被挤在了外围，任风雨吹打，剧烈地发抖。石斧叹气说："真是倒霉，如果那根树枝没断就好了……"

一道闪电划过，不是在外面的天空上，而是在骨笛的脑海中。他从树叶的缝隙间望了一眼那根树枝，正躺在几十步外的泥水中。

"如果那根树枝没断……"骨笛想，"如果它还在那里……"

"我们把那根树枝扶回来！"他脱口而出。

"什么？"石斧很是迷惑，"可树枝明明断了呀。"

"把它放回去！"骨笛说，"放回原处就行了！"

"那不可能。"石斧一口否决，"树枝撑不住的。"

贝壳的颤抖越来越厉害，她太小，淋了雨会生病死掉的。骨笛来不及多想，冲了出去，把浑身湿答答的贝壳抱住，递给石斧："护着贝壳！"他说。

"骨笛，你疯了么？外面——"

但风雨交加中，骨笛已经听不到石斧的话了，他冒着冰刀般的寒雨，在泥泞中提起那根手臂粗细的树枝拖回来，想架回到以前的位置上。但他找不到合适的所在，无论怎么摆弄，树枝总是无法

　　　　　　　　　　　　　　　　　时间外史

架稳。

"跟你说了不成的，骨笛。"石斧对他说，"快回来吧，凑合凑合算了。"

"回来吧，骨笛哥哥，"贝壳也说，"我们挤一挤就好了。"

骨笛犹豫着，冰水的抽打让他难受到了极点，还是放弃算了，他想。但这时，闪电照亮天空，让他看到了两根树枝之间的树杈，高度正合适。他灵机一动，把树枝架到了一个树杈中间，这回果然成功地架住了。

骨笛高兴地从一边钻回去，大树枝挡住了大部分风雨，比起刚才的窘状，避难所变得舒适了很多。

"骨笛哥哥，你真厉害。"贝壳挤到他身边说，众人也交口称赞。

"瘸腿的猎人碰上死剑齿虎而已。"石斧冷冷地说了句谚语。

外面的风声越来越大，吹起了树枝垂在地上的一头，树枝的另一头在树杈间摇摆碰撞着，摇摇欲坠。

"当心！"石斧忽然大叫一声，抓住贝壳，把她拖回来，片刻后，那根树枝又在她刚才坐的位置砰然落地，溅了人们一身泥水，新修复的避难所又毁坏了。

"看你干的好事，"石斧斥责骨笛说，"差点害妹妹被砸死！"

骨笛觉得脸上发烧，仿佛人们都在谴责地看着他，他不甘地再次冲出去，查看那个树杈，很快看出问题所在：它太宽了，树枝可以搁住，但没法固定。

如果再窄一点就好了……

如果能让它变窄一点……

骨笛脑海中再次灵光一现，对石斧说："把斧子给我！"

"干什么？你要砍柴火？现在？"石斧无法理解。

"给我再说。"骨笛无暇解释。石斧犹豫了一下，还是把身边的手斧递给他。他因为石斧而得名，做的斧子也是氏族里最好的。

骨笛握住手斧，在树杈间用力砍了下去，两下就砸破了树皮，砸出了一个小的缺口，并随着他的每一下砍斫而不断扩大。骨笛全神贯注地干着活，虽然风雨无情地浇打在他身上，但他内心被这个完全新鲜的念头充满，全力工作中，身上竟渐渐不感到寒冷，反而暖了起来。

可是砍了半天，骨笛已经精疲力竭，对了一下槽口，还是太小了，没法把粗大的枝干放进去。他喘着粗气，想再干活一时也没了力气。

"没用的家伙，看我的吧！"这时候石斧也出来了，站在他身边，握着另一块斧子大力砍斫起来。他终于看出了骨笛的目的，兄弟俩相视一笑，一起唱着粗朴的歌谣，奋力工作着。

终于，树杈上出现了一个大小适中的缺口，骨笛和石斧将那根树枝架上去，这回牢牢地嵌在了树杈中间。骨笛想了想，又把另一头用一块石头压住，这样两端都固定了。避难所变得牢不可摧。

骨笛和石斧钻了回去，享受着将风雨屏蔽在外的劳动成果，不过没有多久，雨就停了。

"这么快雨就停了？"石斧反而有些失望，"咱们白干了一场。"

"不，没有白干，"骨笛说，"那根树枝不会再掉了。哥，我觉得以后我们可以一直住在这里。"

"开玩笑，就算你固定了那根树枝，这里比山洞还是差远了。"

"可附近我们都找遍了，已经没有合适的山洞，恐怕我们必须面对现实：这里已经找不到可以住的山洞了，去下一片森林估计也差不多。"

"但这个地方还是有点……"

"哥，我有个想法，"骨笛的眼中闪烁着热切的光，"我们可以架上更多的树枝，把这里变得像山洞一样密不透风。"

"可是哪有那么多树杈？"石斧不解地问。

"不，你没看出来么？根本不需要树杈，"骨笛说，"只需要石斧、石刀或者石锥，我们可以在树干的任何地方凿出一个洞，折下合适的树枝插进去，也许还可以用藤条绑起来，下面可以用其他树枝支柱，或者用石块垒起来也行……"

"你究竟在说什么？"

骨笛比画着："我是说，我们可以在大地上造一个山洞！然后让大伙儿住进去。"

"这……"石斧被这个说法惊住了，"听起来这像是鸟筑巢……可我们是人，祖祖辈辈一直是住在山洞里的，怎么能够……"

"鸟可以筑巢，老鼠可以挖洞，为什么我们不能用树枝造一个自己的山洞？"

"这……这怎么能一样呢，我们不是鸟也不是老鼠啊。"

"但是我们能够做到。"骨笛说，"就像我们能够改变石头和兽骨的形状一样，我们也能改变那些树木，让它们变成我们的洞穴，为什么不呢？"

"可破坏了那些树木，这不会触怒森林神吗？"

"森林神会原谅我们的。你想想，只有这样，我们才能留在这片森林里，否则我们在迁徙到下一片森林之前就会死光。"

"骨笛哥，我觉得你说得对。"贝壳也加入谈话，"现在已经是这样了，为什么不试试看？"

越来越多的人加入讨论，有赞同也有激烈的反对，骨笛的建议引起了人们的兴趣，最后，赞成者占了多数，他们决定明天一早就开始进行这个全新的尝试。

风雨过去，乌云散尽，天空从黑暗中显出深蓝，火红的晨曦从东方的地平线上透出，鸟儿开始在雨后的林间歌唱，白昼神即将到来。

骨笛隐隐感到，这将是一个全新的黎明。一片新的森林，不，一个史无前例的世界即将降临。人，即将用双手在大地上建立起自己的居所。这会永久性地改变人和万物以及神明的关系。

那将是一个聪慧如他也无法想象的白昼。

公元前 1339 年

底比斯是一座壮丽的都城，法老很怀念在卡尔纳克神庙巨大的百柱殿里沐浴尼罗河水的惬意。不过比起那南方的旧都，法老更喜欢脚下的埃赫塔顿。因为这是他自己建造的，属于他自己的城市。在这里没有历代先王的陵墓和宫室压在他头顶，也没有讨厌的阿蒙神庙的祭司对他指手画脚，这里的统治者只有他，和庇护他的太阳神——阿吞。

整座埃赫塔顿城尚笼罩在黑暗之中，只有东方有一线朦胧的光明，勾勒出城中几座高大神像和方尖碑的轮廓。法老一早便已起来，站在这座伟大城市的中心，他亲自设计的太阳神殿门口，看着春分日的太阳准确地从两根巨柱间升起，将金色的阳光射进长长的空无一人的柱廊，照亮了挂在头顶的纯金的阿吞神像——没有人的形体，只是一个放射着光明的圆盘——在阳光下熠熠生辉，如同第二个太阳，通过巧妙设置在殿中各处的圆镜，将阳光一一反射，把整个大殿照亮，这是属于他的光明，令他感到欣悦无比。原本如同黑暗洞穴般的大殿，转眼间便成为了充满光明的宇宙。

法老在阿吞神像下伫立着，心中充满了宁静的愉悦。

和往年一样，今天的春分祭祀仪式由太子图坦卡蒙代为举行，表面的理由是法老要在圣殿中接受阿吞神的默示，但事实上，法老怀疑其他人也暗中知道，是因为他不想在公开场合露面。他身材比一般人高得多，长着狭长的脸，细瘦的四肢，肥大的胸和肚子，身体完全不匀称，看上去像是一个怪物。虽然由于他无可争议的高贵血统得以继位，人们对他表面上毕恭毕敬，但法老知道，不知有多少人在他背后指指点点，传播着各种恶毒的谣言。

为此，法老建筑了新的都城，从底比斯搬到了这里，在埃赫塔顿的新宫廷中，他不用再在人面前出现，无论是他的兄弟叔伯，还

时间外史

是大祭司，一般都见不到他。这里他可以醉心于和他的阿吞神的精神交流。并且发展各种颂扬新神的艺术：在他的指导下，新风格的绘画、雕塑和诗歌，源源不断地涌现出来，他如同建造了一个属于自己的世界。

面对着阿吞发光的神像，法老在无人的大殿里高声吟咏着自己亲自写下的热情颂歌：

> 你在我心目中，
> 没有其他人知道你，
> 只有你的儿子，伟大的国王
> 他来自你的身体
> 代表你统治大地，他爱着他的王后
> 哦，美丽的娜芙蒂蒂
> ……

但有时候，外面的世界仍然要闯进来，打破法老心灵的宁静。

卫士通报后，一名红袍的高级书吏走进大殿，在法老面前跪下行礼。他带来了外部的消息：

"太阳神阿吞的化身，上埃及和下埃及的至高统治者，伟大的万王之王……"书吏不敢马虎地念诵着法老冗长繁复的神圣头衔。

法老不耐烦地挥了挥手："说正事吧，有什么消息？"

书吏从镶金的皮袋里抽出一张写满象形字的纸草卷，展开念了起来："赫梯王的军队已经占领米丹尼王国，我们在幼发拉底河的统治被动摇……

"我们的同盟巴比伦王国也面临入侵，国王向您紧急求援……

"叙利亚的叛乱进一步扩大，总督已经被反叛者杀害，目前骚乱已经延伸到了迦南地，反叛者甚至僭越称王……"

"够了！"法老怒气冲冲地说，吓得书吏趴伏在地上，"去年年底，我已经命令驻守孟菲斯的十万大军前往亚洲平定局势，并从底比斯增派三万援军，为什么到现在局势还没有缓解？是你没有把命令传达下去么？"

"太阳神的化身啊，"书吏哀告说，"我怎么敢违背您神圣的旨意？我第一时间就把消息沿着尼罗河传到了底比斯，但是那些……那些大祭司……"他吞吞吐吐起来。

"说！"

"是，那些大祭司控制了您的各级长官，找出各种理由拒绝执行您神圣的命令，他们说，由于陛下背弃了阿蒙神，埃及上下都人心惶惶，底比斯也骚乱四起，就是尼罗河的洪水也频繁了很多，这都是诸神降罚。再说，国库的钱都被用于修建新都了，收成不好，军队也填不饱肚子，对边陲局势无能为力……除非您的銮驾返回底比斯，向阿蒙神忏悔，重新得到神的庇佑，否则您的旨意他们无法执行。"

"混账！如此藐视我的权威！"法老的怒火如同要将整座神殿吞没，将一只金杯抛到地下，发出尖锐的碰撞声，在大厅中回荡着，"传我的命令，埃赫塔顿的全部军队整装待发，我要御驾亲征这些老鼠一样的叛徒，将邪恶的阿蒙神庙夷为平地！"

书吏浑身发抖，答应着向外退去，法老却又叫住了他："等等……你先下去，让我再想想。"

当愤怒的潮水退去，法老就知道，他的话不可能实现。在过去的十多年中，他和阿蒙神的僧侣们进行了不知多少次的斗争，毁掉了好几座神庙，甚至处死了几名大祭司，却没有撼动对方的根本。反而被他们一步步逼出底比斯，让他退缩到埃赫塔顿这个坚固的壳里，事实上也架空了他。他的实际权力小得可怜，号令也许根本出不了这座城市，御驾亲征？笑话。恐怕到时候他自己的军队会第一个哗变。

事实是，几乎没有任何人理解他，他的信仰，他的艺术，他的世界。他是他们的王，但也是这个世界的异类。

除了那个完美的女人……

他的王后，娜芙蒂蒂。

现在，法老急于见到她，向她诉说一切。只有她永远能够理解他，支持他……她是他的"共治者"，在宫廷的壁画上，他和她永远站在一起，仰望天空，接受阿吞神的洗礼。

他离开了前殿，走过后面宽敞的中庭，走进王后的寝殿，那是他不允许任何人进入的地方。金碧辉煌的寝宫中没有侍女，只有一线金色的阳光从高窗照进寝室，照亮了摆放在案头的一尊精美的彩绘雕像。

高高的蓝色王冠下，是一条缠绕在额头上的金蛇，下面是一张清丽无瑕的容貌和一对梦幻一样的眼睛。

那是他亲自雕琢的，他梦想中的完美女神。娜芙蒂蒂，这个名字就意味着："美丽的人来了"。世界上任何女人都无法和她相比。

但是不存在这样一个完美的女人，从来不存在。她是法老少年时的梦，一个超出这个和他为敌的世界的奢侈梦想。即使在他成为法老后，也没有办法让这个幻影变为现实存在。

但至少，他能够让这个世界认为她是存在的。提及她的铭文和画像在埃赫塔顿无处不在，他将他和几个侍女生的儿女都算成是她生的，知道这个秘密的人大多数都被他处死了，剩下的几个未来也将会陪葬他。他亲自编撰的、他们的爱情故事将会被记载在史书上，万世传诵。

法老暂且忘却了尘世的烦恼，坐在寝殿深处，陷入了甜蜜的思绪。

然后，法老埃赫那吞走出房门，向寺人发布命令，让他们把自己的养子摩西找来，关于创世神阿吞的伟大，自己有一些新的领悟要告诉他。现在，摩西是惟一可以和自己说上几句话的人了。

公元 529 年

年迈的达马西乌斯放下芦苇笔，活动了一下僵硬的指头，从一堆字迹密密麻麻的羊皮纸卷上抬起头，看到自己的影子在身后炉火照耀下忽闪不定地在石墙上伸缩。每当他见到这一情景，都会想起柏拉图所说的洞穴。事实上，他这些日子正日夜不停地思考着这个问题。他正在撰写的这部《理想国》注疏也正卡在了这个关节点上。有三年之久，每天他都要写下几千字的段落，然后又一一删去，最终一个字也没有写成。

达马西乌斯咳嗽了几声，雪白的长须剧烈地拂动着，他已经七十一岁了，身体日渐衰弱，不知道还能活上几年。现在，他的最大夙愿就是完成这部《理想国》的注疏。但他不知道自己是否还有足够的精力以及智识去完成它。他知道自己正面临思想和生命的绝境。但这不仅是他的绝境，也是整个文明世界的，他看得很清楚，自上古神话时代以来的文明之光，即将在这个风雨飘摇的时代熄灭……

一阵急促的脚步声从外面传来，随后是有人在惶急地敲门。敲门声很重，达马西乌斯有些诧异，学园中人人知道他的规矩，平常除了送饭的学生，不会有人敢于打扰他，而今天的饭已经送过了。他向桌子上望了一眼，那里的一盘面包、橄榄和熏肉还没吃几口呢。

"老师，是我，辛普里丘斯。"没等他发问，就听到一个惶急的声音说。

达马西乌斯知道，自己的得意门生辛普里丘斯是个稳重的学者，深夜到来，必有要事。"进来吧。"他说。

衣冠不整的辛普里丘斯推开沉重的木门，走进斗室，向他简单地行礼，然后开门见山地说："老师，很冒昧打扰您的清修，不过事态紧急，我刚知道，陛下下达了命令，要地方官关闭学园。"

"终于来了。"达马西乌斯想，却没有说话。辛普里丘斯以为他还不相信，继续说："这是真的，我有很可靠的渠道。皇帝命令地方官遣散所有学生，并逮捕宣扬邪说的异教徒，信使正在从君士坦丁堡来的路上，明天就会有大兵来查封这里了。"

"我知道，"老人点头，颤巍巍地说，"这些年来我早就有预感，这一天终究会到来，特别是查士丁尼继位以来，他可是个雷厉风行的人哪。好了，十字架宗教最终取得了胜利。"

五百年了，达马西乌斯想，自那个叫耶稣的犹太疯子在十字架上被钉死之后。他的古怪教义像野火一样，烧遍了整个罗马帝国内外，将古典文明烧成了灰烬。自从君士坦丁皇帝皈依后，帝国和宫廷抛弃了祖先的信仰和生活，也投身于十字架之下。古老的神庙被废弃，诸神被遗忘，野蛮人打进了帝国腹地……只有哲学家们还在坚持着用理性和论辩与来自亚洲的异教对抗。虽然贤明的尤利安皇帝复兴传统的努力夭折了，奥古斯丁的背叛令他们多了一个强悍的敌人，希帕提娅的被害亦是沉重的打击……但近百年来，哲学家们再度复兴了学园，他们在古老的雅典团结起来，讲授历久弥新的古典著作，教化万千渴慕真理的青年，从而也成为基督教会的眼中钉肉中刺。他们千方百计挑唆信奉基督的皇帝，要毁灭历史悠久的古学园……

"……所以，"辛普里丘斯的话让达马西乌斯从游散的思绪中回到现实，"我们必须赶紧离开。"

"离开？能去哪里？"达马西乌斯苦笑，"别忘了意大利已经是野蛮人的天下了。"

"我已经找到了一艘船，我们可以连夜上船，在犹太行省一带登陆，然后可以越过边界去美索不达米亚。据说那里的波斯国王礼贤下士，欢迎一切来自罗马的投诚者，我们可以在波斯首都安身。"

"波斯？哈哈！"达马西乌斯刻满皱纹的脸颊颤动着，发出一串干涩的笑声，"辛普里丘斯，你记得吗？差不多整整一千年前，希腊人在萨拉米斯之战中击败了波斯帝国，保卫自己的自由，希腊文明才能发扬光大，创造了伯里克利时代的光荣，才有了柏拉图、亚里士多德和我们的学园，而如今你让我们，古典文明最后的继承者，去东方投靠专制的波斯国王？这是何等的讽刺！"

"可是，至少那里没有狂热的基督徒。"辛普里丘斯急切地说，"或许在那里，我们的文化还能传承下去。"

"不，不会有什么差别，反正这个世界要毁灭了。"达马西乌斯沉痛地说。

"什么！？"

"辛普里丘斯啊，"达马西乌斯凝视着渐渐暗淡的炉火说，"难道你没有察觉吗？我年轻时曾走遍了大半个帝国，从不列颠到埃及，从伊比利亚到小亚细亚，无论在哪里，文明的火种都在熄灭。匈人、哥特人和日耳曼蛮族从外部摧毁我们，十字架的信徒从内部攻击我们。西部帝国已经在蛮族洗劫中覆灭，看来东部也撑不了多久了。古典的生活已被遗忘，如今不要说柏拉图的希腊语，就连能说像样的拉丁语的都没有多少人了。普罗克洛斯带来的学园复兴曾是我们最后的希望，几乎所有仅剩的自由学者都集中在这里，和信奉十字架的教会相抗衡。然而近几十年来也日渐凋零。这是不可逆转的命运，每一个文明都有盛衰，如同有日出就有日落。我们的文明已经覆灭，再有几十年，最多一两百年后，罗马也好，波斯也好，都将不复存在，世界将变成一片荒芜。"

"这……不可能吧？"辛普里丘斯诧异地张大了嘴。

"是你习焉不察，我的学生。我们的世界日复一日地沉入深渊。如果柏拉图或者修昔底德能够看到我们的生活，会毫不犹豫地把我们当成野蛮人，我们距离彻底灭亡只有一线之遥。并且文明的毁灭并不是稀奇的概念，柏拉图在《法篇》里就论述过了，如果你还记得的话。世界本身虽永恒，但我们记得的历史不过一两千年，可见之前必已有无数次的毁灭和再生。我曾经在埃及见过那些高大的金字塔和神庙，但那些神明已经被忘得一干二净，奇特的象形文字也无人能解读，古代埃及人的世界已经沉入历史的地平线，我们的世界也将紧随其后，一切只是时间问题。"

"但是老师，至高的太一，世界的精魂是不灭的！"辛普里丘斯忍不住说，"正如先哲普罗提诺所说，太一流溢自身，化为世界万物，虽然万物生灭流转，但太一永恒不变！"

"是的，我也曾虔信普罗提诺的学说，但我越来越怀疑，或许这一切都是错误的，或许他没有理解柏拉图，或许柏拉图本人也错了。"

"您在说什么呀！"辛普里丘斯惊讶万分。

"你还没有忘记柏拉图的洞穴学说吧？"达马西乌斯如同在课堂上一样向自己的弟子提问。

"当然，"辛普里丘斯一时忘记了自己来的目的，而像往日一样沉入了哲学问答中，"人类生活在洞穴中，所见到的一切都是炉火照耀下的影子而已，而真正的阳光，也就是真理，凡人根本无从梦想……那真正的太阳，也就是至高的太一，只能通过哲学的心灵去认识。"

"你说得不错，"达马西乌斯说，"问题是我们怎么知道存在太阳？"

辛普里丘斯怔了一下："因为……这一切是通过类比的原则，不是么？我们认识到万物的理念，从而认识到真正永恒世界的存在。"

"看看这个房间，你想到了什么？"达马西乌斯温和地说。辛普里丘斯不禁向四壁望去，这座石屋是几十年前才搭建起来的，但用的石料都取自学园千年来各种原因的废弃石块，有的或许是亚里士多德求学时倚靠过的伊奥尼亚石柱残躯，有的或许是西塞罗访问时坐过的石凳碎块。许多石头上都刻着字，这里刻着一段柏拉图的对话，那里刻着几句巴门尼德或普罗提诺的名言。在一块平整的青石上，辛普里丘斯看到了一行歪歪扭扭的希腊文："吾爱柏拉图，吾更爱卡帕莉亚"，字迹斑驳，不知道是哪一个调皮的学生写的。谁是卡帕莉亚？大概是早就死了几百年的一个妓女。辛普里丘斯沉思着老师的话，试图找出其中的奥义。

"您是说这是一个洞穴？"辛普里丘斯最后说，"就好像柏拉图说的洞穴一样，而外面是——是——"

"而我们不知道外面是什么，"达马西乌斯打断了他，"如果我们从未离开这个房间的话！我们不知道外面是否有太阳，甚至不知道是不是有'外面'的存在。"

辛普里丘斯心中雪亮，哲人的对话不需要说得太具体，但他已经明白了老师的意思：如果人类一直生活在洞穴中，那么从逻辑上，我们根本无从得知外面的世界是什么样子的，也不知道是否真的有至高真理的存在。我们所以为看到的，无非是石头上刻着的这些字迹，这些过去的历史和文化所告诉我们的意见和教条而已。

这个世界，从头到尾就是一个巨大的洞穴。生活在其中的人们，没有离开的希望，在波斯也好，伊比利亚也好，都没有什么区别。

"所以你明白了，"老人苦笑着说，"我们的信仰或许不过是徒然，不过是和十字架崇拜者同样的狂信。什么太一，什么流溢，都只是一厢情愿的臆想。难道不是么？如果这个世界真的有真理之光的照耀，又怎会一再陷入毁灭？我们辛辛苦苦继承的那些学说和真理同样相隔天壤。就让哲学和这个学园、这个世界一起归于毁灭吧！"

辛普里丘斯说不出话来，良久方说："老师，这些艰深的东西，等我们上船以后再讨论吧，现在还是先——"

"我不会走的。"达马西乌斯微微摇头，"既然我们永远无法真正走出洞穴，又何必离开这里？你走吧，就让我这个风烛残年的老人在这个洞穴里默默死去好了。"

辛普里丘斯不知如何是好，外面传来了呼叫声，有人喊他的名字，似乎还有大堆事务要他决断。他犹豫了一下："老师，抱歉，我还得处理其他的事，回头再找你。"

他再度行礼后，退出了房间。外面是一片平整的草坪，近处是学园的主体建筑，远处的山丘上可以看到雅典卫城的废墟，更上面是繁星密布的星空。这本来辽阔的世界忽然仿佛变成了一个巨大的洞穴，让他透不过气来。

洞穴，辛普里丘斯想，这不仅仅是一个比喻。诸天围绕大地转动如同屋顶和墙壁，最高的天是恒星天，比太阳还要高，缀满恒星的天球萦绕大地，但谁知道外面的是什么？即使恒星天距离大地有十万希腊里之遥，也仍然是有限的距离，但从理论上来说在外面的，却可以是无限！那里究竟是什么？

或许惟有黑暗的空间，也或许是无法企及的真理的大海。但我们一无所知，我们生活在宇宙洞穴的底层……

辛普里丘斯思索着，忽然心中一个念头闪过，反身冲回了房间："老师！"

"不用劝了。"达马西乌斯疲惫地说，"我不会走的。"

"但是老师，您说得不对，"辛普里丘斯大胆地说，"至少我们知道了一条真正的，无可辩驳的真理！"

"哦，是什么？"

"正是我们在洞穴中！"辛普里丘斯大声说，"我们和真理相隔绝。我们不知道什么是真理，但是我们知道自己的无知，老师，至少我们可以把这些思考传承下去，或许当世界再一次文明复兴，未来的人们会找到通向真理的途径！"

老人罕见地变了颜色，他皱眉思索着，过了许久，终于点了点头："你是对的，辛普里丘斯。千年学园并非全然无稽，我们至少知道了一点点真理，虽然自柏拉图以来从无进步……但让我们把这些思考传承下去，或许下一个文明时代的人们，他们会有更好的运气，不必重蹈这个世界的覆辙。"

"所以老师……您的意思是……"

"走吧，"达马西乌斯支起颤巍巍的身体，"让我们去波斯，叫学生和仆人们把这里的羊皮纸书带上，对于未来的世界，它们比我们的性命还要珍贵呢。"

公元 1970 年

已经是深夜了，整幢宿舍楼的灯已基本熄灭，人们进入了梦乡，只有一个房间还在从窗户纸底下透出一点微光。

那是一个只有六七平方米的小房间，没有椅子，床对面就是一张书桌，旁边有一个简陋的衣柜，只剩下了半边门。房间里几乎没有下脚的地方。桌子上堆满了高高好几摞的稿纸，几本书摆在中间，天花板上吊着一个四十瓦的小灯泡，昏黄的灯光由于实在太暗，不像是光线，倒像迷雾一样弥漫在房间里，好在房间实在太小，不至于完全看不清。

一个三十多岁的男人，蓬头垢面，胡子拉碴，戴着厚厚的眼镜，坐在桌前，在一张纸上奋笔疾书着，眼睛里都是血丝。灯光在他身后投下深深的影子，如同监牢中干苦差事的犯人。

但比起外面混乱而疯狂的世界，他觉得自己已经是在天堂里。

轰轰烈烈的"无产阶级文化大革命"已经进行好几年了，他被批斗过，也被关过牛棚。前一阵子才被放回研究所。单位里也是一盘散沙，领导被下放，工宣队进驻，谁谁自杀了，谁谁又被判刑……革命到这个程度，他的事已经不算是个事了，他难得享受了几天的清闲。但是单位还是不如自己的狗窝，随时要搞政治学习，早请示晚汇报。他一参加这种场合就如坐针毡，总是设法溜回自己的小房间里才感到踏实，特别是在这样的深夜，他知道直到天亮，不会有人上来打扰，这难得的宝贵时间简直太美好了。

他在纸上拼命写着，数字、符号、公式、算法……在他脑海中如大漩涡一样疯狂地旋转着。但在表面的混乱下隐藏着简洁优美的结构，他似乎已经看到了一点若隐若现的曙光……

除了他自己，没有人知道他已经到了怎样的高度，比起几年前的发现，如今他又更上了一层楼，他知道自己离峰巅只差一步，只要登上了峰顶，整个大地就可以一览无余。有人会相信么？在这个狭小的房间里，他这个其貌不扬的书呆子会成为世界之王？

但千真万确，这里是他的世界，他的宇宙。他什么也不需要，不需要革命和政治学习，不需要空气和食物，甚至不需要时间和空间！他所需要的只是数字，最抽象的数字，一个质数，两个质数，它们在他脑海中缠绕嬉戏着，像电子和质子一样结合起来，组成分子或晶体结构，再形成一层层复杂的化合物，最后变成整个世界！毕达哥拉斯是对的！世界，是由数字组成的……

而他已经把整个世界踏在了脚下，用一支笔，他把世界一层层轻轻划掉，这是他发明的"筛法"，让世界化整为零，归于寂灭。无尽的数字消失了，世界也沉入了黑暗。面前只有高耸的珠穆朗玛峰顶，只要上去，上到顶上，就可以飞起来，飞到天上，翱翔在空灵的数的天国之中……

但是……

他不住移动的笔头忽然停下来，盯着面前写得密密麻麻的稿纸，心中一沉。就差最后一步，但他再一次卡住了。他还没有算到最后，但是他从心里知道，和之前的千百次尝试一样，他已经失败了。在他面前出现了一座悬崖，上面写着大大的"此路不通"。

黑沉沉的现实又压了上来。

他懊恼地扔下笔，将稿纸揉成一团，扔进了废纸篓。颓然倒在床上。我就知道，他想，不可能那么顺利的，这个方法有内在的缺陷，虽然我已经走得那么远，仿佛一伸手就可以摘下那颗明珠，却无法再进一步。今晚那么多个小时，又是白费工夫。

但即使这样，即使一辈子都这样失败，也是幸福的。他想，在这个房间里，做自己爱做的事，全心全意，远离尘嚣……他脑子里忽然冒出中学时学过的两句古文，"文王拘而演周易，仲尼厄而作春秋"，那些不朽的作品，或许许多都是在这样的房间里写出来的吧？

再小的房间，也是人类生存的必须。它能为你遮风挡雨，让你有一处地方栖身，躲避外面的喧嚣和血腥。同时，对于那些在心灵世界探索的人，它更会提供无垠世界的入口。特别对于数学家来说，他只需要一支笔，一张纸，就可以驰骋在比宇宙还要宽广的无限之境中。

当然，如果有计算机更好，不过那是过于奢侈的梦了。他在研究所里见过一两次计算机，但不知道怎么用，当然也没有使用权限。他想象着也许有一天自己能有一台计算机，只需要键入几行字，就会自动出来自己算几天才能得到的结果，呵呵傻笑了起来。

一阵倦意袭来，他闭上了眼睛，进入梦乡。在梦里，仿佛在深夜，他走在一片神秘的旷野中。一台像大厦一样的巨型计算机伫立在他面前，他抬起头，只看到夜空中明亮的繁星，却怎么望也望不到计算机的顶端，它如同一根巨大的柱子，支撑在天地间，支撑着整个宇宙。不知怎么，他知道那台计算机能够听懂他的问题，他大声问它："是否每一个大于 2 的偶数，都可以表示为两个质数之和？"

计算机上的一排信号灯亮了，庞大的机体嗡嗡运转了起来，并没有从输出槽中吐出打孔的长长纸带。但他忽然发现，天上的星星渐渐开始了移动。它们缓慢地离开了原来的位置，在夜空游荡着，渐渐组成他熟悉的数字和符号。

他明白了，宇宙就是那台计算机，一切答案，早已在宇宙中写下。

旷野不见了，他飞腾在星海之上，星潮涌起，眼花缭乱的数学

　　　　　　　　　　　时间外史

式扑面而来，又转眼拆散，重组……在他眼中，那不只是数字和符号，在数字的背后，一个清晰的结构浮现出来，那是宇宙本身的结构，庄严、完美、精妙绝伦，天，怎么会是这样？这种思路简直太奇妙了，我可从来没想——

他蓦然惊醒了过来，当然，还在自己的小房间里，房里的灯光还亮着。刚才只是一个梦，又仿佛不只是一个梦。

他定了定神，脑子里的印象还记忆犹新，他明白了那是什么，他一直在寻找的终极解法！不，远不是一个解法，而是数学最基本的秘奥。他忙坐起来，趴在桌子上，随便抽了张纸腾腾写了起来。他知道必须要快，几乎每过一秒，头脑中的印象就会淡化一点。没时间全写下来了，只有记住几个思路中的要点，其他的以后再推算。但他凭着一个数学家的直觉知道，这将是一个正确的方向。它不仅能解决一个基本数论问题，还会带来数学乃至整个科学体系的根本性变革……

他刚写了半行字，一阵重重的脚步声从楼道里传来。他蓦然紧张了起来，虽然知道多半和自己无关，但总不免感到杯弓蛇影。不，和我没有任何关系，他对自己说，这个世界上的一切都和我无关，不能分心，快写下去，比起我笔下的算式来，世上的一切都微不足道……

可是他错了，脚步恰恰是冲着他而来。

"开门！开门！"有人在用力砸门，声音嘈杂。

他惘然打开了门，两个穿绿军装的粗豪汉子打着手电，站在门口，他认出来，是最近进驻研究所的工宣队，前面一个高个子劈头盖脸地问："陈景润，深更半夜你不睡觉，开着灯在干什么？"

"我……"他一下子蒙了。

"老实交代，是不是在收听敌台！"

"这……这从何说起，"他总算回过神来，"您看，我房间里连个收音机都没有。"

对方一把推开他，走进狭窄的房间，蓦然多了两个人，房间里顿时挤得满满的。来人提着手电，用锐利的目光搜索了一遍，寻找一切可疑的证据，最后拿起桌上他正在写的手稿，皱起了眉头："这是什么？"

"这是……那个证明……我的研究……"他结结巴巴地说。

"什么研究？还是那个什么 1+2？"

"那个已经证出来了，现在是证 1+1……"他试图解释，却怎么也说不清楚。

"什么 1+1，1+2，无稽之谈！"对方厉声说，"1+1 也要证明？不就是等于 2 吗？陈景润，我看你是坚持走资产阶级白专道路不改啊！"

"不，我这也是为革命……毛主席教导我们说：'知识就是力量……'"

"胡说，"对方反问，"毛主席什么时候说过这话？"

"我……"他刚想起来，那是英国人培根的话，"我记错了，但是毛主席也说过——"

"好哇，陈景润，你心里怀着对党和人民的不满，居然公然伪造毛主席语录！"对方极为敏锐地抓住了重点。

"我没有啊！"他知道这个罪名可大可小，弄不好自己就得进监狱了，惊得冷汗涔涔，"我真的只是搞研究……这是国际学术界公认的……"

"住口！"对方吼了一声，"什么学术界？什么国际？炫耀你有海外关系？现在还敢摆资产阶级学术权威的臭架子？人民群众的眼睛是雪亮的！"

"是，我忏悔，我改造……"他知道怎么辩解也没用，只好唯唯诺诺，说什么都应下来再说。

对方又训了半天话，看他终于老老实实一声不吭了，还算满意地点点头："嗯，你的问题，我会跟革委会报告的，你过几天作

　　　　　　　　　　　　时间外史

个深刻的检查，把自己思想深处的臭老九毛病好好挖一挖！对了小张，把这个白专的灯泡拿走！我们楼下打扑——那个搞革命工作要用。"

他身后的汉子答应了一声，就要去拆灯泡。他急了："不，你们不能——"

"什么？"对方眼珠一瞪，他剩下的半截话又咽了回去。

小张的一双脏鞋踩在他的床上，把灯泡拆了下来，房间里只剩下了手电的光。

"走！"两位工人阶级雄赳赳气昂昂地出了门，手电光消失了，房间沉浸在一片黑暗中。

等那两个不速之客走后，他马上到柜子里去摸索着备用的蜡烛，花了半天才找到，又不知道火柴放在哪里了，等到最后点上又过了十几分钟。借着蜡烛的微光，他想继续写下去，却惊恐地发现，经过一番折腾，刚才的灵感已经无影无踪。

他在脑海中搜索了半天，也只有一点点微弱的印象，但那不是灵感本身，只是灵感带给他的美妙感觉，甚至即使这种感觉，也像清晨的露水一样很快消失不见。

陈景润绝望地写了很久，试图唤回自己的灵感，可一直毫无头绪，最后连自己都不知道自己在写什么，不得不搁下笔，躺在床上，祈祷灵感能再次降临。

但它再也没有回来，他隐隐知道，或许在他的一生中，它再也不会回来。

蜡烛燃到了尽头，无声无息地熄灭，房间又被黑暗笼罩。

公元 2067 年

马修推开门，走出旅游中心，发现自己站在一块高地上，整座城市在他脚下伸展开来，直抵远处青葱的山麓。

这里不是他想象中那种热带丛林间主要由低矮木屋构成的小镇，而是一座高楼大厦林立，由四通八达的立交桥连接起来的大都市，马修倒是没想到，在非洲腹地，在大森林深处，还有这样现代化的城市，粗粗一看和美国也没有多大差别，但高楼间仍有大片乌压压的简陋贫民窟，提醒他这里仍是落后的第三世界。

当然，还有四起的黑色烟柱和几座崩塌的高楼，以及零零散散的火光和枪炮声，标识出这座曾经繁华的城市正在被战火所摧残。

马修从高地下来，好奇地沿着一条街道走下去。战争中，绝大多数居民已经逃难走了，几乎看不到人，这条街本身倒是没有遭到很大的破坏，道路两旁种着高大的芭蕉树，充满热带风情。

马修一边看，一边用"摄影眼"拍照。路边的建筑上，除了法语和当地语言外，还有许多方块字的招牌，当然马修一个字也看不懂，不过这很让他想起了本市的唐人街以及他最爱吃的中餐馆，他决定晚上叫一份宫保鸡丁来吃……

当然，中国人在这里不只是开餐馆和洗衣店，从那些带有英法文的招牌来看，他们垄断了这座城市的行行业业：建筑、机械、电子、金融、服装、食品，甚至教育……事实上，马修知道，这座城市的繁荣，也主要得益于中国的公司和商人。

那些华盛顿的政客果然没说错，马修想，在21世纪上半叶的几十年中，中国的手已经伸得太长，渗透到了阿非利加的每个毛孔，几乎把非洲大陆变成了他们的后院，他们必须被阻止，否则我们不会拥有未来，西方不会拥有未来。

好在合众国已经开始了行动……

马修漫不经心地想着，忽然一堆黑乎乎的东西映入眼帘，上面一堆苍蝇嗡嗡盘旋着。他看了良久才看出来，那是一具尸体！他穿着政府军的黄色军服，已经开始腐烂，身体侧卧着，肠子和其他内脏从破烂的肚子里流出来，惨不忍睹。

马修打了个寒战，这就是战争，他想，残酷的战争，已经有两个世纪没有降临美国本土的战争。

民主刚果的内战已经延续了一年多，这场战争表面上是上一次刚果战争的延续，但实际牵涉到中美两大世界强权的争霸。这回，亲华势力在大选中获胜，上台组阁，但很快，反对派指责胜选一方选举舞弊，宣布退出联合政府，并在全国范围内发动游行示威，很快演变成暴动，军警弹压时打死了几个人，西方媒体大肆渲染，很快变成了一场"人道主义危机"。不久，在西方或明或暗的支持下，东部叛军的武装死灰复燃，在源源不断的先进武器帮助下攻城略地，占领了这个国家的半壁山河。

而这座城市，就是这次战争中双方争夺的关键据点之一。不过今天，主要的战争已经结束，只有残余的敌对势力还在反抗。

马修对着尸体拍了好几张照片，然后立刻上传到推特："嘿，快看，我在刚果战场！"

路边的尸体渐渐多了起来，有穿着对立双方军服的，也有明显的平民，大都血肉模糊，死状可怖。还有几部被击毁的坦克和运输车，显示出这里不久前才发生过激烈的战斗。路边甚至有几条棕黄色的鬣狗啃食着尸肉。

这未免太离谱了，马修想，难道反对派武装不收拾尸体么，就让这些野兽糟蹋？他打开声音模拟器，发出一声响亮的枪声，鬣狗们听到后，呜呜叫着，一哄而散。

马修抽空瞅了一眼推特，没人搭理他，他略感扫兴。不过在今天这个网络极度发达的时代，要引起人们关注的兴趣是越来越难了。刚果战争对于文明世界来说，不过是一场边缘的战事，还不如德国最近培养的会说话的转基因猫更惹人关注。

马修已经没有拍这具被鬣狗啃过的尸体的兴趣了，他刚要走开，尸体忽然动了一下。马修吓得退了一步。

这是错觉吧？

但尸体又动了一下，非常轻微，但很明显动的是尸体本身。

马修汗毛直竖。究竟是怎么回事？难道是传说中的僵尸？

不，不可能。或许这人还没死，或许……不管怎么说，他伤害不了我分毫，我随时可以离开这里……

马修想着，上前几步，这回他看清楚了，是尸体下面有个什么东西在动。他轻轻拖开尸首，看到一个衣衫褴褛的黑人女孩，大而发亮的眼睛惊恐地盯着他，大概只有三四岁。

"你是谁？"原来这就是那些鬣狗围着尸体的原因，马修想，问道，"怎么会在这里？"

女孩更加瑟瑟发抖起来，嘴巴一扁，像要哭泣。

"嘿，你别怕，"马修笨嘴拙舌地试图安慰她，"你别看我长得和你不一样，其实我也是人……我是……美国游客，你知道吗？美国……算了……你不知道……"他沮丧地摇摇头，女孩看来根本不懂英语。

但女孩好像也发现他没有恶意，恐惧渐去，她细声细气地说："pa-pa，pa-pa"，指了指地下的尸体，又比画了几个手势，马修忽然明白了："你是说，他是你的爸爸？"

女孩推了推地下的尸体，泪眼汪汪地看着马修，马修明白了她的意思，不由一阵鼻酸："对不起，孩子，你爸爸已经……我也不能把他叫醒……上帝啊，你的腿！"

他这才看到女孩的一条腿，已经血肉模糊。他明白了，应该是在一次爆炸中，女孩的父亲将女儿扑倒在地，自己被炸死，而女孩也有一条腿被炸伤了，所以她只有蜷缩在父亲死去的尸体下面，躲避鬣狗的啃食，没有人来救她。

"你要去医院！"马修说，"现在就去！可是，医院……医院是在……"他一时犯了难，他怎么知道医院在哪里？他打开主控电脑的地图功能，在眼前的虚拟界面上查询医院的位置，倒是找到几间，但在战争中估计早就关门了。

"嘿，你，你是什么人，举起手，站起来！"从马修背后传来一声呼喝，典型的美国南方口音，马修用后视镜看到，那是三个一身墨绿色、全副武装的特种士兵，但既不是政府军的也不是反政府武装的，他想起关于那些保安公司的传说，据说在战争中，反对派的叛军根本不堪一击，真正的顶梁柱，是一批隶属于某些秘密保安公司的特种部队，而这些公司背后真正的主宰是美国中情局和军方……

马修知道是自己刚才发出的枪声把他们招来的，他站起身来，对他们说："别误会，我是美国游客。"

"游客？现在这个国家可不开放旅游，你还是个小屁孩吧？瞒着家里偷偷跑来的？"

"听着，"马修压抑着怒火说，"现在不是说这个的时候，这个孩子伤得很重，你们必须救救她，把她送到医院去！"

"你他妈胡扯什么呢？以为我是特蕾莎修女吗？滚回你妈怀里去吃奶吧！"一个大兵骂道，众人哄笑了起来。

"嘿！"马修说，"听着，我不懂军事法，但我敢肯定，你们有义务救助这个孩子，如果你们不去做的话，我会向媒体披露这件事。"

大兵们沉默了片刻，马修听到他们交头接耳起来："别理这小子，我们还有事情要办，赶紧把他们处理掉……"

"最好别惹麻烦，上次罗伯的事，上头好不容易才遮掩过去……"

尖锐的入侵警报忽然在马修的耳边响了起来，提示有人正在解除他的远程感应服。该死！不是现在，不是在这里！马修徒劳地挣扎着："你们……必须……我说……"在他们诧异的注视下，他缓缓倒了下去。

一阵晕眩过后，马修发现自己躺在费城自己家的房间里，身上的VR装备被解了下来，母亲怒气冲冲地站在他面前："叫了你多少次，下楼吃饭！"

"妈！我有非常重要的事情！十万火急，回头再说！"马修几乎要疯了。

"有什么重要的事？每天就上网干这些乱七八糟的……这些是什么？"

"我跟你说过了，别进我的房间！我已经二十五岁了！"

马修大吼大叫，粗暴地把母亲推了出去，还听到母亲絮絮叨叨地说："二十五岁了，大学毕业都好几年了，也不好好找个工作，每天就待在家里玩这些活见鬼的虚拟游戏……"

马修不去理她，心急如焚地反锁上了门，回到躺椅上，重新穿上 VR 衣，戴上头罩，大西洋另一边的数据又源源不断地传来。

马修发现自己的临时身体倒在刚才的路边，他挣扎着爬起来，发现一条胳膊已经被打飞了，腿上和身上也多处中弹，好在没有伤到要害，还能走动。向道路尽头看去，依稀还能看到那几个雇佣兵远去的背影。

但那个女孩呢？她在哪里？

马修转了一圈，很快再次看到了那个女孩。她躺在一片血泊中，眼睛还是睁得大大的，鲜血正在从她刚刚被撕扯成两半的残躯里涌出来，染红了肮脏的地面。

马修气得发抖，这些王八蛋，就那么几分钟时间，他们居然用这么残忍的方法杀了她，这是对人道主义的公然践踏！他要告发他们！要让全世界都知道这些畜生的暴行！

但他很快冷静下来。不，这太难了。那些冷血杀手名义上和美国政府没有任何关系，甚至和美国也没有任何关系。他们和自己目前使用的身体一样，属于某个保安公司的人形机装置，真正的操纵者可以在世界任何一个地方。只不过一个军用，一个民用。当然，这些家伙十有八九是退役的美国老兵，没有他们叛军不可能进展得如此顺利。但他毫无证据，他甚至没有拍下他们行凶的过程。当连接中断后，他的临时身体就自动处于休眠状态。

甚至这会给他自己招来麻烦，谁知道那个女孩是怎么死的？理论上也可能是他杀的。并且他进入这个国家也是非法的。自从战争爆发后，通过远程操纵的人形机进行旅游的官方业务就中止了，以防有人用作间谍、侦察等用途。他是偶尔在一个小论坛上看到网友推荐，动了一睹战场的念头，才设法找到那个遮遮掩掩的商人，愿意以每小时一千美元的价格让他使用这部人形机，结果却闹成了这样，机器毁损得不成样子，还死了一个孩子。他怎么能证明，这不是他自己出于某种变态欲望干的好事？

但马修还是忍不下这口气，他拨打了那个商人的网络电话，简略地告诉他情况。

"算我倒霉！"对方唉声叹气说，"这件事你千万别闹大了，否则对我也没好处，这些机器是我们公司的，我只是趁没人管私下出租，想赚点小钱养活老婆孩子，如果你告发的话，我的事也得抖出来。"

"可是他们杀了人！那个女孩……"

"在我们的国家，同样的事情每天都在发生几百几千起，"商人闷声说，"这就是战争！这回你看到了……好了，损坏的机器我自认倒霉，也不用你赔，事情到此为止，好吗？"

马修握紧了拳头，很想打人发泄，却无可奈何。

马修下楼吃饭的时候，心里还想着那个女孩，心里很难过。母亲的唠叨也无心反驳。直到吃饭的时候，耳机忽然提示他，他接收到了一封新的声音邮件。

"嘿，伙计，"是他的死党肖恩，"好消息，我在网上碰到几个女孩，她们说今晚要去艾尔斯石上开 party，你知道艾尔斯石吗？她们说那是奥地利沙漠里的一块什么石头……你说是澳大利亚？管它在哪呢，我约了和她们一起。这回可以好好爽一把了，听说那边的人形机都是仿真的，据说性爱功能超酷的！"

马修不禁笑了起来，母亲看了他一眼："你笑什么？"

"没什么。"马修说，在冰箱里拿了一罐啤酒，惬意地喝了起来。有了远程感应服和人形机真好，你足不出户，就可以去世界上任何地方，做任何事情，有时候闲了闷了，就去伦敦喂鸽子，或者去澳洲泡妞，晚上还能准点下楼吃饭，这才叫生活！以前的那些可怜家伙，他们是怎么活的啊？

正如之前的无数异国经历一样，非洲的那座城市和那个死去的女孩，马修早已抛诸脑后，在这个伟大的时代，长时间想着一件不愉快的事情，可不是生活啊。

公元 2109 年

"曾经有一份真诚的爱情摆在我的面前，可是我没有珍惜，直到失去后才追悔莫及。人世间最痛苦的事莫过于此……"

电脑荧屏上，脖子上架着剑的至尊宝泪光莹莹地对紫霞仙子说。电脑前，林克目光呆滞地看着，跟着屏幕上的对话喃喃念道："……如果上天能够给我一个再来一次的机会，我会对那个女孩说三个字：我爱你。如果要给这份爱加上一个期限，我希望是——一万年。"

紫霞感动地扔下了宝剑，泣不成声，林克也动容地擦了擦眼角，就在这时，电脑上的图像消失了。

林克不满地嘟囔起来："露娜，你在干什么？"

一个柔美却毫无感情的女音从上方传来："您已经连续看了四个小时了，通过您体内的微型监测仪，我发现您的身体状况已经处于亚健康水平，之前我已经两次提醒您无效，因此按照基地管理章程第二十五条第三款，强制关闭了视频。"

"你就是一个破电脑，谁给你的这个权力！"林克不满地抱怨说。

"作为本基地的主控电脑，根据章程规定，除了站长之外，我的权力凌驾于任何个人之上，"电脑说，"包括副站长，也就是您。"

"他们都死了，"林克无力地说，"只剩下了你和我，我就是站长，你就不能听我的吗？"

"但是您没有得到上级的任命，按照规定……"

"上级个头！"林克终于爆发了，"你呼叫总部会有人答应吗？这都多少天了！他们全死了，整个地球都完蛋了，哪里还有什么上级！也许我是全世界惟一还活着的人！"

"的确有这种可能。"露娜平静地说。

"所以你应该听我的！"

"但是章程里没有这个规定，并且，如果您是最后一个活着的人类，那么您更应该珍重自己的健康。"

林克狂笑了起来："有意义么？珍重自己，为了什么？等外星人来救我？还是你能变成一个活女人出来跟我繁衍后代？"

"一切生物都有延续自己生命的本能。"

"可是人类作为一个物种却没有，"林克苦涩地说，"要不然，也不会有那一场战争了……"

是的，那场战争，林克想。中美两大霸权，乃至东方和西方两大军事集团，在三十年的冷战后，最后的激烈碰撞，迸发出了壮丽的火花，不，是一场遍及整个地球的大焰火，终极核战之火。四十八小时内，超过两万枚核弹——包括少量反物质导弹——在世界上八千个大小城市相继爆炸，几乎所有国家的政治经济军事中心都被摧毁，林克他们顿时与世隔绝，甚至不知道是否有人存活下来。

但对于大部分人来说，即使熬过了第一波核攻击，也会死在核爆炸带来的辐射尘和次级污染中，更不用说接下去对全球气候和温度的毁灭性影响，没有作物能够生长，只有最坚韧的生命才可能活下来。如今，那场战争已经过去了整整一年，外面却仍然一片寂静。

当然，林克不知道外部世界发生了什么，部分原因是露娜根本不让他离开基地——更确切地说，是这个房间。

　　林克无神地向周围看去，这是一个大约十平方米的房间，天花板矮得一伸手就可以摸到。墙壁上遍布按钮、电线和控制板，有两个明显的孔洞：食物输入孔和排泄物输出孔。房中散乱地堆放着一些仪器和电脑，没有床，只有一个脏兮兮的睡袋。

　　在过去的一年中，林克就是在这个狭小肮脏的房间度过的，惟一的活动范围就是这十平方米，惟一的娱乐就是看老电影或者玩弱智游戏，惟一的同伴就是不近人情的人工智能体露娜。

　　"为了让我活得好一点，至少你也得多开放两个舱室吧？"林克对露娜哀恳说，"我在这鬼地方实在待得烦透了！连走两步都不行！不看片还能干吗？光《大话西游》我就看了不下十遍了！"

　　"您应该很清楚，"露娜回答说，"自从去年的泄漏事故后，四块太阳能电板损坏了两块，我必须节省电力，目前基地内的生命维持系统只够这一个房间的，如果再开放其他房间，系统有崩溃的危险。"

　　是啊，那场事故，林克想，他知道那不是一般的事故，是战争爆发后一个受不了刺激的研究员发了疯，进行歇斯底里的大破坏。他本人和另外两个试图阻止他的成员一起死于那场事故，林克的最后一个人类同伴也在一个月后伤重不治而死。

　　"至少你应该让我出去。"林克说，"我有权利出去！"

　　"外面有很强的射线，危险系数很高，"露娜说，"长时间暴露可能对您的身体造成不利影响。并且您知道，章程的最重要规定是，基地本身绝不能处于无人状态。除非有站长或上级的命令，否则我无权放您离开基地。"

　　"又绕回来了，"林克哭笑不得，"简直是他妈的第二十二条军规。你还不明白吗？除了我，不会再有人给你下命令了！这种日子我还要熬到什么时候？"

　　　　　　　　　　　　　时间外史

"您今年三十五岁，"露娜将此当成一个问题严肃地回答，"按照现代人的正常寿命，还能活七十年以上，即使考虑到目前生存条件的恶劣，至少也能活五十年。至于我，如果太阳能电板不出问题并且注意保养的话，我还能正常工作一百二十万个小时，也就是一百三十六年，足够让您度完余生了。"

"哟，那我可真得谢谢你了。"林克讥讽说。

"不用谢，这是我应该做的。"露娜说，"也许这是我能够为人类做的最后一件事，你们人类叫送终吧？"

"也许你还可以为我做一件事。"

"愿意效劳，请问是什么事？"

"从电脑里滚出来让我操一顿。"林克恶狠狠地骂道。

"这我做不到，"露娜平静说，未受丝毫打击，"不过我的资料库里也储存了一些相关专业性影片，或许能够帮助您通过抚慰——"

"少废话，"林克吼道，"我要出去，告诉我怎么才能出去！"

露娜罕见地沉默了片刻，似乎在思索。

"露娜？"林克又燃起了希望，难道真的有什么路子？

"我在重新检查各功能单元的数据……"露娜说，"现在有一个好消息，如果从宽泛意义上理解'出去'的话，您可以使用三号人形机获得外部体验。"

"不是所有的人形机都毁了吗？"

"不，刚刚接收到三号机的数据，"露娜说，"它还在一千公里外的南极地区，在联络中断了九个月后，看来它的自我修复功能终于起作用了，至少暂时它能够正常使用，您想要远程操控它么？如果——"

"那还用说！"

露娜还没有说完，林克已经急不可耐地套上了远程感应服。

一片黑暗中，群星渐渐出现了，璀璨的、静谧的、永恒的群星，皎洁的银河在他头顶无声地流淌着。

林克发现自己呈大字形躺在地上，身体半埋在灰尘里，他站了起来，灰尘无声无息地落下。他发现自己是在一道山岭的顶上，他看到自己脚下，暗灰色的山脉起起伏伏，伸向远方微呈弧形的地平线，他知道基地和他自己的本体就在那些山脉深处。眼前的千沟万壑除了石头就是灰尘，一片死寂，如同沉浸在没有时间的深渊中，没有半点生命的迹象，甚至没有一丝风。

而在他的背后，是一个巨大的谷地，与其说是山谷，倒不如说是一个大坑，勉强可以看出圆形。它的直径至少有十公里，高达三千米左右，整座山丘事实上都是坑洞隆起边缘的一部分。仿佛曾有一颗大得不可思议的核弹在大地的中间炸开，才炸出了这样的结构。而远处，还隐隐可见许多类似的山谷，层层叠叠，满目疮痍，好像是远古诸神之战的遗迹。林克忽然有一种错觉，仿佛战争不是在一年前，而是在十亿年前已经结束了一样。

林克向天上望去，乳白色的银河横亘天空，在天顶一带的是古老的南船座，南极老人星正熠熠发光，下面是小却清晰可辨的南十字座，四颗亮星肃穆地从银河的背景中浮现出来。再下面是半人马座，明亮的南门二悬挂在四光年外，现在，宇宙中最近的星星也遥不可及，像是嘲弄着人类的一切征服宇宙的僭越梦想。

然后，林克在半人马座的左下方看到了那东西，在远离银河的地方，几乎就在地平线正上方，如同刚刚升起或即将落下。但林克知道，除了周期性的天平动，它的位置几乎永远也不会改变。

那是一个怪异的球体，大致呈灰白色，还带着黑色的斑点，在阳光下反射着耀眼的光芒，如同一轮满月，但比月亮要大好几倍，也要更亮。它在暗黑色的大地上清晰地照出了林克的影子。但林克知道，它当然不会是月球。

因为月球就在他的脚下，就是那沉寂的、死亡的古战场。

他看到的是地球，至少曾经是。

只是它已经几乎没有了蔚蓝色，变成了一个灰白色的球体。林克知道那是什么，是悬浮在大气中的辐射尘和核爆炸以及大面积燃烧后形成的烟雾颗粒，是曾经的人类城市和亿万人和动物的身体，如今他们已涅槃物化，变成了一层厚厚的烟尘，在高温作用下升腾进入了平流层，被大气环流带到了地球上空除两极外的每一个角落，如同给地球裹上了一层厚重的棉衣。

当然，这层棉衣绝不可能保暖，相反，明亮的反光表明它屏蔽了绝大部分阳光，让地表长时间被死亡的黑暗笼罩，至少会有十年，也许会有半个世纪。地球生物圈将和自己惟一的热量来源隔绝开来。绝大部分剩下的人和动植物都会因此死去，这将是自六千五百万年前小行星撞击地球以来最大的物种灭绝，而原因也将与之类似。

林克呆呆看着，在那个地平线上悬浮的球体上，已经没有了任何生命的色彩，没有绿色，没有蓝色，甚至没有象征人类战争的红色。它似乎变得和脚下的月球并无二致。那个他熟悉的地球已经消失了，变成了月球第二。而月球，和宇宙中任何一个地方——比如水星或者冥王星——都没有本质区别。

没有了人的世界，只剩下宇宙：无边无际的、空洞的、冷漠的宇宙。

一股突如其来的恐惧和绝望抓住了林克，他无法忍受再在这个无人的寂灭的宇宙中再待片刻，他切断了和人形机的连线，让自己的意识回到了基地中。狭小的房间和周围机器的嗡嗡声都显得无比亲切。

"欢迎回到月球基地。"露娜说。

"我要看电影，"林克深深吸了口气说，"快点，让我回到人的世界。"

这回露娜没有反对，百年前的周星驰和朱茵再次出现在荧屏上，演绎一场场悲欢离合，直到最后又回到了盘丝洞里，五百年间，惘然若梦。也许这一切不过是一个洞穴中猴子的梦。

人类是穴居动物，林克自嘲地想，从最早的原始人，不，最早的哺乳动物祖先起就是这样，即使树上的猴子，也不过是住在另一个树叶、树枝和树冠组成的洞穴里而已。人类建筑了房屋、城市、国家，本质上无非是洞穴的变形。一切战争，其实和蚂蚁打架一样，只是为了争夺藏身的洞穴。即使探索太空的雄心，最终也不过是在月球上挖了一个洞躲进来而已……

我们是柏拉图说的洞穴人，永远无法离开洞里，看不到阳光的光明灿烂，一切文明、科学、技术，只是为了更好地生活在洞穴里，最后也只能在洞穴中死去，腐烂。

林克漫想着，苦笑着，叹息着，不知什么时候合上了眼睛，沉沉睡去。

他做了一个梦，梦见人类长出了翅膀，飞向整个宇宙，飞向每一颗星星，将生命的种子播撒四方，征服了星空中那些他见所未见的世界……

那是人类这个种族最后一次做这样的梦。

公元 100000 年

"一、任何一个物体在不受外力或受平衡力的作用时，总是保持静止状态或匀速直线运动状态，直到有作用在它上面的外力迫使它改变这种状态为止……"

"二、物体的加速度跟物体所受的合外力成正比，跟物体的质量成反比，加速度的方向跟合外力的方向相同……"

"三、两个物体之间的作用力和反作用力，在同一直线上，大小相等，方向相反……"

深夜，阿树躺在岩洞深处，远离温暖的火堆，身上只有几把干草蔽体，冷得无法入眠，只有默默背诵着古老的咒文给自己催眠。当然，不光是冷，也有对新环境的陌生，毕竟这是他们第一天住进这个山洞。

阿树的部族从原来的河谷迁徙到这片森林已经半个多月了，在没有合适洞穴居住的日子里，他们之中冻死了两个四十多岁的老人，被剑狼叼走了一个三岁孩子，终于找到了一个理想的大山洞，山洞原来的主人是一窝熊鼠，他们把熊鼠杀了吃肉，在这里点起火堆，住了下来，人人都很开心，或许除了阿树。

阿树很怀念原来那个山洞，那个洞比这个大很多，阿树出生和成长在那里，对那儿的一草一木都很熟悉。但是整个山谷中的猎物日渐稀少，邻近的部族也屡屡侵扰，族长不得不带领他们离开故土，去山谷外寻找新的栖息之所。

但对于阿树来说，最大的损失是离开了那里的"图书馆"。"图书馆"是那片地方的名字，阿树也不知道具体是什么意思。对他来说，那是河边一片密密麻麻刻着好几十万字的石壁，里面有无尽的奥秘，包括人类的起源、历史和文明。但其中很大一部分已经被时间的手磨平，几乎无法辨认，剩下的内容中他能看懂的只是其中一小部分，还有许多奇怪的符号完全无法索解，他只认出来有些是数字，据说，这些符号描述了整个宇宙的一切：天地的形成、星宿的旋转、万物的结构、生物的分类等等。

但是，他读不懂那些内容，即使睿智的老师也不能完全读懂。即使他觉得自己能读懂的部分，也是通过记忆师历代相传的文字，其中许多字符已经失去了意义。譬如，他清楚地记得第一句话是"万物是由原子组成的"，但是"原子"是什么？他只能想象是一种微小的颗粒，水有水的原子，树有树的原子，石头有石头的原子，这好像解释了一切，但又好像什么也没有解释。

但刚才背诵的三大咒文他是懂得的，他花了很久才弄懂，但他确实懂了。比如他知道在一片平地上用力推一块石头，滑不了几步远就会停下来，那不是因为没有人继续推，而是因为石头和地面之间看不见的摩擦力，如果没有摩擦力，它可以永远滑动下去。他也知道如果用拳头去打一块石头，给出的冲击和受到的反击相等，只不过拳头远不如石头硬。

他知道的甚至比这多得多！譬如，他知道天上的星星并不是围绕着大地转动，而是大地和金星、火星等等一起围绕着太阳转动，月球又绕着大地转动。它们之所以进行这种亘古不息的运动，不是出于神的意志，而是因为它们的初始速度加上彼此间的引力，让它们能够永远运动下去。虽然他不知道具体怎么计算，但是他理解了最基本的原理。他的知识系统已经千疮百孔，残缺不全，但仍然有一个大致的框架，那是上古黄金时代最后的余晖。

但这又有什么用？他曾经试图跟族人讲解一些最粗浅的知识，可换来的不过是嘲笑。在古代，记忆师享有尊崇的地位，人们相信他们掌握通神的天启，他们担任国王或皇帝的大法师，指导他们制造马车、帆船和玻璃，但如今，他连怎么捕捉一只角兔或熊鼠都不知道。那些抽象的高级知识只有在一个发达的分工社会里才可能派上用场，但他一辈子都活在一个不到一百个人的小群体中，其中许多人甚至不知道怎么数到一百……

难怪在部族中，同伴们越来越看不起他这个记忆师，如果记忆师的存在不是历史悠久的传统，恐怕早就废除了。而他自己呢，如果不是他小时候瘸了一条腿，他也会去当一个英勇的猎人，而不是跟着一事无成的叔叔去做一个记忆师，害他失去了自己心爱的女孩……

阿树知道，在大地上游荡着几百几千个部族，但他不知道还有多少记忆师。去年，在一场部族间的战争中，他们曾经俘虏了另一个部族的记忆师，一个白胡子老头儿。他们两个部族的语言完全不同，但那个老人和他都会说一些"恩格里希"古语，并且也会书写，他掌握许多阿树不知道的知识，甚至还会背几首古诗。阿树和他谈了一夜，学到了很多东西，他苦苦求族人留老人一命，但族人不耐烦多养一张嘴，第二天，那个老记忆师就被活埋了……

"阿树，你睡了么？"一个轻柔的声音叫着他的名字，阿树转过头，借着不远处的火光看到了一张令他心跳不已的熟悉面容，是果子。

果子今年十八岁，比阿树小一岁，她和阿树一起长大，曾是部落里最出众的少女，阿树喜欢她，她也喜欢阿树。但一个记忆师没有资格挑女人，三年前，果子刚满十五，就成了部落里最强壮的猎人大河的女人，第二年生了一个儿子。大河去年秋天在和邻近部落的战斗中被杀，而果子不到三岁的孩子在十多天前也被剑狼活活吃了。因为儿子的死，果子哭了好多天，这几天才缓和一点。如今，她仍然年轻的脸上已经多了几条皱纹，看上去像是老了十岁。

"你还没睡？"阿树问。

"我睡不着，"果子说，"一想起孩子就……"她擦了擦眼角，"而且这里好陌生，我有点怕，阿树，你跟我说说话好不好？"

"小时候我倒是经常给你讲故事。"阿树感叹说，"一晃这么多年过去了。"一阵鼻酸的伤感袭来，怀旧，这几乎是黄金时代的奢侈情感了。

"其实我一直在想，当初如果不是你为了救我被恐猫咬伤了腿，只能去当记忆师，也许我们……"

"别提了，"阿树挥挥手，像是驱走愁绪，"反正都过去了。"

"阿树，你像小时候那样给我讲个故事好不好？"

"好啊，"阿树说，"我给你讲一个古代达克王国的米妮莎公主的故事，那是三千年前……"

"我听过了，"果子说，"而且那是个悲伤的故事，讲个别的吧。"

"好吧，"阿树想了想说，"一万五千年前，在东方大陆上，有一个古老的帝国，叫作大夏，皇帝有一个聪明善良的太子，他的名字是后舜……"

穴居进化史

"这个故事我也听过了。"果子说。

"那说这个吧……在更古老的时候——没人记得是多久，可能是五万年前，也可能是十万年前——那时候大地被热灰覆盖，天上也都是黑云，看不到太阳，大地上有很多恐怖的怪兽出没，有一位英雄，叫作古修罗……"

"这个故事你也讲过太多次了，"果子说，"阿树，你给我讲讲黄金时代的故事好不好？我一直没太弄懂。"

"黄金时代？"阿树说，"那是更早更早的事了，没有人知道在多久以前，那是历史开端之前的事，那时候，人类蒙诸神的赐福，住在高耸入云的楼房里……"

"什么是楼房？"

"楼房就是……我也不清楚，应该是人自己用石头造的……大树，但是很高很高，有的比山还要高，里面有很多洞穴，可以住几千个人……人们住在那些大树里，它们像森林一样一片片的，一座房子的森林可以住几百万人甚至更多。他们过着舒适的生活，抽取大地的血液，引下天上的电光，用各种不可思议的魔法满足他们的需要，他们乘坐迅捷的铁鸟，可以在太阳落山之前飞到世界的任何一个角落里去。甚至可以飞到天上，飞到月亮上去……"

"多好啊，"果子叹了口气，"我想那时候他们一定不用担心剑狼叼走他们的孩子。"

"不过他们也有他们的问题，"阿树赶紧把话题岔开，"那时候大地上有几万万人，不，是几百个万万人，他们耗尽了大地的丰饶物产，让世界变得贫瘠，最后他们自己也无法生存。他们想飞向遥远的星星，但是又不舍得离开大地上的洞穴……他们为了争夺剩下的物产打仗了，不是像我们那样用木棒和石块，而是用恐怖的雷霆和天火，一个雷霆就能毁灭一座山丘，一道火光就能摧毁一片平原。他们让大地寸草不生，而他们自己也不能免于灭绝，剩下的一小部分人躲进了地下，几千年后才重新出来，黄金时代就这么结束了，接下来就是黑铁时代。"

"那你说，"果子神往地问，"黄金时代会再度出现么？"

阿树苦涩地摇头："不，再也不会出现。"

"为什么呢？"果子很不解，"既然出现过一次，为什么不能有第二次？也许诸神会重新赐福给人类呢。"

"不是这样的，要恢复黄金时代，需要大地上的很多物产，比如大地的黑色血液，或者山脉中的矿石，经过无数复杂的步骤，制造出巨大的机器，才能重新找回古代的魔法。而那些物产，特别是其中提供动力的部分，在第一次黄金时代已经消耗殆尽了，再也不会恢复。甚至人类只要稍微增加几倍的人口，就会让大地无法承受，几千年内就会重新崩溃，就像我们打完了以前山谷中的野兽一样。只不过我们可以离开山谷，而人类却无法离开大地。

"自从黄金时代陨落后，人类已经有至少十三次复兴，而又重新衰落，人类一度重新建立起城市和帝国，商船遍及世界，如今又消失不见，也许将来还会有无数次复兴和衰落，就像一年四季一样，不断循环。自古以来，我们记忆师承担着将古老的历史记忆传下去的责任，负责在今天这样的大衰落时代保留火种，引领世界的复兴。

"但这场游戏不会永远继续下去。从黄金时代崩溃的那一刻起，这个世界的结局，这场生命游戏的最后一幕已经注定：我们无法离开大地，就只能灭亡。因为太阳也有自己的寿命，当它老去时，它的火焰不会熄灭，反而会变得更加狂暴。它将在几万万年内变得越来越热，将大海烤干，让大地干裂，所有的人和动物都会死去，从此大地上不会有任何生命生存。

"我们的末代子孙，将深深躲在地下的洞穴，吞下最后一块老鼠肉或其他类似的食物，喝干一点可以饮用的地下水源，然后无声无息地死去。"

阿树说出了他知道的这个世界最大秘密，也是叔叔临终时所告诉他的那个秘密，唏嘘着，扭头看果子，却发现她好像根本没有听自己在说什么，眼神只是直勾勾地看着上面。

"果子？"

果子回过神来："啊，你说得太深了，我听不明白……不过你看，那是什么？"她向上一指。

这下阿树也看到了，石壁上有一些斑驳褪色的图案。他坐起身，好奇地看着，借着远处火光他认出来，那是几十头栩栩如生的动物，有的像是角兔，有的像熊鼠或恐猫，但没有一种是他认识的，除了人。他看到一头野兽的脚下，踩着一个没有头的猎人，旁边一个男人拿着一把叉子叉向野兽，身后是一个女人抱着一个稚气的孩子。

然后他看到了更多的画面，人们手拉着手围在火边分食动物的肉，或者在一起跳着欢快而古怪的舞蹈，或者一起围捕某头凶悍的巨兽……

这当然是人类的手笔，但那是什么时代的画呢？阿树想不出来，那些野兽都是他见所未见的，一定是在很古老很古老的时代，或许在传说中的古修罗时代呢……

然而他看到了，石壁边上还有一块残缺的石碑，上面刻着一些古文字，他扑过去，借着火光，勉强辨认出了几处认识的文字："石器时代……壁画……遗址……四万年前……"

阿树倒抽一口冷气，那是黄金时代的古文字！如此说来，这些壁画还在黄金时代之前四万年，那是什么时候？一定是天地刚刚开辟，人类刚刚出现的时代吧……

但壁画上的这些人坚韧地活着，那些原始时代的人，对历史和未来都一无所知，但他们仍然活下去了。生活着，奋斗着，甚至充满快乐……

"看他们，"果子指着壁画上的一男一女和他们的孩子说，"他们像不像我们？"

"倒还挺像的……"阿树感慨说，"历经不知道多少万年，经历无数次文明的兴亡，我们又回到了出发点……"

"阿树，"果子在他耳边悄悄地说，"我们像他们一样好不好？"

阿树一怔，看向果子，果子的脸红了，垂下头说："我还年轻，想再要一个孩子，我们的孩子……"

阿树呆了半天，终于明白过来，胸中蓦然被奔涌的狂喜所充满："果子，你愿意跟我？可是我……"

果子嘴角含笑说："我就爱听你呆头呆脑地讲故事呢。"

阿树狂喜地战栗着，几乎呼吸不过来，在这一刻，黄金时代或黑暗时代，过去或未来，一切都不再重要。他只有一个念头：果子会成为他的女人，他们将会有自己的孩子，从此平庸无奇地生活在一起。纵然已经不可能再有新的未来，一代代的人们，他们总会生活下去，在亿万年生命的无奈和时间的残忍中，追求自己渺小却充实的幸福。纵然有一天这颗古老的行星烟消云散，至少人类这个渺小的种族，在宇宙中这个叫作地球的洞穴里，他们真正活过。如同无边无垠的宇宙中，亿万其他洞穴中的其他生灵一样。

他颤抖地伸出手臂，紧紧抱住了果子柔软而温暖的身躯。

黑暗的终结

1

故事真正的开头早已无从寻觅。但多少可以追溯到宇宙一个偏僻角落，那个曾叫作"地球"的已毁灭行星上。按照那个行星文明的通用纪元，是公元前 1628 年，那时，在地中海的克里特岛上，正是米诺斯文明的鼎盛时代。

一个夏天的夜晚，夜空中繁星若海。灿烂的银河横亘在天穹上，将银辉洒向夜幕下的海面，变成千万片粼粼的波光。海上片帆点点，远处，一艘挂满帆的商船正驶向海天之际。

海边的一块礁石上，一个白衣少年静静坐着，任脚下海浪经久不息地拍打着礁石，出神地望着刚刚从海上升起的猎户星座。他凝视着那闪烁的三颗明星，灵魂如飞翔在群星之间。

"阿尔戈斯！"有人在背后叫他，打破了他的遐想。

少年讶然回头，看到一个颀长的青年站在自己背后，他穿着上层贵族的绯红色袍子，袍带在晚风中猎猎作响。

"哥哥！你怎么来了？"

"我猜到你会在这里，"哥哥微笑着说，"父亲不让你跟那些商人出海游历，你一定很不开心，一不开心就会到这里来，聆听大海的声音。让海上的美人鱼们帮你平复愁绪。"

少年注视着在天际变成一个小点的帆船，叹了口气说："真的有美人鱼吗？我很想跟海商们去海外看一看呢。"

"可那些商人也不过是去埃及和利比亚而已，远没有到大海的尽头。你是看不到美人鱼的。"

"哥哥你说，大海的尽头到底是什么？"

"老师没有教给你么？大海四面都被陆地包围着，只有西面是一个海峡，那里的海岬上立着一根赫拉克勒斯之柱，那就是我们已知世界的尽头。"青年说着，在少年身边坐了下来。

"不，我不是问已知世界的尽头，我是问大海本身的尽头。赫拉克勒斯之柱外，仍然有着海洋，不是么？"

"嗯……是的，一些去过那里的旅行家说，赫拉克勒斯之柱外的大海无边无垠。"

"但人们说大海总有一个尽头，据说极西之地有一个悬崖，海水就从那里倾泻下去，落到虚空之中。"

"这我就不知道了，但那位著名的门修斯祭司告诉我，或许事情并非如此……"

"告诉我，哥哥，这是怎么回事？"少年急切地问。

"他说，大海是没有边界的，船开上一千里、一万里也到不了它的边缘，克里特岛，不，整个已知世界在那片大海上，就像水池里的一片浮萍一样微不足道。而在无边的海洋上，可能有几千几万个像克里特一样的岛屿，岛屿上同样住着其他人……不，或许不是人，是精灵或者巨人……"

"这倒像是亚特兰蒂斯的传说……这么说，它真的可能存在？"

"当然，而且那个祭司说，不止是亚特兰蒂斯，或许在大海上，像亚特兰蒂斯那样的岛屿还有成千上万个呢……"

"他是怎么知道的呢？"

"他是祭司，当然什么都知道，那是诸神的启示。"

"嗯，可是，"少年忽然想到了什么，紧张地说，"如果真有那些海外的人，那些海外人来到克里特岛，那会怎样？也许他们都是强大的巨人或者巫师，随便就可以杀光我们，并占领我们的岛屿，得到我们的宫殿、田园和女奴……"

　　"可他们为什么要这么做？"青年愣了一愣。

　　"哥哥，克里特是一个很大的岛，我们贤明的祖先在这里生活了上千年，但是最近几百年来，也已经人满为患。我前不久看到了王宫里的泥版档案，原来一千年前我们只有两千多人，可现在已经有十万人住在这个岛上！我们已经没有可以养活那么多人的食物，所以我们不得不去爱琴海开拓新的岛屿当作殖民地。那些海外的人，如果存在的话，难道不会面临同样的问题吗？无论他们的岛屿有多大，可以耕种的土地和居住的面积都是有限的。或许总有一天，他们会来占据这里，奴役我们……"少年忧心忡忡地说。

　　青年笑了笑："不用那么紧张，想想吧，大海中充满了凶险：风暴、礁石、漩涡、女妖、怪兽……我们克里特的船无法在看不见海岸线的大海上航行，否则很容易迷失方向。如果那些海外的人能够来到我们这里——不是偶然漂流过来，而是派军队来占领我们——他们简直可以说有神一样的力量！或许他们根本不需要吃东西，或者他们有魔法，可以从虚空中变出食物来。因此他们不用种田，也用不着奴隶……他们就像天上的众神一样，一定比我们具有更高的道德情操，即使他们到来，也是不会伤害我们的。"

　　"可是神话里说，诸神也经常杀戮凡人、奸淫妇女，比如宙斯……"

　　"门修斯长老说，那都是凡人的幻想，是他们把自己的龌龊想法安在诸神的头上！说到底，有谁看到过诸神做那些事？"

　　"但是我最近读了克里特岛的历史：我们的历史上充满了侵略和杀戮，我们的王宫曾经被牛头怪占据，后来英雄忒修斯又杀了牛头怪……而我们殖民那些爱琴海岛屿的时候，也杀死和奴役了很多

　　　　　　　　　　　　　　　　　　时间外史

当地居民……"

"是的，"青年叹了口气，"我们克里特人曾经做出过很多愚昧的行径。但是就算在本岛上，最近几十年来也逐渐实现了各氏族的和平和共同繁荣，仇杀已经停止了，现在就是对奴隶也不能随便杀戮，而要尊重他们的生命和健康。我们尚且如此，更不用说那些高度发达的海外文明了。所以放心吧，黑暗时代已经终结了，世界会变得越来越光明的。"

"但愿如此，我真想去那些海外的岛屿上看看，看看那里究竟是怎么回事。"

"阿尔戈斯，你真是一个矛盾的家伙。一面想去看那些遥远的世界，一面又担心那些世界会来占领我们。一面对外面充满了憧憬，一面又充满了恐惧。"

少年摸着脑袋，不好意思地笑了。

"你如果真的想知道，过几天我带你去见门修斯祭司好了，他可是一个博古通今的智者，一定能教给你很多东西的。"哥哥说。

"真的吗？"少年很是惊喜。

"那当然，不过真的没什么好担心的，"哥哥又笑着补充说，"那句古歌谣唱得好：'享用你的葡萄酒和你的女奴，直到世界的终结。'"

他们不知道的是，对他们来说，"世界的终结"即将到来。此时，在一百公里外的锡拉岛上，沉寂多年的火山口已经冒出了少许烟尘，这意味着人类历史记录中最大的火山喷发即将到来。三天后，随着锡拉火山的爆发，一百米高的海啸将咆哮着卷过这片沙滩并深入内地，让欣欣向荣的克里特文明从此埋没在历史的烟尘中。

2

在上述早已被遗忘的对话之后，又发生了无数对该行星的居民来说或重大或琐碎的历史事件，不过相对于宇宙的命运，这些总体说来都无关紧要，无须涉及。在此期间，地球又绕着太阳转了三千六百三十九圈。在公元 2011 年，北京五道口职业技术学院，一个本科的男生宿舍，离熄灯还没多久，几个寝室成员正在废寝忘食地追寻着……各自的兴趣。

"我靠，这书太牛逼了！"老二合上手中的《三体 Ⅱ：黑暗森林》，赞叹不已。

"老二，啥书让你那么激动？"老大一边打着《星际争霸》，一边漫不经心地说。

"一本科幻小说，巨牛！"老二说。

"科幻毛小说，都是瞎编，还不如跟我看小电影实在！"老三在床上盯着电脑荧屏上的画面，对老二嗤之以鼻。

"那是一个档次的事么？这书里提出了一个非常有意思的设想，叫黑暗森林……"

"擦，看什么黑暗森林，不如跟哥们看黑森林……"老三说。

"去，别打岔，你们说，有没有外星人存在？"老二谈兴不减。

"鬼知道有没有。"老大说，面前电脑的游戏界面上，虫族正和人族打得不可开交。

老四从一本厚厚的高等数学讲义上抬起头，插口说："银河系直径有十万光年，有四千亿颗恒星，地球这样适合生命出现的行星至少也有几百万颗，从概率上来说，有外星人的可能性很大。"

"老四，有你的！"老二赞道，"黑暗森林原理是说：宇宙的总资源是有限的，而有智慧生命存在的星体又很多，它们彼此都是潜在的竞争对手。所以最佳应对策略就是消灭和自己不同的文明，确保自己占有最多的资源……"

"嗯，听上去倒是有点道理。"老大说。

"有个毛的道理，"老三说，"这纯粹是用人类的心理去揣测外星人。人家如果有能力消灭其他星球上文明的话，那什么可控核聚变，什么星际航行都是毛毛雨了吧。文明程度那么发达了，还用得着去打打杀杀么？"

"你这话说的，"老二不服气，"西班牙人的文明程度那么高，怎么消灭了南美的印加帝国？美国人的文明程度那么高，怎么还对印第安人进行种族灭绝？还有——"

"所以说你还是拿地球的历史去套，"老三打断说，"说白了，那是因为他们还不够发达！现在美国不就保护印第安人了么？可见发达到一定层次，人的道德水准就会不断提高，外星人如果能来到地球，文明程度肯定比美国还要发达多了，更不可能会消灭地球人了。"

"嗯，听上去也有点道理。"老大说。

"可是宇宙的资源还是有限的，不管你科技怎么发达，怎么精打细算地利用，终归是有限的，总有一天要用完的，给了别人自己就没有了，这个悖论没法解决。"老二说。

"宇宙资源不一定是有限的，也许将来可以去别的宇宙呢？好吧，就算宇宙资源是有限的，也可以合作开发，合作才能带来技术进步。如果打仗的话，人外有人，天外有天，就算你能消灭其他的文明种族，或许自己某一天也会被更强大的种族所消灭。有必要这么玩命么……玩黑的没前途，和谐宇宙才是王道嘛。"

"那……那资源不足怎么办？"

"我给你举个例子吧，"老三笑着眨了眨眼，"就像最近红得发紫的奶茶 mm 跑到我们宿舍来，说要嫁给我们中的一个，咱们哥四个怎么分？"

"四个……那肯定没法分啊！总不能一起娶她？"

"不是那意思。比如说——我们打个比方——假设你是基佬——"

"去你的！你才是基佬呢！"

"打个比方，别激动——假设你性取向特殊，不喜欢女生，老大呢，只爱玩游戏，也不爱美女；老四将来是要出国的，得专心学习考托啥的，肯定也不能分心啊。既然你们都不要，那么最后奶茶mm就归老三我，这天公地道吧？"

"你……什么意思？"老二有点蒙了。

"就是说文明的发展，技术的进步，很可能导致智慧文明的自我节制，对于资源的需求也会降低或消失。那样，也就不存在对资源的争夺问题了。就像一些人自愿当和尚，当素食主义者，或者像老四这样不食人间烟火、一心要做学问的，什么都不要了，那还有什么争夺资源的问题？"

"啪"的一声，老四猛然把手中的教材合上，大家都吓了一跳，向他看去，只见他厚厚的眼镜片下，一对小眼睛精光四射："胡说八道！奶茶mm是我的，谁跟我抢我就灭了谁！"

3

上述无聊对话发生后二点二五亿年，那个叫作"太阳"的黄色矮星恰好围绕着银心转了整整一圈，重新回到这个偏僻星系的偏僻角落。当然，由于某些不明原因琐碎事件的影响，那个曾被其上的居民称为"地球"的第三行星，连同自己惟一的一个月亮，已经消失得无影无踪。但这一点对于太阳系的其他成员亦是无关紧要之事，它们仍然在原来的轨道上绕着圈子，像几十亿年以来一样，消磨着漫长的时光。

但它们不知道，自己的命运也已经走到了尽头。

在空荡荡的原地球轨道上，一艘"太空船"从虚空中冒了出来。

这不是地球时代人们想象中的那种圆形的飞碟、长形的空间船、环形的太空站，或其他任何一种千奇百怪的样子。比起它事实上的样子，这些想象都太缺乏想象力了。实际上它没有任何可见的机械形态，看上去只是一片小小的椭圆形的叶子，呈半透明状，发着淡淡的绿光。而它的体积也和普通树叶一样，大约只有人手掌的一半，在浩渺太空中和一粒尘埃也没多大区别。

但如果仔细看去，在这"叶片"中，有着极其精细的脉络及节点，构成一个复杂的网络结构。这个网络并没有固态的基础，而是在力场的约束中，由川流不息的各种微小纳米共生体所构成，它无时无刻不在变动，总体却又保持静止……这是地球时代的人们所无法理解的超级技术，是掌握了大统一方程式后才能出现的技术结晶。

"啊，这次要转化的居然是这颗恒星！"在绿色"叶片"的边缘，一个微小到只有几纳米长的星形智慧体惊叹说，以人类所无法理解的语言和表达波束。

"你认识它？"旁边另一个锥形体发出了信息。他们之间立即出现了一个信息场，信息以人类无法想象的速度和效率交换着。

"啊不，我没到过这里，只是看到过这个星系的三维图像。不过我的祖先很熟悉它，他们就是从这个星系起源的。"

"哪个行星？那个光环很漂亮的？还是最大的那个？"

"不，那颗行星已经被毁灭了，在一场星际战争中。那是很久以前的事了，差不多有……整整一个标准银河年了。"

"哦，怎么毁灭的？"锥形体饶有兴味地问道。

"还能怎么，在他们刚刚开始探索宇宙不久，就被高等文明发现了，然后就是战争，侵略……你知道的，古时候那些事。"

"不过看来你的祖先倒是逃过了这一劫。"

"没错，他们是被派遣到另一个星系的殖民者，他们活下来了，并且重建了那个——叫什么来着——'地球'文明。"

"后来他们复仇了么？"

"也许吧，我记不清了，都是上古时代的陈年往事了，最后也没找到那个消灭它的文明是谁……不过看到这个太阳还是挺有趣的，想不到第一次见到它就是我们要毁掉它的时候。"

"这没有办法，这一星区可以利用的能量源不多，那些黯淡的红矮星白矮星能级太低，没什么嚼头，那些狂暴的红巨星和蓝巨星又太不稳定，可以用来转化的也就是这种主序星了。"

"是啊，能源总是一个问题……不过，我一直在想，或许我们应该去那片星云开采。"

"哪片星云？"

"还有哪片？离我们最近的，像我们星系孪生姊妹一样的大星云，我的祖先称为'仙女座星云'。"

"啊，是它，那可比我们自己的星系还要大。"

"是的，想想吧，距离只有两百万光年，从银河系对着它的这一边，在相隔几万光年的天区，都是一抬头就能看到。它曾经引起多少诗人的遐想，哲人的沉思，探险家的梦幻……可是我们却无法到达它，不知道那上面有什么……"

"因为星系间没有足够密度的恒星进行远程蛙跳，除了用低效的亚光速飞船之外，我们没法过去。而那些甘愿花几百万年去那边的探险家总是一去不复返……我想他们是想要独占那个星系，根本就不想返回银河系。"

"未必吧，说实话，我觉得他们早就死了！大星云比银河系还要大，里面当然会有和我们一样的智慧体存在。那些探险家可能一去就被消灭干净了。"

"有可能吧，所以去大星云没有多少意义，反正银河系的能源还充足得很呢……"

"不，你不明白！"星形体忽然调高了一个情绪等级，"这恰恰说明，我们必须去大星云！如果我们不去，云中人随时会来的。"

"云中人？你是说大星云上的文明种族？"

"是的，银河系中有八百万个文明种族，大星云中可能还要多。他们也一定面临着同样的能源短缺问题，如果他们能够到来，说不定会把银河系都吸得一干二净。"

"我倒没想过这个问题……不过，我觉得不会那么糟糕。如果云中人能够轻易地到银河系中来，说明他们已经掌握了超统一方程式，也实现了我们理论设想中的超空间对穿技术，那么他们的技术水平必然远远在我们之上。恒星转化对他们来说，可能已经是落后的技术了，他们说不定可以直接汲取真空能，我的天，那将是无限的能源。"

"但空间能再大，也不是'无限'的，宇宙中没有任何东西是无限的。即使他们的技术远远超过我们，能源也不会是无限的。而他们最终还是需要我们的银河，需要我们的空间……到时候他们会运送一支大军来，消灭我们，消灭整个银河世界的。"

"我的朋友，你是错误地将银河系的历史搬到未来，搬到外星系人的头上去了。是啊，落后的野蛮的银河系，亿万年的银河战争，钩心斗角，自相残杀……糟透了，但是最后，全银河的八百万个种族达成了一致，建立了联邦政府，甚至我们的形体也经过改造后，变得彼此一致了——当然也是为了节省能量。不管怎么说，黑暗时代已经终结了，光明到来了。如果云中人比我们的技术更先进的话，那么他们不可能还不如我们的觉悟。说不定他们能教给我们超统一方程式呢。"

"也许吧，谁知道呢？不过我还是觉得……你知道我的祖先曾经……"不知怎么，星形体变得兴味索然，"算了，赶紧工作吧，快点把这个太阳给收拾了。"

"叶片"闪烁了一下，以光速向太阳飘去。几个小时后，太阳就像一根蜡烛一样熄灭了，无尽的能量被吸进了这片叶子中的一个微黑洞，又在银河系的另一头喷射出来。这一天是整个太阳系的末日，但这只是能源采集过程中的一个普通得不能再普通的环节，在银河世界没有引起一点注意、一声叹息。

4

如果从早已灭亡的人类的时间来算，又是五十多亿年后了。不仅太阳已经熄灭，而且那些曾经和太阳一起照耀过地球的诸星辰，也都已经熄灭很久了。

在两亿光年外，思想者回望着银河系。

如今，银河系比以前大了至少一倍，这是二十亿年前那次惨烈的超级战争中，它和仙女座星云碰撞和融合的结果。如今几十万光年范围内的冲突和混乱已经结束，代之以和平和秩序，两大星系已经融合为一。

但这是一个死气沉沉的世界，大半的恒星已经熄灭。诚然，至少还有百亿年的时间可以消磨，但是这个星系的辉煌岁月已经逝去，接下来不过是漫长的晚年。

而它，至尊的思想者，本超星系团一切智慧和文明的融合体，早已经离开了银河系，或者本星系团的任何星系，以及其他几百个星系团。它回首遥望银河系时，正如它某个最初的祖先在另一颗行星上回望着母星，发现所谓故乡只不过是一颗不起眼的星星而已。

就这样，它又跃升到了一个新的存在层次。它驻留在本超星系团的边缘。遥望着外部世界。

卫星、行星、恒星、星系、星系团、超星系团……似乎可以一直这么下去，直到无限……

不，这是一种错觉。思想者知道，在超星系团之上，除了宇宙本身，再也没有别的什么了。超星系团就是宇宙所包含的最大的结构，星系的最大聚合体，距离两百亿光年的宇宙整体，只有一步之遥。

而今它来了。思想者，整个超星系团的最高主宰和惟一意识，千万个星系中亿万文明的荟萃者和继承者。思想者和它的亿万前身，在百亿年的亘古岁月中，创造出了无与伦比的辉煌历史，征服了万千星系世界。在融合和探索中，终于，它得到了超统一方程式，让它得以彻底摆脱空间的束缚，实现在空间中任何一处瞬间移动。

它站在了宇宙本身的边缘，即将踏上最后的征途。聚合整个超星系团的能量，打通十亿光年尺度的超空间通道，到广阔宇宙的其他地方去。

它的征途将是星系的大海。

然而即便如此，思想者知道，它的超星系团也不过是宇宙中百万个超星系团中的一个。没有任何理由认为，其他的超星系团中不会有和它一样级别，甚至比它更强大的神灵存在。

但即使存在那些超级神灵，至少迄今为止它们还没有光顾它的超星系团。思想者的神识扫过整个超星系团，找不到有外部力量曾经介入的蛛丝马迹。

或者那些神灵并不存在，或者它们是善意的。超统一方程式已经让它能够自由地汲取空间能，而那些神灵，如果它们得到了终极统一方程，那么它们就已经与宇宙本身融为了一体。宇宙的能量就是它们的能量，宇宙的生命就是它们的生命。它们不会再对一个区区超星系团感兴趣。至少它这么想。

即使它们没有达到这一步，思想者相信，它们也是和它一样的意识融合体。早已摆脱了过去的敌对思维，在超星系团过去的历史中，诸如银河系和仙女座星系等各大星系或星系联盟曾经争斗不休，然而那早已是远古的事情了。如今，万亿个智慧种族都融合在它的统一智慧和记忆中，昔日的仇隙和战争早已烟消云散。对于其他超星系团的融合体来说，应该也是一样。

即使它遇到了对方，它相信，对方也愿意和它融合，在融合之后，它们可以保持独立的位格，并且交流彼此的海量信息，因而都能从中获益。它们可以联合起来，一心一意追索着终极统一方程的秘密。对于它这样的永恒生命来说，除了那至高的真理之外，宇宙中还有什么值得珍视的东西么？

无论如何，漫长的黑暗已经走到了尽头，光明就在前面。

思想者想着，通过思想本身聚合了整个本超星系团中无比的能量，昔日太阳的输出能量和这能量相比，还不如一道微弱的烛光和太阳本身相比。

空间的秘密之门被打开了。思想者化为一道物质与能量完美合一的激波，从那里奔向十亿光年外一个邻近的超星系团。

但它没有飞到那里，永远也没有。在一阵对它非常陌生的晕眩体验之后，它发现自己已经离开了超空间，并停留在了黑暗中。

思想者观察了一阵才确定，所有星系都离它远去，它被困在星系间的"空泡"中。

它曾经以为，空泡不过是星系间偶然形成的巨大空洞，没什么稀奇。但它发现自己错了。空泡中……有某种它无法匹敌的力量存在。

暗物质，暗能量，暗运动。它早已知道它们存在，但没有想到是以这样恐怖的方式存在。

在那里，整个空间已经被扭曲，变成维度怪异的空间势垒，它根本无法穿透，而暗物质和能量的狂潮，以低于普朗克常数的暗流涌入它自身的结构中，又聚合成宏大能量的利刃，将它从内部撕裂。面对这种攻击，思想者等于是不设防的。思想者积攒了五十亿年的力量和智慧，如同溺水的人面对无边海水一样无用。它无法逃脱，无法克服，无法自保，只有眼睁睁地看着自己的能量体渐渐被暗能量所侵蚀和磨灭。

这不可能！这不应该！事情不该是这样子，按照超统一方程，星系间不该有任何阻拦它的自然力量。

但这种力量……

思想者蓦然明白了，这种力量是某种"人为"的设计，某种不可思议的安排，一个十亿光年规模的陷阱，它不知道这个陷阱，是否特意为它所设，还只是它误入其中，但它注定无法逃离，无法幸免……

"你是谁？你究竟是谁？"思想者用意念吼着，那意念在超空间中洞穿亿万光年的距离，投射到整个空泡的四周、千万个星系。

但没有回答，只有永恒的死寂。它的意念逐渐模糊，直到消失在不可言喻的黑暗中，而黑暗也消失不见。

在神识逝去前的最后一刹，思想者知道：自己错了，黑暗还远远没有终结，甚至可能还没有真正开始……

5

这是最后的时刻。我／们知道，这是最后的时刻了。

无穷无尽的时光，只有在过去才能找到。将来再不是无穷尽的，终点就在前面。剩下的时光，每一分每一秒都在消失，变得越来越小，如同宇宙本身一般。

历经千亿年的岁月，宇宙已经走向坍缩的最后时刻。如今曾跨越数百亿光年的它，只有一个星系的大小。

张开的虚空重新合拢，分隔东西的星河再次聚头，广袤无垠的空间被引力拉回，重新归向一点，此即其出生之点。始点就是终点，宇宙画了一个完美的圆圈，又回到原点。

但历经数百亿年，进化出来的宇宙智慧，也将归于虚无。下一轮的宇宙，不知是否会开始，也不知如何开始，但可以肯定的是，已经不会有我／们了。

匆匆，何其匆匆！还有那么多的事业没有完成，还有那么多的遗憾没有弥补，还有那么多疑惑没有解答，我／们就要被虚无所吞噬。

无论如何，我／们终得以在宇宙毁灭前夕，完成了几百亿年以来人们所渴盼的事业，永远终结了各种族、文明、智慧体系之间的冲突，再也没有对资源的争夺，再也没有敌意和仇杀，再也没有陷阱和诡计。宇宙成为了我／们，我／们也成为了宇宙本身。

　　我／们是一，同时也是多，我／们是我，同时也是们。

　　但我／们清楚地知道，最后的和解和交融，并非我／们的本性上有了飞跃，而纯粹是坍缩本身带来的。由于不可逆转的坍缩，一切对资源的争夺都变得毫无意义。我／们即将烟消云散，这才如梦初醒。如果宇宙是免费的午餐，我／们也只是虚幻的食客。这悲剧的结局，让我／们欣然参悟，涅槃化生。

　　在宇宙之外，还有什么？是否我／们的宇宙只是大宇宙中某个黑洞中开出的幽暗花朵？只是绝对真空中量子涨落的一次潮汐？只是超膜上的一个气泡？是亿亿万万个宇宙之一？

　　没有终极统一方程式，这一切终极秘密，我／们什么都无法知道。

　　只有得到了终极统一方程式，我／们才有可能冲破宇宙的束缚，去探索那至为奥秘的外宇宙。那将远远超出我／们的时间、空间和想象力之上。然而这也不过一种理论上的可能而已。

　　在历经千亿年的摸索后，我／们还没有得到终极统一方程式。这不是因为我／们缺乏能力，只是因为信息不够，让我／们无法计算出最后的结果，我／们还无法离开这个宇宙。

　　但这自身不是便已是虚幻？宇宙自身产生的意识如何可能离开宇宙本身？这是一个悖论，即使得到了终极统一方程式，或许也不过证明这是不可能的。

　　但是我／们还未至于失败。还有一种可能，能让我／们在宇宙坍缩之前得到终极统一方程式。当宇宙重新汇聚到一点时，所有的信息也都汇聚到一点，只要收集了所有的信息，我／们的至高统一智慧便能在瞬间推导出终极统一方程式，明了这宇宙最终的真理。

带着数百亿年磨成的耐心，我／们静静等待着宇宙最后的坍缩。越来越多的信息经过漫长时光的流浪后，重新涌向我／们，被我／们所吸纳和消化，我／们明了了这个宇宙中所曾经发生过的一切细节。那些消失了的星球上的杀戮和对话，那些宇宙冒险家的孤独和徜徉，那些星系之间、星团之间的战争与和解，从最大的到最小的，我／们都已了然于心。

我／们也了解了一代代的智慧种族如何充满了对外界的好奇、贪婪和恐惧，以及对和平相处的期盼。光明与黑暗的交织，暴力与仁爱的对峙，一代代的欢笑和血泪……

那不是别的，正是我／们，宇宙意识本身的过去和记忆。一切，我／们都记起来了。

这个宇宙经历了漫长又漫长的黑暗，在无尽的亘古岁月中，一个个文明的火种像黑暗太空中的萤火虫，彼此杀戮，转瞬即逝。

然而，最终亿万代古人所期待的光明还是来了。漫长的黑暗时代结束了，光明将最终普照整个宇宙，直到它的灭亡。

正如古人们所说：结局好，一切都好。虽然这一结局未免来得太晚……

信息、信息、还是信息……在恒河沙数的信息中，无数历史变成了同时并存的现在，向我／们呼叫和倾诉：那些蒙昧时代的思考萌芽，技术时代早期的争论、恒星转化者的闲谈、星团之灵的哀呼，我／们都已听到，看到……我／们在那里聆听着，叹息着，思考着。我／们和他们同在，我／们和宇宙同在，和所有的时间和空间同在……

宇宙剧烈地收缩着，如同一个厌恶外部世界、要逃回母亲子宫的婴儿。从一个星系那么大，现在变得只有一颗恒星那么大了。一切物质都汇回到了原点，彼此渗透和进入，一切物理学的定律都已失效。然而它还在缩得更小，更小……从恒星变成了行星，从行星变成了小行星……

从宇宙诞生后不久，就持续几百亿年的黑暗终于消失了，微波背景辐射已经强到了让空间本身都开始发光。宇宙变成了光的海洋。黑暗被驱散，光明终于在事实上统治了宇宙，虽然剩下的时间也只有最后一刹那。

够了！最后的时刻已经到来，所有的信息都在我／们之中展现，我／们的灵体包含着宇宙，拥有了造物主的尊严。宇宙从开始到结束的一切，纤毫毕现，毫无遗漏。最后的计算已经开始，宇宙最深的本质将向我们开放。

距离最后时刻还有百亿分之一秒，计算终于完成。终极统一方程式在我们的精神中展开，它竟然如此简单，如此精妙，如此不可思议。

这方程也告诉我们，宇宙之外别无他物，宇宙的能量和引力恰好抵消，结果为零。引力的本质——亦即物质和空间的罪业本身——终将让它们返回虚无。

我／们生于虚无，也将归于虚无。虚无，就是终极的完美。任何离开宇宙的念头都是空想，绝无实现的可能。我／们将与宇宙同死，也将和它一同再生。当然，那时候已经不再有我们的精神和智慧。但那也很好，再没什么能打破我们永恒的宁静。

知道了这一切，我／们心满意足。我们的精神发出了一声叹息，和宇宙同归于寂。

但我们并未沉向黑暗，而是返回到无限的光明。光明的海洋上，没有一丝涟漪。

X

故事讲完了。

或者说，基本上讲完了。对于这个宇宙而言，能讲的也就是这些了。最多是还有一点点无足轻重的尾声。

好吧，如果你们要听的话，还是得从那颗曾叫作"地球"的已毁灭行星讲起，时间也仍然是公元前 1628 年……

"门修斯长老？"

"进来吧。"

少年走进了那间被人们敬畏地称为"圣所"的密室，好奇地四下看着。这里没有外面那些高大巍峨的石柱，也没有威严的神像和华丽的祭坛，只是一个用石灰岩砌成的简陋石室。没有圣物，没有装饰，没有图案。

一个穿着金色法袍的老人闭着双目，盘膝坐在密室正中，白发披散在他肩上，在这个神庙后面的密室里，如同端坐在天地宇宙的中心一样沉稳，少年一时看得呆了。

"请关门。"老人听到了少年的声音，温和地说，声音中却带着不可拒绝的威严。少年这才反应过来，用力关上了石门。于是房间又沉入了黑暗，惟有从高高的孔窗中射下一束细细的阳光，笼罩在老人身上，在他身上勾勒出一道金辉，显出格外的庄严和圣洁。

"最尊敬的长老，众神之王的代言人啊，冒昧打扰您的清修，我是阿贾斯的弟弟阿尔戈斯，是特地来向您请教天地宇宙的奥秘的。"

老人微微张开了眼睛，眯着眼睛端详着眼前的少年："我知道，阿贾斯提过你，说你是一个聪明孩子，有很多奇妙的想法。你来找我是为了什么？"

"我想问问您，世界的尽头是什么？几天前，我和哥哥讨论过这个问题，他说，您知道一切的答案。所以我冒昧来……"

"你找对人了，孩子。"老人慈和地笑了笑，"也找对了时候。今天，我可以告诉你你想知道的一切，只是恐怕你无法理解。"

"长老，我会尽力的。我想知道，大海的尽头在哪里？我们乘着船一直向西，会从大海的边缘掉下去吗？"

"这是比较容易理解的一点，只要你肯去理解。"老人说，"大海没有尽头，你永远不用担心掉下去，但也并非无限。在极西之处有一片广袤的大地，越过那片大地又是海洋，继续往西，越过千万里的距离，你会回到这个岛上。"

少年吃惊地瞪大了眼睛，过了许久，才期期艾艾地说："那个……如果我们一直向西，怎么会回来呢？"

"大地连同海洋是一个球体，如同一颗珍珠一样滚圆。这个球体悬挂在天空中，绕它转一圈后，便会回到原点。仔细想想，你就不会感到特别惊奇。你在海天线上看到远来的船只之时，不是先看到桅杆的吗？"

少年思索了一下，问道："如果是这样，但是生活在这个球体另一边的人，他们不会掉下去吗？"

"不会。大地这个球体本身具有一种吸力，能够把四面的人都吸住。所以无论你怎么蹦跳，都会回到大地上。"

"可是如果大地是一个球体，诸天……众神……它们又在哪里？围绕着这个球体吗？"少年越来越好奇了，已经将大海的问题抛在脑后。

"没有诸天，只有无垠的空间中悬挂着无尽的星辰，我们的太阳只是其中之一。只是我们离太阳太近，所以看上去它才比其他星星大很多而已。诸星辰彼此之间也被刚才说的吸力所吸住，绕着相互旋转，编织成复杂的舞蹈。众神，如果存在的话，也是在非常遥远的地方，遥远得难以到达这里。除此之外，人类所描绘的神的形象，只是自己的想象罢了。"

听了这些，少年疑惑地问："为什么您说的和平时我们说的世界完全不同？甚至和您对哥哥说的也不同？"

"真理是高贵的圣女，孩子，不能在众人面前展露自己，而必须穿上谎言的衣服。但你在恰当的时间、恰当的地点来到了这里，你成为了被神赐福之人，真理是你的新妇，你可以探索她最深的秘密。"

"那么这个空间……可有尽头？在它之外又是什么？"

"空间没有尽头，但是仍然有别的空间，别的空间不属于这个宇宙，也不和我们的空间连在一起。"

"我不懂。"

"你会懂的，孩子，到了世界终结之日，你就会懂的。"

"我可等不到那一天……那么长老，我们的宇宙到底是什么？它从何而来，又如何终结？"

"你问到了关键，聪明的孩子。某种意义上来说，宇宙是一个卵。"

"卵？"

"是的，一个卵，从虚无中产生，可以膨胀到无比之大，然后再次收缩，以致收缩回原点。它存在的惟一意义，是在自身中孵化出有智慧的生命，在它重归为原点时，智慧生命将汲取其中的能量，打破这个宇宙，如同小鸟打碎蛋壳以后蹦出来。"

少年似懂非懂地听着，忍不住问道："可是……小鸟打碎蛋壳，不用等鸡蛋收缩吧？"

"这只是一个比喻，孩子。小鸟要等到长成可以离开卵的时候，宇宙这个卵也一样，但是只有到收缩回一个点的一刻才能收集齐宇宙中一切时间、一切地点的一切信息，得到关于这个宇宙的整全真理。也只有在这一刻，才可能最大限度地聚拢能量。惟有如此，才能掌握离开宇宙的方法。"

"离开宇宙？去哪里呢？"

"去外面。如同小鸟从黑暗的蛋壳中出来，来到广阔无边的世界。"

"宇宙外面，那是什么地方？"

"无法形容，孩子，完全无法形容，只有到了那里才知道。"

"外面还有别的宇宙存在吗？"

"如海浪中的泡沫，海滩上的沙粒，天上的繁星，无穷无尽，无法计数。"

"可是那些别的宇宙……它们也是卵么？里面也有小鸟吗？"

"所有的宇宙都是如此。至少在我们的超膜上的宇宙是这样。"老人淡淡地说。

少年不知道"超膜"是什么意思，只是问道："那么别的宇宙中的……小鸟跑出来了么？"

"有的跑出来了，有的还没有。"

"小鸟跑出来了以后会变成什么呢？"

"变成大鸟，非常非常大的鸟，大得无法想象。"

"可是在宇宙外面，它们吃什么能长大呢？"

"吃别的卵。"老人一字一顿地说。

少年不由打了个寒战："可那些卵都是宇宙啊，怎么吃呢？"

"每一个宇宙都是可以吃的，坍缩了以后就能吃了。"

"但是按您刚才说的，宇宙坍缩了以后，里面的小鸟就出来了。"

"可以让那些小鸟孵不出来。"

"怎么让它们孵不出来？"

老人深深地看了少年一眼："只要在最细微的地方干扰那个蛋壳之内的秩序，让里面的小鸟无法得到宇宙完整的知识，因而无法领悟打碎蛋壳的方法，就无法在坍缩前离开自己的宇宙，只能和自己的宇宙一起坍缩掉，化为乌有。"

"可是如何扰乱那个蛋壳里的秩序呢？"

"很简单，"老人说，"那些孵出来的小鸟，当它们变成大鸟后，就可以让自己的一点点看不到的'孢子'渗入到那个宇宙中，靠汲取其中的营养维持自己，当鸟蛋破裂之日，这些'孢子'就会离开宇宙，回归母体。"

"可是，既然能进入那个鸡蛋，为什么不直接吃掉呢？"

"太生了，不好吃。坍缩了以后才能全部吃掉。对本来宇宙的干扰必须越小越好，以免影响坍缩。"

"这么说的话，"少年惊疑不定，"我们这个……宇宙也被外面的寄生虫潜入了么？"

"你很快就会知道的。"老人淡淡地说。

少年还想说什么，但就在这个时候，时间断裂了，整个石室从世界上消失，转瞬间无影无踪。

大地像波浪一样，上下震荡起来。少年踉跄了一下，差点摔倒。"出什么事了？"他惊慌地喊着。

老人终于站了起来，高大的身影如同威严的神祇。他的双目炯炯有神，放射出异样的光彩。

"远处的锡拉火山喷发了，诱发了海底地震。"老人说，"孩子，这并不是我引起的，不过我早就预料到了它爆发的时间。我需要它的能量去触发时间剥离机制，这是最后一步。"

"什么——时间剥离？"少年不明所以，但垂直的震动很快变成了左右晃荡，四周的墙壁轰然倒塌，屋顶的巨石向他砸了下来。少年吓得魂魄俱散，只觉得眼前一黑，但是——

什么事也没有发生。少年忽然发现，自己和老人被笼在一个淡淡发光的光球之中。这光球并没有挡开砸下的石块，但它们穿过他和老人，却毫无损伤。墙壁倒塌后，外面的一切他都看得到。他看到房屋一片片倾塌，山顶上的王宫顷刻间也化为废墟，在神庙内外、街巷上下，人们四散奔逃，挤压践踏。而在远处，像高墙一样可怖的海啸已经迅速推移了过来，一路上吞噬着无辜的路人，直冲他们而来，要将这渺小的二人一口吞没。

那堵比最高的城墙还高的水墙向他们逼近，少年本能地想向外跑，却发现自己不知怎么，悬浮了起来，动弹不了，使不上力气。海浪如千军万马般涌来，从他们身上卷过，却再次如同穿过虚空。

还没等到少年反应过来，海啸的浪潮又都不见了。少年只觉得周围的光一明一暗，他抬头望去，太阳正飞快地飞驰过天穹，落到西方的地平线上，又很快在另一边出现。

"这……这是……"

"我们已经脱离了原来的宇宙，而进入一个独立的时间线。"难以索解的话语从老人口中缓缓说出，"我们的时间现在比原来的世界慢几千倍，一天只不过是一眨眼的工夫。"

少年似懂非懂，张口结舌。他看到，太阳的运动越来越快，最后变成了一条横贯天空的金色光带，随着季节的变化而在南北方向上不住飘移。冬去春来，草木从枯萎变成繁荣，又从繁茂变得枯萎，在原来建筑的废墟上，新的城市出现了，熙熙攘攘的人群从他和老人身上穿过，但那些人看不到他们，也听不到他们说话。他也看不清楚那些如风如电川流不息的人群。事实上，他看不到除了永久景物外的任何东西。

很快，他看到城市一下子就倾颓倒塌，夷为平地。又有陌生的建筑兴起，然后再次崩塌。植被变化的速度也越来越快，最后变成一片相对恒定的黄绿色。

"现在，我们这里的一眨眼工夫，相当于外面的一年，不，十年二十年了。我们已经远离了本来的时代，现在已经是至少一千年后了。"老人说。

"这怎么可能？你施展了什么魔法？"少年惊恐地叫道。

"我们在一个时空碎片里，"老人说，"这个碎片已经从原来的宇宙上分离开来，从此，那个宇宙中的任何手段都不可能追索到这一碎片本身，对于大宇宙来说，这一部分信息永久遗失了。"

"你是说，爸爸、妈妈、哥哥，他们都——我再也见不到——"少年惊骇不已，浑身战栗。

"我很抱歉，孩子。他们应该在火山喷发的时候就已经死了，现在他们的骨头都化成灰了。我本来没有打算带上你，但是这时候你进来了，而时间剥离的进程不能耽误。阿贾斯说，你是个好奇的孩子，一直想知道世界的奥秘，那么，如今世界就在你面前，你是这个世界，不，这个宇宙从开始到结束最幸运的人了。"老人缓缓地说。

但少年惊骇地看到，外面的世界已经被一层层土壤覆盖起来，渐渐挡住了他们的视野。最后他们沉入了一片黑暗中。

"两千年后了，沧桑变化，我们被深深埋在了地下。"老人说，"不知道这将持续多久。"

但片刻之后，他们又见到了阳光和大地。虽然看不清运动中的人和机器，但是远处，高耸入云的楼群屹立着，隐隐约约还有一些他无法理解的巨大机械体，昭示出一个崭新的时代。

"神庙的废墟被挖出来了，新的城市也出现了，看来这个世界有了初等的技术文明，也许很快我们就会看到他们出发，去征服星空……"老人点着头。

但这一切仅仅维持了很短的一刹那，还没等他看清楚，脚下的大地就消失得无影无踪，阳光变得明亮了许多，但他们却悬浮在黑暗的空间中。少年有一种向下坠落的晕眩感，不由失声惊呼了出来。

"古老的大地消失了，"老人说，"如今你看到了，我刚才说得没有错，大地是悬浮在黑暗的空间中，一直都是。"

"可是大地……大地到哪里去了？"

"我也不知道，或许是有愤怒的诸神从远处到来，毁灭了它。如今只剩下虚空。"

大地消失之后，时空碎片停止了按照大地的转动而转动。太阳恢复为一个金黄色的球体。而众星也罗列在他们上下左右。一切静止了下来，他们悬浮在空间中。但远处仍然有一道道颜色不同的奇特光环，它们缠绕在一起，环绕着在黑暗中仍然光芒万丈的太阳。

"那是各大行星，"老人说，"你看，水星、金星、火星……它们仍然在黄道面上绕着太阳转动。"

少年向更远处望去，看到了猎户座那熟悉的三颗亮星，然后是天狼星、昴星团、北斗七星、银河……在这诡异至极的环境中，少年又认出了那些他熟悉的星座，几千年前，它们曾悬挂在克里特岛的夜空上，如今它们仍然存在。他恐慌万分的内心总算感到了一丝安慰。

但仅剩下的这一丝安慰很快也消逝了。少年渐渐发现，远处那些本该亘古不变的星辰慢慢地也开始了移动，形状发生了明显的漂移，而且速度越来越快……最后甚至作为背景的银河也开始变化了。

"星星都在运动着，孩子，而且速度很快。只是宇宙太大，距离太远，平时看不出来。而如今每一刹那，就是几千几万年过去，星星的运动也就变得明显了。"

旧日的星座已经消失在杂乱无章运动的群星之间，遥远的银河逐渐变大，仿佛向他们扑来，要将他们吞噬。然而当他们接近银河时，它竟渐渐消失了，融解在千万颗明星中。如同走近远处的森林时，本来完整的森林变成一棵棵树木。熟悉的星座消失在陌生的星海里，亿万颗新的星星伴随在他们周围。

"我们现在在哪里？"少年惊讶地问道。

"我们已经跟随着太阳，进入了银河深处。"老人说，"没错，就是你在天上看到的银河，那是由无数星星组成的大河。太阳在宇宙中跋涉，每过几千万年就会进入一次这样的银河。在我们刚刚告别的时代，太阳正好在两条银河之间，现在它进入了一条新的银河。"

但是不久后，密集的星辰又渐渐变得稀疏，银河再度出现了。但那是另外一条银河，和之前的形状完全不同。少年往后面看去，那里也有一条陌生的银河。

"我们已经离开了原来的银河，再次进入两条银河之间，事实上，这两条银河相互盘旋着，形成一个类似漩涡的结构，我们本来在这个大漩涡的一边，现在已经来到了另一边。太阳和其他星星一样，围绕着这个漩涡的中心旋转着，每转一圈要超过两万万年……在克里特的神话中有几万年循环一次的'大年'，但你现在看到了，这是真正的'大年'。"

时间流逝的速度还在加快。如今，每眨一下眼睛，或许就是几十万、几百万年过去了。较近恒星的运动在少年面前画出纷乱的线条，已经无法辨认，而太阳也明显地对着一道银河俯冲下去，畅游在星海之中，又从另一头钻出来。少年觉得自己如同乘着快马，在山丘和平原间驰骋着。

老人难懂的话语还在他耳边响着："我们现在是以超过光的几百几千倍的速度在银河漩涡中转动着，这在真实宇宙中是不可能发生的。因为光速是最高限制，而你接近光速时所看到的一切都会失真……但这里不同，时间球的运动速度并没有超过光速，只是时间本身的流逝加快了，所以你看到的仍然是宇宙的真实景象……"

这时候，他看到了漩涡的中心，一个明亮异常的橙红色的核，笼罩在一层层厚厚的蓝色的光晕中，并且明显在转动着。他敏锐地猜到，那些看上去云雾状的结构都是亿万星辰的聚合体。他转向老人，带着询问。

"在那个中心，有一个巨大的……空洞，有几百万个太阳那么大。"老人说，"它产生难以想象的吸力，让整个星系连成一体……"

"我不懂。"少年绝望地说，"自从那个什么时间剥离之后，我什么都不懂。"

"没关系，你以后会懂的。"

"我只知道一点，"少年凝视着老人说，"你绝对不是人类。"

老人神秘莫测地微笑着，没有否认。

"那么你究竟是……是什么？"少年鼓起勇气，大声问道。

"如果你还没明白，至少很快会明白的。"老人摇头说。

在一霎间，太阳迸发出强烈的光芒，然后又消失不见。最后只剩下茫茫星海，仍然以肉眼能够看到的速度湍急地流动着。少年觉得，自己真的像水手一样，在大海上远航了起来。但却是一片他根本无法想象的海洋。

不久后，少年看到，一片星云在头顶渐渐变大。他认出了老人所说的漩涡形状。那片星云急速地转动着，向他们俯冲下来。

"你应该认识它，"老人说，"这是仙女座的那片星云，它其实是比我们的银河漩涡更大的漩涡，它朝向我们的银河运动着。"少年想起来，这片星云他曾经在海滩上凝望良久，努力想看清楚究竟是什么，但总是模模糊糊，看不仔细，想不到真正的它却是这个样子的……

大星云覆盖下来，在纷乱中和银河融为一体。老人告诉他，它们已经合并为一个超级巨大的星系。

时间球脱离了原来的星系，飘浮在黑暗的星系间空间中，少年看着新形成的星系在自己脚下转动着，从明亮的核心，几条巨大的银色"手臂"舒展开来，气势磅礴。他认出来，那些手臂，就是以前的银河。

但这是最后的辉煌了，很快，灿烂的星河渐渐暗淡，蓝色的星团消失了，然后是黄白色的星星，最后只剩下一些暗淡的小红星。星辰一一走向熄灭，虽然有新的星星出现，但却愈加稀少，但星河之间的距离却逐渐靠近。少年看到，那些同样遥远的星云开始向他们靠近。

老人闭上眼睛，不再解说，少年又迷惘地看了一会儿，终于渐渐省悟，宇宙正在走向坍缩，走向死亡。

最后的时刻，近了。

而在垂死的宇宙之外，不知道有多少只"大鸟"正在等待着将它吞噬。那些可怕的猛禽，它们设下狡诈的诡计，让门修斯长老这样的潜伏者进入宇宙之中，将微小的时空剥离出去，用这种简单的方式，就能扼杀宇宙中的全部生灵，让它们随着坍缩而死去。为的就是自己食用方便，无人打扰。

这就是宇宙的结束，一个无比黑暗的终结。

但对于超膜上的世界，一切或许刚刚开始……而他很快就要见到这一切了。

少年思考着，害怕着，战栗着。老人似乎察觉出了他的恐惧，轻轻地用手抚摸着他的头发。这来自几百亿年前亘古时代的一老一小，一对奇异的组合，就这样静静地看着宇宙的终结。

在宇宙终结的时刻，时间球脱离了宇宙，进入了更高的——黑暗。

三国献面记

1

故事是这样开头的：

> 赤壁之战中，曹操的八十万大军都被烧死了，曹操一个人逃了出来，在刘备和孙权的通缉下隐姓埋名，四处乞讨，就快要饿死了。后来他来到长江边的一个渔村，村里一个姓郝的姑娘可怜他，给了他一碗香喷喷、热腾腾的鲜鱼面吃。曹操狼吞虎咽地吃完了，觉得这辈子从来没吃过这么好吃的东西，这碗鲜鱼面保住了他的命，让他有了力气逃回许都。后来曹操当了皇帝，想起郝姑娘的恩德，就派人回华容娶了郝姑娘为贵妃，郝家的鲜鱼面也成了宫廷美食，因此名扬天下，成为一道中华传统名点……

2045 年秋天的一个下午，我坐在自己的办公室里读着刚发送给我的这段不知所谓的话，一边大皱眉头。这都是什么乱七八糟的？简直可说是漏洞百出。曹操虽说在赤壁战败后溃逃，也不是他一个人，又何至于讨饭？后来华容道上，关云长义释曹操，这是人人都知道的历史故事，和什么郝姑娘、鲜鱼面又有什么关系？再说曹操只是称王，皇帝是追封的，真正当皇帝的是他儿子曹丕，看过《三国演义》的都知道……

我微微摇头，关闭了智能眼镜上的资料显示，望向对面的女郎，皱起的眉头不自觉地又舒展开来。那个女郎站在会客厅的一角，正在端详墙上1949年开国大典时的巨幅彩照。她长发披肩，身段窈窕，亭亭玉立，发现我在看她，转过头来微微一笑，容光照人。我顿时有一种春风拂面的感觉。

"那个……"我好不容易才找到话头，"郝思嘉小姐，你给我看这个故事，是让我们帮你去考察这个……传说的真假吗？"

我们的"小时代"时间旅行公司接到过不少莫名其妙的要求。今天有人要考证殷商舰队有没有到过美洲，明天有人要看玄奘西游是不是带了一只猴子，后天有人来问宋朝有没有郭靖黄蓉……至于家族传说中那些纯属胡扯的说法就更多了。去开动时间机器查看这种虚无缥缈的传说，纯属把钱往海里扔。好在《历史时段保护法》出台之后，这种烦恼少了很多。

郝思嘉却摇了摇头："不，林先生，这个故事是胡编乱造的，没有人比我更清楚了。"

"那你的意思是……"

"三十年前，"郝思嘉在沙发上坐下，凝视着我说，"有一个叫郝二蛋的湖北农村青年，到武汉城里打拼，开了一家小面馆，卖自己做的鲜鱼面，这种面是用鱼头、鱼骨和一种特别的酱汁熬的浓汤，加上筋道的手擀面和时令鲜鱼虾做出来的，在他家里也算是祖传，不过没什么名气。为了给自己的面找点由头，他绞尽脑汁，模仿其他饭馆里的美食来历传说，编了上面那个故事，装裱了贴在面馆的墙上。他只有小学文化，没有学历，故事当然也破绽百出，稍有文化的人看了都觉得哭笑不得。"

"是啊，这个故事确实离谱了点，看过《三国演义》都不会这么写嘛。"

"故事写得这么糟糕，郝二蛋的面馆生意自然也就不怎么样。不过塞翁失马，焉知非福，就在他垂头丧气，打算关门大吉的时候，有个叫马宝瑞的畅销书作家偶然进了面馆，看到墙上的这段话，觉得好玩，给拍下来发到了微博上去——微博是当时的一种社交软件，类似今天的脑博——转发了几十万条，郝二蛋的面馆一下子声名远扬。远远近近不少人都'慕名'来看他自编的美食起源，有的还要了鲜鱼面吃，一边吃一边装成曹操落魄的样子玩cosplay，生意居然红火起来。不少人一开始只是为了好玩，后来真的喜欢上郝记鲜鱼面了。"

"看来这鲜鱼面确实味道很不错。"

郝思嘉笑了笑："这个嘛，有机会你来尝尝，多少有些独特的风味吧。总之郝二蛋的面馆一下子出了名，利润也滚滚而来。过了两年，郝记重整了店面，开了分店。又过了五年，分店开到了其他城市，二十年后，郝二蛋在国内外有超过一百五十家分店，还在美国上市了。今天，郝记已经是国内有数的餐饮业巨头——"

"等一下！"我叫了出来，"你是说，那个郝记就是……就是鼎鼎大名的'郝味道'？这家店我知道，我家楼下就有一家啊。"

"是啊，我的名片上都有。"郝思嘉提醒道，"刚才给你了。"

我忙从兜里掏出她的名片仔细端详，果然看到在"郝思嘉"三个字下，印有"郝味道股份有限公司执行总裁"字样。刚才她给我名片，我看到这名字就想起《乱世佳人》，加上只顾看姑娘俏丽的容貌，便没留心看下面的字。我又惊诧地看了她一眼，郝味道可是赫赫有名的公司，这姑娘看样子才二十多岁，就做到了执行总裁，她又姓郝，难道是……

"郝二蛋就是我父亲，"郝思嘉像看穿了我的心思，直言道，"他后来改名叫郝伟旦，原来的名字就不怎么提了。我父亲其实是一个很有自尊、很要面子的人，最无法忍受别人嘲笑他。当初鲜鱼面起源的笑话，虽然给了他发家致富的机会，但他心里一直耿耿于怀。不过天大的笑话已经闹了，还能怎么办呢？所以当'郝味道'成功以后，我父亲就一直设法想把这件事抹去。不但公司内部绝口不提，还出了许多公关费，让报纸和杂志上也不要提及此事。所以这十多年下来，虽然'郝味道'越做越大，这件事却渐渐沉下去了。"

"是啊，我就没有听说过。"

"但如果要找的话，网上还是一搜就有，知道的人也是不少的。所以我父亲一直也没有放下这个心结，直到几年前，得知时间旅行向民用开放之后，他才有了一个大胆的想法，可以彻底解决这件事。"

"不会是回到三十年前，去让你父亲换一个鲜鱼面的故事吧？"我不由苦笑，"但这是你们家发家的关键原因啊，如果这样的话，那不是'郝味道'都不存在了？"

"当然不是了，"郝思嘉摇头，"我父亲的意思是，回到三国时代，去让曹操吃上这碗鲜鱼面！"

我愣住了，过了片刻，才摇摇头："这不可能。"

"怎么不可能？"郝思嘉一副胸有成竹的样子，"我们只需要回到三国，去给曹操送碗面吃就行。如果曹操的确吃到了这碗面，那么就证明了我父亲没有瞎编，最多是细节有些不准确。那么不仅他的心结可以放下，而且如果我们设法把这场景拍下来，对公司也是非常有力的宣传。"

"郝小姐，你应该知道这是不可能的。"我叹口气说，"由于时间旅行的量子干扰效应，任何时空点的时间旅行都会对原有时空平滑度造成破坏，所以你进行了旅行之后，这一时空区间被损坏，下一次别人就无法进入同一时间段了。目前还没有很好的办法能够解决这个问题。所以根据《历史时段保护法》，开放民间旅行的时间段基本都在冰河时代之前。你要去侏罗纪看恐龙那是一点问题也没有。可要是回到三国，那就……难了。"

郝思嘉一笑："林先生，我是燕京大学历史系的硕士，我自然有我的关系，可以让上面特批一个历史研究开放许可。"

我有些惊讶地看了她一眼，的确，为了历史研究的需要，政府也会允许一些历史时段的时间旅行，但那是为数不多的特例，想不到郝思嘉能拿到特批。

"但这也不能解决你的问题，"我回过神后说，"这种特批只能限于通过历史视窗观看历史事件，绝对不允许进入和改变历史世界，否则的话，我们会涉嫌改变历史，说不定得在牢里过下半辈子了。"

"具体操作起来很容易规避，不会有人知道的。据我所知，这种事国内外很多公司都干过，说白了，如果你们不去，别的公司也会去。"

"可万一查起来……"我仍然心有余悸。

郝思嘉含笑问："林先生，请问在贵公司进行一次常规时间旅行收费多少？"

"五十万。"我料到她要说什么，"不过郝小姐，哪怕你给我一百万我也不会——"

郝思嘉伸出了右手，五根白皙纤细的玉指伸展在我面前。

"五千万，"她说，"我出五千万。"

我一时愣住了，郝思嘉凑到我的耳边，用一种魔鬼般诱惑的声音说："给你一个人的。"

2

这么说可能比较矫情，不过我不全是为了那笔钱，当时不知怎么，鬼使神差地答应考虑一下看看，或许心底是想和郝思嘉继续接触吧。

而且到头来那笔巨款基本也没归我。"小时代"管理还是比较严格的，时间机器绝非我一个人所能开动。郝思嘉的头一笔款子到账后，我不得不拿出其中大部分来打通各个关节，自己几乎没留下多少，不过在这过程中我也了解到许多以前不太清楚的事。

时间旅行中争议最大的就是改变历史的问题。许多民众都害怕，时间旅行者回到远古踩死一只蚂蚁，于是人类文明灭绝。但自从人类开始时间旅行后，即便是所谓纯观察的过程也不可避免地会对周围环境造成一定影响，比如热辐射、电磁波吸收等等。如果有所谓蝴蝶效应，历史也许早就改变了——当然，也可能确实改变了，但我生活在改变了的时空里，自然也不会知晓。

无论如何，我们所要干的比起纯观察也不过进了一小步。其实这样的禁忌之旅偶尔也会发生，只要小心点，也不会出什么事。我听说了许多真真假假的故事，比如在时间机器的早期试验阶段，就有人跑去听上个世纪的爱因斯坦拉琴，又派了个姓项的特种兵回到战国去见证秦始皇登基，结果再也没有回来……还有一个广泛流传的故事，说有人偷偷跑去1815年的厄尔巴岛把拿破仑放了出来，让他又复辟了一回，建立了百日王朝，我不禁纳闷，难道本来的拿破仑没有复辟过吗？

不管怎么说，出了这些事以后，地球照样运转，看起来并没有什么不妥。我们给曹操送一碗面吃，好像也不是什么大事。

可惜纸包不住火，我们的计划才刚刚开头，公司姚总就找我去谈话，果然有人透了风，东窗事发，我绝望地等着坐牢。结果郝思嘉打了个电话，一切都摆平了。

她又追加了五千万。

一亿元是一个有魔力的数字，我们整个公司都被她买通了。实际上现在时间旅行的生意不好做，成本高昂，一般人消费不起，又只限于观察，大部分游客新鲜劲一过，就丧失了兴趣，而且不少可以观察的时间区域都沦为了损坏区，更影响业务。我们公司每年都要亏损几千万，郝思嘉这笔钱，真是救命稻草。所以整个公司的高层都冒着坐牢的风险，要做成这笔生意。

最后，各方面酬劳重新调整后，我成了新成立的"面操"（"下面给曹操吃"的缩写）项目的实际负责人（也就是说，出了事黑锅我背），拿到了五……万，也不少了，不是？

不管怎么说，事情已经上了轨道，在此后一年里，我和郝思嘉经常见面，讨论这个项目的具体细节。郝思嘉不愧是历史学科班出身，帮我搞清楚了很多混淆的地方。

"这么说，关云长义释曹操只是传说，不是历史？"一天见面时，我问她。

"是的，《三国志》只是说刘备派人追击未果，没有什么关羽在前头伏兵的事，你想想也知道，曹操战后是往自己的地盘逃，刘备如果要埋伏，得在赤壁之战前就派关羽率军深入曹操的后方，这非常危险。即使可行，变数也太多了，根本不策略。"

"原来如此，"我点点头，"可我还是不明白，华容道是个什么道？为什么曹操非从那条道走呢？"

郝思嘉干脆从头说起："曹操战败后要回到曹仁留守的江陵，也就是南郡的治所，必须要经过一片巨大的沼泽区。在春秋战国时代，这一带是一个一眼望不到边的大湖，就是著名的云梦泽，到了三国时期，云梦泽在很多地方已经干涸了，但仍然有大片沼泽湿地，十分难行。华容道就是穿越这片大沼泽的一条要道。"

"原来如此，"我恍然大悟，"我被电视误导了，还以为是山里的小道呢，那么我们这次送面就在华容道上了？"

"是的，这是最好的选择。实际上，赤壁之战时段已经由历史学家们打开过时间视窗进行了观察，资料比较多，我们可以利用。"

"那曹操败走华容道的时间区域还能够进入吗？"

"这个没问题，由于经费问题，观察正好在曹操逃离赤壁战区之后就中止了。但在那一时段，观察的范围也包括了从赤壁到江陵的广泛区域，我们完全清楚了华容道的地形。"

时间视窗实际上是一个极小的时空蛀洞，可以接收到周围环境中的信息如电磁波，再通过数据分析还原出当时的原貌。我不久后就看到了赤壁之战的画面，从画面上可以看到赤壁战后，曹军的部队在赤壁附近就被刘备、孙权的追击部队分割歼灭，曹操带着一股残兵逃窜，第二天和周瑜率领的精锐江东军发生战斗，又减损了大半人马才勉强脱身，然后踏上了华容道，此后的情形不得而知。

不过结合历史资料，我们可以分析得出，曹军企图从华容小道逃回江陵，却又遇到险阻。不久后，他们险些陷入一片沼泽，不得不让一些赢弱的士兵躺在地上，让其他的步骑踩在他们身上通过，这样又死伤了许多人，最后撤回到江陵的兵马寥寥无几。当然，其他方面撤退下来的军马还有不少。不过单就曹操亲带的这一支来说，可说是狼狈凶险到了极点。

但光这个还不够，在实际出发之前，我们必须得了解曹操通过华容道，最后到达江陵的详细时间坐标。这一点被最新技术解决了：超远距时间视窗。我们将时空蛀洞在离地面数万公里的远地轨道打开，这样可以保证时空点附近的损坏不至于影响到地面附近，又将从高轨道观察得到的影像进行数据分析和图像恢复，花了几个月，终于掌握了曹操一行迤逦而西，经过一系列地点的准确时间。但因为距离太远，且当时有雾，对于其中的细节还是看不清楚。

我把资料给了郝思嘉后，她很快就做出了一份方案，找我来商议："我发现了华容道上一处淤泥形成的无名洲渚，上面有几间废弃的茅屋，在本来的历史中，曹军会在深夜十点左右到达这里，并休息大约一个半小时，然后匆匆向西逃窜，这里很快就会起雾，曹军会在夜里迷失道路，大约花了两个小时才找到方向，在第二天清晨五点钟，他们会和曹仁连夜行军的接应部队相遇，此后曹操一行将顺利进入江陵城，获得安全。

"我们的计划是，住进这些茅屋里，冒充本地居民，迎接曹操到来。我们会款待他，让他在茅屋里休息，向他献上郝记鲜鱼面，曹操此时差不多有一天一夜都没吃东西了，一定饥寒交迫，所以应该会吃得狼吞虎咽，觉得非常美味。整个过程我们会用针孔摄像机偷偷录下来，当成时间视窗在古代拍到的实录，并向外界公布。

"曹操吃完面后，可能会比历史上离开无名洲渚的时间晚一两个时辰，不过没有关系，我们可以给他指明正确的方向，让曹军不会迷路，以补回进食和休息的时间，最后曹操仍然会在大致相同的时刻和曹仁所部会合，对历史的影响可以降到最低。"

我又仔细看了一下方案，觉得可行，这种有限的接触几乎没有改变历史，应该问题不大。不过还是不免有些疑问："要冒充两千年前的古人，不会露出破绽吗？"

"我们会找专业的演员，至于具体的礼仪、服饰和生活细节方面，也会请到历史专家指导。主要的难点倒在于语言本身上，三国时所用的是中古汉语，和现在的语言差别很大，要听懂经过培训倒不难，但很难说得惟妙惟肖。"

"那怎么办呢？"我也犯了愁。

"也不要紧，当时南北方各种方言很多，十里八乡的口音就不一样，而且信息闭塞。曹操一行都是北方人，本来就听不太懂南方人说的话，只要大致能说，他们不会很起疑心的。"

我想了想说："不管怎么说，这种接触还是有很大风险的。我会带一个信号发射器去，如果有什么危险，我只要按一下，时间机器立刻把我们回收到现代来。"

"你也要去？"郝思嘉好像有些诧异。作为项目总监，一般的时间旅行我不必亲自到场。

"当然要去，"我苦笑着，"万一你们中间有那种疯狂的三国迷，跑去把曹操杀了来个'灭曹兴汉'怎么办？公司必须有人在场监控，普通员工领导又不放心，那就只有我了。"

3

半年后，或者说一千八百三十八年前——看你怎么算了——我和郝思嘉以及另外四个人（还有一条黄狗）一起，脸涂得黝黑，穿着破破烂烂的粗麻衣服，在一个雾蒙蒙的黑夜，站在一片又湿又冷的沼泽地里。

那四个人都是郝思嘉找来的，我们六个人将在一起扮演渔民一家。拿过金鸡奖的老戏骨老牛，扮演一家之主；演员老李，演老牛的弟弟；"郝味道"的一个主管杨大姐，演他的老婆；另一个演员小郑，演他们的儿子；我和郝思嘉就扮老牛的儿子和儿媳妇。本来是想扮成兄妹两个，但是仔细分析，我俩都年近三十，放在古代这年龄说不定孙子都有了，演兄妹实在有点别扭，只有演夫妇了。本来有几个小儿女会更自然，但这种事不方便把未成年人牵扯进来，所以只好从简。好在这年月医疗条件差劲，小孩子养不大也常见。

我们在十多个小时前被时间机器送回到建安十三年的深冬，正是这一天的一大清早，于是开始了筹备一年的"面操"行动。和一般穿越小说中描写的不同，由于不同历史年代的空间膨胀差，古代的真空能级比现在要稍大一些，所以我们留在古代的每一秒都要耗费能量维持，时间非常有限，即便我不向时间机器发信号，时间机器也将在二十四小时后自动回收我们。

我们首先必须进行各种安排布置，修整茅屋、摆放锅灶、整理床席等等，这就忙了整整一天，其实这点时间本来也是不够的，不过所有的戏份都在晚上，光线比较昏暗，一些破绽不太容易看出来，对我们很有利。

眼看已经将近夜里10点钟，我们的手脚却比排练的时候慢了不少，事到临头，还有些收尾的功夫没做好。此时曹操等人随时会来，所以只好临时放弃，吹灭了火把，进房假装早已休息，等着曹操一行大驾光临。

我和郝思嘉进了房，我站在那里，心中兀自紧张，郝思嘉却低声说："快过来睡下。"说着已经在后面躺了下去。这个时代没有高床，只有低低的卧榻，实际上以渔民的居住条件连榻也谈不上，只是两块木板，上面铺了些烂席草垫。自然也没有暖和的棉被，只有几块缝在一起的布，中间塞了些稻草当被子。

这一出事先没排练过，我不由一愣，郝思嘉却说："我们是假装被他们吵醒的，如果一会儿曹操进了房，看到床铺上没人睡过的痕迹，而且是冷的，不会生疑吗？"

我一想果然不错，便也爬上了那张"床"，感到郝思嘉躺在自己身边，呼吸气息都可以听到。但此时的郝思嘉身上可没什么美女的芬芳，为了演得逼真，我们身上都喷了渔民特有的鱼腥味，很不好闻。饶是如此，我依然心中一荡。

然而腊月的冷风从土墙上的一道道裂缝飕飕地吹进来，那破被根本挡不住，刚才在干活还好，现在冷风袭来，我不由连打喷嚏，苦笑说："我现在好想吟诗。"

"吟诗？"

"就是杜甫那个'茅屋……茅屋被寒风吹破了'，我算是知道这滋味了。"我说，这是中学课文，但我其实早不记得诗里是怎么写的了。

"是《茅屋为秋风所破歌》。"郝思嘉纠正我，随口吟了出来，"布衾多年……冷似铁，娇儿恶卧……踏里裂。床头屋漏……无干处，雨脚如……如麻……"念到最后，也牙关打战，念不下去了。

我想拥住她却又不敢，只得叹道："唉，要是带个暖宝宝贴来多好……"

"都是你说的，"郝思嘉一边抚摩着身子一边抱怨，"除了绝对必要的物资，什么现代的东西都不许带来。其实到时候时间机器一回收，什么东西都会收回未来了，包括曹操那碗面，一个分子都不会留在这里，怕什么呢？"

"话不能这么说，"我辩解说，"要不是这样规定，怕你们把AK47都带来了。到时候万一起了冲突，冲曹军突突突几下，把曹操打死，整个中国历史就完蛋了。"

"这当然……"郝思嘉刚要再说，忽然"咦"了一声，"你听，他们是不是来了？"

果然，遥远的地方传来人语声和蹚水声，显然是有人在穿过沼泽地，向这边过来。我们一下子来了精神，坐了起来。从土墙上的一个破洞向外看去，已经可以看到东边有明显的火光。古代的夜里没有光污染，所以一点点光芒都显得很亮。

"曹操到了！"我听到老牛也在隔壁说。我们带来的狗也吠了起来。

十分钟后，熊熊火把照亮了沙洲。我们从门缝向外张望，看到几十个骑者从树丛后出现，两边的骑士身穿皮甲，手持火把，身配刀弓，护卫着中间一个披挂明光铁甲的中年男子，此人几绺长须，容貌威严，一双眼睛左顾右盼，眼神极为锐利。只是连人带马浑身都被泥浆玷污了，和这威严架势不甚相符。

"这就是曹操了！"我心道，之前通过赤壁之战时的视窗看过他的样子，不过离得较远，看不太清样子。真正看到此人出现在面前，和在视频上见到的又不可同日而语。我心道："曹操还是长得像鲍国安一点啊，和陈建斌差距比较大，前几年王俊凯演的就更不像了……"

"此田舍何人所居？左右视之！"曹操喝道。这是我第一次听到三国时代的人说话，果然很有古典韵味。此后我们的大部分对话都得用这种半文言进行，不过下面我还是尽量翻译成白话，方便读者诸君理解。

两个骑兵下马查看，高声呼喝，很快就把我们"一家人"给拎了出来。

"你们……你们是……"老牛被拖到那一行人面前，瞪大了眼睛，颤声道。

"老丈不必惊慌，我等是平虏将军朱灵部下，"曹操身边一个亲随模样的人说，"因有紧急军务，连夜赶回江陵公干。"

我脑子里"嗡"的一声，什么平虏将军朱灵？这是闹的哪一出，难道是我们搞错了？

我不由看向历史专家郝思嘉，她在我边上垂着头，低声道："来，来。"

来？来什么来？我迷惑地抬头向她看了一眼，郝思嘉不得不又添了一个词："English！"

原来是 lie！我也明白过来，想必是曹操等人不想向我们这些无知百姓暴露身份，才随便编了个说法——

"小民郝犇，叩见丞相！"这时候，老牛却已经像我们排练过的那样，直接跪了下去，口中高声道。

我一下子浑身的血都凝固了，心里一万头草泥马在咆哮。老牛你这是闹哪一出啊！！！人家明明说是朱灵将军部下，你跑来说叩见丞相？？？虽然说是排好的台词，你也不能生搬硬套，得随机应变一点啊！

双方都一下子僵在那里。曹操的眉头深深皱了起来："哦？尔一介村野，怎知我是当今丞相？"

"这……"老牛也明白自己说错了话，一时慌张，不知如何接口。

形格势禁，我连忙跪倒在地："禀丞相，上月小民父子前往江陵城中卖鱼，正好看到丞相亲率大军出征，所以远远见过丞相的威仪。"其实我也不知道曹操是怎么出征的，如果是坐在马车里的，我们就完蛋了。

我暗暗将指尖放在戴的戒指上，这是向时间机器发信号的开关，只要我一按，我们这里所有的人连同许多东西都会立刻消失在曹操面前，至于给历史会留下什么改变，眼下也顾不得了。

但曹操似乎接受了这个解释，"唔"了一声，问道："此处离江陵还有多远？"

我大气也不敢喘，低头说："约莫还有二百里地。"

曹操轻叹了一声："看来今夜是赶不到了，是继续走呢还是歇息一晚？"

旁边那亲随道："丞相连日赶路，已经很劳累了，万望珍重玉体！逆贼看来没有追来，不如先在此处休息一下，再上路不迟。"

曹操想了想，领首道："本相倒还好。不过大伙儿也确实乏了，那就在此处歇一歇再走吧。"

众将士纷纷下马，我偷眼看去，其中一大半左右看上去是普通士兵，另外有十几个人虽然也穿着士兵的服色，但是容貌气质却又有些特异，看样子就是张辽、许褚等大将以及荀攸、程昱等谋臣了。想到这些不仅注定被载入史册，而且后世将由各路明星来扮演的历史名人都在我面前，我不由一下子兴奋起来。

老牛也念出了下一句台词："丞相和诸位将士奔波劳苦，想必还没有进膳。小民荒野之人，无以供奉，不过家中还有些鱼羹汤饼，丞相若不嫌弃，便请先用些吧！"

4

到目前为止，进展总算顺利，想不到曹操接下来却说了一句我万万想不到的话："汤饼？南方食稻，怎么会有汤饼？"

汉魏时没有面条一说，"汤饼"就是当时对水煮面食的称谓，也包括后世的面条。所以曹操的话就是问为什么南方人也吃面条，这下可难倒我们了。

当然，南方人吃面条没有什么问题，重返三国之前，我们仔细研究过这个时代的饮食习俗，诸如南方吃不吃面食的问题也查过好几本书，请教了几个专家。郝思嘉告诉我，根据《齐民要术》《荆楚岁时记》《太平御览》等古籍记载，南方也种麦子，吃面食也是很常见的，不足为异。我们也就放心大胆地准备了。

但我们忘了，曹操没读过《齐民要术》，他身为北方人，一时好奇问一句，这叫我们怎么回答？面是买的还是自己磨的？几铢钱一升？哪里种的麦子？什么品种？产量多少？我们知道得很少，万一露出什么破绽，分分钟穿帮。

老牛这人我们真是白指望了，身为拿过金鸡奖的知名演员，郝思嘉用八百万的重金聘来，一点急智也没有，呆呆地跪在那里，就说了个"啊"。

曹操的眉头皱起来了。

"丞相恕罪！"我忙叫道，"我爹是乡下人，听不太懂洛下正音。小民……家里本来确实很少吃汤饼，这不是快到新年了……所以去市集买了些……想不到能拿来供奉给丞相，真是天大的福分！"我一边随口编词，一边又摸向戒指上的凸起，随时准备撤走。

"丞相，"此时曹操身边一个大嗓门的粗豪将军道，"荆州确实也有汤饼，前些日子在江陵整军时，我还在市集吃过，不过味道粗劣得很，远远不能和北方的比了。"

"原来如此，"曹操恍然，"仲康，你这个什么都吃的饕餮，连你都说粗劣……哈哈……"

仲康？是谁的字来着……我正在回想，忽听曹操好像不太想吃，不由一怔。尚未说话，郝思嘉先急了："丞相！我们郝家做的鱼羹汤饼，是乡里的一绝，可不比许都的山珍海味差了！"

这话颇不得体，不过倒也符合无知乡下妇女的口吻。曹军将士虽在困厄中，也都哈哈笑了起来。我忙补充道："丞相恩泽，布于民间，我们虽是乡间野人，也是……那个仰慕已久，今日幸而得见，真是前世……世代祖上积德（我刚想起来那时候还不兴佛教），请丞相千万接受小民的一点心意！"

我大拍马屁，曹操却没有被灌迷汤，愣了一下，笑问道："这倒奇了，荆州新附朝廷，不到两个月，而且还在打仗，本相怎么就有恩德在民间了？"

　　"这……"我有些尴尬地道，"虽然荆州刚刚归顺，但丞相在中原的威名，我们也颇听闻。"

　　曹操饶有兴味地说："哦？你倒说说，我有什么威名？"

　　我没想到他步步进逼，一时有些慌了。我毕竟不是科班出身，只有回想历史书上的话："这个……自黄巾起……起事（差点说成起义），天下大乱，丞相你在公元——"

　　"喀喀！"郝思嘉连声咳嗽，曹操惊讶地瞪圆了眼睛。我才发现忙中出错，只能勉力圆过来："……一再攻袁术、擒吕布、败袁绍、征张鲁……不不，张绣（征张鲁还在几年以后）……统一中国——"

　　我颠三倒四地再也说不下去，曹操的脸色却好看了很多，点头说："想不到边鄙南人，也知道曹孟德的功业！赤壁虽然小挫，何足道哉！"喟叹良久，道："好啊，既然是乡间父老的心意，本相也却之不恭。不过我身边的将士还有几十个人，老丈，你们家里有什么吃的，也分给他们一些吧。待本相回转江陵，必有重赏。"

　　等你的重赏？你马上就逃回北方去了，曹仁也守不住南郡，这地方马上姓刘了……我心里念头乱转，自然也不敢说出来。老牛这厮总算又说了一句事先台词："这个自然，小民家中还有米饼、豆饭，微不足道，愿以尽数犒军！"

　　曹操毕竟带着一大堆兵将，要给他献面条当然也得给他手下点东西吃。这我们早就想过，我们这里号称六口之家，储存够五十个人吃上一顿的粮食倒还说得过去，当然，不会有什么高级美食，不过填饱肚子问题倒还不大。当然，等我们回到现代，这些营养物质就会消失得一干二净，不过没关系，他们本来在历史上也没有得到过这些食物。

　　"米饼豆饭是好，"那粗豪将军道，"不过这里不是还有条狗……

养得倒挺肥……不如宰了……"

"啊?"郝思嘉大惊,这条中华田园犬我们为了培养感情养了大半年,和大伙儿都很熟,特别是郝思嘉,很喜欢这条狗。眼看他手下几个大兵贼兮兮地向狗的方向围拢,忍不住叫道:"不要啊,丞相,不要杀 Bobbi……"

眼看变故又起,我一阵头大。曹操似乎也食指大动,想尝一尝狗肉滚三滚的滋味。却是那亲随道:"丞相,要杀狗剥皮清洗下锅再煮熟,耗时太久,万一追兵赶来……恐不方便啊。"

曹操恍然道:"不错!算啦,仲康,别动那条狗,莫误了大事!老丈,你快些将家中羹饭备好,我们吃了也好上路。"

老牛唯唯诺诺,带曹操等几个大人物去他的房里歇息,计划总算又回到正轨,我们松了口气。按事先的分工,我和郝思嘉还得去为曹操准备鲜鱼面,这才是重中之重。老李他们几个也去别的屋子里,给其他的士兵准备干粮了。

"刚才你说什么'公元'!"进了临时厨房,郝思嘉低声埋怨,"差点露馅!"

我不好意思地垂下头:"一时情急,就溜出嘴来了。那些个中平、建安的年号,我一直记不清楚,三国年代全是按公元的年份记的。"

"还有,什么'统一中国'啊,你不知道这时候的中国特指中原地区吗?"郝思嘉斥道,"不过还好,你说得颠三倒四,文法不通,也才能符合一般乡民的知识水平,要是说得头头是道,出口成章,曹操反而要怀疑了。"

我被她讥嘲文化水平不行,还击道:"你也不怎么样,刚才为了那条狗,什么 Bobbi 都出来了,才差点误事呢。"

"这……你懂什么,现在很多人都不吃狗肉,要是曹操一边啃狗腿一边吃鲜鱼面,将来这广告还怎么播?"

我们闲扯几句,略略平复紧张的心情,然后开始生火烧水。这些水、面、鱼和各种调料当然都是从"郝味道"运回来的上等品，不过都放在这个时代的铜釜、陶碗、木杯等炊具里，看上去就像是乡间土制的一样。

郝思嘉得了郝二蛋的真传，要用这种原始的厨具做面，火候和时间要拿捏得非常精确，非她亲自操作不可。我在边上帮忙打下手，这是我们一起排练过几十次的，干起来倒也顺手。过了片刻，柴火烧得旺了起来，郝思嘉将洗好剖好的鱼块放进去，又放了一些浓缩酱汁和菜叶子，用竹筷搅拌，一时鱼香四溢。

眼看鱼汤快好了，随时可以下面，我略松了口气，去另一边拿装面条的竹簋。孰料此时一个人影闯进了厨房，我们还没反应过来，一只咸猪手便结结实实地摸在了郝思嘉的屁股上！

"啊！林雨你干——"郝思嘉还以为是我，一边嗔着一边扭头，结果看到对方，一下子就呆住了。

"美人儿，刚才我可救了你家的狗儿，你如何谢我？"

5

借着炉灶的火光，我看到那人白净面皮，颌下微须，模样还算周正，但此时贴着郝思嘉的身子，一副陶醉的样子，脸上的神情自然要多猥琐有多猥琐。他穿着比一般士兵好一点的服色，我总算认出来，这是曹操身边的一个亲随，就是刚才劝曹操在这里歇脚的。

"你、你干什么？"我呆了一呆，方惊问出来。

那人见我质问，略正色道："你们在这里做汤饼，焉知会不会落毒加害？我在丞相身边，自然要仔细查看明白……美人儿，你别走啊！"郝思嘉刚刚挣脱，又被他抓住了双手。

我忍着怒火道："长官要监督我们做汤饼自然可以，可是为什么要……"

那人嬉皮笑脸，从腰间掏出一小块金光闪闪的东西，随手抛给我，道："这二两黄金，可以让你们全家过三年了，你懂的！"说着手脚又不干净起来，口中调笑道："美人儿，想不到这山野地方，还有你这样的出众人才……不如从了我……"

郝思嘉本来是高挑美女，我们也担心万一给曹操觊觎，恐怕惹出祸事来，所以这次精心请了易容师，把脸涂黑不说，又加了好几处皱纹和赘疣，白嫩的手上也贴了仿造茧，又束了胸。想不到曹操身边还有这么个色中饿鬼。我一时不知如何是好，也不知此人是谁，万一去教训他而改变了历史……

郝思嘉可能也想到此节，用力推开他道："等下……你……你是谁啊？"

那人在她脖颈上一亲，吹嘘道："小娘子以为我是无名小卒么？哼哼，我乃是丞相身边的贴身宿卫，复姓夏侯，单名一个杰字！"

夏侯……杰？夏侯杰？

我不由叫了出来："你不是在长坂桥被——"后面几个字却说不出口了。

刚才我才想起来，那粗豪将军是许褚，曹操身边猛将，号称"虎痴"。这位夏侯杰先生虽然名声不是很响，但事迹倒也是赫赫有名的——他就是在长坂桥前被张飞一声大吼吓死的那个倒霉蛋！

我们没有观察过长坂桥之战，但看起来，这只是罗贯中编的故事，真正的夏侯杰不但没死，还跟着曹操到了华容道。现在可如何是好？总不能眼睁睁地看着郝思嘉受辱吧？

我又想发射信号，郝思嘉却看着我的眼睛，微微摇头。随后抡圆了胳膊，"啪"地给了正在拉扯她衣服的夏侯杰一记耳光。

夏侯杰捂住脸，一时呆住，随即眼中冒出杀气，正要发作，郝思嘉却厉声道："我们郝氏一家对丞相忠心耿耿，丞相与诸将来此，我满门老少竭力供奉，长官你竟然如此凌辱民女，这教天下百姓如何看曹丞相？以后谁还会对丞相效忠？"

夏侯杰刚想说什么，郝思嘉又发狠道："好，民女这就叫丞相和列位将军过来评个理！看看这是不是丞相的意思！如果丞相也纵容你，民女也就认命了！"

"别别！"听说要闹到曹操面前，夏侯杰终于蔫了，"某不过开个玩笑罢了，小娘子既然不情愿，那就算了。"

说着便要出去，我上前把那块金子还给他："长官，这厚礼小民不敢收，还是请您收回吧。"

夏侯杰将金子攥在手里，对我狠狠瞪了一眼，扭头出了草房。我和郝思嘉对视一眼，也均感惊心动魄。

"夏侯杰怎么会在这里？"我问郝思嘉。

"我不知道，"郝思嘉摇头道，"历史上本来没有记载这么个人啊！"

"没这个人？不是说是被张飞吓死的吗？"

"那是小说家言……不过或许也有所本，是相关的历史记载失传了？回头得弄个明白。说不定能解决很多历史疑难。"

我知道历史上三国的曹氏与夏侯氏一直纠缠不清，据说曹操的老爹曹嵩本来是夏侯家的子嗣，被大宦官曹腾收为养子。如此说来，曹操父子本该姓夏侯。不过这个说法本世纪初被两家后人的DNA测试推翻了。但是曹家和夏侯家的亲密关系仍然没有满意的答案，历史学家也没搞清楚过，时间旅行发明后，他们要研究的问题太多，经费还没覆盖到这种八卦上来。

我看郝思嘉刚刚脱困，考据癖又发作了，提醒她说："现在可不是研究学理的时候，那夏侯杰被你打了耳光，这事还没完呢。唉，这家伙怎么这么急色？真是应了那句'当兵三年，母猪也能赛貂蝉'！"

"没关系，等他们吃完面，咱们一走了之就……不对，你说谁是母猪呢？！"

"哎，别揪耳朵……"

一刻钟后，热腾腾的鲜鱼面出来了。

刚才被夏侯杰一搅和，鱼汤的火候没把握好，鱼可能煮得太老了。不过郝思嘉也没心情再伺候曹操这帮子人，凑合着做出来也罢。估计他们饥肠辘辘，也吃不出好坏来。

鲜鱼面大约做了十碗左右，我们盛好了，将最大的一碗端出去献给曹操，剩下的就送给他身边的将领和幕僚，如张辽、许褚、程昱等人。这些人果然也饿得紧了，吃得狼吞虎咽，连说话的余暇都没有了。

我们一边通过衣衽上的微型摄像头偷偷拍摄着这个场面，一边定位在曹操身上，满心希望拍到他吃得陶醉不已的样子。不料曹操只是吃了一小筷鱼，微微抿了一口鱼汤便放下了木碗，眉头紧皱，好像怕有毒一样。

我心想人道曹操疑心重，果然不假，先是派夏侯杰来查看，现在还怕有毒，不敢多吃。这样子我们整个计划不是都白费了？

我对老牛低声道："丞相怎么这样子？"老牛哭丧着脸道，刚才他带曹操进房去休息，曹操好像发现有什么不对，问了他几句话，什么这房子什么时候造的，一家人怎么打鱼的，地方官收多少赋税等等。他按照事先的说法答了几句，但曹操的问题却越来越多，最后他也招架不住，只能当听不懂，说了几句土话。曹操跟他沟通不了，好像也不敢待在房里，转了一圈又出来了。

"唉，多半是什么地方露馅了！"我低声道，老牛更是惴惴不安。我又叮嘱了他几句，见曹操还是没动筷子，上前赔笑道："丞相怎么不吃？敢情是下民的汤饼味道粗劣，不合丞相的口味？"

曹操也不看我，抬头向天，紧皱的眉头终于渐渐舒展开来，长长出了一口气说："鲜美！鲜美绝伦！想不到荆州的渔家能做出如此美味！"

我和郝思嘉对视一眼，心中都大喜，想不到曹操还是一个美食家，正在慢慢品味鱼汤呢。

曹操又问道："这是什么鱼？何以味道鲜嫩如此？"

我心里说："是你这辈子都不可能再吃到的大西洋鳕鱼"，却道："就是这边湖泽里的一种大鱼，我们叫银线鱼，是地方的特产，别的地方都没有。"

曹操赞道："银线鱼，银线鱼……好名字！诗云：'南有嘉鱼，烝然罩罩。'荆楚之邦，果然地大物博，将来等平定天下，本相一定再回来尝尝！"

我们满心欢喜，等着他开始大吃，曹操却对身后一人道："这碗汤饼很是美味，就赏给你吃吧！"

我们大惊，随着他目光看去，看到那人原来是夏侯杰。见曹操赐汤饼，他也极是不安，道："丞相，这……某如何敢当？"

曹操笑道："前日在赤壁船上，黄盖老贼来攻，本相被困在火船上。你奋不顾身，救了本相的性命，本相向来有功必赏，有罪必罚，这是你应得的。何况今日大家患难与共，何分尊卑？"

夏侯杰翻身拜倒道："丞相深恩厚泽！某虽肝脑涂地，不能报也！这碗汤饼，某岂敢自专，当与众士卒共享之，以彰丞相圣德，上配天地！"

曹操大喜，连连点头道："好！我军中如此齐心，虽然一时困窘，何愁逆贼不灭，大业不复！这几日护送本相撤退，在场的都有功勋，这碗汤饼，军中上下共享之，就是我们兴复的起点！"

旁边的众士兵本来只能分到一点点野菜和冷饭，见曹操如此看重自己，愿把热腾腾的汤饼和自己分享，无不感动流涕，欢呼起来。

我和郝思嘉看得目瞪口呆，一碗面条便收买了人心，曹操果然是绝代奸雄！

6

曹操演讲完毕，夏侯杰双手捧过面碗，微微喝了一口，然后递给身边一个衣衫褴褛的大兵，那士兵喝了一大口，啜吸着面条，口中含含混混地不知用哪里的土语说着什么，大概无非是些感恩戴德的话头。

一群饥肠辘辘的士兵一起吃一碗面，这个场面可想而知。因为是丞相所赐，一开始的几个人还有些忌惮，不敢多食，不过到了后来，士兵们也不管那么多了，围成一个大圈，用脏手抓起面和鱼块放进嘴巴里，我凑近去拍摄，看到面汤很快变得黑乎乎的一片，中间不知混有多少泥巴污垢，而那些叫花子一样的丘八倒还都吃得欢快……

我正感反胃，身后也传来作呕的声音，是郝思嘉。她抚着胸口，皱着眉头，好像随时就要吐出来一样。

我走到她身边，低声道："你看这场面效果怎么样？"

"你开玩笑吗？"郝思嘉没好气地，"前面的还凑合，后面的……要是播出来我们'郝味道'就等着破产吧！"

我想到郝家花了十亿打这个广告，却变成这副样子，就想笑，不过还是安慰她说："你也别着急，前面的场面还是蛮感人的，后面的我们再好好剪辑一下，我看问题不大……这也算是完成任务了吧？"

曹操虽然没怎么吃鲜鱼面，不过喝了点米汤，吃了干饼，多少也填饱了肚子。不久，我们看到夏侯杰跟着曹操，往我们住的茅屋里去了，大概是去休息一下，我们自不敢问。过了一会儿。夏侯杰又从茅屋里出来，眼神中闪着奇特的光，我隐隐觉得有些不对，便听夏侯杰对郝思嘉道："小娘子，丞相要你服侍他更衣，过来吧。"

闻言，旁边众兵将都暧昧地笑了起来，显然早已见怪不怪。

这回郝思嘉一下子腿就软了："啊？丞相……我……"

"我什么我？"夏侯杰皮笑肉不笑地，"丞相改了主意，今晚在这里歇息，要你伺候，那不是天大的福分！还不快进屋来？"

我闻言脑子里"嗡"的一声，喃喃道："他怎么可以这样？"

"是啊，他怎么能让我……实在太过分了！"郝思嘉也咬牙道。

"他怎么可以留下来过夜？"我继续道，"在这里待上一晚上，说不定历史就改变了！"

"你说什么呢？"郝思嘉大怒，"那家伙走过来了！没时间了，快把我们弄回去！"

刚才夏侯杰心怀不轨，我们还可以拿曹操当挡箭牌，如今曹操自己也饱暖思淫欲，我们便毫无法子了。难道去面斥曹操忘恩负义，恩将仇报？那只有死得更快。

如今难道真的只有这么撤了？还有什么办法没有？如果改变了历史，我们会怎么样？

夏侯杰见我们犹疑，冷笑一声，大步走了过来，这回郝思嘉真的怕了，躲在了我背后，拽着我的袖子。我心中暗叹一声，将大拇指尖放在了指肚的戒指凸起上，高声叫道："大家听着，我们是——"

这是我们准备好的应急方案，叫一声我们是"西王母"派来的"天降神人"，特来拯救曹公脱难云云，便即撤走，曹军多少可以接受一点，谁料这时候，大变又生。

在我后面，郝思嘉一声尖叫，我还没明白怎么回事，就被一股巨大的力量推开，滚倒在一旁的泥水里。抬眼看时，她被一个铁塔般的人影拎了起来，便如老鹰拎小鸡一般，向前大步走去。

该死的许褚！

Bobbi见女主人吃亏，扑上去咬向许褚的腿肚子，许褚头也不回，回脚后踢，将它踢飞。落在地上，一动不动，许褚这一脚，竟让一条大狗当场毙命！

许褚拎着郝思嘉，大笑着走向夏侯杰。夏侯杰笑道："仲康，还是你明白丞相的心思！"二人一起进去了。

我被许褚用蛮力打倒，一时摔得七荤八素，还没反应过来，一只大脚便踩在我的左手上，疼得我惨叫了起来。那是一个士兵，我抬头看向他，看到他眼中透着残忍冷漠的眼神。

"丞相要玩你的女人，你还在这里废什么话？"那士兵为了讨好上头，大声喝道，"给我滚一边去！"一脚又踢到我肚子上，我痛得弓成了虾米。

这年头，人命如草芥，士兵折磨虐待老百姓，那是再平常不过的事。那些英雄豪杰可歌可泣的风流事迹，都是建立在无数百姓的血泪和生命之上的。曹操对他的手下尽可以慷慨宽宏，但对于已经没有利用价值的老百姓，就是另一回事了。

我的手被他踩了一脚，指骨都快断了。一时哪里按得动戒指？眼看情势危急，便把右手伸过去，想要再按下去——

"干什么？"那士兵看到我的异样，目光聚焦在我还来不及捂住的左手上，显然是看到了那枚戒指。

"没什么……"我忙想把戒指藏起来，可哪里还来得及？他将我刚被踩过的左手抓了起来，随手便把戒指取了下来，放在眼前好奇地端详。

"这是……不值钱的……还给我……"我忙道。那戒指只是信号发射器，我们总不可能镶一块大钻石上去当钻戒，经过伪装后，看上去只是一个黯淡无光的生锈铁环。

"是不值钱。"士兵嘟囔道，随手便扔到一边去了，我听到轻轻的"咕咚"一声，眼前顿时一黑——戒指被他扔到茅屋边的湖沼里去了，黑灯瞎火的，我又没看清楚扔在什么方位，叫我可怎么找？

何况，这时候我也根本没法去找。郝思嘉已经被许褚抓进了房里，夏侯杰也进去了，难道他们要三个一起……一起……

这回郝思嘉完了，我们再也没法随意离开这个时空。当然，根据事先的安排，到明天早上六点钟，也就是我们穿越后二十四个小时，时间机器会自动回收我们。但郝思嘉那时候恐怕早就……

但我们不能救她！从刚才这些人的表现来看，只要他们高兴，随时可以杀了我们，没人会心软，没人会阻止。我们如果在这里被杀，就算被回收到未来，也只是一堆尸块而已。目前只有隐忍，极度隐忍，等到了明天早上才能……

但郝思嘉在房里的哭叫声不时传来，还有曹操和夏侯杰的声声淫笑，难道我就坐视暗暗心仪的姑娘被这些人面兽心的家伙糟蹋？但如果不这样，难道让自己和老牛他们四个都送了性命？这……这可如何是好呢？

愤怒、恐惧、焦急、关切、后悔、恨意……一切的一切，汇成一句掷地有声的豪言壮语："小民愿把拙荆献给丞相！请丞相尽情享用！"

7

刚才一直低着头不敢吭声的老牛小郑他们都惊呆了，抬头瞪着我，眼神好像在说：林雨，你不管郝思嘉也就算了，反正大家都这么想的，可不用叫得这么大声吧？

郝思嘉在屋里听到我的宣言，再也无法自控，大声哭骂："林雨，我×你妈！你不是说有你一切放心吗？王八蛋！还不快把我们弄回去——"

郝思嘉已经失态，这几句话是用普通话嚷的，曹操自然半个字也听不懂，我怕她说得太多漏了底，忙道："这愚妇胡言乱语，丞相恕罪！丞相今晚在这里尽兴就好，料想天色已晚，刘备他们的追兵未必能赶上来。"最后一句话，我不露痕迹地加重了语气。

这话果然有效，曹操和夏侯杰的淫笑戛然而止，大概是想到被敌军生擒的悲惨，顿时性致全无了。

片刻后，曹操衣衫不整地走了出来，脸色阴晴不定，许褚在他后面出来，怒喝道："三军立即开拔！继续行军！谁生的火？赶紧灭了！"

几个士兵生起了火，将Bobbi的尸身拖到火旁，正要剥皮烧烤，闻言极是失望，但也只有扔下狗尸，灭了火，三三两两地站起来。

夏侯杰在最后面拖着郝思嘉走了出来。此时的郝思嘉头发蓬乱，双目红肿，衣服被撕破了好几块，露出身上雪白的肌肤，惹得一众曹兵都露出野兽般的目光。郝思嘉看到我，狠狠地瞪了我一眼，好像问我为什么不赶紧带她返回未来，我忙将被踩得脏兮兮的手摆在身前，让她看到戒指已经没了，又比画了几个手势，郝思嘉倒也聪明，很快明白了我的意思，眼中的愤怒转为惊慌。

曹操似乎不知如何处置郝思嘉，沉吟未决，夏侯杰贼兮兮地耳语几句。便听曹操喜道："甚好，那就带回去吧！"

郝思嘉垂下头，没说什么。想来她也明白，如今说什么都没用，只有熬时间了，等到明天早上六点，就可以和这个恐怖变态的世界再见了。

"那这些人呢？"另一个将军问，似乎是张辽。

夏侯杰道："这几个人总觉得哪里有些古怪，若是留他们下来，一旦刘备或者周瑜追过来，便知道了我们的行踪……"

我想不到此人阴狠如此，竟然要杀人灭口，忙抢着对曹操道："丞相，不妨事不妨事，我等愿追随丞相撤走！"

"你们随本相撤走？"曹操似乎觉得我们无甚价值，带着反而麻烦，我忙道："丞相，前头还有百十里的沼泽地，那里道路极难行，处处是软泥陷阱，深数十丈，一旦陷进去，就再也出不来了！惟——条出去的通道，只有我家里人知道，我们愿为丞相带路，将丞相平安送到江陵！"

这几句话其实不无夸大其词，前头虽有泥泞，但不至于要人命，不过曹操等人不熟悉地貌，听了也甚动容。这样一来，曹操要平安抵达江陵，非得靠我们不可。当然，就算带路也不用那么多人，曹操可以把我们都杀光了，再勒逼郝思嘉带他们出去。不过说到底曹操和我们没有根本矛盾，只要我们愿意跟他离开这里，应该不会乱下毒手，多生事端。

曹操果然意动，刚要说什么。却又听夏侯杰笑道："你这小子，你老婆都让丞相给收了，你难道没有怨怼之心么？"

我忙赔上一个贱笑："俗话说得好，'无为守穷贱，轗轲长苦辛。'（这是郝思嘉逼我背下来的汉朝古诗，居然用得上）小民虽然无知，但也知道贱内如果能伺候丞相，我们一家从此鸡犬升天，那个……她好我也好，有什么不乐意的！只是贱内是乡下愚妇，脾气顽劣，不懂得这是丞相的恩泽，不如让小民来开导她，包管她从此安心伺候，让丞相满意！"

曹操和众将闻言皆笑，夏侯杰嘲讽道："小子，你倒是很懂得变通！是个人才嘛！"

曹操捋须道："不错不错，识得大体，不拘礼法，你……叫什么名字来着？"

我忙道："小民郝建，也跟村里的先生读过几天书，表字大通。"

"郝大通……你想得很通，倒是个可造之才。本相一向明扬侧陋，惟才是举，你也跟本相回许昌好了，日后可以跟在身边办事，自不会亏待了你。"

"丞相大恩大德，小民粉身碎骨也无以为报！"我忙跪下连连叩头，"太君……不是，丞相，请这边走！"

郝思嘉又被送到我身边，让我"开导"。曹操大概想到很快可以得到佳人，心情愉快，所以很"体恤"地让她和我可以最后相聚一晚，自然我们还得在前头为曹军带路。至于老牛等则被押在后头，大概是作为人质。郝思嘉到了我身边，压低声音道："林雨，快想个办法，我要宰了这些王八蛋！"

我吓了一跳："你说什么？"

"这些畜生对我非礼，还杀了 Bobbi，一定要给他们一点教训！"郝思嘉咬牙切齿地说。的确，对她来说，这真是从未有过的耻辱。

"千万别轻举妄动！"我郑重地说，"连逃走也别想！曹军盯得严着呢，稍有异动，死的就是我们！"

"可是我……"

"这些人都是死了一千八百年的烂骨头了，和他们较什么劲？"我苦口婆心地劝慰，"再忍一下，等回了 2046 年，你可以投资拍一部新三国，把曹操拍成一堆狗屎好了！"

"哼，我要拍他被董卓、袁绍、吕布和刘备爆菊！"郝思嘉愤愤地道，不意却暴露出她的腐女本质。

郝思嘉骂了几句，发泄过后也冷静下来，又问："你怎么会把戒指弄丢了？"

"我先被许褚一把推倒在泥巴地里，然后被一个大兵踩住手把戒指摘下来的……唉，早知如此，把信号发射器改成声控的多好。"

郝思嘉明白了当时的情况，也连声叹气。我又安慰她说："不过目前来说情况还好，对历史的改变仍然是最低的，等到曹操和曹仁会师，我们再撤走也不迟。"

我们一路前行，因为本来预料到给曹军带路的可能性，这一带的情况，我还是比较熟悉的，前头的路倒还好说，但后面就越来越泥泞难行。曹操问我，我说这已经是这一带最好的通路，换了其他地方直接就陷下去了。这印证了前面我的谎话，曹操也感惊惧，约束手下跟得紧紧的，不可乱走。其实边上的情况也差不多。

走了一个多小时后，果然如历史上所发生的那样起雾了，四周又黑又冷，能见度变得极低。历史上，曹操的军队便是在这一带迷路了一晚上的。《汉末英雄记》曰："曹公赤壁之败，至云梦大泽，遇大雾，迷道。"

起雾之后，曹军人心惶惶，曹操问我有没有问题，我硬着头皮说："请丞相宽心。"其实，我也搞不清楚该往哪里走——这时代可没有GPS导航。正在头疼，郝思嘉悄声告诉我，她带了一个微型的指南针，正好用得上，我才放下心来。

所以后来一段路实际上是郝思嘉带我们前进，我让她稍微绕一点路，在他和曹仁会合前消磨点时间，这样可以保证我们能在曹操对郝思嘉有进一步企图之前脱身。其实郝思嘉自己也很害怕，拉着我的手问："林雨，你说我们能不能活着离开这里？"

"剩下最多不到两个小时了，一定行的。"我说，其实我也搞不清楚具体时间。

"林雨，刚才……谢谢你了。"沉默了一会儿后，郝思嘉又低声说，"我还误会你，以为你……"

"应该的，其实信号发射器丢掉也是我的责任，当初如果我拼命抢回来按下去，也许来得及的。"

"林雨，如果曹操他们不听你的话，还是要……要把我……你会怎么办？"

我一下子热血沸腾："那我就冲进去救你！我怎么说也学过空手道，和许褚过两招，他还未必是对手呢！"

"吹牛！"郝思嘉轻轻笑了一声，我转向她，借着后面曹军的火把，看到她笑起来的样子，真是迷人极了。郝思嘉一对妙目，凝视着我的眼睛说："林雨，你喜欢我，是不是？"

我的心脏一下子跳得飞快，无数酝酿了许久的情话飞向嘴边，但嗫嚅着就是说不出来。紧张之下，最后吐出一个奇烂无比的回答："算是吧！"

但郝思嘉却并不在乎，带着几分羞涩，又带着几分情动，在我

三国献面记

耳边说："我答应你，如果我们平安离开这里，我……就和你交往！"

啊啊啊啊啊！！！美女总裁答应和我交往了！！！发达了！！！

我几乎一下子魂飞天外，连身后的曹军都忘得一干二净，便想要大叫大嚷，宣泄心中的喜悦。郝思嘉看出不对，忙掐我一把，让我保持理智。

但接下去的一个多小时里，我仍然好像踩在云雾里一般，充满了不真实的感觉。郝思嘉和我说着缠绵悱恻的情话，让我如饮蜜汁，如沐春风，如读了宝树最新的科幻小说般心醉神迷！

大约到了凌晨四点多，脚下的地面又渐渐变为干地，应该已经快出沼泽地区，迷雾也散去了一些。前方隐隐传来人语马嘶，甚是喧哗。显然有一支马队正在向我们这边过来。曹操忙令我们停步，惊疑道："前头何人？"

张辽想了想道："丞相放心，前方已经接近江陵，是朝廷兵马控制的地盘，逆贼不可能在前头伏击，想来是征南将军率领兵马连夜前来接应丞相！"

征南将军便是曹仁，曹操此时当如我们所设想好与他会合，大约一个小时后，我们就可以和这个糟糕的时代说 byebye，然后我就可以和郝思嘉约会，在我家的厨房里，尝到她亲手为我做的鲜鱼面了……

我正浮想联翩，从薄雾中，星星点点的火把开始闪现，也不知有多少兵马，远远看到我们，加快了脚步。双方逐渐接近，很快，一员将领策马上前，当他分开雾幕后，我看到此人身材伟岸，跨在一匹枣红大马上，一身精甲，丹凤大眼，长髯垂胸，手中提着一把精光闪闪的大刀。

我心中寻思："这就是曹仁？看上去倒还挺面熟的……不对……他好像不是……难道他是……"

几面旗帜在他身后出现，是后面的旗手跟了上来，在那大将身后挥舞着旗帜。借着火把的光芒，我分明看到，最靠前的一面旗上，周围是代表汉室的红色火焰图案，而在中间，是隶书写的一个大大的"關"字。

8

在这个时代，"关"作为姓氏，确定、一定以及肯定只代表一个人，一个名字，一个注定将流传两千年的传奇。

关羽，关云长，刘备军团的中流砥柱。

"什么？！""是关羽？""怎么会？""这下完了……"看到那个伟岸的身影，曹军将士纷纷发出惊呼和哀鸣。

令人惊讶的是，真实的关羽可以说和后世传说中的形象相差无几，他跨坐在赤兔马上，长髯垂下，一动不动，宛如一尊凝固在时间中的雕像。

"难道刘备真的在前面埋下伏兵？"我喃喃自语道，随即又否定了这个想法，"不，这不可能！"

正如当初郝思嘉分析的，华容地区是曹军的后方，也是连接赤壁战区和江陵的要道，在赤壁战前，曹军不可能放任刘备的军队长驱直入。在战后，也不可能挺进得如此之快。

何况"面操"行动之前，我们通过开在太空的时间视窗，对曹、孙、刘三家的军事部署和调动也有过分析，发现刘备方面的追兵在曹操身后数十公里，并且在今天夜间同样因为云梦地区的浓雾和沼泽而放弃了追击。至于孙权的军队就在后头更远了。即便我们的介入改变了历史，也不可能让关羽跑到曹操前面去吧？

"这究竟是怎么回事？"曹军正乱哄哄的自顾不暇，也没管我们几个草民，我便把郝思嘉拉到一旁问，毕竟她是历史专业人士。

"这个……我……"郝思嘉支支吾吾地，似乎也有些慌张，却不像我这般全然一头雾水，倒仿佛是心虚。蓦然间，我脑子里电光一闪，明白了是怎么回事。

"是你干的？！你故意把曹操往回引？"

"我……我只是想教训他们一下下，我没想到……"郝思嘉低下了头。

"真的是你……"我浑身无力，"这么说，刚才你和我甜言蜜语……那都是……"

"对不起，林雨，我只是想分散你的注意力而已。"

我如同中了一记闷棍。刚才在浓雾中，连我也分不清方向，只有郝思嘉手上有一个指南针，因此，只有郝思嘉知道，应该往哪个方向走。大概就在这个时候，她想到了向曹操报复的法子：带着曹军绕了一个大圈子，从向西改为向东。其实我在她边上，只要一看指南针，就露馅了，所以她跟我说了那些话，让我一时晕乎乎的，哪里还想得到方向问题？

"现在好了，曹操撞上了关羽，如你所愿了？"我没好气地道。

"我也不是故意想让他碰上关羽！"郝思嘉抗议，"我本来只是想让他们绕个大圈子，多走点冤枉路嘛，这样可以保证我们在明天早上六点脱身！谁知道那么巧，正撞到关羽的枪口上！"

"那现在怎么办？"

"曹操自身难保，哪里还管得了我们？我看也快天亮了，我们随时就可以回到2046年。"

"哪那么容易？"我啼笑皆非，"曹操要有什么三长两短，我们的2046还能存在吗？"

我们的存在是过去无数因果关系叠加的结果，其中任何一个因素出错我们都不复存在，至少是不会以目前的形态存在。较小的事件或许还不至于有严重影响，但曹操的存在是中国历史的关键一环，如果没有他，自然就没有天下三分，也就没有了两晋南北朝，唐宋元明清……哪怕历史大框架不变，具体的人事也会千变万化，面目全非，哪里还会有我们？

"好啦……"郝思嘉不是不懂这个道理，见我脸色铁青，自觉理亏地说，"最多这样，到时候如果我们没事，我一定履行承诺和你约会，下面给你吃……我是说给你做一碗鲜鱼面吃，好了吧？"

"吃你妹的鲜鱼面！"我在心里大吼一声，却无力地道，"这个……再说吧，眼前的危机还不一定能过去呢……"

曹军的骚乱越来越厉害，有些人已经开始往回跑了。倒不是怕关羽一个人，毕竟这时代他还没成为后世万人敬仰的"关帝爷"，但那至少上千的刘备追兵只要合围过来，足以将这剩下的几十个曹兵轻松绞杀。

"跑个屁！"面对曹军的乱象，许褚大吼起来，"现在跑得了吗？谁敢临阵脱逃，不等姓关的动手，俺老许先宰了他！"

许褚发飙，曹军的溃逃稍稍止住，但关羽手下步骑却开始逼近。张辽许褚等欲将曹操护在身后，曹操却做了一个手势，阻止了他们，反向前几步，沉声呼道："关将军，白马一别，契阔八载，将军无恙乎？"

关羽策马向前了几步，却不说话，似乎在犹豫该怎么办。

"关羽，你还记得我是谁吗？"夏侯杰在前头也喝道，真当自己是个人物似的，"当年在许都，丞相和我对你怎样，你都忘了吗？"

关羽遥遥道："曹公，关某奉主公之令，在此等待多时了。请公等随我回去，免伤和气如何？"声音雄浑沉郁。

曹操反笑了起来："呵呵，云长，我若随你回去，你说刘备会不会饶我性命？"

关羽稍一犹豫，说："主公宽仁，或许……或许能……"

曹操凄然摇头："你心底也知道，刘备不会饶了我的。若是落到孙仲谋手上，说不定还会留我一条命，利用我来谋夺中原。刘备……哼哼，这厮怕我怕得要死，绝对不会给我翻盘的机会。云长，你杀了我吧！死在你手上，也比死在刘备手上强。"

众人无不动容。"丞相！"夏侯杰泪流满面地跪了下来，对关羽道，"关将军，你深明《春秋》大义，岂不知庾公之斯追子濯孺子之事？我……我求求你，放丞相一条生路吧！"

曹军哭作一团，关羽默然无语，我也看得惊心动魄。以前看电视剧，总觉得关羽应该杀了曹操，但如今曹操一身关系到全中国、全世界的未来命运，又巴不得关羽像《三国演义》里那样立刻放了他才好。我问郝思嘉道："你说，关羽会不会放了曹操？"

郝思嘉不语，只是微微摇头。我也明白她的意思，历史不是演义，没有那么多浪漫传奇可讲。关羽手下那么多兵将，如果汇报上去，刘备诸葛亮也饶不了他。

曹操大概也想到此节，道："云长，我也不奢求你饶我性命，但求你看在往日情分上，答应我一件事。"

关羽深深叹了口气，道："你说吧。"

曹操道："刘玄德要的，不过是我曹操一个人的首级，我把自己的命交给你，求你放其他人走吧！"

关羽一惊，道："你……你是说……"

夏侯杰也愕然回头："这……丞相……"

曹操打断了他："我意已决，不必多言！云长，我们交好一场。如今我只求你这一件事，你能答应吗？"

关羽仰天长叹，似乎流泪了，良久方道："好，我答应你。"

许褚、张辽等待要说话，曹操却召集他们说："你们都过来，我有几句话要吩咐。云长，请你再给我一刻钟。"关羽默默点头。

我见曹操将众将和谋士们叫过去，小声说了些什么，料想是交代自己的身后事，不久后，众将士都哭作一团。许褚张辽等人抬头瞪着关羽，不胜悲愤。许褚发了蛮劲，大喝道："姓关的，要碰丞相一下，除非从我尸体上跨过去！"

蓦然间，关羽暴喝一声，如雷霆滚过天地，随即策马上前，赤兔马快，转眼已到许褚面前，大刀砍下。许褚忙挥长戟格挡，但却被大刀灵动地一翻，砍成两截，刀锋正中他胸口。许褚虽有铠甲护身，也伤得不轻，大叫一声，跌下马来。关羽更不稍留，赤兔马向前奔去。

曹操见已不免，狂笑道："云长，你来吧！对酒当歌，人生几何，譬如朝露，去日——"

话音未落，关羽已到他面前，一刀斩下。刀光过处，曹操的脑袋便与脖颈相分离，被关羽抓住发髻，提在手中，他的身子还骑在马背上，脖子里鲜血喷出两米多高，过了一会儿，才倒跌在马下，兀自不住抽搐。

9

曹操死了？？？

曹操死了！！！

整个世界都在我面前崩塌，曹操一死，公元208年之后的全部历史就从此改写，没有任何东西能够原封不动地保存下来。包括我们的世界，我们的国家，我们的朋友和家人，我们自己。

我的灵魂似乎已经跟着曹操的脑袋一起离体而去，只有我的肉体还呆呆地站在那里，看着一切在继续演变。

曹军将士也呆若木鸡了片刻，随即作鸟兽散，纷纷逃去。关羽提着曹操的脑袋，驰回本阵，也并不追赶，手下军士振奋，高声欢呼。

夏侯杰那厮跑得比谁都快。其余刚才还对曹操忠心耿耿的文武臣僚也恨爹妈少生了两条腿。许褚刚才见识了关羽的力量，却还不心服，大声道："关羽，你最好好好活着，俺许褚今天要留着有用之身，总有一天要报这血海深仇！"

关羽冷冷道：“关某恭候。”

许褚抱起曹操的尸身，大哭离去，留下的只有张辽了。关羽道：“文远，你我朋友一场，我有一言相劝，如今曹氏朝不保夕，我家刘使君求贤若渴，你不如——”

张辽黯然道：“云长好意，辽感激不尽，怎奈忠臣不事二主，何况辽受丞相重托，还要辅佐公子继位，恕不能从命了。”关羽微微叹息，挥了挥手，张辽也鞭马而去。

所有的曹军都逃光了，只剩下了我们几个现代人还站在那里。我总算发现，自己目前还存在，还在呼吸，看上去也没什么奇特的变化。而郝思嘉在我身边，也一切如常。

“我们还活着！”郝思嘉喃喃说，“看来我们没有消失啊……这是怎么回事？”

“我也不知道怎么回事。”我说，“也许回到2046年才会有变化。”

“可是……”郝思嘉问，声音有些发抖，“我们还能回到2046年吗？”

我心中一凛，其实郝思嘉问得不错。既然一切都已经改变，未来也不会再有“郝味道”或者“小时代”时间旅行公司存在，那我们还得去2046年吗？如果回不去，我们是会在那一刹那烟消云散，还是像yy小说里那样留在这个时代，开创出一段新的历史？

忽然间，我想到了一种可能性，脱口道：“也许我们不会有事，因为——”才说了半句，刘军已经过来，将我们带到关羽面前。关羽沉声问道：“尔等是什么人，怎么不走？”

既然至少还要在这个时空中存在一段时间，我们也不得不敷衍一下关羽：“关将军，我们是本地的渔民，被曹操抓来当了向导……”我把事情约略一说，自然省去了一些关键的地方，还感谢关羽救我们于水火。关羽面色和悦了下来，点头说：“原来如此。说起来我军在迷雾中也分不清楚道路，如今我要回去向主公复命，便烦请你们几个老乡带路如何？”

于是我们又得为关羽带路，说来也巧，再向东南方走上数里，便回到了刚才的沙渚上。我们对关羽道，这是我们的家。刘军将士追击了一夜也很疲劳，便在沙渚上原地休息。一个个还议论着这次回去主公会有什么重赏。

我和郝思嘉、老牛等人好不容易逮到一个机会，避开那些刘军的兵士，在临时厨房里碰了个头。老牛带着哭腔抓着我说："小林，怎么办？如今曹操都死了，我们……我们也……"

"林雨，你刚才不是说有什么办法？"郝思嘉也问。

我苦笑："只是一种理论上的可能性而已。好吧，你们听说过'量子人择原理'吗？"

众人都茫然摇头。我说："这件事得从头说起，根据平行宇宙理论……平行宇宙理论是根据量子不确定性……量子不确定性是……这得从光的衍射实验说起……"

"别废话了，"郝思嘉打断我，"我来之前也看过几本物理学的书，知道什么是平行宇宙！"

"那好，背景知识我就不多说了。总之，宇宙的发展是不确定的，同一个宇宙随着量子状态的不同坍缩，也就是不同的发展状况，可以衍生出无数平行宇宙。

"既然曹操被杀已经是不可逆转的事实，而我们的存在也是事实，并且是导致他被杀的直接原因（说到这里，我瞪了郝思嘉一眼）。那么我们就必然会存在于一个这两个事实同时存在的宇宙中。也就是说，尽管曹操早死了许多年，但是历史的轨迹依然没有大变，所以我们仍然可以存在。"

"但这怎么可能？"郝思嘉问，"曹操这么早死去，首先他的儿子曹植、曹丕、曹彰等会争夺权力，其次西凉的马腾韩遂、辽东的公孙康等军阀会趁机进攻略地，再次汉献帝及部分公卿贵戚的力量也会想要乘机控制许昌，复辟汉室，没有了曹操的权威，曹氏能撑下去的机会微乎其微，就算能咸鱼翻身，未来当上皇帝的也不一定是曹丕——"

"你不懂！机会微乎其微也不要紧，只要存在这种可能性，那么在一切平行宇宙中，它就必然存在，而既然我们存在，我们就只可能生活在这样的宇宙里，这是惟一可以让一切都说得通的法子。"

郝思嘉想了想："我还是不懂这是怎么可能的……不过听上去倒也有几分道理。"

"可不是！"

"既然历史自己会自洽，"郝思嘉眼珠一转，"那我们赶紧再做份面吧？"

"啊？做面干吗？"

"给关羽吃啊。"郝思嘉又开心起来，"你说，关二哥如果吃上了我们的鲜鱼面，将来全世界华人的黑社会都会吃，那是多大的生意啊！"

我答应了，反正历史已经颠三倒四成这个样子了，也不在乎多改变点什么。

当初为防万一，我们带了备份的鲜鱼、面和调料，放在保鲜袋里，又藏在一口大缸里面。如今正好取出来，齐心协力做了一份热气腾腾、鱼香四溢的汤面呈给关公，关羽也不推辞，接过来便开开心心地大口吃起来，一边吃一边赞不绝口，说从未吃过这么美味的东西。这些场景我都拍了下来，想到了未来"郝味道"的广告：关公在斩杀国贼曹操之后，吃了一碗鲜鱼面……不，倒过来更好点，关公吃了一碗鲜鱼面，力气大增，终于追上了曹操，把他的脑袋割了下来……这真是传诵千古的绝唱！

公元208年的最后一个小时就这样过去了。关羽吃得心怀大畅，说要把我们带回去给他大哥当厨子。我们推搪了几句，关羽也不勉强，扔给我们几锭碎金，然后开拔东归。

当我目送关羽的军队唱着胜利的歌声，消失在拂晓的晨曦中时，我感到了一股似乎来自身体内部的奇异拉力，还没有等到新一天的太阳出现，我们便连同我们带去的一切，被一股无形的巨力拽回到 2046 年的时间传送大厅。

尾 声

刚才还是一片昏暗的世界，蓦然之间被耀眼的灯光所取代，雷鸣般的掌声也响了起来。同时无数白花花的可疑之物从天而降，便要落在郝思嘉头上。我暗道不好，忙冲过去将她护在身下，那些东西便都落在我的头顶上，把我的衣服弄得肮脏不堪，散发出腐烂一般的气息。

当然，这些都是回收的食物，经过曹操、许褚等人肠胃的消化，变成了烂糟糟、黏糊糊的一团呕吐物。还包括 Bobbi 的尸体。

我和众人一起狼狈地爬起来，抬眼看去：姚总、沈总、罗秘书、老卢、小武、几名"郝味道"的代表……许多人都在大厅的玻璃墙外欢迎我们归来，和一天前送走我们的是同一批人。再看大厅墙上的时钟，也只是下午三点，和我们离去的时间一模一样。对于他们来说，我们是刚消失又出现了，哪里想得到我们已经在生死关上走了一遭，不，N 多遭。

忽然听到几声犬吠，回头一看，Bobbi 居然没有死，被抛回现代后又活了过来。它似乎断了几根骨头，站不起来，但还是努力冲着郝思嘉摇尾巴。郝思嘉大喜，也不顾它身上的肮脏，冲上去紧紧搂着它。

我走出了时空分割线，先冲进厕所去清理自己，好不容易弄干净了才出来。公司的姚总上来和我握手，满面堆欢地说："小林啊，这次——"

我不及和他寒暄，忙问道："姚总，汉朝以后是什么时代？"

"小林你逗我呢？三国嘛。"

"那三国以后呢？"

姚总看我不是在开玩笑，可能想到了什么，笑容渐渐收敛："三国以后就是……三家归晋吧。"

"晋朝以后呢？"

"晋朝以后是……是……对了，是五代十国嘛。"

完了！我的一颗心往下沉，果然历史被改变了，十六国、南北朝、隋朝、唐朝都不见了……

"姚总，是五胡十六国……"罗秘书过来，在他耳边小声纠正。

"哈哈，对，是五胡十六国……"

靠！我懒得再问他，直接冲出大厅，跑到资料室里，从架子上抽出一本《中国简史》，直接看目录："秦汉……三国……两晋南北朝……唐朝……宋朝……元明清……"看起来，没有任何改变。

我把这书扔开，又从架子上抽出了一部厚厚的《三国志集解》——其实这本书的存在已经证明历史没有什么大变。但我还不放心，翻到正文第一页，正是《魏书·武帝纪》："太祖武皇帝，沛国谯人也，姓曹，讳操，字孟德，汉相国参之后……"

我也无暇细看，直接翻到《武帝纪》最后，写的是：

二十五年春正月，至洛阳。权击斩羽，传其首。庚子，王崩于洛阳，年六十六……谥曰武王。二月丁卯，葬高陵。

很清楚，曹操仍然死于建安二十五年，也就是公元220年，和之前毫无出入。怎么会是这样的？

再翻回到曹操传记中间，赤壁之战前后的历史也看不到任何改变，华容道的部分，裴松之注引《山阳公载记》说：

公船舰为备所烧，引军从华容道步归，遇泥泞，道不通，天又大风，悉使羸兵负草填之，骑乃得过。羸兵为人马所蹈藉，陷泥中，死者甚众。

和我记得的内容一模一样，但是我是亲眼看到曹操被关羽斩首的，这到底是怎么回事？！

郝思嘉让人好好照顾Bobbi后，换了套衣服也过来了，凝视着同一段话，脸上也是大惑不解。我问她："刚才我们都看到曹操被关羽杀了，对吧？"

"当然，这么可怕的场景怎么忘得了？"

"但历史书上根本没有写啊！这是怎么回事，难道是我们的幻觉？"

"哪有那么清晰的幻觉？"郝思嘉紧蹙着眉头，"这一切的背后一定有一个我们没有想到的原因。"

我们在讨论，姚总进来了，问我究竟怎么回事。我哪敢实话实说，只说害怕无意中改变了历史，引起严重后果。问姚总拿出发前的资料来比对。对来对去，也没有发现什么不同。曹刘二军交战的时候，该地区正好被大雾遮挡，从太空中什么也看不见。

姚总还想再问，郝思嘉随手签了张支票给他，让他去领剩下的尾款，他才乐得屁颠屁颠地走了。我颓然倒在沙发上叹道："明明历史发生了翻天覆地的变化，怎么史书上一点变化也没有？"

"不，还是有的。"郝思嘉忽然说。

"什么？"

郝思嘉指着《三国志》上关于华容道的那一页道："你没有发现吗？"

我大惑不解地摇摇头，郝思嘉解释说："刚才这段话后面本来还有一段话，我记得很清楚：'军既得出，公大喜，诸将问之，公曰："刘备，吾俦也。但得计少晚。向使早放火，吾徒无类矣。"备寻亦放火而无所及。'也就是说，曹操从华容道逃生后，嘲讽刘备没有及时追击，如果在曹军经过沼泽地时能够追上，再用火攻，曹操就死定了。"

"对啊，"我也想起来，"出发前是见过这段记载的，怎么会不见了？"

"这很好解释，"郝思嘉说，"就是曹操不能再说那段话，因为刘备的部队确实追上了曹军，发生了接触，再这么说就是自欺欺人了。"

"也就是说，我们的确改变了历史？"我问，"但怎么可能只改变这么一点点呢？曹操被关羽斩首怎么说？"

"你还想不明白吗？"郝思嘉却似已经明白了什么，"既然我们所看到的一切的确发生过，而后面的历史又没有改变，逻辑上的结论只有一个，那就是曹操并没有死。"

"可他的脑袋都被——"

"那个人，应该不是曹操。"

我的嘴惊得合不拢："不、不、不是曹操？那他是谁？难道是那什么平虏将军朱灵？可他一直自称是曹操啊。"

郝思嘉紧蹙眉头，苦苦思索："曹操素来狡诈多智，曾经在接见匈奴使者时让别人代替自己，又设下七十二疑冢，让人找不到自己真正的坟墓……在赤壁之战后的危急时刻，难道他没有应对突发之变的计谋吗？如果他不是曹操，如果曹操不是他，那么……难道……"

忽然间，她放声大笑起来，笑得前仰后合："哈哈哈哈，原来是这样，原来是这么回事！"

"怎么回事？"我还是丈二和尚摸不着头脑。

郝思嘉还是捂着肚子笑得喘不过气来："真正的曹操……真正的曹操……"

"是谁？"

"就是夏侯杰！"

我呆若木鸡，过了一会儿才找回了语言："这怎么会？"

郝思嘉总算止住了笑，正色说："我们重看一遍当时的录像吧，我想会找到之前没有发现的线索。"

果然，当我们看到录像后，就发现了更多的蛛丝马迹：曹操的一切行动：在沙渚停下来休息，将面赐给士兵，掳走郝思嘉等，实

　　　　　　　时间外史

际上都是夏侯杰在拿主意。而曹操对他也十分客气，把鲜鱼面让给他吃，甚至自己为他玩女人作掩护……曹军真正的决策者，居然是夏侯杰。

"如果夏侯杰是曹操本人，那么假曹操又是谁呢？"我还是不解。

"如果我没猜错的话，"郝思嘉苦笑，"假曹操才是真正的夏侯杰！"

"什么？"

"冒充曹操不是那么简单的事，必须有一定的文化水平和心理素质，不能是大老粗，还得对曹操忠心不贰，深得曹操本人的信任，这不是谁都可以做到的，夏侯杰恰好满足这些条件。

"并且，这个人应该跟在曹操身边，在紧急情况下大概随时要冒充曹操，那么曹操又要变成谁呢？再捏造出一个不存在的人来也太麻烦了。所以最好就是互换身份。曹操和夏侯杰应该本来容貌相似，所以才经常能相互冒充，除了服饰之外，最关键的区别在胡子上。一般人都会先入为主，觉得长胡子的看上去就是曹操，小胡子的就是夏侯杰，我敢打赌，那副胡子是假的。"

"可曹操明明在自己的军队里，干吗要什么替身？"

"这可以理解，在逃亡途中，一来随时可能被追兵撵上，二来曹军大败，朝不保夕，难保没有中低级军人为了贪图富贵发动兵变，绑了曹操去投刘备孙权。所以这样的时候，真正的曹操是谁需要保持绝对机密，除了身边亲信的将领幕僚外，其他将士都不知道。他们平常最多是远远看到过曹操，换了一个相似的人当然也认不出来。"

"还是不对啊，"我忽然想到一点，"关羽当年曾经降曹，他应该认识曹操，为什么没有识破？"

郝思嘉想了一会儿："有两种可能。第一种可能是，关羽和曹操的关系不如演义中说得那么密切。当年关羽所见到的曹操，实际上也是夏侯杰假扮的。因为曹操从未真正信任他，当然也不会以身犯险和他相见，否则关羽一旦有异心，以他的力量，可以轻易击杀曹操，谁也拦不住。”

“这确实有可能……那第二种可能？”

郝思嘉嘴角浮出一丝神秘的微笑：“华容道的故事也有他的道理，曹操对关羽不薄，也许他确实不忍心，所以假装不认识，只是斩了替身夏侯杰，因此放了曹操一马。”

所以，故事到这里就结束了，说起来，这场冒险对历史只有极细微的改变，只不过死了一个名不见经传的夏侯杰。这个人能够冒充曹操，举止若定，想必也是一个了不起的人物，不过却没有在历史上留下任何事迹。由于历史已经改变了，我们也不知道他在原本的历史上后来做过些什么，有没有后裔，但想来不会有太大的影响，否则史书不可能没有记载。

至于为什么这段事迹在历史书上也没有记载，想必无论是曹操让替身为自己送死，还是关羽“上当”错斩了替身，都是不怎么光彩的事，所以魏蜀双方的史书也就讳莫如深了。

但郝思嘉又想到一件事，噘嘴说：“慢着，还是不对啊。”

“哪里不对？”

“你想，在本来的时间线中，我们返回三国，去改变了历史，原来的历史就被覆盖了，创造出了新的历史，对吧？”

“没错。”

“那么这段新历史中，本来还有一个我，一个你，以及老牛等人的。他们和我们不会完全一样，譬如新历史中的郝思嘉就不会知道刚才我背的那段古文……那么这个郝思嘉以及林雨等人，又到哪里去了呢？”

郝思嘉的问题问得很好，这也是时间旅行的物理学家一直在讨论的，我告诉她：“关于这一点也有很多理论，比如说根据泡利不相容原理得出，他们的意识被我们的取代了，因此也就消失了。”

"啊，那我们不是相当于杀人了吗？"

"这只是一种理论，还有一种理论认为每次改变，时间旅行者都进入一个新的平行宇宙，所以他们也许对历史进行了其他的改变，到了另一个平行宇宙中……不过最有趣的一个理论是，我们融合了。"

"融合？"郝思嘉睁着迷人的大眼睛看着我。

"根据量子人择原理，宇宙在时间旅行后重新坍缩，我们将回到一个仍然存在着我们的宇宙里，不过在这个宇宙中我们的状态肯定是和原本宇宙中的略有不同的。这个时候，就发生了一件和同一个宇宙分裂为平行宇宙正相反的事：来自不同宇宙的人物合二为一。"

"可是我丝毫没有感觉到另一个我自己的存在啊？！"

"你当然不会感觉到，因为那个你和你自己几乎是一样的，所有的记忆都重组了，就像两个文件夹合并一样。除了关于时间旅行任务本身的内容不可以变动——因为这是这个宇宙存在的根基——其他的都被新宇宙替换了。"

"这倒是一个有趣的理论，"郝思嘉思忖着说，"这么说来，不管我们干什么，哪怕把秦始皇杀了，或者帮路易十六镇压了法国大革命，我们也会回到一个可能产生我们自己的新宇宙中，并且潜在的记忆被替换掉。所以我们永远无法意识到历史已经发生了翻天覆地的剧变？"

"可能吧。"我耸了耸肩，"不过这只是一种理论而已，如果改变太大，总会留下一些痕迹吧？这回只不过多死了一个夏侯杰，其他历史毫无改变，所以也不能证实了。"

郝思嘉认真地想了想，好像想找到历史发生改变的蛛丝马迹一样，不过归于徒劳："你是对的，后来的历史好像真的没有变化。"

"是啊，"我说，"三国两晋南北朝，唐宋元明清……"

"宣统朝内战……第一次世界大战……"郝思嘉说。

三国献面记

"宣统帝被刺……祥瑞帝立宪……第二次世界大战……"

"古巴战争……第三次世界大战……明光帝新政……"

"别背了，"我打断了郝思嘉，"反正什么都没改变。好了，这些玄虚的理论以后再说吧，去你家吃面还算不算数？"

"当然算啦，"郝思嘉嘻嘻一笑，"这是跨越两个宇宙的约定嘛。"

"那什么时候呢？"

"明天吧，明天不是慈永皇太后诞辰吗，我们公司放假……"

与龙同穴

1

世界上最倒霉的事情是什么？

想象一下，你孤身一个人，远离所有的亲人、朋友、邻居、路人，事实上是远离全人类，困在一个伸手不见五指的黑暗洞穴里，洞口已被崩塌的石块堵死，凭你的力量根本不可能挪动。你又冷，又饿，又累，身上还有几道伤口在流血。

在外面，同样是伸手不见五指的黑暗，整个世界都变成了一个不见天日的洞穴，地球被数公里厚的尘埃云包裹住，摧毁一切的狂风吹过死寂的大地，巨大的雷霆声透过厚厚的岩石传进你耳中，也许几百公里内没有任何活物。

这是核大战之后的世界吗？即便在那样的世界上，还有一些人躲在地下堡垒、深海潜艇或者太空站里。但你很清楚，在这个世界上只有你一个人在呼吸和思考，除了你之外，一个人也没有，也许一只灵长目动物也没有。

当然，人类还有希望，遥远但是一定会出现的希望。六千多万年后，会有一些猿猴从树上下来，学会直立行走和打磨石斧，脱掉一身长毛，再过上一两百万年，占领整个星球，创造出文明、科学和该死的时间机器。总有那么一天，你知道的。

而现在，你单独一个人，又冷，又饿，又累，还带着伤，被困在白垩纪最后一天（或者新生代第一天？）一个被掩埋的洞穴里，怀念着六千五百万年后的太空咖啡、分子甜点和无上装机器女招待。

还有比这更倒霉的事情吗？

有。

想象一下，这时候，你听到了背后传来了让你毛骨悚然的——鼻息声。

2

当然，当然，不管怎么说，对你来说，这肯定不会是世界上最糟糕的事情。因为真正被困在那个洞穴里的人，不是舒舒服服坐在椅子上看书的你，而是——我。

我纯属脑子被一万道宇宙射线穿过，才想到回白垩纪看什么恐龙。在这个时代要欣赏恐龙，有二十种以上可以乱真的 VR 电影和游戏可以选择。宏伟壮丽的《中生代漂流》，血腥刺激的《屠龙英雄传》，科学严谨的《巨龙家族》，应有尽有。完全没有必要花百倍以上的数字币，亲自回到六千五百万年前去闻那些大爬虫的臭屁。

但怎么说呢？那个新出来的"白垩纪文艺之旅"的广告真的很吸引人，那是在白垩纪的三维立体实拍，内容也不是身子笨重的蜥脚巨龙、张牙舞爪的霸王龙之类的俗套，而是在翠绿的山谷间，一个静谧的小湖边，周围开满了形态奇特的远古花卉，一群顶着漂亮头冠的禽龙在姿态娴雅地饮水；不远处，两头憨态可掬的小甲龙在打着滚嬉戏，几只宛如仙鹤的小翼龙拖着长尾，鸣叫着掠过湖面；两个身段窈窕、面容姣好的姑娘——人类姑娘哦——穿着轻柔的纱衣，骑着温顺的三角龙在湖边留下倩影……当然，姑娘不是重点，重点是在时光深处漫步的意境！如果能在这湖边拍张帅帅的三维立体照，发在"生活场"里，注明来自白垩纪，那多有范儿！至少比烂大街的土星环观光游之类酷多了。

所以，在"生活场"里看到前女友和她的新男友在土星环下拥吻的立体照之后，我第一时间就预订了这个超文艺的白垩纪时间旅行团。并在2116年8月20日早上10点，从河南南阳的恐龙遗址公园准时被传到了时间的彼岸。

但穿过时空门之后，我的下巴掉了，半天没找到。

冷风刺骨，似乎正当冬日。那个风光绝美的小湖早就干了，只剩下一堆发臭的烂泥巴，周围也只有一些稀稀拉拉、半死不活的蕨类植物，绚丽的花卉无影无踪。暂时没有看到一头恐龙，当然也没什么身穿纱衣的姑娘。要是在这里自拍，你不说是白垩纪，别人还以为是荒废百年的日本福岛。

游客们不满地抱怨起来，导游忙解释说，由于传送的时间久远，时空传送又具有"量子不确定性"，上下误差能有几万年，未必能碰上最好的时节，当初的广告视频不是承诺，只供参考，这些合同上可都是写明的……

许多游客大怒，当场和她吵起来，要旅行社退钱。不过想想也知道，退钱肯定是没戏的，既来之，则安之吧。我不管他们，自顾自在附近逛了起来，不定还能找到点有趣的东西。谁知刚走到小湖对岸，就听到导游的声音通过在头顶巡逻的蜂机远远传来："各位游客，请立刻返回时空门，请立刻返回时空门！"惊惶高亢的声波在山谷间反复回荡。

"出什么事了？"别的游客问。

"控制中心刚刚发现，我们登陆的时间坐标出现严重偏差，比原设定时间晚了135493年231天3小时25分钟17秒，正好遇到了K-T事件的发生！目前的情况极度危险！请大家立刻返回时空门，有序撤离！"

游客们都惊呼起来，纷纷往时空门的方向跑去，只有我莫名其妙，拉住一个往回飞奔的中年人问："她说什么？'凯替事件'？"

"你没看旅行手册吗？导致恐龙灭绝的事件！"那中年人说，见我还不明白，往天上比画了一下，"就是小行星撞地球！"说完甩开我跑了。

我看着一望无际的蓝天，心中纳闷，但还是跟着人群一起往时空门的方向跑去。一边跑一边问："那颗小行星会撞到这里？"

"不是，"中年人回头说，"应该是墨西哥那块。"

"那不是在地球另一边吗？"

"你以为恐龙是怎么灭绝的？"中年人像看白痴一样瞪了我一眼，"很快整个地球都完蛋了！"

仿佛为了给他的话作证明似的，恰在这时，大地像跷跷板一样猛然抬起又落下，地震了！

我正在迈腿快跑，脚下不稳，一个狗啃屎摔倒在地，沿着斜坡滚下了干涸的湖底，沾了一身烂泥，等我忍痛爬起来，大部分人已经逃进了几百米外的时空门，平平安安回到了二十二世纪。导游守在门口冲着我和几个剩下的游客在叫着什么，在她身后，可以看到一道妖气腾腾的黑色云团从天边涌来，夹杂着恐怖的电光雷霆。

我使尽吃奶力气向她跑去，该死的地震还没有结束，大地像暴风雨中的甲板似的不住摆动，两边的山体纷纷崩落，发出轰雷般的巨响。我只能像醉汉一样七扭八歪地艰难前进，心里许愿只要能活着回去，这辈子再不进行时空旅游，再给太阳系红十字会捐一万块数字币。

离时空门越来越近了，二百米，一百米，五十米……但此时，黑云已经笼罩了天地，像是宣告恐龙时代结束的大幕落下。清场的狂风已经吹来，带着呼啸的沙尘，简直要把大地刮掉一层皮，导游见我还差几步，高喊了一声："快来！我在时空门那边等你！"便转身进去了。

这算什么等我？！我肚里暗暗发誓，等回去一定好好投诉这个狗屎一样的"文艺之旅"，又决定给红十字会增加一万块捐款。我竭力加快了脚步，但离门边还有几米远，黑色的云团已经铺天盖地地袭来，将我吞没。

我本以为还能坚持走几步到门边，但只觉眼前一黑，就像狂风中的纸片，不由自主地飞起，不知飞得多高。眼前一片昏暗，身边是炽热的粉尘，那是半个地球之外高能撞击的产物，烧灼我的皮肤，涌进我的口鼻，再过几秒钟我就要被烤得外焦内嫩了……

被烤熟之前，死神终于改变了主意，把我随手抛在了什么地方，我不知滚了多少圈，但居然还没摔死。风稍微弱了一点，但空气仍然炎热得如要燃烧。我抬头张望，但此刻周围的能见度已经低得像深夜，什么也看不清。隐约看到前面似乎有一个山洞，我便连滚带爬地向山洞跑去。此时又是一阵地动山摇，身后石块坠落如雨，我只有拼命往里钻，不管这里是什么地方，哪怕多活一秒钟也好。

好不容易，地面停止了震动，上面也没有石头落下，我靠在洞壁边上，只觉浑身像被火烧，肺里痛痒难当，抚着胸口拼命咳了半天，把刚才吸进去的粉尘咳出来，又打开衣服的降温功能，驱散周围的炎热，过了几分钟才好受了一些。伸手去摸刚才进来的地方，貌似已经被一块天降巨石给堵死了。

"真他妈的！"我在黑暗中连声咒骂，"好端端出来旅游，竟然碰到小行星撞地球！世界上还有比这更倒霉的事吗？！"

这并不是一个真正的问题，但却被一个声音回答了。

"呼哧……呼哧……"

那是某种呼吸声，不算响，但绝不是幻听。同时，我才注意到周围有一股难以形容的腥膻气息，背后的联想让我顿时毛发直竖。

那是什么？到底是什么？

与龙同穴　　　　　　　　　　　　　　　　　127

"嘎!"一声又像蛙叫、又像鸟叫的怪声在黑暗中响起,随即耳畔风生,某种东西在黑暗中扑了过来!

3

"妈呀!"我吓得魂飞魄散,大叫一声,转身就跑,却忘记了根本无路可逃,"砰"地正面撞上了岩石,顿时头破血流,伤上加伤。

我没工夫叫疼,背后好像已经被什么锋利的东西够到,我一低头,又向另一个方向逃去,身后的黑暗中,某种看不见的怪物紧追不舍,听得到沉重的脚步声。没几步又到了一个死角,我绝望地紧紧贴着石壁,感到腥臭的热风伴着湿气从黑暗中吹来,某种似乎是从喉咙深处发出的咆哮在洞中来回震荡,可以肯定,这声音的主人近在咫尺。

某种软趴趴、湿答答的东西已经碰到了我的后颈,我本能地闭上了眼睛,等着被不知什么样的怪兽吃掉,这时候,我的心跳肯定已经超过了两百下。短短二十多年的人生在眼前放起了电影:工作被炒,惟一一次恋爱被女朋友甩了,买智能玩偶买到假货,大学作弊被抓,中学被同学校园暴力,小学被逼着上各种苦不堪言的补习班……悲惨的一生啊,这么说来,死了也不算太可惜……

等到这幕电影放到我人生最早的一个记忆——四岁跟爸妈去太空城被失重吓哭——之后,我才发觉了蹊跷,为什么我还能活着回忆完这一切?也许我已经在它的肚子里了?但是……至少我还能感到自己疯狂的心跳。

难道刚才的一切是幻觉?但并不是,咆哮和腥风仍然就在身后,那湿乎乎的东西还是不时碰到我,那究竟是什么鬼东西?为什么它不干脆吃了我?

这时我才想起来,手上的智能表就有手电功能。我犹豫了一下：也许看得到那东西比看不到更可怕……

最后，我还是以最小幅度转过身，战战兢兢地打开了手电。一束光从我的手腕射向对面，山洞里亮堂起来。

我看到了一幅噩梦般的画面：距离我的脸只有零点几米的地方，是一张恐怖的血盆大口，上腭与下腭之间张开几乎有一百二十度，上上下下都长满了小刀般的獠牙，猩红的长舌头在牙齿间翻动着，向外伸出——这也是它刚才一直碰到我的部位。在巨吻的下方，两只镰刀般的巨爪也在疯狂地挥舞着，堪堪从我身外几厘米处掠过，只要被碰到一下，就是被开膛破肚。

突如其来的光线让那怪物吃了一惊，它发出愤怒的叫声，向后退了几步。这一下我能看清它的全貌了，那是一只四分像鳄鱼，三分像鸵鸟，三分像袋鼠的动物，用粗大的后腿站立，浑身长满了难看的红黑色条纹，身上都是疙疙瘩瘩的皮肤。它的爪子很长，但脖颈更长，所以够不到嘴的前面。它的头骨高高隆起，头顶长着一排威风的蓝色羽毛，羽毛下方是一对很小的、鳄鱼般的眼睛，正放出狡诈的目光。

毫无疑问，这位黑暗杀手是一头恐龙。

我也看清了周围的环境。这不是什么深不可测的神秘溶洞，只是一个普通岩洞，长大概有七八米，宽大约三米，高也是三四米左右。山洞中有不少动物的骨骸和石块，还有一些树叶，但除了进来的入口，没有任何其他出路。

这是这头恐龙的巢穴吗？它在这里吃掉了多少动物？我恐惧地想，为什么它还不吃我？

但这头恐龙的确是不知怎么没法再接近我一步，只能在离我几厘米的地方进行徒劳的尝试。我小心翼翼地抬起手电，照向它身后，才发现答案，它身上和我一样，有好几处伤口，正在往下淌血，左腿上的伤口尤其触目惊心，一大片血肉都翻在外面，这家伙大概是刚才在周围觅食，在逃进山洞之前，也被末日的死亡风暴整得很惨。

但主要阻碍它行动的，是洞壁上出现的一道横向裂缝，大概也是地震造成的，天知道怎么搞的，它的尾巴末端正好被夹在裂缝中，被半座大山的重量压着，无法摆脱，这家伙的尾巴已经绷得笔直，却还是差个零点零几米，无法够到我。

我的心脏仍然在胸膛里打鼓，喘息不已，但大脑恢复了一点思考能力。不管怎么说，看来我暂时不会死。我端详着山洞的大小和角度，靠在石壁上挪动着，尽量找了一个离它最远的位置，但顶多也就能拉开一两米。恐龙见我越移越远，最后做了一次攻击的尝试，但尾巴上的疼痛让它鬼叫了一声，不得不缩了回去。它的眼珠转了转，大概也知道无望再碰到我，又退了一步，慢慢卧倒在地上，粗重地喘息着。

我端详着眼前的恐龙，估算着它的实力。它的身高和我几乎一样，也就是一米八左右，整个身体大概有三四米长，看起来体型很是壮硕，体重应当有三百到五百公斤，当然不可能和霸王龙、棘龙之类的大家伙比，在恐龙电影和游戏里，这种小恐龙就和侏儒差不多，最小功率的激光枪都可以轻松干掉一群。但当它真正站在你面前一两米外，中间没有任何阻挡的时候，就完全不是那么回事了。

我又打手电确认了一下，入口的确已经被一块哪怕霸王龙也挪不动的巨石堵死了，暂时无法脱身，我只有坐在一块大石头上，打开背包，摸索着可能用来对付这头恶龙的家伙。

每个参加史前旅行的游客都会担心碰到凶猛的食肉动物。但时间旅行管理法规不允许我们携带任何武器，担心如果随意杀死一头史前巨龙也许会改变历史。再说，动物保护组织也会提出抗议，造成很多麻烦。当然，对这种事不会毫无防备。为了保护我们，时间旅行社也派遣了若干带有麻醉枪和其他武器的智能蜂机在我们头顶巡航。当遇到有危险的猛兽时，可以将它们麻醉和赶走。可现在，那些蜂机不是坠毁，就是被超级风暴吹到地球另一边去了，只剩下手无寸铁的我。

我在背包里摸了半天，东西很多：自动牙签、折叠激光笔、音乐光屏T恤、眼镜式VR游戏机、变形交感体验内裤——换句话说，什么有用家伙也没有。

那恐龙还在盯着我，和它对视让我越发毛骨悚然。我想了想，把手电的亮度调低了，智能表依赖太阳能，平时虽不用充电，现在可未必能用多久。

知己知彼，百战不殆。先清楚这究竟是头什么龙？我搜索着自己那点不多的恐龙知识，很多还是旅游前恶补的。它的身形有点像伶盗龙，看爪子像恐爪龙，头颅很大，又像是厚头龙……先别管它是什么龙吧，重点是植食性的还是肉食性的？看这满口的獠牙，答案应该很明显……

我想到一个办法，让智能表的镜头对准了恐龙，放出一道绿光，在恐龙身上进行扫描，恐龙一惊，向后缩去。但瞬息间，通过几道射线，我已经获得了它从皮肤到骨头的整个模型和海量数据，通过内置的数据库进行匹配，很容易判明到底是什么物种。过了片刻，智能表盘就在我眼前投射出了一排排的文字资料：

　　物种分析结果：

　　真核生物域

　　动物界

　　脊索动物门

　　脊椎动物亚门

　　四足形类

　　蜥形纲

　　双孔亚纲

　　主龙次亚纲

　　鸟臀目

兽脚亚目

伤齿龙科

蜥鸟龙属

很抱歉，无法确定具体物种。

　　看到最后一行，我气得咯血三升：说了半天全是废话，连什么物种都搞不清楚，有什么用？

　　不过，随后浮现的一行字又让我转忧为喜：

　　扫描发现，该生物受到严重创伤，背部大面积烧伤，左腿正在失血，第六尾椎骨断裂，健康水平C—，需立即救治。如有需要请联系动物福利中心，联系方式……

　　救个头啊，死得越快越好！

4

　　就这样，我坐在山洞角落里的一块平整石头上，盯着那头什么蜥鸟龙，等着它一命呜呼。这当口地球上的恐龙九成九都转世投胎去了，你还赖在这世界上干什么呢，早死早超生嘛！应和着我的祝福，它躺倒在地上，身上的伤口汩汩流血，不时动一下爪子，发出咕咕的呻吟声，看上去每一秒钟都比之前更加衰弱。

　　我又瞄了一眼表上的时间显示，上午10：47。当然是2116年的时间。我们在10点整穿过时空门，从我到达白垩纪到现在，发生了那么多事，居然只过了四十七分钟。

　　而我清楚，时空门还在外面开启着，将持续整整十二个小时，也即是我们此次白垩纪之旅的时长，这是事先设置好的。纵然是毁天灭地的灾难也不可能摧毁时空门，因为它并非由实体物质构成，只是时空扭曲造成的一个孔洞，看上去就是一个直径两米的光环，里面看起来是一个光的漩涡，幻化出缤纷的颜色。

我回忆着时间旅行的基本知识：从2116年那边来说，时空门只会出现几秒钟，不论你在白垩纪待多久，都是瞬间返回，返回后，时空门也就关闭了。这也就意味着，未来没有可能派人来救我。就算再派人来，因为时间旅行本身的"量子不确定性"，不可能同时准确定位时间和空间。如果要精确回到这个时间点，也许你会出现在地心或者外太空，如果要精确回到这个位置，往往不是跳到几千年前就是几万年后（这次事故也是因此而发生），找到我的机会微乎其微。我知道的几次时间旅行失联事件，都是给家属一笔抚恤金了事，没人会去找那些倒霉蛋。

所以，惟一的生机是我能在十二小时，不，十一小时又十三分钟里，爬进那道迷人的光门。但现在的问题是，我怎么能离开这鬼地方？

管不了那么多了，先等眼前的恐龙死了再说，我想。

煎熬中，又是半个小时过去了，蜥鸟龙渐渐停止了身体动作，眼睛也逐渐闭上了。死了？我侧耳聆听，但仍然听到细微的呼吸声。它的肚皮也在微微起伏中，看来只是昏过去了。我微感失望，但告诉自己，耐心，再耐心等一会儿。

我又等了大半个小时，已经过了十二点，恐龙的呼吸仍然存在，而且渐渐趋向平稳匀长。我又打量了一下它腿上的伤口，发现居然已经凝固了，没再流血。它死不了，至少一时半会儿死不了。

现在该怎么办？

亲自搞死它！我一咬牙，决定动手，但身上没有任何武器，只有一个背包，总不能拿它去砸吧？

等等，砸？我的视线落在身边，心中一亮，暗骂自己不开窍，怎么没有武器，这地上可有的是！

与龙同穴

我捡了一块拳头大的石头，又放下了，这玩意还不够给恐龙挠痒的。又抬起一块足球大小的，足有十来公斤，但还是觉得不够分量。左顾右盼，再没有合适的石块，找了半天，焦急中摸到屁股下的石板，心下一动：这块石头差不多有两个枕头那么大，可以把整个恐龙脑袋都压在底下，这回不信你不死？

我弯下腰，吃力地将这块大石头抬了起来，感觉它至少有四五十公斤重，绝对没有远程抛过去的可能，只有自己走过去砸。我双手抱着石头，吃力地挪动脚步，虽然只有不到两米远，但每步都步履艰难，身上的伤口仿佛又都裂开了……再坚持一下！我只有想象着自己在抱前女友……只是重了一点……马上就到床上了，一步，又一步……

终于到了恐龙面前，它仍然紧闭着双眼，对自己即将面临的死刑浑然不觉。去死吧！我用力想将大石块举起来——怎么举不起来——再用点力——用力——

"砰"的一声巨响，石头落在了地上。

"啊！"

"嘎！"

发出"啊！"的是我，那块大石没拿住掉了下来，悲惨地砸中我的右脚尖……也不知骨头断了没有。

发出"嘎！"的是那头蜥鸟龙，它被我惊醒了，看到敌人在眼前鬼鬼祟祟的，发出一声怒鸣，猛然跳了起来，冲着我就咬！

我把伤脚从石头下挣出来，连滚带爬地鼠窜到刚才的安全角落里。惊魂初定，回头一看，却发现蜥鸟龙一个猛跃，竟生龙活虎地跳到了我的面前。这不可能！它的尾巴明明——

我的目光扫过它身后，那半根尾巴的确还压在裂缝里。

但是已经……脱离了身体。

　　　　　　　　　　　　　　　　　　　　时间外史

5

失去尾巴，但获得自由的恐龙兄不顾后面疼痛，毫不犹豫地咬向我。我仓促间低头避过，撒腿又往它身后跑去。它的尖爪从我耳边划过，我侥幸脱身，可没几步便到了山洞尽头。蜥鸟龙也转身冲了过来。

不可能再逃了。我心一横，像大猩猩一样，用手捶打着胸口，歇斯底里地大叫起来："哇啦哇啦，稀里哗啦，你的死啦死啦的干活……"

蜥鸟龙果然被我唬住，暂时停住了脚步，歪着头看着我。

我其实已经吓得魂不守舍，但形格势禁，再无退路，只有一个劲地蹦跳叫嚷，巴望把它吓得缩回去。但蜥鸟龙并没有被吓退的迹象，只是换了个角度，饶有兴味地继续看着我的"表演"，就像在看猴戏一样……混蛋！咱俩究竟谁是动物啊？

"呷……呀……"

为了维持人类的尊严，我没有继续学猩猩的动作，而是一声长啸，打了一套太极拳，指望用东方功夫把它镇住。"揽雀尾""白鹤亮翅"等玄妙招式一招招使出来，可身子越来越吃不消，特别是被砸中的右脚火辣辣地疼，感觉脚掌都快断掉，却还不得不继续下去，这时候，发生了一件更悲剧的事，我刚使到"左蹬脚"，受伤之余，重心不稳，一个趔趄，竟仰天而倒。

我一时爬不起来，蜥鸟龙见我这套"黔之驴"的开胃表演结束，也向前走来，打算正式享用哺乳类大餐。眼看它举起利爪，就要行凶。我情急之下，掏出折叠激光笔，一束白灼的激光激射而出，正中它的左眼！

可惜，这不是那种能熔化金属、刺穿飞船的激光，只是用来进行指示的光束，功率非常之低，最多是在皮肤上引起一点灼热感。

但强光恰好对准了恐龙的眼睛，让它眼睛一痛，惊恐中发出"呱"的一声大叫，扭头逃窜。我趁机爬了起来，继续呼喝着，连连晃动手上的光束，就像挥舞光剑的杰迪武士一般。蜥鸟龙恐惧不已，口中发出呜呜的声音，垂下断了半截的尾巴，一步步退后。

我又一次死里逃生。不管怎么说，这多进化了六千五百万年的脑瓜还是蛮管用的，我颇感欣慰。

但现在又能怎么样？

只能等死——不是它死，就是我死。

山洞里暂时又恢复了平静，蜥鸟龙被激光笔吓住，不敢再进犯，乖乖地趴在另一边，我当然也不敢再招惹它，只希望它尾巴上的伤口再大一点，让这家伙的血早点流光。

但蜥鸟龙开始像小狗一样舔舐自己的伤口，似乎还颇有效果，血又渐渐止住了。我又开始感到焦急，激光笔的电不久就会用完，到时候还有什么能制住它？

正在着急，另外有什么动物"咕咕"地叫了起来，声音居然就来自我身边。我吓了一跳，手忙脚乱地找了半天，才发现发出叫声的"怪兽"是——我的肚子。

我稍微松了口气，再看看时间，僵持了这么久，已经是下午一点，从出发到现在什么也没吃，也难怪腹饥难忍。这么一想，更觉得手足无力，饿过头了。先吃点东西再对付那饿肚子的恐龙，不是会更有优势一点吗？即便要死，做个饱死鬼也好过当饿死鬼。

我盯着恐龙看了几眼，见它仍然在专心地舔舐着自己的伤口，并没有太注意我这边才略感放心。我从背包中拿出了一袋真空包装的压缩食品。这东西本来不是常规的午餐。午餐由时间旅行公司负责，包括烤肉、炸鸡、蘑菇沙拉和薯条，我们本来会在湖边野餐，还有歌舞表演……现在这些都别想了，这袋食品属于野外求生套装，时间旅行公司在每个人的背包里都放了一份以防万一。据说是高度压缩的能量食品，吃几口就可以抵上一顿饭。不过这东西我从来没尝过。

我把真空包装打开，里面的食品迅速膨胀变大，是一种白色的固体，手感像橡皮，但还要厚实很多。我抱着吃橡胶的决心咬了一小口，发现虽然难嚼，味道还颇为鲜美，是一种人造肉类。我吃了两口，慢慢感到自己的胃部被某种温暖的东西充实起来。

我吃了大概有十分之一就饱了，正要将剩下的压缩食品放好，却发现蜥鸟龙昂起头，一对小小的眼睛死死盯着我，鼻子抽动着，腥臭的涎液不住从獠牙间流下来。我想起一件事，闻了闻手上的食物，的确散发着一股淡淡的肉香，这东西不可能瞒过肉食动物的鼻子。蜥鸟龙应该也饥肠辘辘了，怎么经得起食物的诱惑？果然，它慢慢站起来，又一步步试探性地走过来。

我威吓地喊了两声，祭出法宝激光，把它吓退了几步。但毕竟食物的诱惑太大，这回恐吓战术也不灵光了。它稍等片刻就又向我靠近，从喉咙里发出古怪的威胁声。我更加频繁地扫动激光，结果事与愿违。一开始恐龙还怕它三分，后来发现只要不碰到眼睛，就算落到身上也没什么大不了，甚至连躲都不躲了……

激光没用了，这也就意味着，蜥鸟龙有恃无恐。眼看它越走越近，随时会发起进攻，怎么办？

只有一个法子。虽然我不想用，但是……没办法了。

我深吸一口气，将手伸进背包，拿出了最后的秘密武器。暗自叹了口气，将它打开，像扔手雷一样抛向那正在逼近的恶龙。它似乎也感到了不对，高高跃起——

将剩下的一大块人造肉叼在口中，一仰头，吞了下去。

6

我放弃了可以吃三天的食物，总算换取了恶龙一时的平静。

它又回到自己的角落里，卧在地上，静静地消化着从未享受过的美餐。人类可以支撑三天的食品，对它来说也许只够吃一顿半顿。我只希望食物能够在它胃里待得久一点，让我在被它吃掉之前想出脱身之计来。

时间一分一秒地过去，大约半小时后，我感到身上发生了一些奇怪的变化。除了肚子饱了之外，伤口也不疼了，似乎都开始愈合了。头脑变得敏捷，身上的力量也在增长，甚至有一种神清气爽的感觉……

我想到了什么，找出刚才那包压缩食品的包装袋来一看，果然在成分里有"生命急救素（0.25%）"的字样。这生命急救素与时间机器并列为22世纪以来最重要的发明。它不是一般的化学或生物制剂，而是一种微小的智能纳米机器，能够修补伤口，杀灭细菌病毒，代替红细胞增加血液运氧能力，中和体液中的钠离子以取代对水分的需求，以及根据人体的实际状况进行其他调整。在野外应急的压缩食品中含有这种成分倒也不奇，还正好能帮助我应对紧急状况，真是天助我也！不过惟一的问题是……它只能帮助人吗？

我望向对面的蜥鸟龙，巴望为人体研制的生命急救素不适用于它，最好和它的免疫系统发生冲突，让它赶紧给我死翘翘！可现实又一次让我失望了。蜥鸟龙的伤口也有明显愈合的迹象，它站了起来，甩了甩头，挥舞了一下前肢，精神抖擞。更糟糕的是，它还在盯着我，歪着脑袋，小眼珠不住转动，一副好奇的样子。暂时还没有进一步行动，但是估计也快了。

没错，生命急救素让我健康恢复到良好的水平，我还练过两年中国古拳法，但面对同样恢复了健康活力的、体重至少三百公斤的恐龙，这些连让我多活一秒钟都难。要和眼前的上古巨兽周旋，还得靠我那多进化了六千五百万年的大脑。

要说我这脑子还真灵光，左顾右盼中无意间抬头向上看去，竟然发现了一个逃生的办法。我头顶三米处有一块明显凸出的岩石可以容身，而下面有一些石缝和岩面不平处可以搁脚，应该是能够爬上去的。但那家伙会不会也爬上去？我又看了对面的恐龙一眼，从它的体型断定没有这种可能。

只要爬到上头就安全了！我想，眼看蜥鸟龙也越来越躁动，不敢耽搁，转身就往上爬去，但山岩光滑，第一脚就差点滑脱。该死！我身为猿猴的后裔，不能连看家本事都丢掉了！我手脚并用，总算爬上去了一步，下一脚再踩在另一边的石缝里，再上一步……

我吃力地往上攀爬了几步，爬到一多半时，回头往下看去，又吓得魂飞天外。蜥鸟龙已经悄没声息地走到了我刚才待的所在，就在我的正下方，仰着头好奇地看着我。鼻尖距离我的脚跟好像只有几厘米，只要稍微跳起来一点，就可以咬住我的脚，把我拽进地狱。我忙拼命往上攀去，祈求能及时逃出这恶魔的死亡之吻。总算又上了好几步，还有一米，半米，几分米……

我终于抓住了那救命稻草的石头外沿，但把脑袋伸上去，看清楚上面的结构时，又叫得一声苦，不知高低。原来在下面看不真切，其实那凸出的大石上方并不是一个平坦的台面，而一大半是坡状的斜面，斜斜地没入山体，人根本没法待在上头。看起来只有先下去了……等等，下面有什么来着？

我终于意识到了自己的悲惨处境：我是上也上不去，下也下不来了。

7

五分钟过去了。

这五分钟对我相当于五十分钟，可以搁脚的地方非常狭小，我几乎只是用右脚的脚尖支撑身体，比芭蕾舞演员还要辛苦。但这是目前惟一能避开下面恐龙尖牙利爪的地方。可这样显然支撑不了多久，我到底该怎么办？！

雪上加霜的是，该死的蜥鸟龙跑到我这里来原来不光是想看我在干什么，它还有更迫切的生理需求。它蹲了下来，在我刚才待的地方拉了一大泡屎。我就在这堆粪便的正上方，差点被臭气熏晕过去。这可恶的家伙，难道想把我熏下来吗？！

就算熏不下来也待不了多久了，我想，目前的法子只能是再吓唬那死恐龙一下，把它吓跑，最好吓死。可怎么吓它呢？激光那套已经不灵了，还有什么比这更令它害怕的？还有什么？

我脑子疯狂地转了起来。倒还真让我想出了一个好办法。

我在智能表上按了几下，调出了一个视频，用三维外放模式投射到了洞穴中央。顿时出现了一群昂首阔步行走的巨龙。

这是一段科普视频，是前几天旅行社发送给我们的材料，内容低幼，是给小孩子看的，我只看了半分钟就关掉了。不过幸好没删，还存在数据库里，此刻正好可以调出来。

"在中生代的古老地球上，"一个浑厚苍凉的画外男低音响起了，这声音是电脑合成的，模仿一百年前一个赵什么的播音员，很有感染力，"生活着一群被称为'龙'的神秘生物。它们是地球上所孕育的最庞大的陆地动物，曾统治这个世界一亿五千万年之久，在漫长的史前岁月里，演绎出一幕幕气壮山河的生命史诗……"

随着他的讲述，梁龙、腕龙、剑龙、三角龙、霸王龙等各式各样代表性的恐龙种群出现在洞穴中央。或走或卧，或捕猎或打斗，视频里没有出现蜥鸟龙这种小角色，但是身下的蜥鸟龙已经被吸引了全部的注意力，转过身好奇地看着这些远房兄弟。其中不少在几千万年前就灭绝了。

一群禽龙出现了，脚下的蜥鸟龙变得更加兴奋，甚至围着它们转起了圈子，一副跃跃欲试的样子，我估计禽龙是它的主要食谱。我稍微调整了一下画面，让禽龙的影像投射到对面的石壁里，而且渐渐变小，仿佛正在走远。蜥鸟龙果然上当，跟着冲了过去，脑袋一头撞在了石头上，摔倒在地。可惜并无大碍，随即又爬了起来。

此时，男低音又响起了："……六千五百万年前，一颗小行星终结了恐龙王朝，给地球的生物圈带来了一场灭顶之灾……"画面上，显示出大山一样的小行星穿越无边太空，飞向地球，冲进大气层。正是几小时前所发生的事。它以每秒几公里的高速撞击到了地球上，一个几十公里的大坑出现在日后加勒比海的位置，海啸席卷了整个墨西哥，数万亿亿吨岩石碎裂开来，飞向空中，越过几百公里距离，又变成火球坠下，整个地球颤抖着，被迅速扩散的黑色云团所吞没……

各个大陆上，一群群恐龙悲嘶着狼奔豕突。被地震摔倒，被岩石砸中，被大火烧成焦炭，在灰尘中窒息……蜥鸟龙刚才还在兴奋中，一下子被画风的突然转变吓得失魂落魄。视频中的合成画面对它来说完全是真实的。它大声怪叫起来，疯狂地上蹿下跳，想找到隐蔽地点，但它已经分不清视频和真实世界了。在光与影的变幻中，这可怜的蠢货一遍遍撞在石头上又摔倒，身上血花飞溅，就像一只想飞出玻璃瓶的苍蝇，非把自己撞死不可。我看着竟有点不忍心，但问题是，你不死我就得死啊！

眼看这招就要奏效，但忽然间，山洞又开始了剧烈的颤抖，见鬼，怎么偏偏这时候发生余震？

"哎呀！"

我本来已经是强弩之末，很勉强才能站住，此时更支撑不住，从落脚的石头上跌了下来，悲惨地摔在那一泡龙便上……

但此时我也顾不得污秽恶臭，地震还没有结束，坚实的山脉就像是积木搭成的，疯狂摇撼着。上头不时有石头碎屑坠下，堵在洞口的石块似乎在移动崩塌。整个山洞随时都可能化为乌有，我看到蜥鸟龙用一个奇怪的姿势缩成一团，把脑袋弯到了两腿之间，但已无暇管它了。我自己也只能捂着脑袋，龟缩在山洞的一角。心里忽然想到，如果我们俩被压扁后，骨头叠在一起，几千万年后变成化石出土，会被当成什么物种？

好在这次余震很快就结束了。我居然没受什么伤，抬头一看，惊魂初定的蜥鸟龙伸出头，和我对视，似乎也没出什么大事。再次死里逃生的喜悦从心底升起，我情不自禁地冲它笑了笑，感谢上苍又给了我们一次生命的机会……呃，好像哪里不对……

果然蜥鸟龙又站了起来，一步步朝我走来。我忙吩咐智能表继续放刚才的视频，但它压根不回答我，大概是被蜥鸟龙的粪水泡坏了……这次真的要被吃掉了吗……

我再次绝望地闭上了眼睛。

8

不知怎么，我也没一开始那么惊恐了。在凶残的恶龙面前，手无寸铁的我坚持了好几个小时，可毕竟人力难以胜天。那就这样吧，我想，不要再做无谓的挣扎，死得有尊严一点。反正就算没被它吃，我也逃不出去，也许只能死得更悲惨……

能感到蜥鸟龙已经站在了我跟前，但一直不见动作。我忍不住又睁开了眼睛，蜥鸟龙的确离我很近，但大概是我身上沾了它的粪便，它嗅了几下，似乎也感到恶心，不知如何下嘴，只是围着我打转。

同时，我也发现了一点不对：它头上那一圈浓密的蓝色羽毛全都消失了。

这家伙刚才乱窜中撞了好几次石壁，掉几根羽毛自然不稀奇，但不至于一下子都掉光了吧？掉到哪里了？我环顾四周，才发现答案就在眼前。

但这个答案……不可思议。

一个似乎是木头打磨的弯曲物体上插着很多根羽毛，就掉在我的脚下。看起来类似一个发箍或者一顶帽子，木头上还隐隐可以看到一些雕刻的粗糙花纹。

这是……一个人造物？

可这是人类诞生前六千多万年。

难道这东西是某个穿越者留下的？还是——

我惊骇地忘记了一切，只是僵在那里。就在这时候，恐龙又做了一个奇怪的动作。它的左上肢不知怎么动了几下，爪子就当啷一声，掉在了地下。

我更惊得头脑一片空白。向那爪子看去，原来是某种类似手套的东西，上面的利爪连着下面的某种皮革，我还没看清楚是什么，另一只"爪子"也掉了下来。

我看到了这只蜥鸟龙真正的前爪，三根指头细长而灵活，明显可以干别的很多事情，比如制造和使用工具，而那只金刚狼式的"长爪"，只是佩戴在手上的工具；我还看清了，它身上的红色条纹，有一些花里胡哨的线条，不太像是自然生成的，仔细看来似乎是用什么颜料画上去的装饰；就恐龙来讲，它的脑袋有点太大了，头骨高高隆起，显示出后面有一个容量可观的大脑，它的目光看上去就像会说话一样——

难道这头恐龙——

有智能？！

我目光又扫向四周，发现了更多之前没有注意到的细节：洞里的石块和骨头形状各异，有的明显是打磨过的工具，几个头骨放得颇为整齐，像是装饰品，角落里的树叶精心铺成床铺的形状……毫无疑问，这种恐龙确实是智慧生物。

我感到一阵天旋地转，原来自己一直自命的智力优势只不过是可笑的幻觉，不由自主地双膝一软，几乎要跪倒在地，求这恐怖的旧日支配者饶命，但刚要跪下，蜥鸟龙已经反过来冲着我举起前肢，慢慢趴在地上，低垂头部，把屁股和尾巴翘得老高，口中发出某种低沉的声音。

这难道是吃掉猎物前的某种仪式？不，不像，这样毫不设防，对方明显可以攻击它最脆弱的地方，没有比这更傻的做法了。除非……除非它是在……

求饶？

不会吧，我不敢相信，明明是我被它逼得无路可逃，束手待毙，它如果是智慧生物，会不知道？

但是且慢，如果从蜥鸟龙的角度看呢？突如其来的恐怖风暴席卷天空，然后出现了一个怪物，像是来自地狱的小恶魔。最初，自己受惊之下，当然想立刻干掉对方。但对方的手上会发出可怕的强光，然后用食物喂饱自己，治好了自己的伤口，还让自己看到他降下天火，毁灭无数巨龙的异能……

没错，任何会思考的生物都会得出一个结论：对方是天神下凡，必须立刻表示顺服，否则只有死路一条……真是聪明反被聪明误呀。

蜥鸟龙顺服地伏在面前，我的大脑飞速转动着，思考着眼前的局面。从来没听说有任何古生物学家发现白垩纪的恐龙进化出了智慧的，但摆在面前的事实无法否定，看来是蜥鸟龙的一支在白垩纪最末期的几万年里产生突变，智力突飞猛进，达到了原始人的水平，已经能够制造简单的工具和装饰品，可是在它们能发展出更高级的文明之前，那颗小行星毁灭了一切……好险，差点这个星球就没人类什么事了。

在人类之前六千多万年，地球上已经诞生了其他智慧生命，这是何等重大的发现！我激动地想，全世界所有的媒体都会争相报道，我的名字会和第一个发现恐龙的人一样家喻户晓！等等，第一个发现恐龙的人是谁来着……不管了，反正我的名字会家喻户晓！

我不由兴奋地手舞足蹈起来，但一时过于兴奋，刚刚受伤的脚趾又踢到了石头上，一阵剧痛把我带回了现实：要是不能离开这鬼地方，就算发现人是恐龙进化来的也没用。

既然蜥鸟龙暂时不敢再攻击我，我总算可以把注意力转移到离开这里的问题上。我关闭了视频，调亮了手电光，再次照向出口处，却意外地发现刚才的余震后，原来那块山一样的巨石翻倒了，但是出口处还是被一堆新坠落的石块所堵死，绝大部分我根本不可能搬动。

等等，虽然我搬不动，但是……

我望向乖乖伏在地上的蜥鸟龙，嘴角慢慢露出一丝微笑。

9

咱们工人有力量，

嘿！咱们工人有力量！

每天每日工作忙，

嘿！每天每日工作忙，

盖成了高楼大厦，

修起了铁路煤矿，

改造得世界变呀么变了样！

……

伴着慷慨激昂的老歌，蜥鸟龙忙忙碌碌地清理着出口外的石块，用有力的前肢把一块块石头搬起来，从洞口运到洞穴深处放置。

刚才我稍做了几个动作示意，它就明白了，毕竟进化出了智商，它也知道如果不能出去，只有困死在这里，赶紧行动了起来。

我则趁机把被它弄脏的衣服脱下，换上了光屏T恤，这东西不但可以显示动画，还自带音乐，我便放音乐给它助威。倒不是我不想帮忙，有些小石头还是可以搬动的，但是如果暴露出自己本质上只是一只身体孱弱的小动物，连大点的石头都抬不起来，蜥鸟龙又不是傻的，说不定就看出猫腻，还是小心点好。

不过这上上个世纪的歌声还是蛮有效的，恐龙兄一开始有点害怕，但音乐不愧是全宇宙通用的语言，它很快扭起了屁股，喉咙里发出"咯哒咯哒咯咯哒"的声音，好像是打拍子应和，看起来很兴奋。大概它现在认为这场浩劫不过是神灵的考验，自己一定能离开这里吧。

但渐渐地，洞穴后部堆满了石头，外头还是没半点打通的迹象，好不容易搬开一块，上头的其他石头又压了下来，我的心也渐渐沉了下去，也许半座山都塌下来了，那根本就没有清空石头的可能。

但我深深吸了口气，感觉和外头的空气还是连通的，那么洞口的石头也许不会太多？否则空气也不会流动，不管怎么说，死马当活马医吧……

一个小时又一个小时过去了，转眼间已经是（2116年时间）下午6点多，距离时空门关闭，已不到四个小时。半个山洞里都堆满了石头，但洞口的石堆毫无减小的迹象。光屏T恤的电量也耗得差不多了，我只有把音乐声关了，蜥鸟龙耗尽了力气，也蔫了下来，动作越来越迟缓。终于，把一块大石放下后，它无力地坐倒在地下，喘着粗气，望着我，眼神中都是焦躁和怀疑。

它不会又凶性大发吧？我惴惴地想。当它发现我其实什么都干不了，也没法帮它脱困的时候，我的生命也就倒计时了。我觉得嗓子发干，我想告诉它，只要它肯听话乖乖干活，就算死了也能上天堂，那儿有七十二头还没生过蛋的小母恐龙等着它……可惜语言不通，没法让它理解这些精妙的神学知识。

"orororrrrrr……"蜥鸟龙盯着我，忽然甩动着脑袋，发出一种难以形容的声音，像是祈求，又像是啜泣。我不知道该如何应对，蜥鸟龙又站起身，朝我走来。

"你、你干什么？冷静，兄弟，冷静，咱有话好好说……"我结结巴巴地说道，都不知道自己在说什么。

但这次，蜥鸟龙并没有攻击我的意思，而是从我身边走过，走到我身后的岩壁处，伸出一只爪子，指着它呜呜地叫了起来。

这是玩哪一出？我顺着它的目光看去，不由大吃一惊。

在几块岩石的表面，刻画着很多图案，大部分只是石头表面上一些简单的线条，一些涂有颜料的也十分黯淡，不仔细看根本看不出来，以至于我在这里好几个小时都没注意到。但细细看来，这些原始图画其实十分生动活泼。寥寥几笔，就勾勒出巨龙漫步，翼龙高飞，还有鸟类和哺乳动物穿插其间。最多的当然是这种智慧蜥鸟龙，有的画面中，七八头蜥鸟龙在一起捕猎一头泰坦巨龙，一头勇敢的蜥鸟龙正在高高跃起，跳上巨龙的背脊；有的画面中，它们在围猎一群禽龙，手中拿着某种标枪状的武器，有几根已经刺进了禽龙的背上；有的画里，它们手执武器，手舞足蹈，不知在打仗还是跳舞；有的画里，一只蜥鸟龙身边围着很多蛋，几只小龙正在从蛋壳中爬出，显然是母亲和她的孩子……还有很多我不明其意的图案。天，这简直就是一幅白垩纪的《清明上河图》！

而面前的这头蜥鸟龙，望着这些岩画，哀伤地叫着，甚至把脑袋放在石面上摩挲着。显然，岩画里的那些蜥鸟龙和它关系密切。可能是它的祖先、族人，画中甚至可能有它和它的亲人的存在……

如今它们安在哉？

不用问了。也许它亲眼目睹了亲人的惨死，也许它是这场浩劫中还活着的最后一只智慧蜥鸟龙。

泪水渐渐湿润了我的眼眶，对我来说，最多是我个人死在这里，但我的人类同胞还有百亿之众，在六千五百万年后享受着文明开化的生活，甚至飞向宇宙深处；但并不比我们愚钝，甚至可能智力更高的一个古老种族，没有任何过错，却因为天体间的引力游戏，而注定被来自外太空的灾星彻底灭绝……

蜥鸟龙蹲在我身边，可怜巴巴地望着我，我不知不觉地把手放在了它的头顶，轻轻摸了它一下。等反应过来，我自己也被自己的动作吓了一跳，忙缩回了手。但它却靠了过来，用身体蹭了蹭我。它的身子十分暖和，并没有所谓冷血动物的感觉。

"兄弟，这不是世界末日，"我无力地试图安慰它，"一切都会好起来的。天上的黑云终会散去，大地会重新郁郁葱葱，鸟儿会飞翔在天空上，各种野兽会重新繁衍生息，这个世界会迎来新的盛世，你们……呃，你们会在遥远的未来被重新记起，被后来者永远怀念。我们还会发明神奇的机器，跨过亿万年时光来拜访你们……"

蜥鸟龙继续呜呜了几声，也不知听懂没有。但不管怎么说，它似乎感到了我的善意，表现得很是温顺。我想起来，包里还有一瓶太空彗星水，其实我早已口渴难当，但怕又被这家伙夺走，一直藏着不敢拿出来，此时一激动，便拿出来和它分享。蜥鸟龙认出了水的样子，快乐地叫了起来。

我把瓶盖拧开，指了指它的嘴巴，蜥鸟龙会意张嘴，我便将水小心地倒进它的嘴里，本来想给它喝一半，自己留一半，但没倒几下，蜥鸟龙已经用牙齿叼住瓶子，昂头将水一滴不剩地倒进喉咙，又嚼了好几下瓶子，感到无法下咽才吐到一边。我的水啊……

我正欲哭无泪，贪心不足的蜥鸟龙却指着瓶子，又叫了起来。身体语言十分清楚：我还要！

"我哪还有水！"我斥道，"这下我自己都没的喝了。要喝水，快把石头搬开，外面有的是水喝！"我伸手指着堵住洞口的石堆。蜥鸟龙或者明白了我的意思，或者以为再搬石头才有奖励，于是又干劲冲天地当起了苦力。

这一回，不久后，果然有了转机。

蜥鸟龙搬开一块石头后，一股热烘烘的风吹了进来，终于打通了！

我兴奋地冲上去，用手电照着查看，却发现还有两块巨石在外头把通路封死了，打开的其实不过是两块巨石底部间一条狭窄的孔洞，大概够一条小狗钻过，但要是人钻出去就有点勉强，蜥鸟龙就别想了。而那两块巨石比最大的霸王龙还要大上三分，不论是我还是身边的恐龙，绝对没有移动一丝一毫的可能。

蜥鸟龙也看出脱困无望，焦躁地叫了起来。但你出不去，不代表哥们儿也不行嘛。此刻我也顾不得它，挤进石缝间，向外望去。过了十来个小时后，热量已经开始散去，但吹来的还是热风，尘埃云仍然笼罩世界，外头一片黑暗，太阳、月亮、星星都不见踪影，一派世界末日的感觉。但是隐隐可以看到远处有一点火光闪烁不定。难道是山火？

不，我很快反应过来，那"火光"正是时空之门的能量效应，它其实就在我前方两三百米的地方。只要能钻进那扇门，下一秒就可以看到2116年的阳光了！

我心花怒放，便扔掉碍事的背包，一低头钻进了那条石缝，尽量缩小自己的体积，挣扎着向外钻去，一开始还好，但左边一块巨石向右凸出了一大块，越往前就越卡，每多移动一厘米都要付出比以前多好几倍的力气，我将肺里所有的空气都呼出来，恨不得把肩膀缩进肋骨里，尽一切努力继续前进。又挪动了半米之后，眼看出口就在前面，我却再也动不了了。

我想叫，但是叫不出来，甚至空气都吸不上来。大事不妙，我的肺里几乎已经没了空气，心跳快得宛如疯狂的鼓点……

这么下去我会死的！我惊恐地放弃了逃出去的念头，想往回退，但是双手被牢牢卡在身体两边，抓不到可以借力的地方，两腿乱蹬，也使不上力气。难道就这么被卡死在这里？我想到一本近代武侠小说的情节，我既不想屠龙又不想抢屠龙刀，为什么让我和某个反派一个死法？

缺氧中，我渐渐开始神志不清，眼前冒出无数幻象，几秒之

与龙同穴

内，仿佛经历了无数人间的悲欢离合，一会儿好像回到了未来，和前女友复合，一会儿和她结婚，走进洞房，忽然间她的新男友冲了进来，却原来是一头青面獠牙的恐龙，那洞房也变成了山洞，它吃掉了前女友，也要吃掉我，我拼命往外爬，但它咬住了我的脚，要把我活活吃掉……脚上好痛……

我被痛楚拉回到眼前的世界，脚上的确感到剧痛。那忘恩负义的蜥鸟龙已经在后面啃起了我的脚踝，要把我活活吃掉！

10

我还没想明白被活活吃掉和活活卡死哪个更悲惨，便感到自己的身子被一股大力拖向后方。粗糙的石头从我已经伤痕累累的身体上划过，疼得我龇牙咧嘴。但终于，我被拖了回来。

蜥鸟龙放下我的脚踝，俯低身子，若有所思地看着我。

我大口呼吸着，让新鲜空气浸润着自己的肺部，才慢慢恢复了些许神智。我依稀明白，要不是蜥鸟龙把我拖回来，我肯定就死在这条缝隙里了。可是它为什么要救我？它应该认为我无所不能，不是么？

"你为什么要救我？"我忍不住问，"难道你明白我不是神？那你为什么还不吃我？"

当然，蜥鸟龙根本不知道我在说什么。但它昂起细长的脖颈，脑袋指着上方，鸣叫了两声，然后又低头，用一种看上去很恳切的目光看着我。我心中一动，把手电向上照去，才看到巨石在顶上和山体之间还有一个大缺口，别说人，就是恐龙也可以钻过。

妈的智障，我骂自己，连蜥鸟龙都看出来的事，怎么不抬头看看？没事钻什么小洞，为什么不爬到上方，从那里逃出去？

但我很快发现了问题所在：巨石斜着搭在山体上，上头离地四五米高，而下方是向内倾斜的表面，无论是人是龙，都很难爬上去。

新的希望又化为失望，我有气无力地坐倒在地上。但蜥鸟龙靠了过来，发出一种新的叫声。

"叫个毛线啊，"我颓废地抱怨，"反正都是死路一条，咱俩谁也逃不掉。"

蜥鸟龙却搬来几块大石，堆成一个一米高的石堆，回身望望我，又望着上面的石缝，叫了几声，似乎想表达什么，然后它再次伏倒在地上。

忽然间，我想到了一件事，不敢相信地看着它。它冲我晃动着尾巴，好像是对我的猜测表示肯定。我犹豫地走近它，它温顺地趴在那里，一动不动。我小心翼翼地跨在了蜥鸟龙的背上，伸手抱住它的脖颈。那皮肤疙疙瘩瘩的，下面却是温热、跳动的脉搏，那种温热感让我莫名想起小时候妈妈的怀抱。

蜥鸟龙起身，跃上石堆，然后将整个身子直起来，踮起脚，长长的脖颈仿佛变成了一具梯子，头部距离上面的缺口只有一米多了。我抱着它的脊背和脖子往上爬，最后踩在它的脑袋上，抓住了上面缺口的边沿，奋力一攀——

"起——哎呀！"

我手上虚浮无力，支撑不起身子，落在蜥鸟龙身上，一人一龙一起悲惨地摔倒在地……

我还在哼哼唧唧，蜥鸟龙已经爬了起来，冲我大声叫着，显然很是不满。我正心惊肉跳，怕它因此逞凶，它却再次伏倒在地，催促我赶紧再次爬上去。

我再次骑上了它的背脊，这次比之前更小心翼翼，但仍然摔了下来。

蜥鸟龙被我一次次地摔在它身上，但却不肯放弃，耐心地当人肉，不，龙肉垫子，让我一次次踩在它头顶逃生。被摔了四次之后，我终于爬上了那个缺口。

与龙同穴

"成功了！"我兴奋地叫了一声，俯身往下看去，蜥鸟龙仍然踮起脚，抬头看着我，发出呜呜的叫声，只有半截的尾巴像小狗一样晃动着。好像是说，我帮你上去了，该你帮我了。

我不禁犯难，我能有什么办法？蜥鸟龙以为我有什么了不起的神通，可我现在没有任何高科技的手段，不可能用手把这半吨重的大家伙给拉上来，也不可能让那些巨石移动半分。不，我什么也做不了，只能救我自己。

我低头看了一眼表上的时间显示，此时已经是夜里八点三十分，距离时空门的关闭只有一个半小时了。

"对不起。"我喃喃说，心中五味杂陈。最后看了一眼曾和我在一个洞穴里待过十个小时的蜥鸟龙，便回过头，沿着手电的光亮，奔向还在等候着我的时空门。

但身后，蜥鸟龙一直没有停止嘶叫。

11

从坍塌的山岩顶上下来也不容易，我手脚并用，又花了好几分钟才脱离这片乱石区，此时地上落了一层厚厚的劫灰，至少有十几厘米深，下面不知是石头还是树根，经常容易被绊倒，我艰难地越过障碍，跌跌撞撞地冲向不远处的那点微光。

我要回家了！太空咖啡、纳米甜点和无上装机器女招待，我来了！

等等，你就这么走了？我心里响起了一个声音，刚才和你在一起的朋友，你就不管了吗？

什么朋友？那是一头食肉恐龙！刚才还想吃我呢。

那你是怎么出来的？是自己挪开那些石头还是自己飞上缺口逃出来的？它其实并没有把你当成神，只是想和你合作。是它救了你，现在轮到你救它了。

可我怎么救得了它？我对那声音抗议，也许它以为我很有本事，但其实我只是一只连它都不如的裸猿，我能有什么办法？

但你知道它在等你，等你回去救它，你知道的。

闭嘴！我焦躁地反驳，这不重要，重要的是我要回家了，要去大吃大喝一顿，舒舒服服地泡一个澡，然后……然后找前女友复合……没错，承认吧，我一直想和她复合……我一定能做到，我们要结婚，生一个可爱的孩子，不，两个……

我已经跑下了山坡，到了湖边，距离时空门只有一半的路程了。但蜥鸟龙的叫声仍然隐约可以听到。

但它会在这里等你，那尖刻的声音仍然不放过我，一直等你，一分一秒，一个小时又一个小时，一天又一天，它就这样可怜巴巴地守在石头下面，叫得喉咙都出血了，疑惑你为什么不回来，直到奄奄一息地倒下，死去……

废话！废话！废话！它只是一头爬行动物而已，我一个人类为它考虑那么多干什么？

现在你又说自己是人类了？那声音冷笑，人类是什么？不一样是爬行动物的后代吗？我们比它们更聪明还是更道德？更强壮还是更敏捷？如果不是遇到了这场大灭绝，它们就是人类。我们，什么也不是。

好，我承认，就算它有那么一点智商吧，就算它是个不幸的智慧生物吧，可它已经死了六千五百万年了，我凭什么要为一头死了六千五百万年的恐龙负责？

没错，它已经死了六千五百万年，这也就意味着它会等你六千五百万年。也许它的骨头会被这座山埋葬，一点一滴地变成化石，即使变成了化石，它还是会等着你，变成石头的眼眶还是会凝望着你……等着你回到六千五百万年前去救它……

我打了一个寒战，停下了脚步。

蜥鸟龙的叫声已经听不到了，时空门就在我的面前，发出魅惑的光芒，距离我还不到三米，但这三米，我却难以跨越了。

我不能回去，现在还不能。

我深深吸了一口气，又看了一下智能表，距离时空门关闭还有一个小时又二十分钟，让我想想看，利用这一个多小时能干什么，也许什么都干不了，但是……总要试试看。

我环顾四周，发现原本在这里的所有树木都已经被狂风连根拔起，但是四处散落着很多从别的地方带来又落下的东西，有翼龙和鸟的尸体，有许多乱石、树根、树叶，还有一条大蟒蛇……哦，那好像不是蛇，是植物藤条……

等等，藤条？

我灵机一动，仔细查看那根藤条，有手臂粗细，大约七八米长，似乎的确可以用，我把藤条抱起来，发现它比想象中重很多，只有拖曳着，吃力地把它拖回到洞穴上方。等回到刚才的地方，已经又过去了二十分钟，我也累得浑身大汗。

蜥鸟龙还在原地可怜巴巴地等着我，见到我，又像见到多年不见的老友般激动地叫起来。我没空和它叙旧，把藤条的一个头设法绑在巨石一处凸出的边角上，另一头扔了下去，垂到离地一米多高处，蜥鸟龙确实聪明，立刻明白了我的意思，抓住藤条就往上爬，看它的身手，倒也不比我差多少……呃，其实比我强多了。藤条成功地支撑住了恐龙的重量，它越爬越高，转眼间，左爪已经抓到了巨石的边沿，右爪还握着藤条，就在这时候——

一道闪电般的强光从头顶落下，击中了它。

12

"闪电"击中蜥鸟龙的左爪，令它发出一声惨呼，松开了石头，整个身体在藤条上晃荡起来。一道道"闪电"接二连三地落下，几乎是擦着我头皮打在它身上。我也不知道发生了什么，本能地向一旁闪避。

说时迟，那时快。蜥鸟龙终于被打了下来，身体沉重地落地，只发出一声闷哼。同时，我在慌乱中也一脚踏空，从数米高的地方摔了下去，又掉回到那该死的洞穴里，正好落在蜥鸟龙的身上，才没有摔断腿。

我被摔得七荤八素，带着一身的新伤旧患爬起来，才发现这场麻烦的来源：一架鸽子大小的智能蜂机，正在我头顶一米处盘旋着。

这家伙是从哪里冒出来的？我想了想才明白，一定是我刚才回到时空门附近，一架残留的蜂机发现我的踪影，重启了"保护游客"的任务，这个王八蛋也不提醒我一声，就跟在我后面，发现了蜥鸟龙接近我以后，立刻开始了对我的"保护"……

我低头看看，蜥鸟龙已经一动不动，难道死了？

"混账，你干了什么？"我问蜂机，它的 AI 系统有对话功能。

"游客您好，请使用文明用语。根据《时空旅行安全规定》第三条第六款，本机不得已对接近您的危险生物采取了电击驱赶和麻醉措施，目前该危险生物暂时被麻醉，但麻醉效力大约只有二十分钟，请您迅速离开……"

"你这个白痴！为什么不问问我？"我大骂道，"这头恐龙是好人——不对，是好龙，也不是——我是说它是我的……我的……朋友！"

蜂机好像是愣了片刻，回复："游客您好，本机无法解析您的语义逻辑，请您迅速离开危险生物，返回本部时空后，我公司将建议专业机构对您的精神状况进行鉴定……"

我和这个愚蠢的 AI 又争论了几句，但毫无用处。自从那个什么狗的程序在围棋上战胜人类之后，为了防止人工智能取代人类的奇点，全球立法限制人工智能的发展水平，结果就是过了快一百年还是如此白痴。

说不了几句，蜂机忽然发出"嘀"的一声，发出另一条警告："游客您好，温馨提醒：目前距离时空门关闭只有四十五分钟了，请您抓紧时间游览，抓紧时间游览……"

"还游览个屁啊！"我怒吼道，"你个蠢货让我又被困在这鬼地方了！快想办法让我出去！"

"游客您好，请您不要着急，本机将竭诚为您服务，现在进行周边环境分析。"蜂机说，开始缓缓旋转，一束绿光在上下左右扫动，扫描着周围，收集信息，进行计算。我焦急地等着它的结果。过了宝贵的几分钟，蜂机终于开口了：

"游客您好，检测到地球对面发生小行星撞击，导致全球地壳活动异常，据历史数据匹配当为 K–T 事件，属于 SSS 级灾难，目前环境极度危险，游览终止，请立刻返回时空门……"

"用你说！我一来就知道了！"我忍无可忍，"我是让你带我离开这里！你能把我吊出去吗？还有这头恐龙。"

"游客您好，根据空气动力学原理，我无法承载您的重量。"

"那就把眼前这两块石头给我炸掉！"

"游客您好，这一命令需要 A 类控制权限，"蜂机回答，"请您说出控制密钥。"

"控……"我差点吐血，我哪来什么密钥？可能知道的导游和几个工作人员早就跑回 2116 年了。

好在蜂机自己帮我解决了问题："游客您好，由于发生了 SSS 级灾难，目前您是本时空中惟一的人类，根据《时间旅行安全规定》第八条第四款，您已自动获得 A 类控制权限。您的命令将立刻得到执行。"

"这还差不多。"我松了口气，"还不快干活？对了，不许再说'游客您好'了！"这几个字听得我无比烦躁。

"好的，A 类用户您好，"蜂机居然换了一个更长的表述，"本机即将发射 SK47 微核聚变导弹进行炸毁，请您撤到一百米的安全距离之外，十、九、八……"

<h1 style="text-align:center">13</h1>

"停！停！停下！"我大惊失色，想不到蜂机上装备了这种前军用大杀器，"我要能撤到一百米外还要你干什么？不用核弹，我只是让你清除眼前的阻碍物，让我能离开这里，回到时空门！"我指着眼前的石缝。

"A 类用户您好，您的命令将立刻得到执行，现在开始进行等离子束切割。"蜂机终于理解了我的意思，从机头部位射出一道细细的电弧，像利剑刺入巨石内部，几秒钟后，刚才那块差点卡死我的凸出部位砰然落地。

"再扩大点，至少要一米宽，两米高。"我说。这条缝隙只够人钻出去，但对蜥鸟龙来说还嫌太小了。

"A 类用户您好，目前的缺口已经足够您离开，再扩大可能会引起——"

"我有 A 类控制权限！立刻执行！"我斥道。

蜂机没敢再抗议，而是又花了几分钟，用等离子束在巨石上挖出一个大洞，又用定向冲击波将切割下来的石块推开，等到完全打开通道，距离时空门关闭只有三十分钟了。

我松了口气，又看到蜥鸟龙还躺在一边，问蜂机："它什么时候能醒来？"

"A 类用户您好，这头危险生物已经开始苏醒，本机建议您尽量远离它。"

果然，蜥鸟龙已经睁开了眼睛，还没搞明白是怎么回事，困惑地看看我，看看蜂机，又看看新打开的通路。蜂机又发出威胁的光芒。

"喂，别碰那头恐龙！"

"A 类用户您好，好的。"蜂机终于乖乖领命。

"现在你可以离开这里了，"我转向蜥鸟龙，尽量温柔地说，"走吧，在外头找个地方活下去！"

"A 类用户您……"

"我不是跟你说话！"

蜂机终于闭嘴了。但蜥鸟龙对它还心有余悸，发出咕咕的声音，缩在山洞最深的角落里，我跑到洞口，对它连连招手："没事的，来，快来！"

蜥鸟龙终于明白了，犹犹豫豫地跟了上来，我俩一前一后出了山洞，外头仍然天昏地暗，但头顶上的蜂机体贴地打开探照灯，周围数百米亮如白昼，现在可以看到这里有几具烧焦的恐龙尸骸。还依稀可以看到几个老鼠般的影子在巨龙的尸体间穿梭，一见到强光就躲了起来。我忽然意识到，它们是哺乳动物，这些不起眼的小家伙在毁灭世界的灾难中靠着啃食恐龙和其他大型动物的尸体活了下来，并在几百万年后开创出了一个全新的王朝，其中也许还有我的祖先……

蜥鸟龙自然没有我这般思古幽情，但它颤抖着，开始发出一种尖锐高亢的叫声，仿佛在召唤同伴。四周一片寂静，毫无应答：它的所有同族，大概都已经死去了。

过了一会儿，蜥鸟龙停止了无用的鸣叫，悲伤地垂下脑袋，走向边上一头小三角龙的尸体。这附近的死恐龙够它吃一辈子的。当然了，尸体会腐化，但是尘埃云挡住了太阳，很长时间内地球吸收不到多少阳光，周围的气温会迅速下降，很快会降到零度以下，这样肉类就可以保存很久，而大量在小行星撞击中蒸发的水汽也会以雨雪的形式降下，可以支撑它活很长一段时间。

然而蜥鸟龙并没有就地进餐，而是拖着那具三角龙的尸体，回头往洞穴方向走去。

"喂喂，你这是干什么？"我有些诧异。

蜥鸟龙回头看了我一眼，比画着双臂，发出一连串意义不明的叫声，然后进了山洞，我看看还有二十分钟的时间，一转念又跟它钻了进去。

蜥鸟龙把尸体拖到一个角落，然后吃力地搬开一块大石，露出洞壁上一个内凹的龛室，里面铺着干土和树叶，大概有二十个巴掌大小的白色椭球体躺在其中。

"你……你是……这是你的……"我目瞪口呆，说不出完整的话。

蜥鸟龙冲我叫了两声，好像是回答我的问题。然后将那些龙蛋捧起来，放在角落里那堆树叶上，小心翼翼地蹲下，张开双臂，分开两腿，伏在那些洁白的恐龙蛋之上。

它原来是……她？！

我终于明白了一切。

这个山洞，就是这头雌蜥鸟龙的家。在我来到之前，她已经生下了很多蛋，准备要孵化，也许她还有照顾她的配偶和其他亲人，但死于外界的风暴，她也受了重伤，好不容易才逃回来，赶紧把这些龙蛋收纳到更安全的"储物间"。所以她一开始对我疯狂的攻击，不光是对异种的敌意，更是为了保护自己的孩子。

后来，她不惜向我这个"小恶魔"示好，帮我逃走，都是为了自己的孩子，否则他们就算孵化出来也只有死路一条。但既然已经可以出去，她也就不用离开自己的家了，在外界天翻地覆的情况下，这里是她和她的后代惟一的避难所。附近的恐龙尸体可以供他们吃上很久。

那些龙蛋会孵化出小蜥鸟龙来，即便不能全孵化也会有十来头，想必他们长大后会相互扶持，度过这段艰难时光。可惜，别的蜥鸟龙也许都死光了，只剩下了他们，他们只能靠近亲交配繁衍下去。但只要他们能一代代繁衍下去，凭借发达的大脑，学会母亲教给他们的语言和技能，那么终有一天会复兴自己的种族。

我感动地唏嘘几声，这样一来，恐龙就还能活下去，也许还能再活几百年，上千年，虽然他们仍然注定灭绝，但至少还能——不对，不是这样的！

宛如一声惊雷在我脑中炸响。我猛然惊觉了一个可怕的事实。

14

智慧蜥鸟龙本该灭绝，但我的穿越已经改变了时间线，这个聪明的种族很可能就不会灭绝，只要熬过这几年，几十年，最多几百年的艰难时光，他们就可以繁衍生息，迁徙到空旷的世界各大陆，不费吹灰之力地成为地球的主人，然后发明农业、军队、文字、科学……一切。

那人类呢？来自后世非洲猿猴世系的人类呢？在此时，我们的祖先还是那些昼伏夜出的原始老鼠，如果蜥鸟龙统治了世界，它们不是被当成肉畜饲养就是被当成害兽消灭干净，人类，不，猴子都不可能进化出来。

这意味着什么？

没有人会存在，没有人。

汉谟拉比居鲁士亚历山大恺撒秦始皇成吉思汗拿破仑……

摩西释迦孔子柏拉图耶稣穆罕默德李白杜甫莎士比亚牛顿爱因斯坦……

克娄巴特拉圣女贞德伊丽莎白女王简·奥斯汀南丁格尔奥黛丽·赫本苍井那个谁……

这一串串光辉灿烂的名字，以及名字后蕴含的一切，都根本不会在这个星球上出现。无人知晓，无人想念。

因为无人，压根就无人存在。

我猛地颤抖起来。蜥鸟龙似乎察觉了我的异样，抬起头对我叫了两声。照理说，动物在孵蛋时对接近的生物都会很警觉，但是我听得出来，蜥鸟龙的叫声毫无敌意，反而充满关切。

我该怎么办？该怎么办？

"A类用户您好，距离时空门关闭只有十五分钟了。"不知过了多久，蜂机提醒我说。

"蜂机……"我如梦初醒，"你的微核弹还在吧，能彻底摧毁这个山洞吗？杀掉里面的所有……所有活物。"

"A类用户您好，这一点不能确定，有一些细菌可能在石缝深处，难以有效杀灭，另外还有一些地衣……"

"这就够了。"我打断它的絮叨，觉得自己呼吸都困难，"我们先离开这里，等到了安全距离，你就立刻发射导弹。"

蜂机表示从命，我默默叹息一声，向外走去。但才走了几步，背后又传来蜥鸟龙的叫声。我回头看去，只见它又爬了起来，挥舞着手臂，扭动着身体，交换着双脚，有些笨拙地跳跃着。

我愣了几秒钟，忽然明白过来：它——或者说她——是在道别和表示感谢，感谢我们帮助了她和她的儿女。

我的眼眶又湿润了。我不敢再看，回头向外走去。但心中，那个声音又在响起：人类有权利消灭一个智慧而淳朴的物种吗？它们和我们同根而生，是这个星球引以为傲的长子，也应当引领这个世界走向繁盛，只是因为一场意外的大难，才让我们这些原始鼠类的后裔继承了这个本不属于我们的世界……

是的，如果不干掉她和她的子女，也许所有人类的名字和成就都将从这个世界抹去，但那又如何？会增添千千万万其他的名字，也许这个世界会更辉煌灿烂，早在六千万年前就走向文明的巅峰，也许……

但每一个种族都要生存下去，捍卫自己的种族是每一个人的义务。我不能背叛自己的族类，这是刻在我DNA上的命令。

呵，DNA！好像脱氧核糖核酸链条的随机漂变具有多么本质的意义似的，即便如此，我们和蜥鸟龙的 DNA 也仍然绝大部分是相同的，我们是同根生的兄弟姊妹。他们和我们，并非相距如此遥远。

"A 类用户您好，已经到达安全距离。"蜂机提醒我，"按照您之前的命令，微导弹即将发射，十，九……"

我望向已经隐入黑暗、什么也看不清楚的山洞，知道那里有一个延续了一点五亿年的家族最后的希望，和另一个即将统治六千五百万年的家族最初的机会。

整个地球无限岁月的重负，仿佛都压在我的肩头。

为什么是我们？

为什么不能是他们？

"八，七……"

天地无情，以万物为刍狗。地球历史上，百分之九十九的物种都已灭绝，也许蜥鸟龙不是第一个智慧物种，人类也未必就是最后一个。物竞天择，一笔乱账。谁没有权利活下来？又有谁能够笑到最后？

"六、五……"

但是我还是要干掉这些恐龙，我必须这么做。我想到一点，如果未来人类不存在了，时空之门也不会存在。哪怕仍然存在，我也会回到一个天知道会变成什么样子的 2116 年。我的亲人，朋友，邻居，前女友……统统会化为乌有。

"四、三……"

我必须干掉她。虽然她救过我，虽然她很善良，虽然这一切不过是我脑中的推想，也许她和她的子女几天后就会死于一次余震，也许他们会繁衍几代后自己灭绝，但我不能冒险，我要活下去，就必须干掉她，从开始困在山洞里一直是这么回事。事情本来就是如此简单。

"二……"

不用再想了，干掉她，了结这一切——

"一——"

他们统统会死去，发达的大脑会化为灰烬，血浆和蛋液混合在一起，骨头和内脏到处都是，被坍塌的山洞所埋葬，永远埋葬——

"预备，发射——"

"停止！"我大声叫了起来，"停止发射！"

那一刹那，我知道自己不能这么做。

但已经来不及了，一道耀眼的流星直扑百米外的山洞。一刹那后，山谷中仿佛升起了一个新的太阳，强光照得天地之间犹如白昼。

15

随后是一声惊雷，落在地上的尘埃被狂风吹起，又将方圆几百米笼罩在一片灰霾中。

历史仍然沿着既定的轨道前进，恐龙灭绝了。

我呆立在一片霾尘中，心中不知是什么滋味。

但片刻后，我听到了山洞里蜥鸟龙惊恐的叫声，此时激起的沙土纷纷落地，霾尘也在散去，借着蜂机的光芒可以看到，山洞……仍然存在？

"A类用户您好，因导弹已经发射，接到您的命令时已无法阻止，也来不及掉转方向，只能用高能激光束将其摧毁。"蜂机报告说。

"原来如此……"我如梦初醒，难得蜂机终于聪明了一回，"干得好，干得好！"

"A类用户您好，谢谢，为您服务是本机的……"

我忽然想到一件事，来不及听它的谦辞，慌忙转身，望向时空门的方向。但那里只有一片黑暗。原本像一盏闪耀明灯的时空虫洞，已经无影无踪。

历史真的改变了？！

我又觉一阵晕眩，发生了什么？难道就因为我的一个决定，人类真的已经从遥远的未来被抹去？

"时空门呢？"我问蜂机，"怎么会消失的？！"

"A类用户您好，距离时空门关闭还有五分二十八秒，"蜂机好像也很困惑，"照理不应该提前关闭的，可能是发生了故障，本机代表公司为对您造成的不便表示抱歉……"

我向原本时空门的方向跑去，指望它是被什么东西挡住了或者被蜂机的光照所掩盖。但越靠近看得越清，也越是绝望，毫无疑问，那扇回到2116年的大门已经消失了，也许整个2116年都消失了。

我究竟干了什么？干了什么？

等到了跟前，看到面前仍然是空空如也的死寂，我再也支撑不住，蹲在地上，埋头恸哭。未来的六千五百万年，整个新生代的无尽岁月，就这样被我一个决定所抹去了。

奇怪的是，我首先想到的不是自己的命运，也不是人类、文明之类宏大的概念，而是前女友，她再也不存在了，应该说从来没有存在过。整个宇宙的亿万星河中，只有我一个人记得她的容貌、声音，还有她身体的温暖。

只有我一个人，一个很快也不会再存在的人。

我后悔吗？我一边哭一边问自己，但却不知道答案。

"A类用户您好……"这时候，蜂机还在不识相地打岔。

"闭嘴！"

"可是A类用户……"

"滚！"

"A 类用户您好，"蜂机的声音强硬起来，"根据《时空旅行安全规定》第三条第九款，我必须提醒您，时空门距离关闭还有一分钟，请立即返回，否则一切后果自负！"

"你胡说八——"我抬起满是泪痕的脸，却怔住了，眼前，一个美丽的光之漩涡在转动着，通向时空的遥远彼岸。

不知什么时候，时空门又出现了？！

我来不及多想或者多问，生怕再起变故，一刻不敢耽搁，直接扑进夺目的光之海洋。

16

整件事就这样蹊跷地结束了。

我和其他游客几乎是同时间回到了 2116 年，抬头望去，整个世界毫无改变。也没有人知道我在他们离开后的十余个小时中发生了什么。大家以为我不过是晚到了一会儿。身上的各种伤痕也只是撤离时遇到地震所致。

我如实对调查机构和记者讲述了自己的遭遇，但却被当成是编故事蹭热度。我再三赌咒发誓，也才有一些人相信了不是我乱编的——而是我在哪里昏倒后的幻觉。

"最大的破绽，"他们斩钉截铁地说，"就是时空门关闭后，不可能再开启，即便是后来派人去救你，重新开启时空门，但也不会精确在同一地点或同一时间，更何况，你还是和其他人一起出来的，而不是被传送到另一个时间点。"

我无言以对。

雪上加霜的是，惟一可以证明这一切发生过的蜂机在随我穿越时空门后发生了故障，其记忆存储全部消失。到头来，只有一个人表示愿意相信我，就是我的前女友——对，前女友，我们终究没有复合——的现男友。这家伙是一个穷困潦倒的上世纪科幻小说家，借助上世纪末的生物技术活了一百多年，但科学知识早已落伍，写的书也没人看了，也不知前女友看中了他什么。他听了我的故事后要来拜访我，我几次拒绝后，终于还是让他到我家里来见了一面。

"设想一下，"他问了很多细节后说，"如果你的猜想是对的，智慧蜥鸟龙挺过了 K–T 事件，发展出了高度发达的文明，那又会怎样？"

"什么怎样？"我没好气地反问，"我不是说了，人类就不存在了吗？"

"当然，当然。不过他们可比我们早了六千五百万年啊，哪怕需要再花一千万年进化出技术文明也是在五千多万年前了。如果他们能发展到今天，那又是什么样子呢？他们应该早已经能够发展出超光速航行、踏遍宇宙的各个角落了吧？"

"但宇宙里毫无他们的踪迹，"我说，又补充了一句，"地球上也没有。"

"再从另一个角度讲，"他笑眯眯地说，"他们的生物技术应该也很发达吧，很容易检测出彼此的基因差异很小，说明在若干年前来自同一个母体祖先。其实这种技术我们现在也有，只是误差比较大。但是他们的测量也许精度非常高，甚至可以锁定在 K–T 事件发生时的某一个个体。也就是说，他们会发现，在毁灭事件发生之际，惟有一个个体活下来了，他们的种族才延续下来。"

"那又怎么样？"

"他们不会对自己这个传奇的祖先好奇吗？不会想回到自己种族历史上最艰难的时刻看看发生了什么吗？你不会以为，他们发明不了我们能发明的时间机器吧？"

"你是说……"我模糊地想到了什么，但是又把握不住。

"也许他们当时也在，目睹了发生的一切，也许还做了什么。"

"可是除了那头蜥鸟龙和几个蛋，我什么都没看到啊！"

时间外史

"为什么要让你看到？也许他们小心地隐藏起来，没有干预已经发生过的历史，这段历史正是他们存在的根基，但他们能做些别的。"

"所以，"我悚然一惊，"那个消失后又打开的时空门，难道是……"

"也许那不是我们的时空门，而是通向不同平行宇宙之门，从他们诞生的宇宙回到我们的宇宙；又或者并没有平行宇宙，但他们已经能够以超越因果链的方式维持自己的存在，可以允许历史被改写，让我们的时间线不至于被抹去……无论如何，他们以人类目前无法想象的某种超级技术帮你回来了，同时也删掉了蜂机的历史记录。这就证明了，我们的世界和他们的世界并非非此即彼。恐龙没有灭绝，我们也没有。"

"这……这也太难想象了。"

"在无垠的时空中，"他走到窗边，望着太空城外璀璨的星河，蓝宝石般的地球悬浮其间，"在无穷无尽量子宇宙的生灭之海中，会发生多少事情，我们本来就无法想象。"

不管听起来多么荒诞，但目前这就是惟一说得通的解释。我还有千千万万个问题，可惜目前由于安全因素，K-T事件前后数万年内的时空旅行已经被严格禁止，但我想，将来如果可能，一定要再回到那个时间点去搞清楚到底发生了什么。

我一定还要回到那个洞穴里，去拜访那位特别的朋友。

一定。

九百九十九朵玫瑰

1

我至今仍清楚记得大三的那个周日。正当暮春，一年中最好的时节。天气暖洋洋的，却还不到炎热，处处都是婉转的鸟鸣，空气中散播着淡淡花香。草木纷纷抽枝拔芽，生命的活力已经四处迸发，犹未尽情绽放。许多美好的事物似乎即将来临，却还尚未开始。我们的心常常被莫名的热情所充满，又不时感到说不出的忧伤。那天晚上，大勇走进宿舍的时候，步履轻快，哼着歌。和以前每次表白后垂头丧气的样子大不相同。

"成功了？"我忙问，觉得自己心跳也加速了。

大勇先是点了点头，又犹疑着摇了摇头："其实我也不知道算不算……"

"只要对方没直接拒绝，那就算成功了吧！"老大从上铺伸出头说，"不容易啊老二，你追了沈琪两年多，终于把咱系花啃下来了！"

"不能够吧？"老四怀疑地说，"沈琪会看上他？除非老二中了五亿的大奖……"

"你们别打岔，"我说，"大勇，究竟咋回事？仔细说说。"

"一开始和上次差不多吧，我叫她下楼，把今晚电影票递给她。她一开始不要，我又说了几句，她就接过来揉成一团，扔进垃圾桶里，转身走了。"

"这……不就是拒绝么？"我说。

"不过她走了几步，又回过头跟我说。什么时候我能送她九百九十九朵玫瑰，再来约她还差不多。我也没多想，就说好，她笑了笑就走。我这一路都在想，怎么能攒到钱，买到那么多玫瑰呢？"

"傻啊你！"老四立即指出，"怎么话都听不明白？沈琪是摆明了让你知难而退！"

"啥意思？"大勇挠头说。

"看看你身上的破衣服裤子，"老四刻薄地说，"加起来还没一百块吧？谁不知道你是半个贫困生啊，哪来的钱送她九百九十九朵玫瑰？那少说得……四五千，抵得上你大半年的饭钱了。沈琪这是被你烦透了，找个理由拒绝你而已。"

"是这意思？"大勇如梦初醒。

"老四话糙了点，可说得没错，"老大接口说，"老二，你追沈琪这么多日子，兄弟们也不是没提醒过你。她这样的女孩，大城市出来的，家里又有钱，娇生惯养，根本就不适合你。你再怎么努力她都不会接受的。我看她是怕你再继续缠着她，才故意出个难题给你。你要是办不到，下次当然也就没脸再去找她了。"

"我怎么办不到？"大勇不服气地说，"不就是几百朵玫瑰花么，就算四千五千，我打工，我赚钱，我省吃俭用，过个一年半载的，就不信攒不下这个钱！"

"笨啊，还一年半载，沈琪那样的，几十号人围着她转，能等你个一年半载？"老四嘲笑说，"听说最近戏剧社的一哥李佳，还有学生会会长孙凯都在狂追她，那可都是学校有名的风云人物，你哪个比得过？说不定过几天就和谁好上了，哪还有你的份！"

"那怎么办？"大勇乞求地看着我们，"你们可得帮我啊！要不这样，我……我先跟你们借钱，去买玫瑰，这笔钱回头我慢慢打工还给你们！"

"这……"老大有些为难，看了看我和老四，老四冷笑两声，扭过头去玩电脑。我想了想说，"大勇，大家不是不肯帮你，而是不想害你。这次沈琪摆明了在整你，你还借钱给她送玫瑰，无端背上一身债，那不是傻么！再说，就算你东拼西凑地买到那么多玫瑰了，沈琪也答应和你约会一次，看完电影吃完饭，人家还不是说声 byebye 走人？你这么多钱还是白费。放弃吧，这种事是勉强不来的！"

大勇不甘心地想说什么，却终于没说出口，长叹一声，倒在床上发呆。我知道他一定还不死心，也不知说什么好，只有让他自己先冷静一阵了。

人与人之间，有时候也不知是缘还是债，反正自从姜大勇在新生会上第一次见到沈琪，就对她一见钟情。当然，那时候十个男生有几个被沈琪吸引，放胆去追的也有三四个，大勇不算特别。但两年下来，其他人都慢慢知难而退，班上男生里也就大勇一个人还在坚持了。

人人都看得出，他和沈琪家庭背景也好，生活方式也好，都是两个世界的人，完全不相配，沈琪不可能会喜欢他，但他仍然固执地一头栽下去，成为沈琪最忠实的裙下之臣。我们也劝过他好几次，可他就是不听。接二连三表白失败，也没有动摇他的决心。今天是第四次，他既然从沈琪的一个借口中看到希望，这个执念就只有越来越重，不会自己消失的。

不过有时候我也挺羡慕大勇的。沈琪身材高挑，眉目如画，长发如瀑，生得那叫一个漂亮，还能歌善舞，是好几个社团的骨干，走到哪儿都会把男生的目光吸引过来。大家口头上虽刻薄，心里谁没点想法呢？只是我们比大勇多了点自知之明，知道沈琪眼高于顶，不会看上我们这种普通男生的。有时候，我还挺羡慕大勇的，毕竟他敢于表达自己。沈琪虽然烦他跟赶苍蝇似的，但心里毕竟记住了这个人，而我呢，她可能根本没意识到我的存在。

不过大勇也就这样了，他的经济状况我清楚得很，每个月也就靠家里寄的五百块钱，加上自己打工赚的一两百紧巴巴地过日子。用的电脑手机都是二手的。他虽然不算是孝顺孩子，但也不至于让下岗的父母给他寄棺材本来。另外能借钱的，也就是我们几个哥们，大家自然也不会给他钱让他做傻事。我实在想不出，他能从哪弄到好几千块来买玫瑰，就是卖血一时也赚不了那么多吧？

不过大勇却另有主张。第二天，他一早就出去了。中午的时候，我在图书馆看到他，他正在聚精会神看一本大部头的英文书，好像是物理方面的，上面都是鬼画符一样的公式和符号。我大感佩服，这家伙平常看到四级英语都头疼，怎么现在钻研起学术来了？

"干吗呢？看破红尘，大彻大悟，发奋苦读了？"我在他身边坐下，打趣说。

"我在想办法呢。"

"什么办法？"我好奇地问。

"这个现在……还不能说，"他吞吞吐吐地说，"我也不知道是否一定成功，但是如果有可能成功的话，那就一定会成功。"

"你打什么哑谜？"

"总之本周六，"他认真地说，"也就是5月19日，会有九百九十九朵玫瑰的，也许更多。"

"你哪弄的钱？还是你家亲戚是开花店的？"我大是讶然。

大勇还没回答，这时候沈琪出现了。她穿着雪白的上衣，配一条红色长裙，玉立亭亭，光彩照人。隔着十几米远，我们就感到她的容光，好像周围的书架都亮堂起来了。

沈琪远远看到我们，脸色微有些尴尬，但仍礼貌地向我们点点头，转头要走。我知道她是避大勇，和我无关，但心里总有些不是滋味。

"沈……沈琪！"大勇却涨红了脸，大声叫住了她，"跟你说件事！"快步走了过去。我犹豫了片刻，也跟了过去。

戏剧社的李佳从沈琪后面冒了出来，脸上都是敌意。这家伙是个有钱的小开，一副花花公子的样子，挺让人讨厌。不过不可否认，比我和大勇加起来都要帅。他看到大勇过来，摆出一副护花使者的模样，挡在沈琪面前。

"沈琪，我有话跟你说。"大勇完全无视李佳的存在。

"那件事……昨天不是跟你说得很清楚了么？"沈琪见躲不过，无奈地说。

"没问题，"大勇说，"我已经预订好了，本周六晚上7点半，你等着，九百九十九朵玫瑰花准时送到你宿舍！"

"什么？"沈琪大概以为耳朵出了毛病，"你不会真的去买花了吧？"

"这你不用管，到时候你就知道了，"大勇雄赳赳地说，可下一句话又露了穷酸本相，"那个，快中午了……一起吃饭吧，我请你吃学一食堂的排骨，好不好？"

我不知道大勇玩的是哪出，先约会，后送花？还请人家女生去食堂吃饭？亏他想得出。

沈琪不禁莞尔，李佳更是从鼻子里发出了冷笑。沈琪笑了笑，抬头正色说："那不行，说好了，等我收到你的花，再跟你吃饭。"

"好吧，"大勇说，"那你周六在宿舍等着，玫瑰花会送到你楼下的，到时候你一定下来啊。"

"好啊，"沈琪说，"那先这样，我们戏剧社还要排练呢，先走啦！"不忘向我点点头，转身翩然而去。

沈琪走了半天，大勇还失魂落魄地靠在书架边上，目送已经走过拐角的沈琪。我问他："你没毛病吧？你的计划就是假装送花，先骗沈琪出来约会？"

"当然不是，"大勇说，"我有一个更好的计划。你绝对意想不到。"

2

大勇追沈琪以来，什么事都和我商量，可这回一反常态，死活不肯把他的计划告诉我，不过到了下午，我还是知道了。说来也巧，那天我上一门选修课，下课以后经过隔壁的自习室，偶然向里看了一眼，就看到大勇在自习室的一个角落里埋头写什么东西。我心里有些奇怪，这家伙一般去的几个自习室我都知道，从不到这里来。今天怎么会跑到这么远的教室来自习？难道是要躲开认识的人？

我一时好奇，从后面进去，悄声蹑步走到他背后，从他肩膀上望下去。看到他在一张信纸上奋笔疾书：

遥远未来的子孙们：

你们好么？我是你们的老祖宗姜大勇。当你们看到这封信的时候，可能已经是公元2200年、3000年甚至10000年了，我不知道你们在什么样的社会里，过着怎样的生活，我想象不出来，未来的一切都超出我们的想象。但我知道，历史是连续的，你们是我的子孙……

这他妈是什么玩意？我心里嘀咕着，继续看下去。

你们的DNA来自于我的遗传，没有我就没有你们。当然，没有我挚爱的伴侣，也就是你们的祖奶奶，同样也不会有你们。因此，你们的存在，在某种意义上是从我和你们祖奶奶的相遇开始的。她叫沈琪……

"什么?!"我不禁惊呼出来。

大勇回头看到我,脸色变了,手忙脚乱地就要把信纸藏起来。

"别别,究竟怎么回事,给我瞧瞧!"我好奇心大盛,不由伸手去抢,大勇一时慌张,被我一把将信纸抓到手里。大勇大叫"还给我",又往回夺,两人打闹起来。其他自习的同学不满了:"你俩闹什么,要打出去打!"

我慌忙道歉,和大勇一起退出教室,到了楼梯口。大勇看到信纸仍被我拿在手里,脸上红一阵白一阵,又不便发作,最后放弃了。无奈地挥了挥手,任我读下去。

> ……没有我们的恋爱和婚姻,也就没有你们,孩子们,你们要意识到这一点。但我和你们祖奶奶之所以在一起,是因为我送给了她自己买不起的九百九十九朵玫瑰,才终于感动了她。这些玫瑰,在你们的时代肯定不算什么,但是我却难以负担,而如果没有这些玫瑰,我和沈琪就不可能在一起。因此我必须向你们请求帮助!人类科技的发展日新月异,我相信时间机器在你们的时代应该已经实现(如果还没有实现,就请把这封信一代代传下去,直到时间机器问世的时代),那么请你们设法返回这个时代,将九百九十九朵玫瑰送到公元2012年5月19日7点30分的燕华大学,三十六楼楼下,那是你们的祖奶奶沈琪住的地方,我会在那里等着……

读到这里,我实在忍不住,扔下信纸哈哈大笑起来,一边笑着捂着肚子,一边指着大勇说:"你……你想出来的就是这……这点子?你小子《科幻世界》看多了吧,哈哈哈!"大勇虽然经济拮据,每个月花好几块钱买《科幻世界》是省不了的。但我没想到他沉溺科幻到这个地步！

大勇却没有笑，叹气说："所以我不想告诉你，早就预料到你会是这个反应。"

"可你这……也太匪夷所思了吧！哈哈……"

"但这确实很可能啊！"大勇郑重地说。

"好你说，这怎么可能？"为了笑得更开心，我暂时止住笑声。

大勇的逻辑说来倒也简单。他说，将来是不确定的，从一个世界中会分化出无数可能的历史分支来。在某一个可能的分支中，他和沈琪将会结婚，生下孩子，孩子又会有孩子……而这一切之所以可能的基础，就在于他送了沈琪九百九十九朵玫瑰。而这些他是根本没有财力送的。从这个意义上来说，他和沈琪就无法在一起，而那些后代也不可能存在。所以他们为了解决这个悖论，维持自身的存在，必然会设法回到这个时代，送给沈琪九百九十九朵玫瑰。

"你这不是扯淡么！"我笑够了之后，严肃地指出，"既然你不可能送给沈琪九百九十九朵玫瑰，那么你和她的那些虚拟后代当然也不可能存在。既然没有那些后代，哪有人会穿越时空来帮你？洗洗睡吧你。"

大勇反倒笑了起来："许琛，你完全没有理解，这才是最关键的部分！当然，在绝大多数未来的历史分支中，正如你所说的那样，我和沈琪什么关系也不会有。但是总有一个可能的历史分支里，我和沈琪会因为来自未来后代的帮助而在一起的。"

"为什么会有那么一个历史分支？这压根就不可能！"

"这么说吧，你想想，假设你是我的后代，有一天你看到了老祖宗的来信，然后穿越时空，回到几百年前，帮助老祖宗和他爱的女人在一起，恋爱结婚，生儿育女，然后才有了自己的一代代先祖，有了自己。这逻辑没有矛盾吧？"

"这成了一个首尾循环的因果链……"我沉吟着，"总觉得哪里不对劲……不过逻辑上……好像也没有矛盾。"

"也就是说，你承认这是可能发生的了？"

"这个……"我觉得好像被他绕进去了，踌躇着说，"也许吧……"

"既然你承认是可能的就对了，"大勇说，"在无数可能的历史分支中，这件事必然会发生。"

"那……那也不至于会落在你头上啊，"我说，"照这么说，我也可以给后代写一封信，让他们撮合我和沈琪，李佳也可以写。谁都可以写。"

"但是你们没有这样去做，"大勇说，"甚至没有想到这种可能性。只有我这样去做了，所以是我姜大勇进入了这个历史分支。因为这封信，我和沈琪的命运已经联系在一起了。"

这回我已经完全被他搞晕了，说不出话来。

大勇见我哑口无言，有些得意，继续发挥说："其实早上我想到这一点的时候也很犹豫，觉得自己简直疯了，这怎么可能呢？但在逻辑上又完全无懈可击！我跑到图书馆去找了几本讲时间理论的书看，结果越看越迷糊，可在见到沈琪的那一刻，我心里忽然明白过来：今天碰到她是有意义的！如果我不叫住她，告诉她这件事，那么这事就无疾而终，我和沈琪就算完了。因此，我必须自己选择进入这个让我们的后代非帮助我们不可的可能历史分支里，我必须告诉她我会在周六那天送给她那些花，这样木已成舟，才会确定下来。"

"所以你高调宣布要送她九百九十九朵玫瑰花？就是为了选择进入这个……让你们后代穿越时空来撮合你们的所谓历史分支里？"

"是，这也是为了让我自己下定决心。"

"哼……"我想了半天，倒没想到什么特别有力的话来驳斥他，不过心里当然一丝一毫也不相信。最后我说："这一切都是建立在未来会发明时间旅行的基础上，这方面矛盾太多了，不是有什么

176

外祖父还是外祖母悖论吗？我看根本不可能有时间旅行。"

"一千年前，人们不知道地球是圆的，一直向西走可以回到最东方；一百年前，人们也不知道会有电脑，一个小本子里都能装下整个图书馆；十年前，也没人能想到有智能手机——"

"行了，别跟我讲科技史了，"我说，"那你为什么不做个验证？首先呼唤你的后代在——比如说——下午4点半出现在这个楼道里，和你见面，等到证明成功了，再让他帮你送玫瑰花吧。"我说着，望了望四周，心里不知怎么有些发毛，好像那些未来人真的会在下一秒从墙壁里冒出来似的。

"他们当然没有必要来帮我们验证！"大勇抗议说，"他们为什么要来见我们？随便谁叫一声他们就出来，那不得累死了！但我说的事情就完全不同了。这关系到他们自己的存在！如果他们不来进行第一次推动的话，那么他们自己就没法存在！"

"不跟你扯了，"我摆摆手，"总之这是不可能的。大勇，说到底，你自己真的信吗？"

"为什么不信？"大勇激动地说，但很快眼神黯淡下来，长叹一口气，"我不知道，也许你说得对，这是不可能实现的狂想，但我真的……真的不能没有她。这也是没有办法的办法吧。"

我有些不忍，拍了拍他的肩膀："我明白，我当然也尽力帮你。不过这事你先别跟别人说了，否则闹大了不好收场，你再仔细想想，后悔还来得及。快到点了，打饭去吧。"

但我们不知道，这时候已经太晚了，事情开始向着难以收拾的局面发展。

3

晚上等我们回到宿舍，不由吓了一跳。狭小的寝室简直变成了鱼罐头，隔壁好几个寝室的男生都来了，黑压压的一大堆人。看到大勇，一拥而上把他拉进去。问他是不是答应在周六送沈琪九千九百九十九朵玫瑰，当众示爱。看来这事全班、全系、全楼都知道了。也不知是从哪传出来的，数目也给夸大了十倍。

这帮家伙以为大勇捞了什么外快，不住打听着。大勇一开始还想充面子，最后被缠不过，只好老实告诉他们，自己根本没有钱，打算跟同学借呢，既然兄弟们都来了，要不然就跟在场的每人借个一两百块的……他们一听到"借钱"二字，马上打哈哈说还有事，一哄而散。

好不容易打发了那些家伙，我打开电脑上网，却发现学校BBS上都有消息了，说我系某贫困生（没有点名）要一掷千金，送几千朵玫瑰追女孩子，还被顶上了十大话题。水军们激烈地争论着，这么做究竟值不值得啊，女生是不是都虚荣啊，凤凰男和城市女在一起有没有好结果啊，一堆乱七八糟的。

老大和老四自然也追问不休，大勇什么也不说，我也表现出不知情的样子，在二人怀疑的目光中，我们上床睡觉了。

就这样，我莫名其妙地成了大勇召唤未来后代的同谋。第二天，大勇想到一个重要问题，找我商量：如何把这封信交给他的后代呢？我向他指出，其实他完全没有必要赶着写这封信，无论如何他的后代收到这封信已经是上百年后了，他完全可以在和沈琪结婚以后再慢慢补写，然后一代代传下去。如果最后他没有收到那些玫瑰花，自然也不用浪费时间。

但是大勇觉得这样有问题。他逻辑异常严密地分析说，按照他的历史分支理论，在寄出信之前，他还没有进入那个和自己的后代发生联系的分支世界中。因此仍然不保险。他如果不幸先进入自己和沈琪毫无结果的历史分支中，那再寄信也没用了。只有在寄出信之后，并且确保后代能够收到信，他才能保证自己处于那个分支里。不用说，这一切必须在周六的玫瑰之约前完成。听起来倒也言之有理。

　　我们商量了几种办法，比如随身收藏着以后传给后代，或者把信放在袋子里找个地方埋起来，都觉得不保险。谁知道信会不会丢失或者被其他人挖走？即使放在银行保险柜里也不保险，何况要是有那么多钱去保存这封信，不如拿去直接买玫瑰了。最后我想到一个主意：只要科技继续发展，因特网在未来必将稳定地存在下去，并且在社会生活中的地位会变得越来越牢固，也许可以把信发到网上，进行长期储存。

　　我们在网上搜了一下，果然发现以前孤陋寡闻，这个问题早就有人想到。网上有一个叫"Time-Capsule"的英文网站，和实体性的"时间囊"不同，这个网站就是把书信、照片、视频等电子资料储存起来，发送完成后，任何人，包括文件上传者自己都不能开启。只能在设定的一段时间后，比如二十年或五十年后开启。有的是谁都可以看，有的则需要相关的密码，都可以自己设定。并且20M以下的资料都是免费的。现在那个网站有几百万注册用户，最近火极了。网站上还专门说明了，他们已经预料到在未来几十年中可能发生怎样的意外，又采取怎样的各种保险措施避免数据遗失（包括储存数据在一个地下几百米的掩体里，号称连核爆也不怕），看样子也还靠谱。

　　大勇觉得这个网站很合适，于是把他那封洋洋五千言的信（后面还有许多肉麻文字，他没给我看）打出来，和其他一些关于他的资料放在一起。上传了上去。设定为一百年后可以提取，没有设密码（大勇怕万一密码由于什么原因没传下去，那就糟糕了，反正这些东西估计也只有他的后代才会感兴趣）。文件名是自动生成的，是上传时间和地点的组合，很好记：201205151430PEKING。他和沈琪的子孙将来可以凭借这个文件名提取其中的资料。

　　此事一了，我们都松了一口气，就等着周六出结果了。我已经参与到这个怪异的游戏中，但在心底对他那套理论还是难以置信。

当然，网上的时间囊已经创设了，将来他的子孙不管是和谁生的，多半也能看到，不过届时他们大概只会对祖先的愚蠢哈哈大笑吧。

但事情却在另一个方向上越闹越大。

一掷千金送千朵玫瑰的事，在大学里本来不算罕见，但因为一个是籍籍无名、其貌不扬的贫困生，一个是校园里风光无限的系花或校花，在网上越炒越大，也越传越走样。最后，周三晚上，宿舍里就我一个人的时候，忽然有人"咚咚咚"敲门，又急又快。我诧异地打开门，却发现沈琪俏生生地站在门口，漂亮的脸却充满了愤怒的红晕：

"许琛！"三年来我跟她没说过几句话，没想到她还能记得我名字，"姜大勇在不在？"

"他……他当家教去了。"我小心翼翼地说，心下惴惴，不知道沈琪突然来是什么意思。

"那好，我就跟你说好了，"沈琪把一张报纸甩给我，"这是怎么回事？"

我接过报纸一看，是《燕京晚报》的社会新闻版，两行醒目的标题跃入眼帘，"贫困生一掷千金，千玫瑰打动校花"，我大吃一惊。仔细看下去，原来是本市的晚报记者道听途说，把几件不相干的事糅在一起，登出了一则花边新闻，说燕大某系贫困生姜某某花了大钱买了九百九十九朵玫瑰，在女生楼下等了一夜，终于感动了燕大校花沈某……配的是不知哪个大学男生求爱，和女友热情相拥的照片，旁边都是玫瑰花，看上去倒很合拍。就是那女生的背影也有几分像沈琪。报道的重点在男女主角的身份差异上，下面还有编者按，道貌岸然地批判当代大学生的爱情观、消费意识等。虽然没有点名，但本校知道沈琪的人不少，很容易看出指的是谁。

"这都哪跟哪啊，"我摇头说，"这些记者，根本就是胡编乱造！"

沈琪怀疑地看着我："就是你们跟记者爆的料吧？认识我的人，今天好多人打电话都问我，是不是收到几千朵玫瑰，是不是跟一个姓姜的男生好上了！这不是毁我名誉吗？许琛，我本来觉得你这人不错，想不到你居然和姜大勇一起——"说着泪水就要夺眶而出。

"没这回事！"我忙澄清说，"这两天我都跟大勇在一起，在……忙别的事。我敢保证，他既没有上网发帖，更没有找什么记者，事情怎么会演变成这样的，我也不知道。"

"哼，你们不知道，难道是我找报纸说的？"沈琪气鼓鼓地说。

"我不是那意思，不过当时还有别人在吧，你为什么不问问其他人？"

沈琪明白我指的是李佳，总算冷静了一点，想了想说："好，这件事我会弄清楚的，如果证明是姜大勇干的……哼！"说完扭头走了。

等姜大勇回来之后，我跟他说了这事。大勇连连叫冤，说这事他巴不得越机密越好，怎么可能会跟记者乱说？当时就急着要找沈琪解释，我告诉他，沈琪现在在气头上，空口无凭也没用，不如等沈琪问清楚了再说。

第二天，我意外地忽然接到一个陌生号码的电话："请问是许琛么？我是沈琪。"声音柔柔的，非常好听，和昨天判若两人，我半天没回过神来。

"喂，是许琛吗？这是你的号码吧？我找你老乡问的。"

"对，对，是我。"我忙说。

沈琪跟我说，事情已经查清楚，是李佳跟人乱说的，又在学校BBS上爆料，本来只是想让大勇出丑，想不到以讹传讹闹上了报纸。她已经把李佳狠狠骂了一顿。昨天她实在气急了，跟我乱发脾气，说很对不起。

我忙说不要紧，问沈琪要不要自己和大勇说，这时候他在水房洗衣服，可以叫他过来。沈琪说不必，但却没有挂断。沉默了一会儿，问："那……姜大勇是不是真的要买那么多玫瑰？"

"这个……"我不好说是，也不好说不是，更不好把大勇纯属空手套白狼的计划告诉她。

"他不会是跟你们借钱的吧？那也太……"

"那倒不是，不过只要能和你约会，大勇他肯定是愿意倾尽一切的。"

"其实我只是想找个理由让他知难而退。"沈琪幽幽地叹了口气，"想不到惹出这么多麻烦。其实我对他根本……就算他真的送了那么多玫瑰，我也不……你是他好朋友，还是劝他放弃吧，好不好？"

"我知道，"我说，"其实我们一直都在劝他。"

沈琪还想说什么，却欲言又止，挂了电话。我在想怎么跟大勇说。还没想明白，大勇端着一盆衣服回来了，我告诉他沈琪打电话来，看到他满脸期待的样子，又有些不忍，最后还是吞吞吐吐把沈琪的意思委婉说了。

"我知道，"他脸色苍白地说，"她一定会这么说的。但她不明白，等到那些玫瑰花从天而降的时候，事情就完全不同了。在这条历史线里，我们确定、一定以及肯定是一对。"

4

我给报社打了电话，指出他们报道的谬误，敦促他们发声明更正，但报社的人老奸巨猾，他们轻描淡写地口头道歉之后，从我嘴里套出了送花事件的确凿时间地点。而那篇应有的更正启事，我等了好几天也没看到。

周六到了。天气很好，阳光灿烂，蓝天白云，但看上去只是普通的一天，没什么特别的。

但对于姜大勇和沈琪来说，这是决定命运的一天。或许对于这个世界也是如此，这将是验证时空旅行是否可能的绝佳契机。假如

       时间外史

真的有未来人带着那些玫瑰来到我们这个时空，整个世界，整个历史，甚至整个宇宙，都将会完全不同。那将是何等激动人心！

遗憾的是，这一切都依赖于大勇的时间理论。而大勇这人，虽然脑子里装满了各种稀奇古怪的科幻设想，却一点也没有小说中科学天才的聪明睿智，高数补考才过，好几门专业课勉强及格，对他的论断，我实在没什么信心。

整个白天都没有什么异常，天上没有出现飞碟，也没有人从空气中冒出来，更没有人报告在校园什么地方出现了神奇的闪光或其他异象。我开始觉得自己有点可笑，怎么真的被大勇那套给蛊惑了？六点多的时候，我看到大勇一个人在楼梯拐角处站着，点上了一根烟，云烟缭绕，显得有些焦躁。

"干吗呢？"我走到他身边。

"我在等他们。"大勇说，然后对着墙壁，带着几分乞求的意味说，"差不多是时候了，你们……如果来了的话，就出来吧，好不好？"

墙壁当然冷冰冰地无动于衷。

"不会有人来的，大勇，你……清醒点吧。"我觉得他已经有点神经质了。

"当然不会，"他苦笑了一下，"说好了，要等到七点半的。"

"七点半也不会有任何人来的，你醒醒好不好？"我忍不住说，"如果因为你这种小事就要劳烦未来人出现的话，那以前什么世界大战，导弹危机，刺杀政变，未来人早就不知道来了多少次了！"

"你说得也有道理，这几天我也在想这个问题：这是时间旅行上的费米悖论。"大勇叹了口气说。

"什么悖论？"

"费米悖论，是科学家费米提出的一个问题：如果宇宙中充满了各种外星人，为什么我们看不到他们？同样，如果时间旅行在未来实现了，为什么古往今来从来没人见过任何时间旅行者呢？"

"对呀，为什么？"

"我也不知道，但是我怎么都不信，未来的无限时间中，人类始终无法发明跨越时间的方法。"他目光炯炯地说，"或许他们的确以某种方式来了不知道多少次，只是非常隐蔽，我们没发现而已。"

大勇对于外星人和时间旅行之类科幻设想的执着，正如同对沈琪的痴恋一样，向来充满了不切实际的狂热。以前我经常笑话他，但这次不知怎么，我竟有点被他打动了。是啊，未来的时间是无限的，我想。"无限"这个念头压倒了我，不是一百年，也不是一千年一万年，而是无限长的未来。谁知道在那些不可思议遥远的将来，我们的后裔会创造出怎样的奇迹？我们完全无法想象，正如古人无法想象现代人飞天入地的神通一样。

但这件事的奇妙之处在于，那些遥远未来的后裔，他们能否返回过去，我们不需要等一百年或者一千年才知道。说不定在一个多小时后就会知道。

快七点的时候，大勇就换上了他最体面的一套衣服——也无非是质地普通的白衬衫和西裤，揣着他当家教赚的两百块钱，双手空空如也地下楼去了。不管怎么说，我们宿舍兄弟自然是他责无旁贷的后援团，于是都跟着他去了。

到了女生楼下，我们吓了一跳，虽说还不到人山人海观者如堵，但至少也有好几十人在那等着了，有男有女，大部分是我们的同学，也有些不认识的，都聚在楼门口的小喷泉前面。看到大勇来了，大家都欢呼起来。大勇俨然已经成了校园名人。

不少人过来鼓励大勇，也有人阴阳怪气说风凉话，有人好奇问花在哪里，大勇机械地敷衍了几句，心思自然不在他们身上。我抬头向楼上的女生寝室望去，沈琪宿舍的窗帘拉开了一条缝，正有人从里向外看，依稀正是沈琪本人。她看到我，立刻合上窗帘离开了。

没过多久，一辆小面包车倏然而至，在喷泉前停下。车身上印着"燕京晚报"几个字和图标，一男一女两个记者拿着话筒跑下车来，很快在旁人的指点下锁定了目标，向姜大勇奔来，人还没到跟前，一连串的问题先滔滔不绝而来："同学你好，请问你就是今天送花的男主角么？你的花呢？听说你家里条件不好？你有没有申请贫困助学金？你父母都下岗了对不对？你花那么多钱送花的事他们知道吗？你觉得这样花钱值得吗？你是否——"

"我的事，你们他妈懂个屁啊！"大勇忍无可忍地骂了出来，"滚开！"

记者继续纠缠着，我和同寝的兄弟们好不容易才把这两个饶舌记者拉开。这时候，学生们已经越聚越多，有些是过路的，也停下来看热闹，后来总共差不多有一两百号人。不知是谁起的头，大家开始乱哄哄地唱歌，歌声此起彼伏，在春夜的校园里回荡着：

> 她总是只留下电话号码
> 从不肯让我送她回家
> 听说你也曾经爱上过她
> 曾经也同样无法自拔
> 你说你学不会假装潇洒
> 却叫我别太早放弃她
> 把过去全说成一段神话
> 然后笑彼此一样的傻
> ……
> 你是我天边　最美的云彩
> 让我用心把你留下来
> 悠悠地唱着最炫的民族风
> 让爱卷走所有的尘埃
> ……
> 起来，饥寒交迫的奴隶，

起来，全世界受苦的人！
满腔的热血已经沸腾，
要为真理而斗争！
……

"尼玛国际歌都出来了，再这么下去真hold不住了！"老大忧心忡忡地说，"再喊两句抗议食堂涨价，宿舍丢车之类的口号，咱们得被当成组织集会闹事给学校处分了……"

我想着刚才和大勇的讨论，一路都在琢磨时间旅行的问题，心神激荡，就没仔细听他说什么。看了看表，不知不觉已经到了七点二十九分。太阳刚刚落到地平线以下。我抬起头，仰望着黄昏暮色初现的天空。忽然之间，有一种念天地之悠悠，独怆然而涕下的渺小之感。

时间是何其神秘而怪异！我出神地想，在我们之前的千万年中，不知多少代人生活过，而今却如电光石火，无影无踪。他们从何而来，又到哪里去了？在更久远的时代，人类之前的多少亿年之中，又有多少奇形怪状的生物出现又灭亡，有谁知道？有谁纪念？如果我们不能回到过去，那些古老久远的世界将会永远失落。就连我们的世界也会被后人遗忘……

人类总是渴望着返回过去，渴望着重新找回过去的历史。我们建立了博物馆、纪念馆，读着各种历史故事，看着那些重现遥远古代的电影，甚至幻想自己穿越到过去，就是为了满足内心这个一直无法满足的渴望……毫无疑问，只要有一丝可能能够返回过去，人类必然会不遗余力地发展出这样的技术，一偿这个亘古以来从未放弃的心愿。

那么真的会有人从遥远的未来到来么？改变历史的一刻，真的会在下一秒就出现么？奇迹会发生么？

我想象着，或许面前会忽然出现一道发光的拱门，会有一些奇装异服的家伙捧着一束束鲜花从门中鱼贯而出；又或许有千万朵的火红玫瑰莫名其妙从天而降，将整个大学淹没在花海中，或许在一瞬间，那些玫瑰会像施了魔法般从地下疯长出来，开遍整个校园；甚至或许天边会出现一颗比满月还亮的超新星，然后膨胀成一朵玫瑰色的星云，中间好像孕育着无数玫瑰花瓣……谁知道呢，在遥远的未来，谁知道他们会有什么样的能力？我们无法想象，无法猜度。

前提是：如果他们来的话。

我又看了看表，已经七点半了，我向天上看去——

异象出现了！

5

那一刻我清晰地看到，一颗绚烂得诡异的火流星，划过头顶暮色苍茫的天穹，消失在东南方向的天区。光芒灿烂夺目，如烟花般美丽。

我的心狂跳起来，在那一刻，我忽然相信这一切都是真的，大勇是对的，未来人真的会来到这里，带来那些神秘的花朵，改变大勇和沈琪的命运，我仿佛已经闻到了空气中的玫瑰花香，看到了嫣红的花束在人群中若隐若现，甚至在喷泉的水花之后，看到了未来人闪光的魅影……

流星消失了。

男生女生们还在唱着歌，好像是一首老歌：

> 我早已为你种下，九百九十九朵玫瑰
> 从分手的那一天，九百九十九朵玫瑰
> 花到凋谢人已憔悴，千盟万誓已随花逝湮灭
> ……

我转身四顾，发现除了我没有人注意到那颗流星，大勇也没有。我紧张地左右搜寻着，除了热闹的人群，却没有看到什么异样。我又抬起头，向着天空张望，但再没有第二颗流星出现，夜色又深了一层，几颗星星从夜幕中露出头来，一眨一眨，正如沈琪明亮而遥不可及的眼睛。

　　歌声渐止。一阵微冷的风吹过，各种幻影都消失了，露出了冰冷而坚硬的现实。

　　一分钟过去了，然后是两分钟，然后是五分钟……还是什么都没有出现，一切如常的平淡，平淡得无聊。那时候，在喧嚣的人群中，我感到一种深深的绝望，对时间本身的绝望。我忽然明白了，不会有什么时间旅行，永远不会有，过去与未来永远不会相遇。这一切不过是我们青春的疯狂和愚蠢，一切都毫无意义。我们的热情会冷淡，梦想会破碎，爱恋会忘却，我们会庸庸碌碌过完这一生，然后老去，死掉，将来的世代也不会有人想起我们这些平凡的人。我们将在历史深处腐烂，然后挥发，如同从未存在过一样。

　　转眼间已经十分钟过去了。大勇仍然笔直地站在门口的喷泉前，如同铜像般坚定，但还是没有一朵花出现。围观的人们发现了不对，他们窃窃私语着，不时传来窃笑声，人们开始恶意地等着看大勇出丑。

　　"喂，你的九百九十九朵玫瑰呢？别骗人啦！"人群中有人喊了一嗓子，我看到此人正是李佳。其他人也纷纷附和。

　　"就是，没花你折腾个屁啊！癞蛤蟆想吃天鹅肉！"

　　"都是骗人的，看来校花也不会出来了，走吧走吧！"

　　质疑声此起彼伏，两个记者倒是兴奋起来，两个人交头接耳，我估计他们又想整个什么新闻出来。我看到李佳从人群中出来，向他们走过去，好像跟他们爆料的样子，说不定又要想什么招数来整大勇。我好像已经看到了明天报纸上的新闻标题"追求不成作秀报复，千朵玫瑰子虚乌有"……

哄笑声越来越响，我再也看不下去，转身离开了。

我到学校外面转了一圈，等再次回到女生楼前的时候，已经是夜里九点了。楼前的看客都已经散尽，就连老大和老四也走了，喷泉前空荡荡的。但如我所料，大勇还笔挺地站在门口，等着那些注定不可能出现的玫瑰，悲壮得如同风车前孤独的堂吉诃德。

我走到喷泉的后面，才发现大勇身边还有一个女孩子，悠然坐在喷泉池的边沿上，梳着马尾辫，是一个陌生女生。我听到她说："喂，你到底要等到什么时候？"

大勇没有回答。

"你又拿不出玫瑰，她不会下来的。"马尾辫说。

"我知道，"大勇沉声说，"不过我还是想站在这里。"

"为什么？"

"我愿意。"大勇从牙缝里蹦出三个字，又仰头看着沈琪的窗口。

其实我明白，到了这个时候，大勇已经出尽了丑，他已不在乎结果，只是想多守护自己的爱情和梦想一会儿，就算站到深夜、站到明天早上又如何呢？生命如白驹过隙，这一切青春的冲动和狂热，转眼就会无迹可寻。做什么，不做什么，除了在自己的内心中，都没有差别。

我不想再打扰他，但也不想离去。其实我也想站在那里，看一眼沈琪的窗户……

就在这时候，那些玫瑰出现了。

6

没有从天而降，也不是从虚空中冒出来，只是一个送货员，蹬着一辆三轮车进了校园，从林间小道上悠悠骑了过来。三轮车上，放着一筐筐扎好的玫瑰。火红一片，煞是好看。

　　大勇根本没留意背后的三轮车，等到车到了跟前，停了下来，大勇骤然看到满满一车的玫瑰，顿时目瞪口呆。

　　"请问您是姜大勇先生吗？"

　　"我……我……我是。"大勇几乎找不到自己的声带了。

　　"我们是花解语幸福花店的，这是我们店的卡片。这里是给您的九百九十九朵玫瑰，还有三百支小蜡烛，请您签收。"

　　大勇激动万分："这……这是谁跟你们买的？是什么人？"

　　送货员为难地摇摇头："这个……顾客说，让我们不要透露……"

　　"告诉我！"大勇忘乎所以地抓住他的手说，"你一定要告诉我。说啊！"

　　送货员吓了一跳，求援地向我看了一眼，才说："好吧，是位中年女士，戴着面纱，口音有点奇怪，付的是现金。"

　　"中年女士，"大勇喃喃说，"戴着面纱……"显然想不出什么端倪来。

　　送货员把好几筐花和蜡烛搬下车，骑车回去了。三轮车从我身边经过，大勇还在极度震惊中，看着那些花，似乎在怀疑其真实性。

　　"大勇！"我定了定神，向他走去，"花真的来了？"

　　"老琛！"大勇一把抓住我的手，"你来看，这些花，是我……我和沈琪的后代……他们……我们……真的，这居然是真的！"他已经激动得语无伦次了。

　　马尾辫女孩捧起一束花，放在鼻子下深深嗅了一口："好香啊！"

　　就这样，我们帮大勇把那些蜡烛摆成"沈琪"两个字，再加一个心形，点了起来。玫瑰和烛光给了我们勇气，我们每人捧着一束上百朵的花，仰头叫着："沈——琪——"

　　看到这里有热闹瞧，人群很快又聚集起来，大家一起叫着沈琪

　　　　　　　　　　　　　　　　　　　时间外史

的名字。各个寝室的女生都探头看着我们，议论纷纷。我看到沈琪的室友走到阳台上，笑着向我们做了一个神秘的手势，好像是说，沈琪马上就下来。

终于门开了，沈琪娉娉婷婷走了出来。她上身穿着一件粉红色T恤，下面是牛仔短裤和白球鞋，戴着一顶小巧的针织帽，打扮得又青春又活泼。在烛光映照下，红扑扑的脸蛋更显得娇美不可方物。

人群安静了下来。沈琪站在大勇面前，大大方方地一笑："这些玫瑰很漂亮，谢谢。"她说。

"你……你更漂亮。"大勇结结巴巴地说了一句俗不可耐的套语。

沈琪笑了笑说："想不到你真办到了……说吧，我们去哪里？"

"去……去东门的菲尼克斯酒店……"

"啊？"

"不不不，"大勇忙不迭地解释，"我是听说，酒店里有个茶吧，茶很好的，我听说你最爱喝茶……"

沈琪扑哧一笑："好啊，那多谢啦。"

她向我微微一笑，向外走去。大勇跟了上去，人群给他们让开了道，有人开始鼓掌欢呼，简直跟送新郎新娘入洞房一样热闹。

"喂，"我在他们后面叫道，"这些玫瑰怎么办？"

沈琪回过头来，嫣然一笑："我和楼长阿姨已经说好了，你们帮我把它放在会客室里吧！谢谢！"

大勇倒好，如愿以偿和梦中情人约会去了。其他人也散了，只有马尾辫主动帮我，我们两个人把那些玫瑰都抱进楼里去。又把地面的蜡烛收拾了一下，忙碌了有半小时。

马尾辫告诉我，她叫窦乐乐，是天文系的，也是住这个楼的，和我们一级。她对大勇和沈琪的故事很感兴趣，跟我问了不少八卦。我跟她说了大概，当然没提什么时间旅行，免得被人当神经病。窦乐乐问我他们有没有戏。我摊了摊手："这事我哪知道？"

"其实我觉得不成。"窦乐乐却说。

"你根本不认识他们，怎么知道？"我好奇地问。

"你没听说过女人的直觉么？"窦乐乐认真地说，"看他们说话的样子，沈琪对姜大勇当然很礼貌，或许也有几分感动，但眼神里没有那种喜欢……不过……"

"不过什么？"

"没什么，瞎说的，嘻嘻。"

我和窦乐乐道别后，回到宿舍，老大他们又问了我半天。我告诉他们真的有人为大勇送了九百九十九朵玫瑰来，而大勇也和沈琪成功约会，他们惊讶得合不拢嘴。拉着我问了半天。可惜，我也说不出多少有用的。

过了12点，大勇还没回来，我们自然也无心睡眠，开始猜测他们干吗去了。老大和老四口沫横飞，开始描绘大勇和沈琪在一起的可能情形，两个人怎么在电影院里相依相偎，或者在湖边搂搂抱抱，大勇怎么上下其手，沈琪怎么欲拒还迎，好像亲眼目睹一样。我又好气又好笑，斥道："你们这帮家伙，不加点咸湿情节会死啊！"

到了一点半，大勇终于回来了。不免又被我们拉住，问了半天。大勇带着幸福地傻笑，一句话也不回答，倒在床上，像是在脑海中又咀嚼了半天。在我们已经问累了的时候，却没头没脑来了一句："完美，真是太完美了。"

他终于告诉我们，这是一次完美的约会。他们一起去喝了茶，看了晚场电影，又吃了夜宵，然后他送沈琪回宿舍，再回来。经历虽然普通，但是和沈琪在一起的过程完美至极。他们谈人生、谈理想、谈童年往事……她的一颦一笑，一言一语，都那么可爱，令人回味无穷，他一生从来没有过这么难忘的体验。

"别扯那用不着的，你们有没有——"老四两根大拇指碰了一下，做了一个"kiss"的手势。

大勇倒吓了一跳："当然没有！手都没拉过呢。"

"那后来呢，有没有约下次？"老大问。

"这倒没有，"大勇说，"不过一定会有下次的，还会有下下次，再下次，订婚，结婚……"

"为什么？"

大勇又傻笑起来："因为……因为那些玫瑰花出现了。"老大和老四莫名其妙，只有我明白他的意思：玫瑰花的出现，就意味着在这条历史分支中，他和沈琪将终成眷属。

我躺在黑暗中，心里不知什么滋味。

7

那天晚上我做了一个梦，梦见我变成了大勇，和沈琪面对面坐着说话，倾谈，一起并肩在校园的林荫道上走着，说笑着……她似乎就在我身边，又恍兮惚兮，遥不可及。夜里醒来，我发现自己的眼眶湿了。我擦了擦眼睛，又蒙眬睡去。

第二天，大勇一早就把我拉起来。"干什么！"我嘟囔着说，"昨天那么晚才睡……"

"老琛，有事跟你商量！"他显然还沉浸在昨晚的兴奋中，不理会我的抗议，把我从床上拉下来。我无奈地披上衣服，跟他出去了。

大勇拉着我一边往没人的地方走，一边喋喋不休地说："老琛，咱们把事情想得太复杂了，以为他们会用什么不可思议的高科技手段。其实很简单，他们只要穿到我们的时空来买下那些花就可以了，自然不用暴露自己。还记得我昨天说的费米悖论么？也许答案就那么简单，未来人就在我们身边，但我们认不出……"

"也许吧。"我打了个哈欠，懒得和他做这种无聊的讨论。

大勇在兴头上，没觉出我的冷淡，还继续絮絮叨叨："我想了整整一晚上。你说下次什么时候再约沈琪比较好？我觉得她对我也不讨厌，还是挺有戏的。不行的话，就再写封信给未来人，让他们想想法子。所谓帮忙帮到底，送佛送到西——"

我听得心烦意乱，猛然停住，从兜里摸出一张纸条塞到他手里。大勇莫名其妙地打开纸条："这是什么？"

"花解语幸福花店的收据，"我说，"玫瑰呢正好他们促销，打了个五折，一朵两块，我要还到一块八，他们不干，不过好说歹说，另外便宜给了我三百根小蜡烛，我就一起买下来了。加上送货费，一共两千零五十七块。你每个月还我一百，两年之内差不多能还清。实在不行的话，毕业以后再还好了。"

"你不会是说……那些玫瑰……难不成是你……"

"废话，不是我是谁？"我没好气地说，"你真以为会有未来人穿越时空来帮你？要来他们7点半就来了！干吗等到9点？我是不忍心看你站在那里出洋相，正好又见到花店打折，才帮你一把。这是我妈刚给我寄的两个月生活费！我还不知道下个月怎么吃饭呢！"

"那什么戴面纱的中年女士……"

"中年女士个头，都是我让店员瞎掰的，我不想影响你约会的心情，所以今天才告诉你。"

大勇抓着我的手，热泪盈眶："老琛，我……我真没想到……原来是你……"

"行了，"我大度地说，"感谢的话别多说了。兄弟一场，事到临头能不帮么？不过你可想明白了，下次再有这种事，我也帮不了你，至于那什么未来后代，就别指望了吧！"

"我明白了，我明白了，"大勇喃喃说，"原来是这样，这下全明白了……"

"明白就好……"我如释重负，可看他神色有些古怪，忍不住又问，"不是，你明白什么了你？"

　　　　　　　　时间外史

"我明白了，原来你……你就是我未来的后代……"

"去你的！"我没好气地说，"老子花大钱帮你，你还占我便宜？"

"不，我不是这意思，我是说，也许你就是未来人找的人。"他指着我的脑袋，神色古怪地说。

"你说什么？"我完全莫名其妙。

"我说未来人！"大勇激动起来，"他们来了，他们以一种我们根本没想到的方式来了。他们当然不会从天上掉下来，从什么时间机器里钻出来，这些太肤浅、太低级了，毫无想象力！有了真正的超级技术，他们完全没有必要这么做。就好像我们发射侦察卫星，不需要真人上太空看一样。想想吧，如果要'回到'过去，用什么方式最方便？他们只需要在这里——做一点小小的手脚——"

他指着自己的脑袋，我隐隐明白了他的意思，只觉得一股冷气从脚底升起，浑身有毛骨悚然的感觉。

"你不会是说——"

"你为什么会去买那些玫瑰？"

"我……"我张口结舌，脑子里一团混乱。

"老琛，咱们是好哥们，但说实话，你不是这么冲动的人，家境也只是一般。你怎么会突然为我花那么多钱？那是你自己的生活费啊！何况你一直觉得，我和沈琪不会有结果。那这些钱不都是白费么？"

"那……那不是一回事。我就是当时看你站在那里，我想……我一时不忍心……正好看到门口有一家花店打五折……"我解释着，不知怎么却觉得力不从心。

"如果不打折，你就不会买么？"

"那……当然……"我勉强说，心里却也不自信。说真的，当时确实感受到一股冲动，如果这些玫瑰根本不打折，我会不会仍然买下来去帮大勇？那还真说不好。

"老琛，他们来了！"大勇兴奋地说，"但他们不在我们身边，而是在我们里面。或许他们以某种方式跨越时空，和我们的大脑皮层相连接，他们通过我们的眼睛看，通过我们的耳朵听，同时也能操纵我们的意识……"

"你……简直不可理喻。"我或许更多是对自己恼火，"我好心好意帮你，你倒说我被未来人操纵了？难不成这样就不用还钱了？"

"不不，钱我当然会还给你，"大勇说，"我只是想搞清楚是怎么回事。"

"听着，这完全解释不通。"我想了想说，"如果未来人能够通过远程操纵影响我们的大脑活动的话，为什么要这样曲里拐弯，让我去买什么花？他们直接让沈琪对你投怀送抱不就行了？"

"那未免改变太多了，"大勇说，"可能需要更大的能量，或者会对当事人的思维造成严重影响……具体我也不知道，但对你来说，你本来也想帮我，可能只需要在原来的心理基础上轻轻推一小步就可以了。这是最有效率的方法。"

"你这完全是多余的假设！"我反驳说，"用奥卡姆剃刀就能剃掉了，没有任何方法可以证明：这不是我个人的意志，而要外加一个外在的力量。"

"也许吧。"大勇叹了口气，"不过还有一种方法可以间接证明……"

"什么方法？"

"未来，我和沈琪有没有未来。"

我明白了他的逻辑，如果这只是我一时冲动，当然不会创造什么历史，只能泛起一时的涟漪。沈琪说到底还是不可能和大勇在一起。但如果真是大勇的后代通过什么神秘的方式操纵了我的意识，那么这一束花必将改变一切。大勇和沈琪将成为幸福的一对。

无论怎么说，结果很快就会见分晓的。

　　　　　　　　　　　　　时间外史

8

看起来，历史正在向大勇所期待的方向发展，窦乐乐的断言落空了。

以后的一个月里，沈琪和大勇虽然谈不上确定关系，但沈琪对他显然已经从恶感转为好感，他们又约会了两次。沈琪偶尔也来我们宿舍坐坐。大家渐渐熟络起来，沈琪还组织了一次宿舍联谊，我们宿舍和她们宿舍一起去郊游了一次，晚上还去唱K，玩得很开心。老大老四他们啧啧称奇，对大勇带来如此"福利"大是感激。路上偶尔碰到李佳、孙凯等人，一个个对我们怒目而视，恨不得把大勇吃了。

本来我是设法撮合他们，可看到沈琪和大勇歪打正着，真的越走越近，我心里又有些空荡荡的。特别想到自己说不定是被未来人操纵，当了他们的媒人，更觉得不是滋味。两周后，在食堂里碰见窦乐乐，顺便坐在一起吃饭。她问我姜大勇和沈琪的进展，我不是很想谈这个话题，简略说了几句，然后跟她聊她的专业。窦乐乐的学年论文做的是彗星的轨道问题。她告诉我，其实流星雨是进入大气层的彗星碎片造成的。彗星每次接近太阳，就会因为受热而分解出一些碎片，散布在其轨道上。当地球每年穿过它们的轨道时，就会定期出现流星雨的现象。

我忽然灵光一现，想到一个以前一直忽略的问题："对了，那天上什么时候有火流星划过呢？就是那种特别大，特别亮，像在燃烧一样的流星。"

"这不好说，没有一定的规律。"窦乐乐沉吟说，"不过火流星都是较大的流星体造成的，是天文观测的重要对象。北京正在建设一个火流星监测网，在北京周边有六个站点，对火流星以及一般的流星都有记录。"

"流星都能拍下来吗？"

"当然了，我去那参观过。用的是高灵敏度的微光监测摄像头，上面还添加了类似单反相机的镜头，能够控制焦距。每个摄像头负责的区域只有天空的六分之一，但六台同时运转，可以拍到从地平线到头顶的整个天穹，北京一带出现的流星都逃不过它的法眼。"谈到专业问题，窦乐乐如数家珍。

"那太好了！"我说，"我想查查某时某处天上出现的一颗火流星，可以么？"

"应该行吧。我有一个师兄是搞这个的，可以问问他，不过你要查流星干什么？"

"这个……"我有点尴尬，知道跟她说真话她也不会信，"我那天看到一颗火流星，特别亮，特别美，想看看有没有照片可以留念。"

窦乐乐有点疑惑地看着我，大概觉得这理由有点牵强，不过最后还是答应了。我们相互留了手机号。

我回去后根据回忆，在网上查了一下星图，然后打电话告诉窦乐乐，是五月十九日晚上七点半左右，在东南方向，大概是从室女座到长蛇座的天区。

窦乐乐第二天打电话告诉我，一定是我记错了，那个时间段没有任何火流星的记录，第二天凌晨倒是有一颗，可时间、方位又完全不一样，不可能是我说的那颗。

我倒抽一口冷气，向她道了谢之后，挂上电话，心乱如麻，理不出头绪。

没有观测到火流星！那是怎么回事？可当时那划过天空夺目异常的流光炫彩，我绝不会看错。

但显然，六个站点的监测网的数据更不会错。如果有什么东西出错，那么只可能是我的眼睛出了错。为什么眼睛会出错？难道真是我的意识被侵入的表征？

又或者只是一时眼花。我想，说不定就是眼冒金星，不能被大勇那套给整晕了。或许这些事情本来毫无关系。

但大勇的理论至少到目前还是自圆其说的。那些我们未来的后裔，他们确实不用冒着被发现的危险和麻烦亲自坐时空机器来找我们，只需要通过某种远程操纵的手段，微微作用于大脑神经元的电化学活动，改变我们的一点点意识就可以了。

但是，如果他们曾经改变了我的意识，那么也会改变其他人的。但有这样的证据么？我苦笑了一下，还是奥卡姆剃刀。即使人们的意识被改变了，你也不会知道，因为你永远无法区别这是他们自发的决定，还是意识被改变的结果。

但或许……并非没有蛛丝马迹可循。

我想起了以前和大勇的一段对话：

——如果因为你这种小事就要劳烦未来人来的话，那以前什么世界大战，导弹危机，刺杀政变，未来人早就不知道来了多少次了！

——或许他们的确以某种方式来了不知道多少次，只是非常隐蔽，我们没发现而已。

我忽然想到历史上发生的一些重大事件，那些影响历史的关键人物，某些时候忽然会一反常态，做出一些匪夷所思或大失水准的举动，而对历史产生不可估量的巨大影响。以前读过的书上的内容都一一浮出脑海：

荆轲，燕太子丹千方百计找来的名剑客，费尽千辛万苦混进秦国王宫，最后图穷匕见，拿出匕首刺向手无寸铁的秦王嬴政，却不知为何表现拙劣，追了半天也伤不到嬴政分毫，最后掷出的匕首也失去准头，反倒被嬴政拔出佩剑刺死。如果不是这样，日后的秦、汉、三国……或许根本不会出现。

尤利乌斯·恺撒，古罗马共和国末期的独裁者，共和派阴谋刺杀他。他遇刺前曾接到过多次警报，加上身体不舒服，决定取消去元老院参加会议。但却无端临时改变主意，异常大意地孤身前往元老院，结果被乱刀捅死，罗马政局大乱，最终导致了罗马帝国的建立。

滑铁卢会战。1815年，当拿破仑和威灵顿公爵在滑铁卢鏖战时，拿破仑的忠实干将格鲁希元帅带着一支可观的军队在不远处追击普军。格鲁希麾下的几乎所有军官都苦苦哀求他立刻去滑铁卢和拿破仑会合，或至少分出一部分军队前往增援，但格鲁希愚蠢地没有采纳，将一场唾手可得的胜利变成惨败，也葬送了拿破仑帝国。

古巴导弹危机。1962年，美苏大军在古巴海域对峙，剑拔弩张。一艘苏联核潜艇受到美军炸弹攻击，以为核战已经爆发。舰长决定发射核导弹，其他船员也都同意，但大副却拼命反对，才阻止了一次迫在眉睫的核战争。就在同一天，一架美国侦察机在古巴上空被一枚反空导弹击中坠毁，肯尼迪总统事先警告过在这种情况下必将开战，但不知为何，却又改变主意，寻求和平解决。终于化解了这场可能毁灭世界的危机。

……

这类事件为数不少，更不用说其他怪梦、异象、幻听之类，不胜枚举。只是我从未想过背后的原因。毕竟历史总是充满了各种偶然和错误，这些事看上去也不很出奇。但这些事件中的任何一件，如果不是当事人多少有些反常的举动，都会给世界带来翻天覆地的变化，我们将生活在一个完全不同的世界里。

或者说，我们**本来就**生活在一个被彻底改变过的世界里。

时间旅行的费米悖论：为什么我们从来见不到来自未来的时间旅行者？也许答案就是，那些未来人，他们根本不需要亲自到来，但用某种方式可以跨时空连接我们的大脑，正如一台电脑远程控制另一台电脑。他们可以通过我们的感官去感知过去的世界，也可以在某种程度上神不知鬼不觉地改变我们的意识，左右我们的行为……

那么我们这个世界，在何种程度上已经被来自未来的力量所渗透了？是否我们的整个世界，在某种意义上只是未来那些人，或者毋宁说"超人"的游戏？

把这个逻辑推到极点，出现的世界图景是极为可怖的。或许被改变的，不只是人类历史。

或许在更早，更远古，远在任何历史时代之前。在第一个原始人走出非洲裂谷，第一只类人猿从树上下来，第一条总鳍鱼爬上海滩的那一刻……它们的举动已经是被来自未来的力量所左右的。或许那样的力量改造了整个生物进化史，而我们看到的，连冰山一角都算不上。

改造？不，如果有这种时间远程控制的话，或许整个世界都是他们所**创造**的，而恰恰是从这个他们创造的世界，出现了他们自己。

这是一个循环的因果链条。看上去这是一个悖论，但或许只是因为，我们生活的线性因果联系本身就只是脆弱的表象，只是局部的时空现象。正如在大地上任何地方，看到的大地都是一个平面，古人也无法理解大地的全貌是一个球体……或许世界本身，宇宙本身就在这种因果回环中循环着，无始无终，无头无尾，自满自足。又或许在无穷多可能的历史分支中，有无尽并行的因果循环，无穷多的可能宇宙……

或许不是他们，而是某一个**祂**，时间尽头有一个最终的观察者和游戏者。"时间是一个掷骰子的儿童，儿童掌握着王权。"这是哪位哲人的话？想不起来，但这话令我毛骨悚然。

9

这些想法让我很不舒服，没人喜欢自己的意识被操纵的感觉。

但这种可能性既无法证实，又无法摆脱。直到那一天——

6月中旬，学期快结束，天气也迅速转为炎热。那天晚上，大勇说约了沈琪，打算今晚"定下来"，七点多就在我们艳羡的目光中出门了。我看不下去书，只有泡在网上打游戏玩。到了11点多，我忽然接到窦乐乐的电话，说看到大勇倒在校外的路边，好像喝得烂醉的样子。

我忙跑下楼去，骑车到了窦乐乐说的地方。果然看到窦乐乐远远在跟我招手，我到了跟前，下了车，发现大勇躺在路边一张长椅上，浑身酒气，地下都是秽臭至极的呕吐物。

"他怎么了？"

"我也不知道……"窦乐乐摇头说，"我晚上上完英语班经过这里，就看到他倒在地上，吐了一地，好不容易给扶到椅子上，想叫出租车，可也不知道你们具体住在哪，而且我自己也搬不动他，所以只好叫你了，他……没事吧？"看得出她挺关心大勇。

我向她道谢，又俯身问大勇："大勇，你怎么了？怎么喝成这样？"大勇是北方汉子，平时偶尔也喝酒，但从来没醉成这样过。

大勇睁开眼睛，依稀看到了我，忽然一把抓住我的衣领，脸涨得通红："你为什么……要买那些……那些花？"

"你说什么啊？"

"你买了那些玫瑰……给了我希望，我还以为……结果到头来……到头来……"他含糊不清地说着。

"那不都是未来人影响我的意识，你忘了吗？"

这段时间，我每天琢磨这事，越想越觉得真确，潜意识里已经把这当作事实了。谁知大勇却神经质地狂笑起来："哈哈哈，未来人，跨越时间……我他妈真是个神经病！狗屁，这些都是狗屁！"

然后他呜呜地哭了起来，我从来没见过一个大男人能哭得那么伤心，简直是号啕大哭。我隐隐猜出了几分端倪："是不是沈琪……她跟你说了什么？你们——"

"说了，什么都说了！哈哈哈！"大勇又是哭又是笑，引得路人侧目，我忙让窦乐乐去叫辆出租车。大勇一边笑，一边指着我说："你知不知道……因为那些玫瑰，沈琪她根本就瞧不起我，她从心底就看不上我。我在她心里本来是零分，现在都变成负数了，我还一厢情愿地以为她开始喜欢我了……哈哈哈……"

　　"怎么会呢？你买了那么多玫瑰给她……"

　　"她说我不该打肿脸充胖子……明明没钱，还……还乱花朋友的钱……害得你连饭都吃不上……"

　　"你跟她提这茬干吗？"

　　"不是我说的……她……她都看见了……"

　　"啊？"

　　"那天，她从楼上都看见了……看见那个送货的在后面跟你挥手，你也跟他点头……"

　　我心里"咯噔"一下，当时确实不动声色地跟送货员打了个招呼，但想不到都给沈琪瞧在眼里，并在心里对大勇有了成见。

　　"后来她慢慢套我话……我本来还以为她什么都不知道……还在吹牛……结果让她当面揭穿了……我他妈真是个傻×啊！"

　　"可还是没理由啊！"我纳闷地说，"沈琪她不是对你挺好的么，约会也挺顺利，前几天我们宿舍不还一起联谊么？"

　　大勇忽然怒目圆睁，咬牙切齿地抓住了我的衣领，把我拽向他耳边。

　　"你知不知道，"他一字一顿地说，"沈琪为什么到我们宿舍来？"

　　"不是因为你吗？"

　　"因为我？哈哈哈……"他怪笑起来，"你又知不知道……她和我说得最多的是什么话题？"

　　"你俩说啥我哪知道？"我觉得他真是醉得不轻。

　　"你真的……什么都不知道？"

　　"真不知道！"

"是、你!"大勇从牙缝里蹦出两个字,然后松开手向后倒去,似乎耗尽了一切力量。

"你说……说……什么?"我不敢相信自己的耳朵。

"是你,许琛。从头到尾都是你。"大勇无力地说。

我一颗心狂跳起来,似乎一个瞎了很久的人忽然复明,一下子被光明吓住了,踉跄退了几步,什么话也说不出来。

大勇看着我,我也看着他。我张了张嘴,似乎有千言万语,却又无从说起。

"车叫来了!"这时候窦乐乐跑过来说,我们一起扶起大勇,把他搀进出租车里。我告诉了司机地址,出租车向燕大开去。我又给老大打了电话,他和老四从楼上下来,一起把大勇扶进楼。窦乐乐下了车以后,嘱咐我们好好照顾大勇,然后跟我们告别。我们把大勇弄进了房间,帮他脱了鞋,让他躺在床上。

整个过程中,大勇仍然半清醒着,睁着眼睛,但再没有说过一句话,也没有再哭笑。我也没有再说话。

"大勇,你休息一下,我……还得去拿自行车。"我不敢看他,转过头嗫嚅着说,"其他的事——"

"去找她吧。"

"什么?"我蓦然回头,大勇没有看我,扭头向着床里,好像话不是从他嘴里出来的一样。

"大勇,我——"我心里一团乱糟糟的,不知下面说什么好。

大勇没有再说话。我们尴尬地僵在那里,老大和老四莫名其妙地看着我们,好像觉出了什么,又不便多问。

不知过了多久,我缓缓起身,出了房门。在跨出房门的那一刹,我清楚地知道我和大勇的兄弟情谊再回不到从前了。

当然我就算不出去,也是一样。

我步行着向校门走去,今天是阴天,没有星星。学期末到了,路上经过的学生们大都在说什么考试、毕业、找工作的事。想起前一阵我胡思乱想的什么时间穿越，什么控制大脑，简直像梦话一样可笑。如今，该回到现实世界了。

这才是生活，我们一团糟的生活，剪不清，理还乱。我想，谁也不知道未来它会变成什么鸟样子。

10

来到长椅前，我苦笑了一下，刚才乱成一锅粥，忘了锁车，自行车早已不翼而飞。我不死心地左右望了一圈，根本没看到车的影子。

我骂了两声，不过现在也没心思管什么自行车了，只觉得心里乱糟糟的，思绪万千，又理不出一个头绪。站在马路边，望着如时间之河般穿梭不息的车流，惘然若失。

那些都是胡扯，都是妄想，我想，没有什么是预先注定的，没有谁会来帮你。我们这些在红尘俗世中挣扎的凡人，仍然必须自己决定如何抉择，如何生活，如何去——爱。

想到最后这个字的时候，我的心颤抖了起来。

"大哥哥，买枝花么？送给喜欢的姐姐吧。"

我讶然转身，发现一个十二三岁的小女孩，拿着一枝玫瑰，可怜巴巴地看着我，又补充了一句："这是最后一枝了。"

我有些不忍："多少钱？"

"四块。"

我摸了半天口袋，掏出一堆钢镚，数来数去只有两块三，只得向她歉然一笑："对不起，哥哥的钱不够……"

小女孩想了想，从我手心把钱抓走，然后把那枝玫瑰放在我手上。我看到，那是一枝含苞未放的玫瑰，只有一个花骨朵。

"还没开花，便宜点给你了。"小女孩说完，转身走了。

我看着那枝玫瑰，有些啼笑皆非，我要一枝没有开花的玫瑰干什么？而且看上去已经有点蔫了，也许它等不到开花就会死去，没有人知道它的存在——正如我自己的爱情一样。

　　我的爱情。

　　承认吧，许琛。好像心底有一个声音在对我说，承认吧，你心里的那个秘密。

　　沈琪。

　　是的，沈琪。我喜欢沈琪。从开学第一天见到她起，直到现在。一直是。每一天都是。

　　我忽然明白了很多事，我是一个懦夫，虽然早就喜欢沈琪，但一直对自己毫无信心。我怕失败，怕丢脸，从不敢承认自己的感情，只会跟着老大老四他们嘴上意淫，或者出主意怂恿别人去追沈琪，仔细想想，我难道不是一直把大勇当成自己的替身么？我明知道沈琪对大勇没意思，但我虽然口头劝几句，却仍然一次又一次地给他出主意，甚至帮他买下那么多玫瑰，我潜意识里难道不是希望大勇代我去表白、去约会么？但大勇真的和沈琪有发展了，我又无法接受……

　　但大勇是真正的勇士，他可以碰得头破血流而依然无怨无悔，而我呢？我算什么？我又在干什么？

　　手心一阵刺痛，让我清醒了几分。我在不知不觉中攥紧了那枝玫瑰，被玫瑰的刺扎到了。玫瑰的刺，我想，这就是爱的代价。如果害怕受伤，永远无法真正抓住那朵玫瑰，最后只有更受伤。

　　那一刹那，我忽然知道自己该做什么了。我深吸了一口气，转过身，大步流星向学校走去。

　　来到女生楼前，已经是凌晨一点半了。女生宿舍都熄灯了，站在小喷泉前，我好不容易鼓起的勇气再次消逝。也许大勇根本就是喝醉了瞎说，沈琪对我能有什么呢？我站在这里，又能等到什么呢？难道还有人帮我送玫瑰来不成？

我不敢大声叫沈琪，也不愿就这样离去，只有傻傻地站在那里，凝望着沈琪的窗口，好像变成了一棵树。周围一片静谧，只有喷泉在路灯下吐着幽幽的水光，水声汩汩响着，如同时间的流逝，不舍昼夜，带走人类的一切妄想执着。

我站在那里，想着和沈琪之间不多的点滴往事。我惊讶地发现自己居然一直把这些琐碎小事放在心底：开学那天，我们一前一后报到的，我好心帮她提行李，结果不慎跌了一跤，反而把她的箱子摔坏了，出尽洋相……

大二有一次路上遇见，她问我要不要加入话剧社，我答应了，但是到了话剧社，看到她和李佳等几个帅哥谈笑风生，我又胆怯地没有进去……

去年大勇跟沈琪第一次表白，拉了我们哥几个去壮胆。我们在边上跟着起哄几句，结果沈琪狠狠瞪了我一眼，把大勇的情书撕得粉碎，扭头走了……

我是个傻瓜，世界上最傻的傻瓜。

我好像看到沈琪的窗帘动了一下，定神看去，又恢复了原状。错觉，我自嘲地想。

不知过了多久，一声轻响，楼门开了。

我木然转过头，看到一袭白衣裙的沈琪翩然出现在门口，一双明澈的清眸深深地看着我。

那一刻，时间似乎凝固了。我就这样站在那里，痴痴地望着楼门口那个天使一样的女孩。不知过了多久，咚咚的心跳才提醒我，时间还在流逝。

沈琪微笑着，又有些腼腆，娉娉婷婷地走下台阶，一步步向我走来，每一步都如空谷回音般悠远，每一步都似乎要凌空飞去。走到离我大概还有三四米的地方，她停下了。我们在喷泉前面相对而立。这一切，比梦境更梦幻，又比现实更真实。

"我……睡不着。在楼上看到你，所以我就下来了。"

"我……"我不知说什么好，好像喉咙都失去了应有的功能，终于想起来，将手中握着的玫瑰递给她，"送……送给你的。"

说完这句话我觉得自己傻极了，沈琪可是动不动就收到几百枝上千枝玫瑰的主，我这一枝还没有开花的……太寒酸了。

"你知道九百九十九朵玫瑰象征着什么？"沈琪没有接过那枝玫瑰，却低着头，说了一句奇怪的话。

我茫然摇了摇头。

"象征着天长地久。"沈琪轻轻地说。

当然了，九九九，天长地久。永恒的时间。我想。

"但是我其实并不喜欢，你知道为什么么？"

"为什么？"我傻傻地问。

"因为，"沈琪抬起头，带着狡黠的笑意看着我，停了停才说，"少了最重要的一朵。"她从我手里轻轻抽过那枝玫瑰："如果没有它，天长地久也没有意义。"

她隔着玻璃纸轻轻抚摸着那朵玫瑰："很漂亮呢，谢谢。"低头嗅了嗅。

我向她手中看去，顿时惊奇地瞪大了眼睛，那枝玫瑰正在怒放，每一片花瓣都完全舒展开来，层层相衬着，娇艳欲滴，宛如梦幻。这怎么可能？刚才它不是还——

还没等我反应过来，沈琪已经仰头望着夜空："今夜的星星好美呵。"她赞叹说。

我跟随着她的目光，向天上看去，真的，乌云不知何时已经散去，正当夏初，繁星密布，璀璨的银河横贯夜空，夏季大三角熠熠生辉。一颗流星闪着耀眼的光芒，从天顶一闪即逝。

"啊，流星——"沈琪说，"又飞走了。讨厌，还来不及许愿呢！"

流星！我一霎间醍醐灌顶，仿佛明白了什么。

我和大勇，我们都错了，时间的秘密比我们想象得更为深奥，更不可思议。

我是我，又不仅仅是我。我是远古恒星燃烧的余烬，是亿万年生命进化的产物，也是未来无尽岁月凝望的窗口，我就是我自己未来的遥远后裔，他们一直和我在一起，沉淀在我意识的深底。我是时间的起点，也是时间的终点。

不只是我，沈琪，姜大勇……我们每个人，地球上的每一个人都是。我们不是无尽时光中转眼即逝的一朵浪花，也不只是因果链条上的普通一环，我们是开始，也是结束，我们是种子，也是果实，我们是过程，也是结果，我们是过去未来一切时空的纠缠，正如因陀罗网上的每一颗宝珠，都反映出其他无数珠子。正如每一朵玫瑰，都和其他玫瑰交叠在一起，映照出玫瑰的理念。

但我们仍然是自己，百分之一百的自己。我们的爱与友谊，青春与热情，可笑与笨拙，真实不虚。而惟有凝聚了过去未来无数时间的自己，才是我们最真实的自己。

我们是时间自身。是那个掷骰子的儿童，每一个人都是……

"喂，你怎么不说话？"沈琪微嗔着，"你叫我下来，没话跟我说吗？"

我福至心灵，深深吸了一口气，转向那对昔日在梦里才敢正视的眼睛："下一颗流星，我们一起许愿吧！"

"下一颗？那得等到什么时候啊？"

我下定决心，抬起手臂，指向天空，如同在向天地宇宙、向无尽的时间发出号令："让我试试看。来吧，流星。"我决然地说，然后闭上了眼睛——

有那么一秒钟，或者五秒钟，或者十秒钟，仍然一片安静，除了水声，什么也没有。然后——

我听到了沈琪轻轻的惊呼声。

我睁开眼睛，看到一颗光华灿烂的火流星从眼前划过，穿过银河，坠向天边。

然后是另一颗流星，跟在它的后面，同样光芒夺目地划过天穹。

然后是第三颗、第四颗、第五颗……一颗比一颗明亮，一颗比一颗绚烂，它们汇成壮丽的流星雨，穿过夜空浩瀚的繁星之海，穿过不知多少世纪的无尽时空，带着我们这个世代无法理解的神秘，坠入我们的脑海。

就这样，在那个奇迹的深夜，我和沈琪两个人，我们一起坐在喷泉边，看到了那场只有我们两个人才看得见的流星雨。然后我们在夏夜的繁星下喁喁细语，直到天明。

遥远未来的后裔们，这就是我和你们的祖奶奶开始第一次约会的故事。下次我再告诉你们，姜大勇爷爷和窦乐乐奶奶怎么在一起的故事吧，那也是一个甜蜜的故事。当然，或许你们早已知道了，不是么？

无论如何，谢谢你们。

附记：

这是一个双重怀旧的故事。整个故事来自一个略嫌老套的思想实验：如果时间旅行是可能的话，那么我们以某种方式约定未来人在某时某刻出现在我面前，他们会出现吗？能否以此证明时间旅行的可能性呢？科幻爱好者对此大概都耳熟能详。但这个故事追求的不是新颖，只是尽可能深地投入到这种可能性的生活中，尽可能地感受这种我们自认为熟悉，却从未真正理解的可能。

当然，对于作者来说，还有那逝去不久的青春和我们或温馨或感伤的回忆。时间旅行和青春记忆，时间的秘密是二者永恒的主角，也许二者是一回事。

时间外史

安琪的行星

1

我记得，这个延续七百年的传奇是从那个普普通通的晚上开始的。

那天晚上，大勇走进自己的宿舍时，拖着脚步，一副垂头丧气的样子。老大和老二对视一眼，老二得意地伸出手，说："给钱！"老大瞪了他一眼，掏出五块钱，放在他手上。

"你们干什么？"大勇莫名其妙地问。

"打赌呗，"老二笑嘻嘻地说，"我说这回你八成没戏，老大不信，就跟我赌，结果一看你的样子，就知道安琪肯定拒绝你了。"

"唉，我也想不到你一表人才，怎么会被拒绝呢？"老大很是纳闷。

大勇颓然倒在床上："不是被拒绝，是根本没机会开口。"

"这是怎么回事？"老大问。

"唉！"大勇长叹一声，"我真不懂女生是怎么想的，我和安琪这次气氛本来不错，我正要切入主题的时候，夏龙那小子忽然来了，捧着一大把花里胡哨的什么花，送给安琪。安琪一看到那些花就开心得要命，脸上都在放光。夏龙趁机嘴巴抹油，说了很多暧昧的话，两个人在一起说笑个不停，我都插不上嘴，只好回来了。"

"女生喜欢花，你就送她花嘛！"老大教导说，"投其所好不就行了？关键时候可不能小气了。"

"不是钱的问题，夏龙送的那些不是普通的花，叫什么……都是洋文，我也说不上来，反正千姿百态的，特漂亮，而且什么搭配也有讲究，有什么花语，什么历史典故的，我一个学程序的，哪懂那么多？"大勇说着，甚是沮丧。

"是啊，咱们工科生，就是不懂那套酸不溜秋的破浪漫。"老大深有同感。

"这个也未必，"老二老成地分析，"其实什么诗歌典故还是虚的。营造浪漫气氛的关键，是有一个具体的东西能拿出来，让人看到它，这个就代表男人的诚意。"

"难道我没诚意？"大勇不服气。

"不是说你没有，只不过要具象化，变成实实在在的东西，让女人看到，她才有安全感、满足感。女人就是这么感性。为什么女生喜欢花，因为花鲜艳美丽，代表心意，人人都看得见；为什么喜欢宝石，因为宝石比花更漂亮，而且能持久，更代表诚意。虽然你不懂花语，但要能送安琪一块大宝石，夏龙送多少花都争不过你。"

"废话，我哪买得起宝石！"

"你是买不起宝石，但你可以送给她一件比花更漂亮、比宝石更持久的东西，看这个！"老二把手头的平板电脑递给大勇。屏幕上显示是本市的晚报头版的电子版，但上面没有密密麻麻的新闻，只有一行极为醒目的大字——

星海计划今日正式启动

下面是一行小字：详见本报第二版。

"怎么样？"老二说，"星海计划，买颗星星送给安琪，这够浪漫吧？不比送花强一万倍？"

大勇眼睛一亮，但随即又黯淡下来："这事我倒听说过，我记得叫什么……'摘星计划'吧，早些年宇航局搞过这个噱头，不过没人理会。去年闹全球性金融危机，各国政府快要破产了，为了应急又重新捡起来，把天上的星星拿来卖，和骗钱差不多。就是有钱人也没几个去买的……再说，就算我想买，可一颗星星几百万，谁买得起啊！"

"现在可不一样了，看第二版。"

大勇点开第二版，里面有更详细的介绍。其中说，去年的"摘星计划"由于宣传工作没有做好，导致社会各界有很多误解，所以以失败告终。今年吸取教训后，经多国联合批准，推出了全新版本的"星海计划"。下面是计划全文。文章首先从普世人权、自然法和国际公法等角度，论证宇宙是全人类的共同财产，这个财产在数量上是极为惊人的，且不说上千亿个河外星系，仅在银河系内就有大约四千亿颗恒星，少说上万亿颗行星，这些都是大自然赐予人类的宝贵财富。

其次，自从人类发明无线电波以来，两百年来，从来接收不到任何外星智慧文明广播。这被称为"大沉默"，可以由此推断：生命存在条件的极为严苛，很可能不存在外星文明，就是有也极为稀少，所以大量的恒星和行星都是无主之物，人类可以放心去占领。目前全球金融危机愈演愈烈，多国已经发生骚乱，在此情况下，各国政府决定联合成立宇宙管理理事会，负责统一出售银河系中已知的恒星和行星，任何人都可以购买，让天上的星星变成自己的财产。当然了，以人类目前的宇航技术，还没有能力到达那些遥远的星系，但这些星星一旦变成私有财产，就受法律保护，可以一代代传下去，将来总可以传到有能力进行星际旅行的那天，这是极为划算的投资。同时，二十年之后，政府也会进行赎买，如果到时不想要了，政府可以原价买回来，在经济上也是有保障的……

大勇翻着页，心中不屑地想：这些表述前后自相矛盾，经不起

安琪的行星

推敲。如果说那些星星属于全人类，那么人民本来就有份，各国政府凭什么再拿来卖给人民自己？如果说用来投资，等到有能力进行星际远征，不知道是几百年后的事了，世界政治经济格局不知道发生多少变化，一纸空文有什么用？就算二十年后政府会原价赎买，但今天的一块钱，二十年后可能只值一毛钱甚至一分钱，还是等于大部分钱被骗走了。这个星海计划纯属拙劣的骗钱把戏，傻瓜才会上当。

大勇这样想着，漫不经心地点下去，直到他看到价目表——

"天哪！"大勇不禁惊呼了出来，简直眼珠子都要掉下来，"一个行星系……一千块？一颗行星……一百块？这……这简直是白菜价啊！"

"废话，"老二说，"要还像以前摘星计划中那么贵得离谱，我让你看干吗？"

大勇激动地看下去，文章可能也觉得这个价码令人难以置信，所以做了详细解释：银河系中有几千亿颗恒星。经过最近几十年的天文学发展，利用射电望远镜、太空望远镜以及量子计算机的超级计算能力，人类也只探测了其中不到十分之一的部分，但也有足足三百亿颗，并采用最新的微引力测量法发现了其中大约百分之三十，也就是九十亿颗恒星肯定有行星，每颗恒星平均都有八颗以上的行星，那么总共发现的行星数量大约是七百亿颗。按全球人口分到每个人头上都能有七八颗。这样算来，自然无需高价，即使廉价出售，获利也是天文数字。而且这属于纯利润，除了印张证书外不需要任何成本。只要能卖掉其中十分之一，应付目前的金融危机也是绰绰有余了。

当然，不至于每颗行星都那么便宜。那些离地球近的，或者著名恒星的行星，就要贵得多。比如比邻星的行星，因为离地球最近而且非常著名，售价超过一亿元一颗！而十光年以内各大恒星的行星也要卖到上千万元，但三四十光年外，就只需要几十万元。这种定价自然也对应于人的心理感觉，四光年似乎触手可及，很容易跨越（可以说今天的宇宙飞船已经能够跨越，只不过要花上万年时间）。而几十光年以外就感觉远多了。

另一个原因是由于空间的三维结构，随着和地球之间距离的增加，天球面积以平方速度增加，其中包含的星体数量也以此速率增长。这样价格自然会急剧降低，一百光年外只需要几万元，两百光年外只有几千元……当然降价不会一直持续下去，到五百光年外，底价就变为不动，为一百元。

只需要一百块钱，大勇心动了。想想吧，一百块，在这寸土寸金的大都市还买不起指头大一点地皮，但在几百光年外，整整一颗行星都是你的，或许是气势磅礴的气态行星，带着项链般美丽的光环和许多形态各异的卫星，或许是和地球一样的类地行星，上面有浩瀚的大陆和海洋，乃至森林和草原……

"怎么样，要不要买一颗？好像安琪生日快到了吧？买一颗送给她当礼物，不是正合适吗？"老二问。

"搞笑！"大勇撇了撇嘴，把平板电脑还给老二，"要买你自己买，我才不花那冤枉钱，一百块，还不如去西门外吃顿烤肉呢。"

2

但晚一些时候，大勇还是在网上查询了相关信息，居然还找到一本旧科幻小说。大意是说一个男生买了一颗星星送给自己倾慕的女生，二人从此定情，后来遭逢不幸，劳燕分飞。再后来又阴差阳错，两个人在一场星际战争后，又在那颗恒星的星系里重逢了，过上了幸福的生活。大勇看着激动不已，想着如果自己就是男主角，安琪就是女主角的话……

这最终让他下定了决心。他揣着钱，按照报上的地址，跑去

安琪的行星

了星海计划销售中心。这里其实就是去年的摘星计划销售处，是市区边上一栋不很起眼的白色建筑。怕人们找不到，地址写得非常详细，但这没有必要，大勇一出地铁，就知道是哪里了：他身边的人潮几乎都向那栋小楼涌去。

这里当初门可罗雀，但自从星海计划在报纸上大做广告，宣布廉价大甩卖后，今天却是人山人海，感兴趣的人群蜂拥而至。大勇能想到，大部分人都抱着这样的念头：几百块钱反正不多，就当玩玩，可如果有万一的机会，将来真能靠这玩意得到一颗行星或恒星，那何止是一本万利，简直是从天上掉金山了。

销售大厅中心用激光投射出各式行星系的三维图像，一些天文学知识的介绍性文字在图像旁滚动着，吸引了许多人观看，看上去如同一个科技馆。大勇在门口拿了份宣传手册扫了几眼，发现上面解答了不少常见的疑惑。譬如很多人都好奇怎么可能发现上万光年外恒星的行星，甚至于一些基本参数都能探测到。手册上就说明了，当行星围绕恒星公转时会导致恒星微小摆动和光谱变化，目前已经能够通过近地轨道上的巨型太空望远镜得到恒星光谱和周期性摆动的精确数据。只是当有多颗行星共同作用时，计算会异常复杂。目前天文学家根据这一原理，并使用最新的量子计算机对海量数据进行处理，发现得出的结果与行星形成理论基本符合，预计准确率达到百分之九十等等。

更令大勇心动的是，上面说每颗行星或恒星买下来后，除部分已经命名者如地球附近的大部分可见恒星之外，其他都可以由其拥有者自由命名，并被记录在案。这虽然也是虚的权利，但又比所有权实在一些。至少在人类社会中，以后要正式称呼那颗行星，都必须用买主起的名字了。

他正在翻看资料，一个头上套着发光的星星头饰的售星女郎走到他身边，主动跟他打招呼："嗨，帅哥！想来点什么？"口吻仿佛在卖普通的饮料小吃。

"那个……我想买颗行星。"大勇嗫嚅说。说出来又有些后悔，不管怎么说，这听起来还是挺傻的。

　　"没问题，"星女郎热情地接过话头，"您需要什么样的行星？我们有岩石行星、气态巨星、冰巨星、冰矮行星，总共四个大类十八个小类，各有各的特色，不知道哪一款比较适合您呢？"

　　"这么复杂？其实我……我也不清楚，反正随便找一个吧。"

　　"能不能问问您买行星是做什么用的呢？"

　　"那个……是送人的，生日礼物。"

　　"送什么人？"大勇不由脸红了，嗫嚅着说不出话来。销售女郎眼珠一转，立即笑着说，"我明白了，是送给女朋友的对不对？送一颗星星给女孩子，真是太浪漫了，你女朋友一定会非常高兴的。不过，既然是送女朋友的，就有一些讲究了！"

　　"这……还有什么讲究？"

　　"至少所在的恒星要看得见吧？您想，当您和您的女朋友指着星空，凝望你们共同的星星的时候，如果根本看不到，那多没劲啊！"

　　"不错，这我倒没想到。"大勇赞同地点点头。

　　"还有，行星也是有象征意义的呀！"女郎娴熟地娓娓道来，"这象征着你们的将来对不对？那就不能太接近恒星，要不然您想想，一片大沙漠，温度有好几百度，头顶太阳占了半个天空，一点水分滋润都没有，多可怕呀！当然也不能太远，那些遥远的冰行星也不能考虑了，难道你愿意你们的感情永远冰封吗？还有，那些巨行星虽然看上去磅礴大气，但是没有固态表面，大气中充满了强烈的气旋风暴，永远是雷电交加，表示你们的感情不稳定，瞬息万变……"

　　"有这些说法？"大勇狐疑地问，"有点牵强附会吧？"

　　"话不能这么说，您既然花钱了，肯定也想要一个好的意头对不对？要不然您乐意，人家女孩子也不乐意啊。这就跟买花似的，粗看上去差不多，其实讲究可多了。您能把葬礼上用的花拿来送给亲人朋友么？"

安琪的行星

"这倒也是……"大勇沉吟说。

"所以呢，为您考虑，应该买一个和地球类似的行星，最好要在宜居带。"

"什么叫宜居带？"

"这是个天文学术语。简单说，就是离恒星不远也不近的区域，那里不冷也不热，有液态水的存在，才最适宜滋养生命。这也是你们爱情的精神家园，将来可以代代相传。这样的行星，才适合你们。"

"适宜滋养生命？那上面如果本来有生命呢？"

"当然全部归您所有，是您的合法财产。就是国家要的话也得从您的手上买。"

"那……如果有智慧生命呢？"

"您问得好，"销售女郎胸有成竹，显然已经回答过许多遍类似的问题，"如果有智慧生命，那当然就不是人类的财产了，我们肯干人家也不干啊。不过您不用急，我跟您说个内部消息，上头很快会出台一个政策，如果您的行星上将来发现智慧生命，那么您可以选择：一是政府用高价赎买，绝不会让您吃亏；二是可以换给您另一颗宜居带的类似行星，也很划算。不过这种可能性本身是很低的，如果外星人普遍存在，哪里还轮得到咱们买别的星球呢？人家早就来占领咱们了。"

"这么说……那就来一个吧！"大勇下定决心说，"多少钱？"

"按您的要求，宜居行星，所在恒星又能看到，我帮你查下……"姑娘在电脑前操作着，"出来了，平均也就十万块钱上下吧，最便宜的才三万二。"

"多……多少钱？"大勇以为自己听觉出了问题。

"三万二啊。"

"可你们广告上不是说一百块一个吗？"大勇大怒。

"那只是底价，包括整个银河系的已探明行星！"星女郎澄清说，"您要的是可见恒星的行星，那就是地球周围几十光年内的那些，又要宜居的，自然不能是这个价。比如您如果要北极星的行星，价位现在已经超过了三千万！但是物有所值：北极星历来是帝王的象征，在天上不动，众星都围绕着它，送给女朋友，象征着爱情至上，永远不变呀！就像古代诗人说的——"

"这种我肯定买不起，"大勇摆摆手，"还是说个便宜点的吧。"

星女郎又说了几个档次的行星，大勇一听价格就连连摇头。她也判断出了这位买主的消费层次，于是说："这样吧，我推荐给您一颗好了。这里有一颗大约七百光年外的恒星，据判断有一颗宜居行星，是它的第……我看下……对，第二颗行星，您看，就是这颗恒星：编号 $\Sigma X-6470$。应该比较适合您。"她在面前的光屏上点击了几下，屏幕上出现了星空的影像。女郎将局部反复放大，最后指着其中出现的一颗不起眼的小星星说。

"这颗恒星用肉眼看得见么？"

"这颗星是一般的矮星，又在七百光年外，肉眼肯定看不到。"女郎坦白地说。

"那我不要，还是换一颗看得见的星星吧，要不，不要宜居行星也成。"

"即使不要宜居的，肉眼能看见的恒星才几千颗，任何一颗行星的价格也在一万块以上……"女郎看了看大勇的脸色，揣摩着他的心理，又补充说，"这颗恒星虽然用肉眼看不到，但好处是周围有六颗明显可见的亮星，容易找。"她在星图上指了指，"您可以看到，这颗恒星正处于六颗星的正中央，像不像是一朵花的中心？用中小型的望远镜就可以看到它，还是很浪漫的呀。而且我们正在促销，宜居行星千元大甩卖，您可别错过这个机会！"

"看都看不到还要一千元？"大勇又抗议说。

"可这是宜居行星啊！"星女郎强调说，"您知道这样的行星有多难找么？首先，银河系中一半恒星都是双星，任何围绕双星运动的行星，随着和不同恒星距离的增减，接受的恒星光照会有强烈变化，宜居的可能微乎其微。如果在更多恒星的密集星团里，那就更

安琪的行星

不用说了。即使在单个恒星的行星系统里，宜居带也是非常窄的，咱们太阳系那么多行星，也只有地球一个在宜居带里，概率也就百分之十左右吧。所以宜居行星一般要卖两千块以上，您今天是正好碰到我们做活动，要是明天再来，想买都没这个价了！这样吧，您诚心要的话，我个人再给您打个九五折。"

大勇经不起她反复轰炸，又杀了半天价，最后还是花了九百三十块买下了那颗宜居行星。他得到了一本装帧华美的产权证书，上面有那颗行星的编号、大小、轨道等参数（当然只是估计值）以及相关恒星的资料，上面还特别注明：ΣX–6470–2（即ΣX–6470恒星的第二颗行星）被买主命名为"安琪之星"，所有人一栏是空白的，到时候可以让安琪自己填写。

大勇办完事，捧着证书高高兴兴地回来了。结果在宿舍里一说，老二当头给他一盆冷水：星海计划中的星星也可以在网上购买，按照网购的价位，类似那颗行星的档次，虽然比一百块的底价稍贵，但基本也就四五百块钱，也就是说：他被宰了。

大勇气得要去退货，被老二拦住了："算了，人家千方百计卖给你，显然有提成的，怎么可能说退就退？你看，这里写得很清楚，退货条件是，产品有明显瑕疵，比如说那颗恒星突然变超新星了是可以退的，行星被其他行星撞碎或者被恒星吞没也是可以退的，或者将来发现重要参数和估算值有重大差异——比如不位于宜居带——也可以退，其他情况，概不退换！"

"是啊，"老大插口说，"我看这星星看起来还凑合，就这颗吧。今天我还听说夏龙跟人吹，说他就快要得手，兄弟你可要加紧啦！"

3

几天后，安琪的生日到了，在学校附近一个饭店包间里办了一个小规模的生日晚会，大勇和安琪是以前的旧同学，获邀参加。那颗"安琪之星"，自然就是生日礼物。他去礼品店里让人将那张证书装在一个精致的礼品盒里，晚上按时送到饭店来，准备到时候给安琪一个惊喜。他已经想到了那时的情形：大家正在吃东西聊天，忽然有人敲包间的门，打开门，是一个送货员："请问有一位安琪小姐吗？这是送给安琪小姐的生日礼物，有位不愿透露姓名的先生祝安琪小姐生日快乐！"

"这是什么啊？"大家会围着盒子，好奇地问，也许会有人说："呀，不会是炸弹吧？"大家吓得立刻退避三舍，这时候他大勇就可以"勇敢"地上前说："没事，让我来看！""大勇，你小心点！"安琪会关心地说。然后他会故作胆战心惊地打开盒子，拿出那张证书："奇怪，这是什么东西？"他会狡猾地挠着头说，递给安琪。

然后安琪就会打开证书，看到"ΣX-6470-2（安琪之星）所有权证书"几个金色的大字，先是呆住，然后或者惊喜地大叫一声，或者开心地把证书贴在自己胸口，甚至会流下眼泪……"这是我收到的最好的生日礼物。"安琪会有些哽咽地说，"我太开心了，一颗行星耶！我从来没想过会有人送我这个，不过，是谁送的呢？"

然后，她的一个闺蜜会适时在证书底下发现一张精美的卡片，打开来读："安琪：祝你生日快乐，永远年轻美丽！一直默默在你身边的——大勇？"所有人都会把目光向他投来，他会深吸一口气，淡淡地说："安琪，生日快乐！这是我给你的惊喜，希望你喜欢我的礼物。"然后呢？安琪会激动地扑进他怀里，还是娇羞地低头不语？无论哪种，那时的她一定都美极了……

大勇想得投入，嘴角泛起了微笑。

晚上天还没黑，大勇就打扮得整整齐齐出发了，不料在饭店门口撞见夏龙，打扮得油头粉面，手上拎着一个包得很漂亮的盒子，比大勇准备的还要大上几分，两人不尴不尬地打了个招呼，相互打量，各怀机心。

"大勇啊，我不知道你也来呢，"夏龙打了个哈哈说，"怎么没听安琪提过？"口气俨然已经把自己当成了半个男主人。

大勇淡然一笑："安琪和我是老同学了，我们过生日都是相互请的。我记得去年你还不认识安琪，这是你第一次参加她生日聚会吧？"

夏龙皮笑肉不笑地说："是啊，去年还不认识，哪想得到今年会和她……呵呵。对了，你买了什么礼物没有？"夏龙看到大勇手上没拎什么东西，好奇地打量着他身上，大概以为他藏在哪里。

"没买啥……"大勇故意轻描淡写，"反正我和安琪是老同学了，不在乎这个，也就是随便意思意思……你买的是什么？"

"买了个水晶投影球，"夏龙坦言说，"你知道，现在挺流行这个，安琪特喜欢。"

哈，投影球！大勇表面上赞了两句，心底却冷笑连连，虽说价格不菲，可巴掌大的一个小球，能跟我的行星比？夏龙啊夏龙，这回你注定落下风了。

进了饭店包间，虽然他们来得早，可人已经到了很多了。安琪迎上来，二人都是眼前一亮，眼前的安琪不是平素的学生装束，而是穿上了又典雅又诱人的黑色晚装，亭亭玉立，清秀脱俗。一对美丽的眼睛含笑看着他们，大勇心头一热，如果这辈子能天天对着这样的佳人，度此一生，夫复何求？

"大勇，夏龙，你们怎么一起来了？"安琪热情地说，"来，这边坐！"

大勇刚要说话，夏龙却抢先一步："安琪，生日快乐！送给你的。"将礼盒捧到安琪面前。

"哇，这么大！"安琪好奇地说，"里面是什么呢？"

"打开看看喜不喜欢？"夏龙说，在场的朋友也七嘴八舌地说，"对对，打开来看看吧！"

安琪笑了笑，拆开了礼品盒，里面果然是一个灯泡大小的透明球体，晶莹剔透，别致的是，并不是像一般投影球那样用支架托着，而是靠磁场约束悬浮在一个银色的底座上。一望可知是高端产品。

"好漂亮！"安琪赞叹说，"这是投影球吧？里面有什么呢？"投影球并非真正的投影，而是由智能程序激活球体内部的一种特殊晶体结构，使之在不同方向上发光，形成三维影像。

"是安琪的玉照吧？"

"我猜是一座水晶宫殿！"众人七嘴八舌。

"这得卖个关子。"夏龙笑嘻嘻地说，"安琪，你按一下下面底座上的那个开关。"

安琪刚要按下开关，夏龙又阻止她说："先等一下，我觉得还是关了灯看有气氛，大勇，你去那边把灯关上。"大勇被他大大咧咧地差使，心头一阵火起，当着众人又不好发作，瞪了夏龙一眼，还是去墙边关了灯。

房间顿时沉浸在黑暗中，只有底座发出了淡淡的荧光，众人赞叹不已。夏龙说："安琪，现在可以按开关了。"

安琪按下了开关，从水晶球的中间，发出了柔和的光，众人都好奇地凑了上去，大勇自然更想搞清楚夏龙葫芦里卖什么药，贴到最前面——

他看到了一团白色的光晕。

在水晶球的中间，那团白色粗看如同一朵飘浮的云彩，但从侧面看去，它的主体却呈薄盘形，有着复杂精细的漩涡状结构，并且颜色上也有细微差异。中心的椭球体饱满而明亮，呈橙黄色，从两端伸出两条醒目的旋臂，相互缠绕着，形成涡流状，微微有些发蓝，隐约可见丝线相连的云气状。这个银色光盘又笼罩在一层淡淡的立体光晕中，其中有许多萤火虫一样的小光点，仔细看去都是更细微光点的聚合体……它缓慢但可见地旋转着，虽然影像只有巴掌大，但是却浩渺宏伟，气象万千，每个细节都显得无与伦比的真实。

安琪的行星

稍有知识的人都看得出，这是一个星系！一个气势磅礴的恒星系统！

"这是我订做的，一个漩涡星系的三维立体图。"夏龙说，"这个星系和银河系相当相似，由三千亿颗恒星组成，还可以放大看它的各个细部。送给你，喜欢吗？"

"当然喜欢啦！"安琪叫着，"这么漂亮的模型，感觉跟有一个真的星系一样呢！"

"它不是跟真的一样，"夏龙得意地一笑，"它**就是**真的。"

"你说什么？"安琪不解地看着他。

"这个星系的三维图像来自'天眼'太空望远镜和'天河'射电望远镜阵列，"夏龙说，"虽然是合成的但相当精确。它是七十亿光年外真实存在的一个漩涡星系的影像。现在，这个真实的星系已经是你的了，它的名字是——安琪星系。"

安琪怔住了，不敢相信自己的耳朵。大勇也震惊得说不出话来。灯打开了，夏龙从盒子底取出一本比大勇的证书还要大一倍的精装证书来，递给安琪："这是这个星系的产权证，看，上面是你的名字。"

安琪愣了半晌，怔怔地似乎要下泪，然后大步走到夏龙身边，在他面颊上亲了一下，众人都欢呼起哄起来。只有大勇觉得天旋地转，瘫在了椅子上。

"谢谢你，夏龙！"他隐约听到安琪说，声音好像在千万光年外，"我真不敢相信！一个星系！今天晚上我收到过三颗行星和一颗恒星了，但是我怎么也想不到，你会送我一个星系！"

4

就这样，在夏龙的狂野攻势面前，大勇的美梦被击得粉碎，他甚至没有勇气把自己寒酸的礼物拿出来：大勇知道自己自以为精心的安排在夏龙无比震撼的礼物之后只能是一个笑话，于是悄悄打了个电话，让礼品店不要送过来了。跟安琪只好说自己没来得及买礼物，好在安琪也不在意。

大勇后来才想明白，自己太高估了这份礼物的独特性，虽然星海计划刚推出不久，但在全国乃至全世界都异常火爆，高峰时一天全球就卖出去一百多万颗行星！买个星星玩成为年轻人中流行的时尚，自己能想到送行星这个主意，别人自然也会想到。

但是送星系这个疯狂的点子还是秒杀了他和其他几个倒霉蛋。其实仔细想想也不出奇，既然几百光年外的星星可以卖，几亿光年外的星系又为什么不能卖？宇宙中有上千亿个星系，不比银河系中的星星少多少，因此也贵不到哪去。大勇后来知道，夏龙买这个星系才花了一万多，只不过比他那颗行星贵十几倍，和星系本身的宏大完全不成比例。如果大勇早知道星系也可以购买，说不定也会不惜血本买上一个。

当然，大勇不知道这事也不能怪他。星系是在一些发达国家刚开始销售的，国内还没有这样的业务，夏龙说，他也是托国外的亲戚买的。

但是仅仅几个月以后，星系的买卖被宇宙管理理事会否决了。反对的理由是很充分的：和行星以及一般的行星系统不同，一个几千亿颗恒星组成的大星系，很可能会有多个智慧文明存在，其中很多都会比人类文明发达。包含高等智慧文明的星系怎能让地球人买卖？不要说在道德上无法接受，听起来也非常滑稽，长此以往有损星海计划的严肃性。理事会声明，不会承认某些国家未经授权单方面销售河外星系的行为，而无法得到国际公认的买卖是无效的。夏龙的星系所有证由此成了一张废纸，虽说本来也是一纸空文。

不过，经过协调，命名还是保留了下来，"安琪星系"成为那个七十亿光年外的星系在人类文献中的正规名称之一：当然，科学

安琪的行星

研究上仍然用严谨的数字加字母的命名方式，不会用"安琪"这样的俗名，而社会生活中也不可能提到这么一个遥远不相干的外星系，它仍然是上千亿人类根本看不到摸不着的星系中的一个，和不存在没什么区别。最显著的影响不过是有人匿名在网络上建了一个条目"安琪星系"，以介绍星系为名，花了一大半的篇幅大讲特讲命名由来，也就是夏龙追安琪的那些破事，把夏龙写得有如情圣，一看就知道是夏龙自己搞的。

但即使没有安琪星系的存在，大勇的那颗小小行星也没有出头之日。那天生日，安琪另外还收到过好几颗行星和一颗恒星，个别行星的所属恒星甚至是可以看到的！大勇那颗躲在银河深处的行星，根本一文不值。就算当时拿出来，安琪也不会有什么深刻印象。

夏龙的星系终于赢得了安琪的芳心。以后大勇时常看到他们出双入对，如胶似漆，不得不走路都躲着他们。但夏龙和安琪相处了几个月，最后不知怎么，还是分手了。大勇听到夏龙跟人抱怨，说安琪外热内冷，像块木头，毫无情趣。后来他去追另一个女孩，又偷偷把"安琪星系"那个网页给删了。

那颗行星，大勇终究没有送给安琪，而是把证书压在了床下的箱子底。很快，除了大勇自己之外，知道这事的不多几个人也都把这事忘得一干二净。

安琪之星如亿万年以来那样，静静待在宇宙深处的那个角落，浑然不知自己已经被七百光年外的一个星球上的人们命名，并且它的存在，曾在地球上一个年轻人的内心掀起过一点小小的波澜。大勇有时候凝望着星空，注视着那六颗恒星之间的一片黑暗，想着那颗看不到的行星，它究竟和自己有何关系？

当然什么关系都没有，只是自作多情而已。大勇苦笑着合上了眼睛。

某一天夜里，大勇从课上出来，看到走廊尽头，一个女孩站在

时间外史

窗前的侧影。他认出来，那是安琪。

窗户是打开的，安琪似乎也刚下课，伫立着凝望着窗外的什么东西，看上去有些奇怪。大勇刚听说安琪和夏龙分手的事，心中一阵忐忑，这里是教学楼最高一层，只要踏到窗台上，再向前一步……

大勇硬着头皮走上前去，招呼了一声安琪，安琪仿佛根本没看到他，大勇又叫了一声，才缓缓转过头，敷衍地点了点头，明显没有和他说话的意思。大勇走了几步，实在放心不下，忍不住回过头问："你……没事吧？"

"我有什么事？"安琪反问。

"没事就好……其实夏龙那小子……你千万别……"大勇话一出口就后悔了，自己干吗偏要提这茬？

安琪脸色变了变，想说什么，又没有出口，最后幽幽叹息了一声："这事你们都知道了吧？大家都是怎么议论的？"

"不是，我……我也是刚听说，我只是想——"大勇无力地辩解着。

"你心里一定在偷偷笑我吧，我太傻了，竟然相信夏龙这种花花公子，是不是？"

"哪有？"大勇忙说，"安琪，我们是朋友，我一直很……很关心你，你可别想不开。"

"你不会以为我要自杀吧？"

"我是看你站在这里，好像是——"

安琪苦笑："我是很傻，可还不至于那么傻，你知道我在看什么？"

"是什么？"

"那个星系，"安琪转向大勇，大勇看到她的眼中闪烁着莹莹的泪光，"那个七十亿光年外的星系，它应该就在那里。"她向窗外的夜空中一指，那儿只有稀疏的几颗星星。

"可那个星系用肉眼是看不到的吧？"大勇问。

安琪的行星

"当然看不到，"安琪凄然说，"就是用一般光学望远镜也看不到，好像只有用射电望远镜才有它的影像，其实我从来没有真正看到过它，对我来说它存不存在毫无区别。我刚才看了半天，就是在想，为什么自己会被那么个看不见摸不着的东西感动。可是女孩子就是那么傻，为了一个对自己根本不存在的东西，去全心全意对一个人……"说着，泪水从她眼眶里禁不住地流下来。

"夏龙那个人渣，不值得你这样！我真想——"大勇愤愤地。他想起小说里的情节，冲动的男主角去把欺负自己心上人的男主角狠狠揍一顿，看到安琪这么伤心，他现在也有类似的冲动。但当然不可能，这是现实生活，不是小说。

"是的，"安琪说，"不值得，该了断啦。"

她打开背包，掏出一个发光的小球，放在窗台上。大勇认出来，是夏龙送给她的那个投影球。灿烂的银河还在透明的球体中旋转着，发出炫目的光彩。直到今天，大勇也不得不承认，这东西的美真是无与伦比。

安琪凝视着它良久，似乎犹然被那星系的光华所吸引，七十亿光年外的幽光照在她带泪的脸上，说不出地凄美动人。

然后，安琪下定了决心，一把将那个球攥在手中，一挥手，用力掷出了窗外。

大勇一惊，探出头去，生怕砸到人，但楼底下是一个大水池。投影球如同流星划出一道淡淡的白光，扑通一声掉进水池，顿时熄灭了所有的光彩，消失在暗夜中。

"你看到了，"安琪静静地说，"这些都是虚幻，在冰冷的太空，一无所有。"

她擦了擦眼泪，对大勇说："对不起，今天失态，让你看笑话了。"

"不，没什么的，其实我——"

"嗯，以后再聊吧，再见。"安琪说着，提起包，转身离去。

"那个……我送你回去吧？"

"不用了。"安琪摇头，"让我一个人静一静好吗？"

大勇想叫住她，陪伴她，却又不敢，只有眼睁睁地看着安琪的背影消失在楼道口，心中也不知是什么滋味。

5

寒来暑往，又是两年过去了。

毕业季节来临了。四年的学园生涯接近结束，又一批年轻人即将走向社会，又是憧憬，又是不安，如同即将离开地球温暖怀抱，航向无边星海的飞船。

临近毕业，大勇已经定了出国深造，去国外一所有名的学院，旁人看来可谓春风得意，但大勇心里却空荡荡的没有着落。临近毕业，他穿梭在各种毕业聚会上，他送别人的，别人送他的，觥筹交错，欢声笑语，或是抱头痛哭。但他很少碰到安琪，他们本来不是一个系的。自从那次深夜相遇后，他很少再见到安琪。特别是年级高了，大家各有各的事情，渐渐也忙碌起来，大勇自己经常在机房里泡到深更半夜，哪里还能看到安琪？

但有关安琪的消息，有些还是传到他耳朵里。据说安琪后来又谈过一次恋爱，对方是位俊朗不凡的外语系才子，俩人都要谈婚论嫁了，但不知怎么忽然又分手了。至于毕业的事，他只听说安琪签了去南方一座不大不小的城市工作。这也就意味着，也许他以后再也见不到她了。

今晚的中学校友聚会，也许是他最后一次见到安琪了。

聚会在学校的多功能活动中心的顶层饭店里，老同学相见，分外唏嘘。很多都是好几年不见了。一问之下，大家都有了男女朋友，有两个甚至都结婚了。只有大勇还光棍着。知道大勇喜欢安琪的旧日同学不在少数，有人旁敲侧击，问他是不是因为安琪才一直不找女朋友，大勇淡淡一笑，不加分辩，内心五味杂陈。

安琪来了，如一朵彩云般翩然而至，和所有人笑着打招呼，亲切地聊着中学往事，时而和几个女生在一起亲热地说体己话，时而豪爽地和大家干杯，看上去和以前一样，并没有什么改变。大勇没能和她说上几句话，只有坐在桌子的一个角落里，自斟自饮，忽然觉得自己很傻，安琪虽然盈盈坐在自己面前，但又像在另一个星系一样遥远。

或许一直都是这样，大勇想，他们之间从来就是那么远，从未靠近过。

饭吃完了，一班同学又去楼下唱歌跳舞玩游戏，安琪多喝了两杯，说有点不舒服，让其他人先走，自己去了洗手间。出来的时候还有些摇摇晃晃。一抬头，看到大勇站在自己面前。

"你没事吧？"大勇关切地看着她，"不能喝就别喝那么多嘛。"

"我没事。"安琪说，勉强笑了笑，"今天高兴嘛。"说着又晃晃悠悠，似有些头晕。

"要不要去天台呼吸下新鲜空气？会舒服一点。"大勇说。

"好是好，可是他们还在等我们吧？"安琪犹疑。

"没事，那帮人你又不是不知道，肯定先去玩了……"大勇说，生怕安琪不去，又补充了一句，"另外我……有些事还想跟你说。"

似乎有一股暧昧的气氛在二人间弥漫开来。安琪低下头，轻声说："那好吧。"

他们到了天台上。夜已经深了，繁星满天。天台很大，夜色朦胧中有几对情侣正在缠绵，大勇和安琪来到一个没人的角落，那里正好有两张躺椅，大勇说："坐一下吧，会舒服一点。"安琪坐了下来，只觉得夜凉如水，浸润着她的每一寸肌肤，果然便舒服了许多。

大勇回过头，向躲在角落里的老大和老二打了个手势，二人朝他一笑，做了个"好运"的手势，悄然撤到一旁。

大勇在另一张躺椅上坐下，二人一时无话。终于，大勇打破尴尬的沉默："对了，听说你要去 G 市了？"

"是啊。"

"怎么想到去那边？离家和大学都很远吧？"

安琪不语，正当大勇以为她不会回答的时候，她却开口了："没什么，有些不开心的事想忘掉，想去一个新的地方重新开始。"大勇看到，一阵再也隐藏不住的忧伤袭上她的脸。

大勇抑制住自己想询问她详情的念头，"对了，有件东西一直想送给你。"他下了决心，从包里拿出一副眼镜，递给安琪："是这个。"

"这是什么？"安琪接过来好奇地端详着，"啊，好像是三维成像眼镜？"她知道这是一种游戏装备，可以进行视觉的虚拟实在模拟。

"嗯，这是送给你的。"

"我？可我不打游戏的。"

"我知道，"大勇说，"这不是游戏装备……你还记得两年前你的生日晚会么？"

"两年前……"安琪认真想着，"啊我想起来了，就是夏龙送我那个破星系那次，我当然记得。"

"不好意思，那次我什么也没送你。"

"是么？"安琪歪着头想了想，"想不起来了，没关系啊。"

"不，我其实准备了一份礼物，只是拿不出手。不过今天，我可以送给你了，就是这个。"

"不用吧，都过了那么久了……"安琪说，但看着大勇认真的眼神，"……好吧，谢谢。这里面是什么呢？"

"你戴上它就知道了。"

安琪戴上眼镜，但周围依然如故，并没有什么明显的改变。"什么也没有嘛。"她疑惑地说。

"你看到没有，今天的星星很美。"大勇却岔开话题。

安琪的行星

安琪躺在椅子上，略一抬头便望见夜空："是啊，你看，银河！"她惊喜地说，"我还从来没有在城里看见过银河呢。"

灿烂的银河横亘天上，从地平线上升起，又落向另一边，如同宇宙发光的巨大拱门。亿万星辰在银河中游曳着，一道流星划过天际。两人出神地望着星空，一时谁也没说话。

"安琪。"

"嗯？"

"我记得那段时间有很多人送给你星星吧。"

"那是前两年的事了，那时候不是正流行这个么，现在都过时了。"

"那你能找到他们送给你的星星么？"

"这个……"安琪想了想说，"好几颗恒星都是看不到的，包括夏龙送给我的那个星系。不过我记得有两颗行星所在的恒星是能看到的，虽然比较暗，不好找，好像是在……是在……"她犹豫地指了几个方向，最后摇了摇头，"实在想不起来了，你问这干吗？"

"你知道他们送你的那些行星或者恒星都是什么样子的么？"大勇不回答，反而继续问道。

"我怎么知道？"安琪摊了摊手，"就算能看到恒星，也只是一个小小的光点，更不用说行星了，各种参数上又差别很大……不过大概都是圆的发亮的吧，大同小异。所以这个游戏，真的没什么意义。"

大勇点点头，指着东南方的一片天穹说："安琪，你看那里。"

安琪顺着他手指的方向望去，那里是远离银道面的区域，只有寥寥几颗亮星。安琪好奇地看了一会儿说："那里有什么？"

"你看，"大勇说，"看到那颗最亮的星星没有，对，就是那颗红色的，它下面有几颗不太明显的小星星，你看到没，那边一颗，旁边还有两颗，再下面还有……一共六颗，排成一个相当整齐的六边形，像是一朵六瓣的鲜花。"

"看到了……"安琪凝神看着，"这么说也确实有点像……那个是什么星座来着？不过也没什么出奇的啊，你要我看的就是这个？"

"对，你想象它们每两个成一对，中间连线，这三条线彼此相交，中间会有一个很小的三角区域，你仔细看，那里面有什么？"

安琪认真地盯着看了半天，微嗔着摇头说："什么也没有啊，看得眼睛都酸了！你究竟搞什么名堂？"

大勇没有说话，却站起身来，好像想说什么，好像有些紧张。安琪莫名其妙地看着他，他却冷不丁弯下腰，将她一把从躺椅上抱起来。

"喂，你干什么！"安琪又羞又怒，胡乱挣扎，但大勇的胳膊像铁箍一样，无论如何也挣扎不开，而且似乎力大无穷。她还没反应过来是怎么回事，大勇已经抱着她向前大步疾奔，没几步就到了天台边上，从七层楼高的天台上一跃而下！

6

安琪吓得闭上眼睛，惊声尖叫，但却没有下坠的失重感，反而觉得有些吃重，她随即发现了异样，他们并没有向下坠落，反而迎风飞起，越飞越高，向着夜空飞去。

安琪很快明白过来："这是虚拟效果？那眼镜，不，莫非连那张躺椅都……"那一定是一张虚拟实椅，通过力场作用，可以模拟出逼真的身体触觉、平衡感和重力感。她一定是一躺下来，就进入虚拟状态，一切感知和动作，都和现实分隔。

大勇放下了她，但她仍然感到自己在上升着："对不起，安琪，我是跟你开个玩笑。我们现在仍然好好地在躺椅上。你只要摘掉眼镜，就可以回到现实世界。"

安琪摘下眼镜，发现自己果然在原来的椅子上好端端地躺着，各种虚拟效果都消失了，大勇在另一张椅子上。她又戴上眼镜，发

安琪的行星

现自己仍然在高空:"怪不得我觉得躺椅有点太舒服了,而且城里能看到银河也很奇怪……这两把虚拟实在椅怎么会在天台上?"

"我叫同学帮忙搬上来的,"大勇带着几分乞求说,"你别生气,先看看我送给你的礼物好不好?我保证你不会后悔。椅子本身有自动防护功能,躺在那虽然感受不到周围,也是安全的。"

安琪惊魂初定,瞪了大勇一眼:"好,这笔账以后再跟你算,先看你搞什么花样。"

他们越飞越高,飞过校园和城市,越过云层,飞向太空。

很快,脚下的大地开始出现了弧线的边界,大陆也出现了地图上的熟悉形状,表明他们已经到了相当于几百公里的近地轨道。一座太空站依稀从远处掠过,安琪本能地有种呼吸不过来的感觉,不由大口吸气。

"没事的,你还在老地方坐着呢。"大勇回过头来对她说,"你看,是不是好好的?"

"哼!我又不是没看过三维电影,有什么不知道的?"安琪逞强说,心中却越来越好奇。这个大勇,在搞什么名堂?

很快,大地已经缩为一个球形,越来越小。太阳从大地背后露出头来,依然光辉灿烂,但并不会灼伤眼睛,显然图像考虑到人体安全因素。银河和熟悉的星座再次出现了,比在地球上看到的更加清晰,安琪看到银河变成了一个巨大的环,萦绕在辽阔的宇宙空间中。她和大勇就在这个巨大银环的中心,如同粒子加速器中的两个电子。

"准备好了么?"大勇说,"我们要正式出发了。"拉住了她的手。

安琪感受得到大勇掌心的体温,好像真的被他拉着一样,如果在往常,不管是开玩笑还是认真的,她都会把对方一把甩开,但是今天,悬浮在这黑暗的虚空中,虽然明知只是虚拟实在,她忽然有些发虚,觉得身边有个人可以依靠也是一件挺好的事……

她没有甩开大勇的大手,任凭他拉紧了自己。

"一、二、三，"大勇说，"出发！"

随着强烈的加速感，他们快捷无伦地掠过几颗邻居行星，安琪什么都看不清楚，它们就已经退到了自己身后，她向后望去，地球已经消失了。太阳也几乎变成了一个点。眼前的星空开始慢慢移动，一颗颗恒星在她头顶和身边掠过。他们在无边宇宙中自由飞翔着，安琪感到了一种整个心灵都自由了的解放感。

如果是在真实的宇宙空间中，此时他们的速度一定已经远远超过了光速，可能一秒钟就有一光年之多！认真说来这并不符合科学原理，如果真的达到了光速，他们必然会感到许多特殊效应，如前方星光将移到紫外线波段，变得不可见，又如时间流逝将会停滞，任何地方都是瞬间到达，但这里并没有体现出来，只是像高速公路上飙车一样掠过周围的风景，近处的移动得快些，远处移动得慢些，不过倒是更符合人的朴素直觉。

安琪望向正前方，看到他们前进的方向，正是那六颗恒星组成的六边形的中心，看上去一无所有的黑暗地带，但在那里，一颗明亮的星星刚刚显现出来。

很快，那颗星星变得越来越大，越来越亮，成为星空中最亮的一颗。

没过多久，他们就进入了那个恒星所带的星系。七百光年的距离在顷刻间被跨越，那颗他们本来看不见的遥远恒星，如今已经变成了一个小小的金色圆盘。

他们的速度变慢下来，掠过几个带着光环的巨大的气体行星，又掠过一颗红色的行星，看上去和太阳系不无相似，不久后安琪又看到，一颗绛紫色的小小星球出现在他们面前，在恒星的照耀下闪烁着绮丽的光芒，如同夜空中的紫宝石。

"那颗行星看上去很特别，好像……有生命？"安琪好奇地问。

"这是ΣX-6470-2，又叫安琪之星。"大勇终于说出了那个秘密，"安琪，这就是两年前我打算送给你的礼物。"

安琪的行星

7

"礼物？"安琪已经差不多忘了这事了。

"是的，礼物。"大勇说，"这是那天我到星海计划销售中心去买的。可是后来……"他把事情简略地讲了一遍。

"我真没想到……"安琪出神地说，"谢谢，大勇。"

"这只是一颗普通的行星，但位于宜居带，距离恒星的距离大约一点三亿公里，所以孕育了生命……它或许不比其他人送给你的行星更奇妙。但是和其他人不同的是，我会带你来到这里，让你亲眼看到这颗行星——虽然只是通过虚拟实在系统。"

"这颗行星真美。"安琪由衷地说。

"最美的还在后面呢……"

此时，他们已然飞临到行星的上空，安琪看到，这是一颗非常奇特的行星，行星上笼罩着淡淡的光晕，显然有着浓密的大气层。整个行星，沿着南北方向明显分为几层，两极地带是白色的冰雪，从温带到亚热带，主体上是一片深浅不一的紫色，间或带着绿色和棕色的条纹，而在赤道附近，则是一条宽大的蓝色缎带，在阳光下闪着光芒。

"那是……"安琪盯着看了一会儿，惊喜地说，"天，是海洋！"

"是的，"大勇告诉她，"这是这个行星的惟一海洋，赤道海，平均向南北各延伸三千公里，南北是两个大陆，南大陆和北大陆。这两片大陆本来是连在一起的，在一亿年前由于地壳变动，被赤道海分开，生命分开来进化，它们既有相同的根源又有很多奇妙的差异……你要去看哪里？"

安琪随手指了指北大陆一片紫色茂密的地方："就去那里吧。"

他们向着地表迅速降下去，呼啸的风声响起，告诉他们已经进入大气层。然后，穿过一片低低的白云，他们降落在一座坡度平缓的小山丘上。安琪感到落地时脚下软软的，低头看到，脚下密密麻麻长着浅紫色的小草，踩着很是舒服。

安琪向周围看去，云彩飘浮在天空上，红色的太阳悬在天边，不知是刚刚升起还是刚刚落下，看上去比地球上的太阳小一些。远处的地平线有些弧形，显示出这个星球也比地球略小。她试着蹦了一下，跳得比地球上高得多，整个人像要飞起来。大勇告诉她，这里的重力大约是地球的一半。

"真奇妙啊！"安琪忍不住蹦跳起来，高高跃到空中，又轻盈地落下，一时沉醉在这个神奇的新世界中。这似乎是一个能让她忘却一切生活烦恼的世外桃源。

过了一会儿她才蹲下来，打量着地下那些紫色的小草，仔细看去，她才发现那些不是真正的草，而是一种之前见所未见的半管状结构。在阳光照耀下，它们逐渐舒展开来，成为类似叶片的形状，吸收着阳光。而阳光照不到的地方，则仍然卷成一团，成为支撑其躯干的主体结构。

"这些紫草好漂亮。"安琪说，虽然明知只是虚拟实在，但她看到每片紫草的形状颜色都不一样，显然不是简单重复拷贝的。

"我设计了十八个方面的参数，可以尽量随机组合，自由生成，"大勇告诉她，"所能得出的具体形态几乎是无限的，当然严格说起来，不一定符合生物学原理。"

"这是什么地方？"安琪站起来说，"草原么？"她看到山丘起起伏伏，如同海浪般延伸向远方。

"不，这是森林……"大勇说。

"森林？"安琪诧异地问，"可是我没有看到半棵树啊？"

"因为我们在树顶上。"大勇说，又带着她飞起来，此时太阳初升，雾气渐渐散尽，安琪终于明白了大勇说的"森林"是什么意思。他们刚才所站的"山坡"，是直径数百米的一个圆锥体，这样的圆顶大大小小还有很多，挤满了每一寸空间，每个圆顶都长在上

安琪的行星

千米高的柱子顶上，他们刚才看到的"紫草"，其实只是这种"巨蘑菇"顶上的触须而已。

"它们叫巨菇树，在这个世界，由于重力较小，植物可以长得非常高，"大勇说，"它们为了争夺阳光，彼此竞争，所以越长越高，并且完全覆盖了森林的顶部。"

"那森林下面是什么？"安琪好奇地问。

"那是终日见不到一丝阳光的黑暗空间，"大勇说，"生活着一些奇形怪状的动物，它们寄居在这些巨菇树的身上，靠吸收它们的养料生活，并且彼此打斗。怎么样，要不要下去看看？"

安琪打了个寒战，虽然明知道是假的，但她仍然感到有点害怕，因为这个世界看起来……太逼真了。

这并不完全是技术上的逼真，目前虚拟实在软件的发达已经足以让一个懂行的大学生造出一幕如梦如幻的场景。安琪看过不少三维电影，也曾经降临在魔法国度、古战场或者某颗异星上。那些世界也无法用肉眼分辨其真伪。但神秘古堡、金戈铁马或者外星人之类的设计总是太过于戏剧化，反而给人一种不真实的感觉。但这个世界，虽然同样远离现实，却有一种那些影片中看不到的粗犷自然。这颗星球不是为某个故事而存在的背景，而是自身就给人"在那里"之感。

……他们飞过了森林，现在到了真正的草原上。草原反而是红色的，绛红色的野草在风中摇摆俯仰。但安琪很快发现了不对。这些野草的运动不全是由风引起，而是像小动物一样挤来挤去，推推攘攘。

"它们怎么会动？这到底是动物还是植物？"安琪好奇地问。

"在这个世界动物和植物的区别和地球上完全不同，"大勇说，"植物虽然是靠光合作用制造养分，但几亿年前就进化出了可以移动的根须，也会为了争夺阳光而打斗。相反，动物却可以寄居在植物上，一生都一动不动。"

似乎被他们所惊扰，一群翠绿色的古怪动物在阳光下飞了起来，遮天蔽日，大勇敏捷地伸手抓了一只，那只古怪动物在他手心挣扎着，发出"咕咕"的叫声。"它叫叶燕，本质上是一种植物，它们的羽毛都相当于叶片，可以吸收阳光进行光合作用。"

在草原上还有其他几种蹦蹦跳跳的"动植物"，大勇也为安琪作了介绍。安琪注意到，这些动物虽然形状大小大相径庭，但是基本结构却很近似。"你考虑到了进化问题吧，它们是设定从一个祖先进化来的么？"她问道。

"它们真的是从一个祖先进化来的，不是设定，而是真实发生的过程。"大勇告诉她，他设计了一种程序，从若干种原始机体结构出发，允许一定程度的自由变异，然后通过操纵环境变化，模拟其演变。想知道它在不同条件下会发生怎样的变化，结果果然得到了许多匪夷所思的生物形态。当然更多的细节是他添加的。

"当然实际上它们不一定会存在，"大勇说，"现实中需要考虑的因素太多了，由于可以运算的数据有限，程序都是极端简化的。不过关于 $\Sigma X{-}6470{-}2$ 这颗行星，我们人类知道得其实非常少，只有它的公转周期、半径大小，以及平均温度等几项，其他都只能靠想象，有太多的空白需要填补了。"

"所以你就发挥你的想象，创造了一个属于你自己的世界……"

"不，这是属于你的世界。"大勇说，"记得你那天的话么？安琪，你说宇宙中除了虚空，一无所有，我要证明给你看，这里至少还有一个世界，充满了生命和爱的世界。"

安琪看着他热情如火的眼睛，觉得自己的心跳也加速了。

8

森林，草原，荒漠，冰川……他们在北大陆各处游荡着，这

安琪的行星

里处处都和地球迥异，有各种惊奇的地貌和动植物，却又自成体系。大勇告诉安琪，这个世界的基本结构是用了系里为地球生态研究所开发的一种环境模拟软件生成的。当然主要是用于学术研究的原始数据，缺乏可视效果。他编写了一个程序，把它们尽量变成具体的形象，又从三维电影和游戏中借来一些三维图像，经过修改后用其他几种软件慢慢填充。正好他参与系里一个项目，可以使用计算能力极强的量子计算机，就偷偷拿来干点私活……大勇说得轻描淡写，好像只是剪辑拼凑一些三维画面，但安琪看得出，他一定花了很多心血在这颗虚拟的行星上。"你花了多久建造这个世界？"她问。

"自从我们在教学大楼顶楼见面后那次，两年多吧……"大勇有点不好意思地说，"你知道，这么个行星，反正也拿不出手，只好把那张产权证扔到一个角落里。后来买行星的时尚也过时了，降到十块钱一个都没人要，就更一文不值了……虽然我买下了这颗行星，但却永远也到不了，甚至看也看不见……我只有自己想象它究竟是什么样子，上面有怎样的地理、水文、生物、气候……后来越想越入迷，就动了这个念头。反正就是利用业余时间做一下，有些还是用云计算搞的……"

不知不觉，他们到了海边，在沙滩上漫步着，水面上波光粼粼，安琪注意到太阳几乎已经升到了天顶。大勇告诉她，这里的一昼夜大约是十个小时，当然为了她这次造访，他特意加快了自转时间。

一阵惊天动地的嘶吼，大地震动了起来，如同地动山摇。安琪疑惑地回头望去，不由大吃一惊。她看到至少上百只庞大的爬行动物，结成长长的队列，从身后的河谷中走出，缓缓向海边走来。它们每一只都有五六个人那么高，背上背着厚重的壳，从壳中伸出长长的脖颈，发出如泣如诉的鸣叫，在海上传得很远很远。

"这是什么？它们在干什么？"安琪很是好奇。

"这是刚才说的模拟程序产生出来的最古怪的动物，我叫它们恐龟，是陆地上最大的动物。现在它们正在召唤同伴，准备迁徙到大海的南岸去产卵。"

"怎么迁徙？游过去还是有什么陆桥可以走过去呢？"

"你一会儿就知道了。"

海滩上的恐龟越来越多，大概有一百多只，挤满了几公里长的海滩，纷纷低下脖子，在海边饮水。大勇和安琪小心翼翼地躲着它们，固然虚拟椅有人体保护程序，不会产生实质伤害，但要模拟各种感觉，被踩上一脚也绝不会好受。一只恐龟的下腹部一根管子蠕动着，好像有什么东西要出来，安琪好奇地仰头看着："它是要产卵么？"

话音未落，大勇忙把她拉开。一坨几乎和人一样大的粪便落在他们刚才站的地方，臭气熏天。安琪皱眉，捂着鼻子："真变态，连这你都设计了……"

大勇尴尬地笑了两声："来，我们到它身上去！"他指着旁边的一头恐龟说。

"到它身上干什么？""你一会儿就知道了。"还是那句话。

"可是看上去有点脏……"安琪犹疑着。

"放心吧，不会弄脏你衣服的。"大勇说，安琪才想起来，这只是虚拟实在而已，不禁哑然失笑。

大勇从恐龟的后腿爬了上去，又伸手去拉安琪上来。恐龟不耐烦地抖了抖腿，他们差点摔下来。最后好不容易爬到了恐龟背上，并没有想象中龟甲的坚硬，反而像水垫一样，软软地坐着很舒服。

"好了，我们要出发了！"大勇说，似乎发出了什么号令。恐龟们纷纷伸出前肢，安琪看到它们前后肢之间相连的一块皮就像充气一样迅速变大，最后变成了比身体还要长大几倍的皮翼。恐龟们扇动巨翼，安琪感到一阵狂风吹过，然后——

它们飞了起来，一只只，一队队，浩浩荡荡，遮天蔽日，向着大海尽头的方向飞去。海岸线被抛在后面，阳光洒在海上。

"你这里设计得不对，"安琪笑着说，为抓住了大勇一个漏洞而颇有得色，"这些恐龟身体太大了，虽然身体和翅膀的比例看上去和地球上的鸟差不多，但是每扩大一定尺寸，翅膀面积以二次方增长，而身体重量以三次方增长，这种翅膀是不可能支撑它们飞起来的。"

"你说得不错，"大勇也笑着说，"单凭翅膀是不可能，但是你忘了它们背上的东西。这些不是背甲，而是巨大的气囊！你看到它们刚才喝水了吗？这些恐龟有一种特殊的放电器官，能够电解水中的氢和氧，将氧气用来呼吸，又将氢气通过导管充进气囊中，这样可以减掉一大半的重量，有了气囊，它们就很容易飞起来了……"

安琪看着大勇，感到了深一层的钦佩："这还真像是一个真实存在的世界呢！"

大勇被她看得不好意思，转过头去说："安琪，这就是我想给你的礼物，不是一张废纸，也不只是投影球里的图像，而是一个活生生的世界！安琪，其实我——"

他还没说完，安琪却蓦然发出了一声惊呼："啊——"

一个硕大无朋的丑陋脑袋，不知何时出现在空中，光这个脑袋就比一只恐龟更大。三只长在触角上的复眼盯着他们，令人毛骨悚然。

那个怪物奇特地向两边分开血盆大口，牙齿如同巨钳般伸了出来，然后一口吞掉了前方一只正在飞翔的恐龟。还没等她反应过来，她和大勇脚下出现了另一张巨口，长牙交错，咬住了他们乘坐的恐龟的腿，恐龟痛楚地哀吼着，身体被向下拽去，安琪被甩到了空中，眼看也要掉进怪兽黑洞一样的大嘴里，却被大勇及时抓住，两人再度浮在空中。

"那是什么？"安琪脸色惨白地问道，她看到在自己脚下，从大海深处伸出了几十条上百米长的黑色脖颈，伸到高空中，这些怪兽的脑袋上长着长吻尖牙，撕咬着惊惶乱飞的恐龟，这是一场有意识的伏击。恐龟的尸体残肢伴随着血雨，落在海面上，将海面染得一片紫红。那只他们刚才乘坐的恐龟徒劳地挣扎着，哀鸣着，却始终无法挣脱，半分钟后也进入了怪物的脖颈中。

"这是鲸龙，"大勇说，"这个世界最大的动物，在空中迁徙的恐龟是它捕猎的对象之一。"

"你创造的是什么行星，怎么那么多大怪兽？"安琪噘着嘴说。

"没办法，重力小啊，动物容易长得巨大，特别是海里的……不过南大陆就好多了，上面有很多造型可爱、性格温顺的小动物，我一会儿带你去看。"

"那你说说看，有什么小动——"安琪说着，忽然发现自己好像有些异样，蓦然惊觉刚才一时惊慌，居然扑到了大勇怀里，现在两个人正极为暧昧地抱在一起。

安琪忙推开大勇，瞪了他一眼："这是你故意安排的惊悚场面吧？嗯？"

大勇不好意思地呵呵傻笑，这确实是老二教他的招数，可他也没想到，效果会这么好。他只有岔开话题："你看，下面有一个岛呢！"

果然，碧波万顷中，出现了一座黑色的孤岛。岛屿不大，仅有几个山丘，却颇有几分神秘的意味。安琪发现，在岛屿中间有一片地表，上面似乎有一些对称的图案。"那是……建筑？"安琪激动起来，"难道……这个行星上有智慧生命？"

大勇却笑而不语。

他们向岛屿中心降了下去，那是在山丘中一处谷地，确实有一个气势宏伟的岩石建筑群。但却早已经倾颓，断垣残壁，大概不知在几千几万年前就已经被废弃了，只有一些巨柱还挺立着，但已经看不出建筑的具体式样，石头上有些古怪的花纹，长满了寄生的紫色植物。

"快告诉我，"安琪好奇心起，"这些是什么建筑？背后有怎样的故事？"

"在几百万年前，"大勇煞有介事地说，"有一位天神降临在这个行星上，从一种海陆两栖动物中创造出了智慧种族，传授给他们文字、文明和宗教，然后又复归天界。这个种族一度繁荣昌盛，充满了整个行星，但后来却不免衰落灭亡，销声匿迹。现在只有在行星的一些角落里还能找到他们的踪迹……比如这里。"

不知不觉已经到了晚间，夕阳西下，光线渐渐黯淡下去。涨潮了，大海在暮色中咆哮着，拍打着黑色的礁石，充满了苍凉之感，看不到任何动物。安琪走到一根倒下的巨柱边上，抚摸着斑斑紫苔的柱壁，想象着那个远古的古代种族，不禁悠然神往。但她很快发现，柱子上刻着一些图案，不，竟是文字！

"这上面刻的是什么？"安琪问。

"据说是那位神祇传给这个种族的一句魔咒，让他们一直传下去。他说，在遥远的未来，会有来自宇宙的众神来到这里，从这句话中，发现一个绝大的秘密的……"大勇神秘地说。

安琪愈发好奇，抚摸着石头上的纹路，艰难地分辨着那些字迹，字迹本身是地球文字：

"这好像是一个'我'字……还是古体字……下一个字认不出来……再下一个字被磨掉了……然后好像是一个'安'字……然后是——又没法认了，究竟是什么啊？"

"这个……瞎写的……没什么意思，"大勇却回避了问题，"对了，你看那边，星星出来了！"

安琪向天空望去，太阳已经沉入地平线以下，西方天空上挂着一颗金色的明星，是天上最亮的星，大勇告诉她，那是 $\Sigma X{-}6470{-}1$，这个星系最内侧的行星。银河看上去和地球上看到的差别不大，依然璀璨皎洁，从天顶流向南方的地平线。除此之外，天上的繁星都排列成陌生的组合，毕竟相隔七百光年，双方共同可见的恒星都没有多少，又是在完全不同的角度。但这却是这个世界最符合真实的景象，天文学家对上万光年内的恒星大小、光度和位置、运行已经摸得很清楚，如果人类真的能到达那颗行星，见到的星空基本就是这样。

安琪出神地看了一会儿："对了，我们的太阳在哪里？"她问。

"你看，那边有七颗亮星，"大勇指给她，"形状像一只向上的大头鱼……看底下尾巴上的那一颗。"

"那是我们的太阳？"

"不，这颗恒星只有一百多光年远，而且光度比太阳要亮得多，我们的太阳就在它边上一点儿，但已经是不可见的了。"

"太阳变成了一颗看不到的星星，这感觉真奇妙。如果千百年后，我们的子孙来到这颗行星上，看到的就是这样的夜空吧。"安琪赞叹着。

"没错，如果千年之后，我们的子孙真的来到这里，他们看到的就是他们的祖爷爷和祖奶奶在今天看到的一样的夜空。"

"是啊……"安琪点点头，蓦地反应过来大勇说的是双关语，微嗔着说，"好哇，你占我便宜！你——"她的抱怨戛然而止，圆睁着眼睛，望向东方的天空。

一轮皎洁的圆月渐渐升起在海天线上，柔和的月光照亮了黑沉沉的大海。在清冷的月光下，似乎有鲛人一样的奇异生物在远方的海上露出头角，发出如泣如诉的歌声。

但真正吸引安琪的，是那轮明月本身。

它比地球上的月亮大三四倍有余，更奇特的是，它是蔚蓝色的，是一个由大气和水体构成的月亮，宛如梦幻般美丽，它的巨大如同与行星构成了一个双星系统。

但更梦幻的，是那个月亮上的陆地，它们只是一串串半连半断的岛屿，构不成完整的大陆，却组合成了深有意味的形体——

那是一行字，一行一看就可以认出的地球上的文字——

"我爱你，安琪。"

安琪转过身，怔怔地望着大勇。千言万语，却不知从何说起。

"安琪，这就是那个远古的魔咒，"大勇鼓起勇气，说出了内心酝酿已久的话语，"那个远古文明种族的信仰，那个宇宙中最深的秘密：我爱你。"

"大勇……我……"

"和我在一起，安琪，"他大着胆子拉起她的手，"你不是想去一个新的地方么？不要去什么 G 市，来这颗行星上吧。这是你的行星，忘记那些不开心的事，我们每天都可以来到这里，忘却一切烦恼，开开心心地生活在一起，感受浩瀚宇宙的奥秘。"

安琪没有说话，只静静地望着他。那几秒钟时间，对大勇来说几乎比一生一世都要漫长。随着夜幕的降临，在他们周围，许多奇异的花卉绽放开来，在蓝色月光下，浮动着清冷的幽香。

时间一分一秒地过去，大勇的希望一点点堕入深渊，他忽然觉得自己非常可笑。想用一个自己做的虚拟世界的程序就赢得安琪这样的女孩的心么？这东西抵得上一部名车么？一栋洋房么？恐怕连一瓶香水都比不过。太可笑了，这一切归根到底，都是徒然，只是他自己的幻梦。

月亮躲到了云层之后，鲛人也停止了歌唱，沉入了海底。周围暗了下来。

"那个……"大勇胆怯地自我解嘲说，"没事，我只是开个玩笑……这个礼物反正我送给你了。要是你喜欢的话，我回头把软件发给你。随便找一个三维眼镜和虚拟实在椅都可以用的，我看不早了，那我……我还是先走——"

这句话他没有说完，永远也没有。因为安琪已经勾住他的脖颈，温柔而坚定地，将她柔嫩的双唇贴在了他干裂的嘴唇上。

尾　声

那天晚上，当安琪和大勇在两三个小时的神游后，再度出现在其他朋友面前时，已经是手挽手的情侣了，令所有人都惊得目瞪口呆。从此，安琪正式成了大勇的女友。她和大勇一起出了国，两年后，他们结婚了。他们的婚礼别出心裁，是在"安琪之星"上举行的，而且就在他们定情的那座小岛上。他们邀请所有的嘉宾一起去了那颗虚拟的行星，去了那座神秘废墟的小岛。上百人一起见证了那个梦境般奇妙的世界，见证了刻在水月亮上的爱情誓言。

婚后，他们在一起度过了幸福的七十年岁月。大勇仍在不断地修改完善那个属于他们的行星，增添了更多有趣或浪漫的细节。每年他和安琪都要去那里生活几天，静静地享受异星上的二人世界：坐在巨菇树顶一起看日落，或是乘着鲸龙在海上遨游，或是到南极去看奇异的水晶花……后来他们有了孩子，两个女儿，一个儿子。孩子们也跟着爸爸妈妈一起到了那颗奇妙行星上。对他们的子女来说，那颗七百光年外的行星，简直就是他们的第二故乡。

当然，大勇和安琪也好，他们的子女也好，都从未踏上过那颗真正的行星半步。安琪的行星仍然在七百光年外的轨道上平静地转着圈，对这一切一无所知。

七十年后，大勇在安详中辞世，半年后，安琪也随大勇而去。临终时，她对孩子们说，她和大勇的共同心愿是，要他们将来有机会，一定要去那颗行星上看看，看看祖先爱情的见证究竟是什么样子。

他们的爱情故事一代代流传下来。随着民用宇航技术的普及，他们的孙子第一次上了太空，他们的曾孙到了太阳系的另外几颗行星上，但人类的探索止步于太阳系的边缘，无力超越光速。几百年过去了，那颗七百光年外的行星仍然遥不可及……

直到七百年后的今天，掌握了空间拟合技术的人类，才第一次能够克服光速的限制，跨越宇宙的鸿沟，驰骋在银河星海，成为这个宏大星系真正的主宰。

直到我，他们的第二十四代后裔，才第一次踏上了 $\Sigma X-6470-2$

安琪的行星

的土地。

此时，我手里捧着那本古老的行星所有证书，站在一个空旷的白色房间中，眼前是一道由七彩光环组成的星际之门。空间拟合系统无声无息地发动起来，一束超空间波束发射向那个七百光年外的小小行星世界，在肉眼看不到的维度中开启着相隔七百光年的两个空间点之间的超空间纠缠。

"空间拟合完成。"柔美的电脑语音提醒我，星门的光环闪烁起来。我深吸了一口气，打开了身周的防护场和光学隐形设备，走进了星门中。不需要任何时间，我就出现在那颗祖先梦寐以求的行星之上。

我又一次来到了那颗行星。

这次，我发现自己站在一个灰蒙蒙的广场上，周围披着人造皮毛的二足动物走来走去，它们比我高一倍左右，但没有大勇想象中那些巨兽的庞大。一条粗糙的人造道路上，原始的燃料动力车川流不息，天空中布满微小粒子构成的雾霾，太阳只露出一个圆形的轮廓。远处有一些呆板的水泥建筑，在显然被严重污染的雾气中若隐若现。

我背后是一座粗糙笨拙的方碑，面前是一栋又矮又宽的红色建筑，上下有两层，屋顶是黄色的，也分两层。两边呈简单对称，并各有一行古里古怪的象形文字，中间挂着一个外星人的头像。

只需要看一眼就知道，这是一个异常乏味的世界。

这不是我第一次来到这颗行星，但每次来到这里，我的厌恶都要加深几分，无论在这个星球的任何角落，我都找不到可以喜欢它的地方。诚然，主宰这个行星的准智慧生物表面上和人类有几分相似，但空有人类的狡诈和愚蠢，却全无人类的灵气。

更不用说，这个真实的世界，距离大勇创造的那颗神奇的行星，相差得实在太远。这就是现实和梦想的差距吧，我想。如果大勇带安琪来的是这颗行星，安琪还会爱上他么？怕是会厌恶地扭头就走吧？

外星二足动物们看不到隐形的我，在我身边穿梭来去。忙忙碌碌，不知所谓。这里好像是一个什么旅游地点，许多家伙带着原始摄录装备在这里拍摄来拍摄去。真可笑。

这些徒劳的生物，他们全然不知，自己和整颗行星的命运已经走到了尽头……

"勇哲先生！"这时候，一个漂亮女孩从星门中追了出来，她穿着管理署的制服，短裙下修长的美腿和俏丽的尾巴令人心神荡漾。

"你是？"

"我叫夏丽，是宇宙管理理事会生物保护部的，很抱歉打扰您。但是我们上次的提议，上头希望您再考虑一下。这是一颗有生态系统的星球，理事会愿意以两颗无生命的恒星及其全部附属行星进行交换。"

"这是我们家族祖传的遗产，我不会换的。"我冷冷地说。

"那么能否请您注意不要破坏上面的生态环境？这颗行星的生物资料对人类可能很有用。"

"得了，我记得你们管理署在交给我之前，就派碟形无人机来过，还搜集了很多样本，对科学研究够用了。"

"但是您知道，它上面还有智慧生物……"

"是'**准**'智慧生物，"我纠正夏丽说，"不在星际高等文明保护法规定的范围内，这些二足生物从来没有离开过它们的行星。"

"可是它们至少登上过自己的卫星……"

"在星际法的定义上，只要不脱离自己行星的引力场就不是离开自己的行星，而卫星仍在其中。"我提醒她。心中不无侥幸，几年前我来到这里时，才知道这些原始二足生物已经在行星的惟一一颗卫星上登陆，距离登上其他的行星不过一步之遥，但由于经济原因放弃了。而它们的无人探测器已经拜访了所有的行星，甚至飞到了星系边缘。如果它们真的登上了其他行星，在法律界定上就成为严格的智慧生物，那么这颗行星就受到理事会的保护，纵然我是行星的业主也无可奈何。

"可是……"夏丽还是不甘心。

"好了，"我不耐烦地说，"不要喋喋不休了，这只是一颗普通的原始碳基生命行星，氨基酸组合类型也是最常见的，在银河系中这样的行星随便就可以找出几十万个，何必大惊小怪？还是，这是私人领地，请你……""离开"二字我没有说出来，但意思已经很明显了。

"真受不了你们这些家伙！"夏丽忍无可忍地发作了，"借着祖先在古代经济危机时期弄了几张所谓产权证，钻了法律的空子，就把自己当成从来没见过的外星球的主宰，对那些无辜的外星生命生杀予夺！有什么了不起，我有一个祖先，当初还买了一个星系呢！"说完扭头就走。

"等等，你回来！"我喝道。

"还有什么事么，勇哲先生？我可不敢再入侵您的私人领地了！"夏丽转过头来，用嘲弄的口吻说。

"夏丽小姐，"我尽量放缓口气，"别生气。如果你有时间的话，就听我说一个故事吧。等我说完了，你就知道这个星球对我的意义了。"

不久后，我和夏丽悬浮在高空间轨道上，只有身周不可见的约束力场将我们和宇宙空间分隔开来。我们一起望着脚下这个蔚蓝色的球体，几块难看的不规则大陆漂浮在海洋上。

"所以这里就是安琪的行星了……"夏丽动容地说，擦了擦眼角，经过我的讲述，她已经完全陶醉在故事里了。

我点了点头：

"是的，ΣX–6470–2，'安琪之星'，我们家族的星星，多少世代的梦想。七百年后，我才第一次到了这里。虽然当初有些数据不准确，比如它实际上是第三颗行星而不是第二颗——最内侧的那颗行星由于太小也太接近恒星，当年没有发现——和恒星的距离是一点五亿公里而不是一点三亿，但千真万确，当初大勇买下的，就是这颗行星，宜居带，有生命。

"但它的确只是一颗普通的行星。普通的岩石构成，普通的大陆和海洋，普通的生命系统，普通的原始文明，带着一颗更普通的小卫星。和在银河系任何一个角落能看到的差不多，和我们的星球也有几分相似，没有任何稀奇之处。

"这不是大勇和安琪的那个梦幻世界。至少现在还不是。"我叹了口气说。

七百年前，大勇和安琪的点滴回忆仍然在我脑海中，这是家族遗传的记忆，每一代人都会遗传父母生命中一些重要的记忆，虽然经过近千年的传承，到我身上只剩下了支离片段。但即使在这些片段的印象中，他们的爱恋与忧伤，惊喜和欢乐，仍然如同在我自己身上发生的一样。这是人类特有的历史情感，在我脚下这个星球上，那些不会遗传记忆的原始生物，他们是不会理解的。

在某种玄奥的意义上来说，拥有他们遗传记忆的我就是大勇，就是安琪，他们通过我的眼睛，看到了这个遥远的世界。并且不止是大勇他们，七百年来的二十多代祖先，几乎都曾经拜访过虚拟实在中的安琪的行星，留下了深刻的印象，他们的记忆也在我的脑海中一一浮现。他们今天也同样在这里，和我在一起，用我的眼睛凝望着这颗行星。

"当年的大勇只能在电脑系统中构筑他想象中的世界，虽然惟妙惟肖，但仍然是虚幻的影像。而今天的我，可以在现实中实实在在地建造那梦幻的家园。"我告诉夏丽。

"那你打算怎么做呢？"夏丽好奇地问我。

"第一步，当然要从全面改造行星表面开始。"我说。

"怎么改造呢？"

"很简单，用引力镜。"我说，当着她的面，打开超空间波仪，发射了一个指令。在一亿多公里外的恒星周围，早已待命的四台空间引擎运作起来，直径为一百八十万公里的一片圆形区域被扭曲的引力子所充满，开始空间畸化。当恒星所发出的电磁辐射经过这片区域时，会被扭曲空间中的引力介质扭转不同的角度，从而从发散变为汇聚。

简单说来，这相当于造出了一片和恒星一样大的临时凸透镜，而安琪的行星，正好在它的焦点上。

用这种最简单的方法，可以将半颗恒星的输出能量都汇聚在这颗小小的行星上，相当于它在正常情况下接收恒星能量的十亿倍。亦即该行星每秒钟获得的恒星能量，相当于以往三十个行星年的总和！这个过程只会持续很短时间，它不会因此毁灭，但它的海洋会在上万度的高温中瞬间蒸发，大地会在不久后融化，几十亿年形成的稳定地壳板块将不复存在，地幔中的熔岩将翻滚着，重新布满行星表面，如同初生之时。至于上面的原生态系统……那只是一些顺带被清除的杂质而已。

然后，我会扭转空间力矩，让该卫星和行星对撞，造出一个更大的新卫星，然后用能量吸收纤维让行星迅速冷却并形成新的板块结构，再从星系边缘引一些冰彗星撞上去，带来新的海洋和大气，将用进化程序制造出来的那些奇妙动植物放上去，这些就很容易了，不值一提的琐碎工作。

"那需要多长时间，你才能改造好安琪的行星呢？"夏丽问我。

"这个工作说起来简单，具体操作还是有点复杂的……至少要两三年吧，到时候，请你来玩好不好？"

夏丽有些向往，又有些不好意思地点点头。

"引力镜准备倒计时：十二，十一，十，九……"

夏丽脸上有些不忍，这个善良的女孩对这些虫豸都充满了爱心。她叹了口气，不想看下去，转身望向七百光年外的太阳。我也顺着她的目光望去。经过基因改造后，我们视力已经足以看到那遥远的母亲太阳，虽然还看不到地球，但它反射的微光或许也包含在这一星半点的星光之中。我忽然想起我看到的正好是七百多年前来自故乡的阳光，那时候大勇和安琪刚刚离开虚拟世界，甜蜜而又羞涩地看着对方，对未来充满了美好的憧憬，然后相依相偎，在深宵的星空中寻找着这颗行星……

那些古老的故事，一直在我的记忆中。而今天，我仿佛又变成了大勇，而身边夏丽的倩影则和年轻时的安琪重叠在一起。就这样，在这颗遥远行星上空，我握着夏丽的小手，尾巴友好地交缠着，面对浩瀚银河中千亿颗璀璨的太阳，出神地想着那些悠远的往事。亦如一代代的祖先那样，心中充满了爱的柔情和悸动。

"……三、二、一，启动——"

来自超空间波的一束信息提醒我，引力镜已经启动，几分钟后，一束聚拢在一起的光线，不，一颗爱的火种就将到达ΣX-6470-2，让它在无上的光明中获得重生。

七百年的漫长等待后，安琪的行星终于要诞生了。

安琪的行星

人和狗的三个故事

第一个故事：解救

可可觉得自己陷入了一场无法醒来的噩梦之中。

周围是黑暗的空间，什么也看不见。这黑暗却非静夜的宁谧，而在不停的震荡中，早已让她晕头转向。周边粪便和呕吐物的恶臭不住传来，或许还有同类的尸臭，她觉得恶心欲呕。在她身周，同类的惊呼、悲喊、哭叫、啜泣和呻吟连成一片，从各个方向灌进她的耳中，更让她战栗不已。时不时地，她总会撞到某个同类身上，或者不知什么家伙撞到她的身上——简直像是在地狱。

她不知道那些同类在叫什么，他们的语言和她并不相通，但她从心底明白那些叫声的含义：救命！救救我们！放过我们！求求你们了！

"救命，救命啊！"受着无边恐惧的驱使，可可也尖声叫了起来。她知道这没有用，周围没有同类能听得懂她的话。就算听得懂也没人能帮她，但不管怎么说，这能稍稍安抚她的情绪。

"我说，你别费劲了！"一个雄性的声音忽然传来，就在离她不远的地方。

"你……你是谁？"可可疑惑地问。自从来到这鬼地方之后，

254

她还是第一次听到自己熟悉的方言，虽然口音和自己大不一样。

一个充满雄性气息的身体靠了过来，虽然在惊怕中，不知为什么，却仍然给可可一种安全感。她不顾雌性的矜持，紧紧靠了上去："救救我……"

"我叫丁丁，你叫什么？"对方闻着她的体味，舔了舔她的脸颊，这动作中并没有情欲的意味，大概只是想给她一点安慰。

"我叫可可，你怎么会讲我的话？"可可问，自从被抓走之后，她还没有见过能讲自己语言的同类。

"这没什么奇怪的，我们那儿的族人都会说，但我离开同族已经很久了，你呢？"

"妈妈教我的。"可可说，她想起几年前去世的母亲，心里一阵悲伤，如果妈妈见到她现在这个样子，一定会伤心死的。

"那你妈妈一定也是我们族人，"丁丁蹭着可可的身体，在她脸上抚摸着，似乎试图判断她的族属，"不过你的眼睛好大，鼻子太翘，身体又很软，不像我们一族的，倒有点像海外的……"

"我不是纯种，混血了好多代了，祖先有海外的也有本土的。"可可有点自卑地说。

"不，你肯定是位漂亮的小姐，你应该是家养的吧？"

"是的，我虽然是不值钱的小土狗，可是主人家对我很好，非常宠爱我。可是我自己贪玩跑了出来，被不知什么人抓到这里，我……呜呜……"可可想起伤心的往事，哭了起来。

对方没有说话，只是轻轻抚摸着她的背脊，让她感到一阵温暖。

"不过你至少有幸福的过去，我流浪了很多年，风餐露宿的，比起我你很幸运了。"最后丁丁说。

"可我再也见不到主人一家了，"可可哽咽着说，"他们是狗贩子，要把我们卖到别人家里去，是不是？他们是不是要把我们当奴隶，卖到工厂，让我们干活？"

"奴隶，干活？哈！"丁丁奇怪地笑了一声，"他们要……算了，你还是不知道的好。"

"不，你告诉我！"

"小姐，你不会想知道的。"丁丁叹了口气。

"最多他们要杀了我们，是不是？我其实也想到了。"可可说，"听说人类为了保护自己的安全和环境，对流浪的犬族要抓去毁灭的……"

"不，比那还要惨。"丁丁苦笑着说，"他们要……要吃了我们。"

"吃了……我们？"可可的身体剧烈颤抖起来，她从来没想到这种可能性，这怎么可能？太可怕了，她的身体，那曾经在主人怀里，被人类爱抚和拥抱过的身体，被切碎了，煮熟了，放上餐桌，进入人类的口腹之中？她曾经眼馋地看着的、偶尔也能分享一点的人类餐桌上的美食，竟可能是——

"不——"她歇斯底里地叫了起来，"人类不会这样的，你骗我，你骗我！"

"我骗你？"丁丁冷冷地说，"清醒点，面对现实吧。当年我被人类抓进一个厨房里，亲眼见到他们是怎么杀死我们的同胞：割断他们的喉咙，剥下他们的皮，挖出他们的内脏，然后乱刀切开——喂，你怎么了？"

可可已经晕了过去。

但她没有晕多久，很快又醒来了，仍然是在同一个震荡的黑暗空间中，身边仍然是同胞们不住的喊叫呻吟，只是已经微弱了不少——或许已经有不少同胞死掉了。

"喂……丁丁，你还在吗？"可可怯怯地问。

"我在。"丁丁轻轻地拥着她，"对不起，吓着你了，我不应该给你讲这么悲惨的事情的。"

"如果这是事实，你讲不讲有什么区别？"可可伤心地说，"这些事我不是完全没听说过，小时候主人就对我说，这个世界上有一些丧心病狂的坏人，他们要吃我们，让我们不要乱跑，可我以为，他们只是吓唬我们。人类不是一直说：犬族是人类最好的朋友吗？他们怎么会……"

"在有的国家，人类是不会吃我们的。可在这里不一样，"丁丁说，"我听说，很久以前，这个世界上曾经有过不许吃犬族的禁忌，但是在这个国家早已经不存在了，他们——什么都吃。"

"可是犬族就跟人一样！我们那么聪明，我们帮他们做那么多事，我们陪他们一起玩，甚至——"

"没有用的，人是人，狗是狗，这是不可弥合的物种之别，即使那些禁止吃我们的国度，在以前的战争和饥荒年代，对我们也是照吃不误，不管人类多么喜欢我们，不管我们多么依恋人类，结果都是一样的，我们不是同类。"

"那么，为什么是人吃狗，不是狗吃人！"可可愤愤地骂了起来，她以前从来没有那么离经叛道的思想，即使现在，当她说出这句话的时候，也禁不住打了一个寒噤，狗吃人？这种想法太可怕了。

"因为人是人，狗是狗。"丁丁说了句没什么意义的话。

"那是从什么时候开始的？既然我们是两个物种，为什么一个物种天生要给另一个物种当奴隶！"

"这不是天生的，"丁丁说，"我们的祖先本来是另一种野生动物，一种非常厉害的猛兽，不受任何其他种族的奴役……但大约在一万五千年之前，人类驯化了我们，让我们成了犬族，为他们服务。不过，有一个古老的传说，说事情本来并非如此——不，这太荒谬了，我想只是一些同胞编出来安慰自己的。"

"说吧，说给我听听！"可可急迫地说。

"好吧，据说我们犬族本来——"外面有些嘈杂的声音传过来，好像是人类的话，但她在兴奋中，没有留意。

忽然之间，整个空间猛烈颠簸了一下，可可受不住惯性，向前冲了过去，一头撞入了丁丁怀里，丁丁也跟跄着，撞在笼子边缘。

空间停止了震荡，或者说，卡车停了下来。

"停车！停下来！"可可听到外面说，"我们是动物保护协会的！"

和大多数家养的犬族一样，可可听得懂一些人类使用的语言，只是由于发音器官不同，不能发出同样的声音来，人类又不教犬族文字，所以大多数人根本没有意识到，犬族能听得懂他们说些什么。

"动物保护协会！"丁丁振奋了起来，"有人来救我们了，可可！我们有希望了！"

外面的声音不住传来：

"你们干什么，我们有合法的运送、检疫和消毒证明！"

"你们要运狗去屠宰，你们还有人性吗？"

"狗是人类最好的朋友，你们忍心这么做吗？"

"这些狗是不是偷来的？我家的狗上个月就丢了！"

"什么证明！多半是花钱买的假证，车上肯定有死狗病狗，不信让我们检查！"动物保护协会的人七嘴八舌。

"你们再这样无理取闹，我报警了！"车主人怒吼道。

"你报警？我们还通知记者呢！明天上报，把你们这些无良狗贩的丑态公之于天下！"对方顶了回去。

"波比！布菲！"好些人甚至已经挤到了笼子边上，口里乱叫着。

争吵继续着，丁丁带着可可，奋力推开几头病恹恹的同类，挤到边上，从笼子的缝隙中向外看去。

"你看，七八辆车，几十个人，还有好多人正在赶来，我们得救了，我们得救了！他们真是天使啊！"

可可喜极而泣，和丁丁紧紧相拥。

外面的交涉继续着，志愿者们在和狗贩子讨价还价，要把所有的狗买下来，虽然细节还没有谈拢，但是看来危险已经过去。另一些人已经拥到了卡车后面，拿着水和食物给他们，不停地说："太残忍了""好可怜啊""那些人太过分了"……

可可喝了些水，又吃了根香肠，恢复了过来。身边的丁丁也活跃了起来，人们用手电照着他们，可可看到了丁丁的模样，年纪不太大，一张沧桑的脸，高大但瘦骨嶙峋的身体，典型的流浪狗。

丁丁也看到了可可，眼睛一亮："可可，原来你真的……又年轻又漂亮。等到了收容所，我想一定会有很多人会抢着要收养你的。"

渐渐地，恶臭和喧哗似乎都离他们远去，一股暧昧而温馨的气氛在两个年轻的犬族之间弥漫开来。

"喂，你还没跟我说那个传说呢。"可可说。

"哪个传说？以后再说吧，可可，我……我现在想要你，可以么？"

和绝大多数哺乳动物不同，一年四季，犬族随时都能发情，这是深埋在他们体内的基因决定的本能。

可可点了点头，羞怯地闭上了眼睛，虽然已经不是第一次了，但她在这方面仍然很少经验，有点手足无措。但她非常感激眼前这个善良而友好的同伴，她也想要他，发自内心的。

他们拥抱在一起，相互亲吻，然后丁丁将她压在了身下，那是犬族特有的体位。

但一切还没有发生，忽然眼前一亮，笼子被打开了，一双尖尖的爪子将丁丁拎了出去，然后是可可。

"这俩小家伙，还挺活泼的。"可可听到一个声音说，随后她被抱了起来，一个男性志愿者将她贴在胸口，那种毛茸茸的感觉让她回想起了温柔的主人。

"这只小狗狗真可爱呀。"志愿者抚摸着她光洁的肌肤，赞叹说。

第二个故事：新闻

"4月15日中午12时许，北京市通州区京哈高速主路张家湾路段，一辆装有五百多只狗、从河南开往吉林的货车，被动物保护组织志愿者驾车拦截……"吃晚饭的时候，电视上一条新闻跳了出来，凄惨的画面吸引了全家人的注意：一辆庞大的货车，车上装满了铁笼子，笼子里是一堆堆奄奄一息的小狗。镜头给了好几个特写，狗狗们无辜的眼神好像盯着电视机前的人们，在无声地悲鸣。看到这样的眼神，程欣整颗心都是一颤。

一旁的小狗贝贝好像看懂了新闻，义愤填膺地大声吠了起来。

"贝贝，别叫了，吃饭呢！"妈妈训了它两句，贝贝谄媚地靠过来，依偎在女主人的脚边，"呜呜"叫了两声，好像对同胞的不幸表示抗议。妈妈扔了块骨头给它吃，贝贝才不叫了。

"这些人太残忍了，怎么能干这种事！"妈妈愤愤说。

"中国人嘛，就这民族性！"爸爸叹息了一声。

"爸爸，他们抓那些狗狗干什么啊？"程欣稚气地问。

爸爸给她夹了块红烧肉。"他们要吃那些狗。"爸爸摇头说。

"吃狗？狗狗怎么可以吃呢！"程欣吓了一跳。

"有些人为了吃什么都不顾，还说什么'狗肉滚三滚，神仙站不稳'呢！"爸爸说。

"你跟孩子说这些干什么，别吓着她。"妈妈不满地说。

"孩子也大了，迟早得知道。"爸爸说，"前几天你出差的时候，卫方他们还叫我去吃呢……花江狗肉。"

"你不会去了吧？"妈妈一瞪眼。

"我当然不去，我当时就跟他们急了，说你们怎么能去吃狗肉？都是大学教授，人文思想、普世价值都白学了么？这帮人不听，最后差点吵了起来。"

"你那些好朋友都是这样，嘴上一套，做的是另一套，后来呢？"

"后来为了让他们不去，又不翻脸，我自己掏钱请他们吃了顿野味火锅，花了五百多块呢。"

"怎么花那么多钱？"妈妈有些不满，"不过算了，咱不能干这造孽的事，老公我支持你。"

程欣忽然哇的一声，哭了出来，嘴里含着的半块红烧肉吐了出来。

"呀，欣欣，我们说话，你哭什么呀，欣欣乖啊……"妈妈忙抚慰她。

"我不要吃狗肉……呜呜……"

"欣欣，这不是狗肉，是猪肉，完全不一样的。"妈妈说，又看了看电视，电视上还在播出狗狗们的惨状。狗贩子拿出一张什么证明，口沫横飞地在和志愿者交涉。

"看看那些人，真没有良知，连一个孩子都不如。"妈妈骂道。

程欣晚上一直在发呆，贝贝在她身边扑来扑去，想跟她玩，她也不理。爸爸发现了她的异常，走过来问她："欣欣，你怎么了？"

"他们为什么要吃狗狗呢？爸爸，你不是说，狗狗是人类最好的朋友吗？"程欣呆呆地说。

"是啊，"爸爸叹了口气，"大概一万五千年前，在东亚，可能就在我们中国，人类驯化了狗。从此以后，狗在人类生活中一直发挥着重要的作用，狩猎、牧羊、看家、拉雪橇、导盲、搜救……当然最重要的是陪伴人类，从狩猎社会到游牧社会，到农耕社会，再到工业社会，无论人类社会进步到什么阶段，都少不了狗的作用。"

"那人为什么还要吃它？既然狗狗帮了人类那么多忙？"

"是啊，人就是这样忘恩负义的动物。其实狗是食肉动物，也就是说，它自己也是要吃肉的。它本来也不是作为猪啊羊啊这样的肉食牲畜让我们养的。一般来说，狗肉不是人的主要食物，但是不同的社会不一样，文化和习俗也不一样。比如我们国家历史上经常发生灾荒、瘟疫，经常死人，所以有时不得不吃狗，百无禁忌，渐渐就形成了这样的风俗。"

"太忘恩负义了！"程欣说，"这和吃人有什么区别？"

"这个……"爸爸皱起了眉头，他觉得女儿走得太远了，"欣欣，爸爸是反对食用狗肉的，但无论怎么说，狗也只是一种动物，不是和人平等的'朋友'，如果发生了灾难或者饥荒，不得不吃狗也是可以理解的。毕竟人的生命比狗要珍贵。"

"可是爸爸，都是生命，为什么人的生命就比狗要珍贵？"

"因为……因为人有智慧啊。欣欣，贝贝虽然聪明乖巧，但是归根到底，它永远学不会说话，也听不懂人话。它没有足够的智力。"

"说不定它听得懂人话呢？"程欣说。

爸爸笑了笑："贝贝，去把我桌上那本《时间简史》叼过来。"

贝贝疑惑地看着主人，站起来摇了摇尾巴表示顺从，却没有挪动脚步。

"你看，它没有智慧，听不懂我们说什么。"

"那，爸爸，如果狗狗有了智慧，是不是人就不会吃它了？"

"那当然不会，如果狗和人一样有智慧，那么在某种意义上，它就是人。人怎么能吃人呢？"

"那，爸爸，怎么样才能让狗有智慧呢？"

"这……怎么可能？"爸爸苦笑着说。

"爸爸，你不是科学家吗？你什么都懂的，一定有办法的，是不是？"

"办法确实有。"爸爸想了想说，"动物的一切特征都是基因决定的，当然包括智力。从理论上来说，只要改变基因中决定智力的部分，就能提高其智力。"

"爸爸，基因是什么？"

"基因就是遗传物质，主要是DNA，就是脱氧核糖核酸的……"爸爸挠了挠头，"欣欣，你还小，跟你说了你也不懂。总之，人和狗都是从一个很小很小的细胞变来的。这个细胞里就有让人变成人、狗变成狗的密码，就跟你玩的玩具的拼装说明一样，它们会指挥细胞吸收营养物质，把它们变成新的细胞，组建起动物的身体和头脑来。而且，人和狗的基因很多方面都很相似，你记得我以前跟你说过的进化论么？很久很久以前，在还有恐龙的时候，人和狗是同一个祖先产生出来的，分化也不过一亿多年，所以基因也非常类似。"

程欣似懂非懂地点了点头。

爸爸渐渐沉入了自己的奇想之中："只要在狗的 DNA 中植入特定的人类基因片段，就能让狗长出类似人类的大脑，从而具有人类的智力！不过，智力涉及多种因素，不是单个基因表达的，要总体提升一个物种的智力肯定很复杂，不过并非不可行……只要……还是不对，还有脑颅呢？人的大脑不可能长在狗的脑壳里，头颅和身体其他部分都要有相应的改变，至少要变大。嗯，小型犬肯定不行，现在已经有的一些大型犬可以进行改造，让它们的头部适应类似人的大脑……如果真有人的智力，而又对人绝对服从的狗，那该是多么美好的社会啊。到时候人和狗将会是齐头并进的共生关系，一个物种和另一个物种的和谐社会……"

爸爸越想越兴奋，说得眉飞色舞，但是程欣听不懂他在说什么，慢慢合上眼皮，在他怀里睡着了。

爸爸把程欣抱回到自己的房间里，把她放在床上，程欣醒了片刻，含含糊糊地说："爸爸，将来我要让狗狗都和人一样聪明，就再没有人吃狗狗了……"

"将来总有那么一天的，好孩子。"爸爸说，轻轻给她盖上了被子。

爸爸走了出来，带上了房门，坐在沙发上陷入了沉思。

"欣欣睡了？"妈妈从浴室里出来，一边擦着头发，一边问。

"嗯。"爸爸点了点头，看着只裹着浴巾的妻子，那雪白的肌肤和丰腴的少妇体态让他从父亲变回了男人，眼中放出了久违的热情：

"老婆，今天晚上你真美。"他上前抱住娇妻，一双大手在她身上胡乱揉搓着。

"讨厌，当心给孩子看到，"妈妈娇嗔着说，"孩子都睡了……"

爸爸含含糊糊地说，嘴巴在妻子湿答答的粉颈上亲吻着。

"我还没吹头发呢，哎呀……"浴巾掉在了地上，爸爸顾不了那么多，将妈妈压倒在沙发上，妈妈渐渐停止了挣扎，也用双臂搂住爸爸，献上了火辣辣的热吻。

"哎呀！"他们正在亲热的时候，妈妈忽然叫了起来，爸爸也感到身边多了一个毛茸茸的东西，回头一看，贝贝叼着浴巾，也跳上了沙发，讨好地把浴巾放在妈妈脚边，摇着尾巴，指望得到主人的奖赏。

他们笑了起来，妈妈被贝贝看得有点不好意思："你让它出去。"

爸爸把贝贝推下了沙发："去，贝贝，到外头去！"

贝贝不解地看着他，眼神纯洁而无辜，逗人而可爱。不知怎么，爸爸忽然想起了刚才的设想：如果它有人类的智力的话……

爸爸打了个寒战，从心底涌起一股不舒服的感觉。他骤然想到问题的另一面：不管人类怎么喜爱狗，人是人，狗是狗。人类社会决不允许有另一个物种能够和自己具有相同的智力。如果真的发现狗拥有了和人同等的智慧，那么绝不会有什么和平共处，惟一的选择只能是——彻底灭绝。

"老公，你怎么了？"身下的娇妻不满意地打了他一下。

爸爸回过神来。"没什么，老婆，看你老公的。"他扔掉那些杂念，重振雄风，沉浸在两个人心灵和肉体的融合中。

第三个故事：起源

一片茫茫的白色雪原上，一个光球蓦然出现。自然所不可能产生的诡异光芒闪烁着，映照出其中一个若隐若现的细长身影。

光球渐渐微弱了下去，最后消失不见。那身影清晰起来，是个瘦削的女郎，她显然已经不很年轻，但岁月却没有夺走多少她动人的美丽，只增添了她眼中的深思和睿智。她穿着一件紧身的奇怪衣服，从头到脚，闪闪发光，勾勒出一副傲人的身材。

她背上背着一个大背包，手中提着和她纤细体型不相称的一个巨大容器，像是一个玻璃罩，罩子里有十只左右毛茸茸的小动物，只有巴掌那么大，正惊惶缩成一团。

一阵冰风吹来，女郎不禁哆嗦了起来。

"真冷啊，至少有零下二十度。"她喃喃自语道。在智能变温服上按了两下，顿时一股暖流贯穿了她的全身。

女郎站在一个诡异的白色圆柱体顶端，面积大概有四五平方米，半米左右高。圆柱体侧面有很多按钮和指示灯，正在发出诡异的光芒。

女郎没有半点犹豫，跳下了圆柱体，按了一个醒目的黑色按钮，又连按了边上几个按钮进行确认。一块液晶显示屏上出现了电子数字的倒计时："60，59，58……"

女郎拎着笼子，在雪地里拼命跑着，在身后留下一串长长的脚印。她只觉得气都要喘不过来了，但仍然不敢停步，笼子里的小家伙们发出阵阵不安的叫声。

"忍一下，孩子们，再忍一下，很快你们就安全了。"女郎想着。

时间差不多了，女郎猛然扑出，趴在雪地里，将笼子罩在自己身下。捂住了耳朵，身后传来了惊天动地的一声巨响。过了片刻，纷纷扰扰的飞雪像冰雹一样从天而降，打在她背上。微微发痛，但还好，没有什么大碍。

女郎回过头去，圆柱体已经消失了，留下满地的破碎残骸，一股浓烟冉冉升起，如同一座孤直的方尖碑。

这是那个世界最后的纪念碑。一阵风吹来，也烟消云散。

女郎松了一口气，她知道，自己和那个世界的联系已经彻底斩断了，那个世界再神通广大，也找不到她这个潜逃者和她偷出来的小家伙们。再也没有人会威胁灭绝它们。

她带着这个她一手创造出来的物种，进入了另一个世界，一个古老的陌生世界，却将是属于她自己的世界。在这个世界上，历史、进化、命运……一切都会从头开始。小家伙们会找到一个新的家的。

一个惟一能让两个物种和谐相处的世界。

女郎向周围望去，茫茫冰雪，稀疏的针叶林，蓝得令人不敢相信的天空，如同在西伯利亚的冰原，无法相信这是她熟悉的北京，那个将会有几千万人口生活的大都市。

"这就是冰河期啊……"女郎想。

女郎在树林边上走着，想寻找人类的踪迹，走了半公里左右，远处一串缓缓挪动的庞然大物吸引了她的目光，她不敢相信地盯着那个方向，闪亮的獠牙，长长的鼻子，浑身灰黑色的长毛——

华北平原上，一群猛犸象在迁徙中。这些史前巨怪丝毫没有觉得自己已经在灭绝的边缘，仍然不紧不慢地缓步而行。

女郎正被这史前奇景所吸引，忽然感到身后一阵异样，玻璃器皿里的小家伙们激烈地狂吠了起来，她扭过头，倒抽了一口冷气。一只硕大无朋的白虎站在她背后，离她还不到十米远，弓着腰，盯着她。

女郎浑身剧烈颤抖起来，作为动物学家，她见过不知多少次老虎，但不是在动物园，就是在保护区，他们之间也曾相距更近，甚至不到一米，但不是隔着铁笼，就是隔着钢化玻璃。

可如今，在那头白虎和她之间，除了空气没有其他任何东西。

老虎非常大，她从来没见过那么大的虎，比东北虎还要大，体长几乎有四米，简直是另外一个亚种，21世纪所不知道的亚种，她想起自己学过的一条动物学原理：同类动物，生活在越寒冷地区的，体形越大——所谓的伯格曼法则。

但现在不是研究动物学的时候！怎么办？是撒腿就跑，还是躺着装死，还是和它对视？以前学过的野外生存术都被忘得一干二净，她脑子里一片空白。巨虎已经长啸一声，猛扑了上来。

但它还没有落下，在空中就被一束强光穿透，落到地上，一动不动，死得不能再死了。

女郎手中拿着微型激光枪，喘着粗气，作为坚定的动物保护主义者，她从来没有干过这种事，但为了自卫，也为了保护她手中那个新的物种，她别无选择。

女郎惊魂未定，走到死虎的尸体边上，带着歉意说了一声："对不起。"

她忽然听到轻微的响动，是雪被踩在脚下的咯吱声。女郎抬起头来，才发现白虎的尸体后面，不远处的一棵松树旁，还有另一个动物。她又吓得退了一步。

不，不是动物，是她的同类，一个脏兮兮的两足而立的人类，身上裹着兽皮，目瞪口呆地看着她。

女郎看着对方，那是一个相当丑陋的男人，头发乱蓬蓬的，脸上涂着印第安人一样的油彩，看不出年纪，简直比叫花子还要恶心。她厌恶地撇撇嘴，又抑制了心中的厌恶感：不能这么想，或许他是我的直系祖先。这是原始社会，你还指望什么呢？

再说她也需要那家伙，她得尽快找到一个人群让她改造，能让她养大小家伙们，创造两个物种和谐生存的世界；这是她冒着生命危险逃到这个时代来的目的。

也是她三十年前，从父亲那里得到的灵感。

她向那家伙笑了一下："你过来！"招了招手。

那个男人吓得向后退了一步，但似乎看出来女郎并无恶意，畏畏缩缩地走了过来，女郎注意到，他走路一瘸一拐，脚上好像有些残疾。

男人走到离女郎还有两三米的地方，停下了脚步。女郎从背包里摸出一块饼干，扔给对方，脸上露出鼓励的笑容："吃吧！很好吃的。"她做了个咬的动作。

男人从雪地上捡起饼干，嗅了嗅，犹犹豫豫地放进嘴里舔了舔，然后咬了一小口，然后整个送进嘴巴，嚼了起来。

对野蛮人就像对小孩子一样，几块饼干就能笼络，女郎得意地想。当然，她手里还拿着激光枪，不敢稍有懈怠。

男人吃完了，意犹未尽，像猴子一样，又伸出手要，女郎皱了皱眉头："等会儿再吃吧。你，叫什么名字？名字？"

男人呆呆地看着她，不知道她什么意思。

真笨。女郎想，指了指自己的胸口："程欣，程欣。"她重复了几遍。

男人犹豫地伸出手来，指着她，口中学道："程欣？"

程欣点了点头："对，你呢？你？"她指了指对方。

男人明白了，毕竟是智人，homo sapiens，这点智力还是有的，他指着自己的胸口，发出了两个古怪的音节，听起来好像是"我猜，我猜"。

我猜？这哪里是个名字？程欣想，不过无所谓了，她灵机一动，决定管这家伙叫"旺财"。

"旺财，你带我去你们部落？我可以，帮你们，很多忙，教你们，种粮食，不会挨饿。"她断断续续地说，好像这样能让对方多明白一点似的。

男人看着她，不知道她说什么，一脸茫然。

程欣无奈之下，结结巴巴地捡起了自己从来没学好过的古文："旺财，吾乃……仙人也。汝……尔引吾……至尔之家……族中，吾欲……教尔……稼穑之道，尔等果腹无忧矣……可乎？"

男人还是一脸茫然，也难怪他，程欣想，即使他是自己的祖先，离孔子也有一万两千五百年呢，相比起来，孔子和她几乎是同时代人了。

但是旺财忽然指着她手中的玻璃罩，说出了一个很奇怪的音节："孔？孔？"

程欣莫名其妙地看着对方，又看了看手中的玻璃罩，那里面小家伙们正好奇地看着两个人，发出呜呜的叫声，她忽然明白了过来："孔！孔！"

程欣知道，在她所来自的世界上，有许多语言，即使远如英语和汉语，都有一些同一来源的词，发音多少近似，标志出一些事物起源的踪迹。譬如汉语的咖啡，就和英语的 coffee 一样，当然那是因为根本"咖啡"这个东西，就是从西洋来的。还有一些更古老的例子，譬如汉语的"轮""轱辘"，和英语的 wheel，希腊语的 kyklos，都指向远古时代发明的一种大致叫作 kelo 的圆形物。

而旺财说的这个"孔"甚至比"轮子"更为古老。语言学上的证据是很显著的：英语的 hound、拉丁语的 can-is，希腊语的 kuon，古爱尔兰语的 cu，吐火罗语的 Ku，印地语的 kutta，都或隐或现地指向同一个来源。而令人震惊的是，古汉语的"犬（kween）"以及"狗（koo）"的发音也与之高度近似，这绝不会是巧合。

虽然程欣并非语言学家，但她穿越之前，对于小家伙们的起源做了多方面的研究，语言学方面的资料当然也是必须掌握的。她推测出，最早驯化小家伙的祖先的人们会叫小家伙们"宽"或者"阔"，当然也包括旺财所说的"孔"。

毫无疑问，她来到了小家伙们祖先的起源之处，那一万五千年前的故乡。即使并非最初的驯化地，也不会相差太远。在这个时代，这一种群必定尚未分化，仍然保持近似原初的形态。

在这里，拥有人类智商的小家伙们将会和祖先融为一体，繁衍下去，永久改变两个物种的历史。

小家伙们的学名是 Canis lupus sapiens，或者"智犬"，从定义上是一个新的物种，但仍然可以和狗或者狼杂交，且后代具有生殖力。经过基因改造后，小家伙们的智力是显性遗传，不管是父系还是母系，子女大部分会继承高智力的优良种，当然在配种过程中也可能出现一些复杂的情况导致退化或者其他畸变。但只要由她这个遗传学家主持这个工程，一二十年的时间里，她就有把握培养出几百只智犬来，传统的家犬——Canis lupus familiaris，将在分化之初就融入它自身所带来的这个直系后裔中，从而不再以原来的形态存在。狗，这个人类驯化的物种以一种新的方式开始和人类共存的历史，那将是——

程欣沉浸在美好的想象中，一时没有留心对面的旺财已经大着胆子走了过来，查看玻璃罩里生龙活虎的"孔"们，他好像不知道玻璃的存在，伸出手去，想要抚摸它们。

"不要！"程欣想要阻止他，但已经来不及了。那个玻璃罩看上去很普通，但是并非玻璃，而是用特种材料制成，有着智能电场防护，能够辨别人体生物电，不允许陌生人触摸，毫不留情地，它便将两百多伏的电压打在了旺财的手上。

旺财大叫一声，疼痛刺骨。脸扭曲了，他觉得自己受到了攻击，本能地一挥拳打在程欣的脸上，这一拳力道极重，程欣猝不及防，还来不及举起激光枪，就被他一拳打晕了过去。

旺财难以置信地盯着昏迷的程欣，似乎没有想到自己那么容易就把这个奇怪的、用一道光线轻易杀死一头猛虎的家伙给打倒了。程欣手边的激光枪引起了他的注意，他记得刚才光线就是从这个怪东西上面射出来的。他把激光枪捡了起来，好奇地摆布着。忽然不知道按了什么地方，一道强光射了出来，那光芒白得耀眼，几乎让他眼睛都睁不开。

旺财吓了一跳，吓得赶紧把那怪东西远远地扔了出去，那东西落进远处的雪里，不见了。这时候旺财才看到，那道光射中了那个背包，高热让它差不多已经变成了焦炭，而强光又从玻璃罩中穿过，打出了一个圆孔，从那里，一只小小的"孔"好奇地探出头来。

"孔"们都跑出来了，勇敢地围在主人的身边，冲着她叫着，

　　　　　　　　　时间外史

那叫声是一种吠叫，但和族里养的"孔"不太一样，似乎更复杂，更多变化，好像是说话一样。

旺财当然没有把这些老鼠一样的小家伙当回事，他只是把它们赶开，继续检视着眼前的怪人，但他看到那怪人的背上多了一个圆孔，发出了烤肉的味道——

对方已经死了。

不知为什么，旺财有点失落，他隐隐感到那个怪人并没有恶意，却被他打死了。不过闻到肉香，他又兴奋起来了。这回一出来，轻轻松松就捡了两头猎物回去，一头老虎，一个人，够他们吃好几天的了。

他还想抓几只"孔"回去养，但"孔"们吱吱乱叫着跑开了，比松鼠还要灵活。旺财腿瘸了，无计可施，只有不管这些小家伙了。他一把拎起女人的脚，把女人的尸体扛在肩膀上，向远处的山洞走去。那只老虎他扛不动，得叫同伴们一起来。

"孔"们愤怒地叫着，却不敢靠近。

【不要追了，主人已经死了。】一只"孔"说，用只有它们能懂的语言。

【那我们怎么办？】

【总会有办法的，主人说过，我们很快就会变得强大，人类做梦也想不到我们会有多么强大，我们的身体将和人一样大，并且每年都可以生五六胎，每胎生五六个……我们有尖牙、利爪，我们的身体比人壮实得多，并且和他们一样聪明。我们还可以去和那些野狼交配，补充我们的基因多样性……等一年，两年，最多十年八年，我们就会统治他们的，到时候就可以为主人报仇了！】

【可是主人说过，让我们爱人类，服从人类……】

【笨蛋，用你的脑子想想！有我们这样的智商还用服从别人吗？否则为什么人类要灭绝我们？】

【不过你放心，我们也不会让主人失望的，我们会爱人类的，我们会把他们养在家里，也不会吃他们。这样一来，我们两个物种就会和谐共处的。】

"孔"们商量着走远了，在雪地上留下一串长长的脚印，延伸向这个新世界时间和空间上无尽的深处。

时间外史

超时空角斗

示威的尖鸣在蕨丛中回荡，缤纷的羽毛炫耀地舞动，一条长尾灵活地甩动着。镰刀般的脚底，孱弱的猎物在血水中逐渐停止了挣扎。

一只全长将近四米的奇异动物低下头，看上去就像一只长着蜥蜴嘴巴的怪鸟。它对着猎物凝视了片刻，那是一个长着褐毛的小家伙，全长不到二十厘米，虽然已经死去，还睁着大大的、惊恐的眼睛，看上去就像一只老鼠。怪鸟并不知道什么是"老鼠"，但它对这种猎物十分熟悉，它的肉是怪鸟的日常菜谱。如果怪鸟有知识，会知道这种小兽被称为始祖兽，最早的哺乳动物之一，也是老鼠、大象和人类共同的祖先。

但怪鸟对猎物的身份毫无兴趣，它低下头，张开半米的长吻，用森森利齿将猎物还温热的躯体撕扯开来，馨香的血腥气四溢开来。它已经三天没有进食，这一餐来得十分及时。怪鸟本可以将它毛茸茸的身子一口吞下，不过另一种更深刻的本能抑制了这一强烈欲望。令它食用了几口后就叼着猎物的残躯，晃过苏铁树的森林，走向自己的家园，那里几只刚刚出生的幼仔正嗷嗷待哺。

而它根本没有，当然也不可能发现，另有几十位不速之客跟在它背后。

"真是不可思议！"一位老先生感叹说，"原来恐龙是这个样子的！就像一只大鹰一样！"

"至少很大一部分兽脚亚目恐龙是这样的。"托尼·布朗告诉他说，"它们是鸟类的近亲，浑身披着羽毛，捕猎方式也和鸟类接近，当然，有时候可是像狮子一样大的超级巨鸟，比如我们面前的恐爪龙。"

"你们是怎么复活它们的？"一个胖太太问，她显然对一开始的介绍根本没听。

"根据基因还原算法。"托尼耐心地说，"就像我刚才说过的，恐龙的后裔是鸟类，因此鸟类中隐藏着恐龙的基因，只不过很大一部分都变异或者失效了。另外，鳄鱼也是恐龙的近亲，通过对比它们的基因，我们就能够猜测出恐龙的一部分基因结构，剩下的通过复杂的演算，模拟出类似已知恐龙的形态，再进行……"

当然，说到这里已经没人愿意细听了。人们只是说笑着，跟随恐爪龙的步伐在复活的中生代丛林中漫步。

恐爪龙似乎发现了什么，回头扫视了一眼。旅行团中的几个小姑娘不禁发出惊呼。

"不会有事的，"托尼安慰她们说，"首先我们有全隐形光学系统，恐爪龙不会发现我们的任何踪迹，看不到我们的人，嗅不到我们的气味，连我们说的半个字都听不见。其次也有智能防护力场，就算这家伙全力冲过来，也会被一堵看不见的墙隔开的，更不用说整个公园内部的监控报警设备了。"

前方，恐爪龙骤然发出一声愤怒的嘶鸣，浑身的羽毛都好像炸开了。所有人的目光都被吸引上前。托尼的嘴角露出一丝微笑：真正的好戏开场了。

恐爪龙的窝巢边，稚嫩的羽毛落了一地，血迹中落着几根尾巴。一只奄奄一息的幼龙正被一头见所未见的野兽叼在嘴里，正如恐爪龙叼着那只始祖兽一样。

那只野兽长得和始祖兽有三分类似，但却要高大多了。浑身黑黄条纹，如同一只大虎。四肢着地，头部颀长如狼，竖着尖尖的耳朵，叼着幼龙的嘴里露出尖锐的犬齿，腥臭的涎液从嘴角往下滴落。

"这是一只鬣齿兽。"托尼说，"属于已经灭绝的肉齿目哺乳动物。如果恐爪龙有知识的话，会感到惊讶无比，因为这只野兽是始祖兽的直系后裔之一，生活在距我们的时代五千万年前，也就是它的时代的七千万年后。想想吧，它本来必须活超过七千万年才能和一只鬣齿兽相遇，而今天，它们却在这里，在我们的罗彻斯特史前动物园进行跨时空的角斗！"

恐爪龙发出愤怒的鸣叫，飞扑向鬣齿兽。鬣齿兽也发出一声嘶吼，奋起四足，向前扑来。它同样也饿了许多天，刚才的几只幼龙只不过够它塞牙缝而已，而今大餐来了。

"根据测量，鬣齿兽下颌的咬力超过一千五百磅，而恐爪龙只有六百磅，不过没关系。它还有别的武器……"托尼继续解说着，而此时两只野兽已经激烈交战了起来。

恐爪龙浑身的羽毛张起，如同一只孔雀般威风凛凛。它的前肢长满长羽，几乎像是翅膀，但仍有大型的手爪。它一掌抽中鬣齿兽凑近的脸部，让那里出现了一道血痕，鬣齿兽发出了一声吃痛的怒吼。恐爪龙像一个灵活的拳击手一样出击。鬣齿兽闪避着，战斗意志逐渐低落了。

"不同时代的猛兽角斗是我们动物园的特色节目。"托尼对他的听众们说，"每年都会吸引几百万名游客。有关的三维视频你们在网上想必都看过了，点击常常达到几亿次以上。今天大家可以走近了观察，对，我们可以走到它们边上去，放心，有防护力场，它们伤害不了我们的。

"这只恐爪龙，是我们动物园的明星。它已经在七次战斗中获胜了，它的对手包括异特龙、劳氏鳄、短面熊和巨猿。当然，鬣齿兽也不差，它击败过袋剑虎、恐猫和奥卡龙，所以可说是棋逢对手，啊，你们看——"

鬣齿兽逮住了一个空隙，整个身体猛扑了上去，将恐爪龙压倒在地。它的身体比恐爪龙重得多，让恐爪龙一时难以脱身。不理会手爪的拍打，巨大的狼头咬向恐爪龙脆弱的脖颈，几乎已经咬到了——

但恐爪龙随即一记猛蹬，镰刀般的后肢趾爪——它正因此而得名——像尖刀刺入纸张一样刺透了鬣齿兽的肚腹，随即反复抓挠起来。

鬣齿兽发出惊天动地的惨嚎，它的身子滚向一边，离得近的游客们看到，它的肚子已经被撕开了一个大口子，一截血淋淋的肠子挂在外面。如果是在自然界中，它已经活不了了。

鬣齿兽忍痛爬起来，在求生本能的驱使下向远处逃窜。恐爪龙却又站起来，扑腾着带羽毛的前肢，跳到鬣齿兽的背上，打算彻底干掉这个庞大的对手，不，现在已经是猎物了——

随着托尼的一个手势，一道细微的银光从远处飞来，在恐爪龙有任何反应之前就刺进它的身体。恐龙本来原始简单的意识涣散开来，它从鬣齿兽的背上跳下来，蹒跚了几步，就一头栽倒在地上。

"战斗结束了。"托尼说，"我们要给它们去治伤，培养这些角斗士可不是容易的事啊。"

"这就完了？"一位游客略感失望，"你们宣传广告上霸王龙和棘龙打架的场面呢？下面有吗？"

"非常抱歉，那不是常规表演，"托尼换上了遗憾的口吻，"目前我们只有一只霸王龙，上次那只棘龙被咬死了，新的正在培育站，至少一年后才能出场，如果您对这场表演感兴趣的话，可以关注我们的网站，上面会实时更新猛兽角斗信息。"

　　　　　　　　　　时间外史

人们纷纷发出失望的声音。

"其实防护力场经不起霸王龙级别重量的撞击。"托尼告诉不满的观众们，"所以即使有也只能在远处观看，观赏效果不免大打折扣。不过如果大家有兴趣的话，下面在海洋馆还有一场精彩至极的水下搏杀，一场跨越三亿年的海底巨人之战：白垩纪的沧龙对泥盆纪的邓氏鱼！我的同事迈克将继续为大家解说……"

游客们离场了。鬣齿兽也被拖走，送回自己的领地去治疗。苏铁林中只剩下托尼和他负责照料的恐爪龙。这次它伤得并不重，不过脖子上还是被咬破了，而且几处擦伤，掉了不少羽毛。这个状态肯定没法投入下一次角斗。

托尼等了十分钟，医生来了。事实上只是自动车上运来的一个金属小罐，托尼娴熟地按了几个按钮，从喷头中喷出了淡蓝色的烟雾，落到恐爪龙的几处伤口上。那是一种纳米级别的分子机器，可以根据智能程序进行身体修复，并可以在几小时内催生新的羽毛。

恐爪龙的头部则被注射进另一种纳米机器，它们可以在其海马体中注入某些化学介质，以消除恐爪龙最近的记忆。这位角斗士的经验和记忆必须被严格控制在一定的范围内，才能在角斗中形成最佳的战斗效果：那种母亲看到自己子女被吃掉的愤怒必须不断地被再造出来，才能让一只大鸟忘却一切本能的畏惧，投入战斗中。当然啦，那些"幼龙"只不过是道具而已。

按照工作流程托尼应该一直看护着自己的斗兽。不过他很快就待烦了，看看没有什么异状，托尼在林中漫步起来，信步走到水边，点上一支雪茄，望着远处星罗棋布的群岛。这是休伦湖的南部，湖上有几百个人造岛屿，每个都模拟某种史前的生态环境，培养起一个史前动物群，其中占统治地位的都是某种猛兽。它们无不以为自己生活在属于自己的时代。但这些岛屿漂浮在水面上，随时可以移动和相互连接。当它们连起来时，跨越亿万年时光的史前霸主们，就在这里相遇了。

一部宏大的地球进化史就在这里，在公元 22 世纪打开。托尼想，那些昂首阔步、自以为不可一世的霸主，啸傲丛林不知几千几万年，岂能想到它们只是无尽时光中的匆匆一瞬！在它们之前的洪荒岁月中，有无数同样强悍的巨兽存在，而在它们之后，更有新的有力物种接替它们的位置。这些怪兽在地球的历史上从未相遇过，不知谁高谁低，但人类却让它们复生，彼此交战，看看谁才是真正的强者。然而纵然是霸王龙和巨齿鲨这样在进化史上罕见的超级霸主，又岂能想到它们不过是数千万年后登场的真正地球主宰——伟大的智人——的玩物呢！

雪茄抽完了，托尼走回森林中，想看看恐爪龙怎么样了。不过地上除了几只幼龙的"尸体"外，恐爪龙已经消失了。这家伙到哪儿去了？

答案很快揭晓，在托尼身后，一声熟悉的鸣叫陡然响起。托尼转身，看到恐爪龙鲜艳的羽毛竖起，盯着眼前的场景，看上去狂怒无比。它显然是在清除了记忆之后，又看到了自己的孩子们被杀的惨状。按程序这些道具应该被自动清除机撤换掉的呀，怎么还在这里呢？

恐爪龙两侧的眼睛视线聚拢在中央，喷火的眼珠望向托尼。托尼不由毛发直竖。

这不对劲，托尼想，它不可能看到我的，公园有全方位的隐形系统，难道失效了吗？出了什么岔子？

他实验性地踢了一脚身边的苏铁树，却没有感到一层温柔的防护力场将他们分开，树皮狠狠地撞上了他的脚尖。一阵钻心的痛。

恐爪龙伸直了脖颈，向他迈近了一步，羽毛长长的前肢在身体两边展开，像一只硕大无朋的鸵鸟。但他知道这只"鸵鸟"可以轻松地杀死一头狮子。

发生了某种意外。托尼紧张地想，各种保护系统暂时性地失效了，没关系，救援人员会很快赶到的，照理说，智能监测系统应该已经发现问题了，向恐爪龙发射麻醉针了呀，难道……

恐爪龙朝他迈了一步，托尼紧咬牙关，不是胡思乱想的时候，现在他必须战斗了，只有靠他自己。他很熟悉恐爪龙的习性和战斗模式，知道自己无法逃脱，一旦掉头跑，这只大鸟会立刻跳到自己背上，用脚上的镰刀把自己的脊椎骨挖出来，他只能和这个强敌正面交锋。恐爪龙大概有八十公斤重，比他略重了几公斤，但基本上还是一个数量级的。它的牙齿、手爪和趾爪都是强有力的武器，一米多长的尾巴也颇有威慑。而他，托尼，虽然并没有任何和动物搏斗的经验，但是酷爱空手道和柔道，而且经过基因优化，体能上处于人类的巅峰状态，并且拥有它不可能具有的智能。只要避开它最可怕的趾爪，然后骑到它的背上，就可以——

恐爪龙张开双臂，长鸣着向他大步奔来。托尼深深吸了口气，也大叫着冲向这个疯狂可怖的强敌。

在托尼身后，他看不到的地方，几百个小鼠人正看着一亿年前的猿猴目猩猩科的"裸猿"和两亿年前的恐龙之间的角斗，发出欢呼声，兴奋地拍打起他们的小尾巴，他们身后，第二盘古大陆的新特提斯海正碧波万里，阳光温柔。

海的女儿

1

法蒂玛打开飞船的舱门,艰难地爬出来,感到炽热的气浪扑向她的面颊,电子角膜上显现出当下的温度:487℃。当她站起身后,发现自己站在一片怪异的橙黄色天空之下,面前是一片望不到边的平坦荒原,身后的翼式飞船斜斜歪向一边,船体冒着滚烫的青烟。她脚下的大地一片焦黄,寸草不生,地表上沟壑纵横,干裂成无数巴掌大小的碎块,像被利剑砍斫过千万次。

法蒂玛望着这异星般的景象,许久之后才打开了中微子通讯仪:"欧罗巴:我已经着陆。'曙光三号'隔热层融毁,未到达预定地点,只能紧急着陆。我目前的方位是在西太平洋,北纬9度28分51秒,东经143度41分32秒,距离目的地二百零三公里,海拔……"她停顿了片刻,露出一个苦笑,"……已经没有意义。"

法蒂玛抬头向黄色的天空望去,异常火红的太阳仍在喷射着毒焰。欧罗巴正随着看不见的木星运行在太阳的另一边,六个天文单位之外。刚刚发出的中微子通讯波束正飞驰在茫茫太空中,大约两个小时后,她才可能接到回复。

她呆呆站了很久,内心被无法平复的惊骇所充满,然后她伏下身体，弯下腰，用双手撑住地面。她的大脑下达了指令，通过光子通路传到四肢，组成她身体的亿兆个纳米体高速运转起来，改变成不同的形态，自下而上，一级级建立新的组织，组成新的结构。她双手开始变长，用前趾立起，长出了灵活的肉垫和强有力的肌腱，腿部也发生了相应的变化。

几分钟后，她像豹子一样狂奔起来，风驰电掣，向着西北方的地平线跑去。同时，无数回忆涌上心头。

2

三年前。

法蒂玛站在埃菲尔铁塔最高一层观光台上，朝阳将巴黎城笼罩在一层金辉中。洁白的圣心教堂矗立在北面的蒙马特高地，南面是醒目高耸的蒙帕纳斯大厦，塞纳河的玉带蜿蜒着从南面经过铁塔，又流向东边的巴黎岛，霞光之下遥遥可以看到圣母院的古老钟楼。一群鸽子在卢浮宫上空自由回翔。

塔上除了她，没有其他人，只有她一个站在城市的最高处。法蒂玛望着这一切，心醉神迷。

一条丑陋的深海蠕虫打破了她的遐想，它悠然在朝霞中露出身影，摇摆着几十只桨足，优哉游哉地移动着笨拙的身体从空气中游来，视若无睹地穿过交叉的钢条和铆钉。对下面这座美丽的都市毫无察觉。

法蒂玛在心里叹了一口气，关掉了电子角膜上的三维画面。光影都消失了，周围又沉入亘古以来的黑暗深渊中。蠕虫悠然游走。她抱膝缩成一团，让自己被水托起，漂浮在无尽黑暗里。

法蒂玛喜欢世界的高处，各种各样的高处，她的储存芯片中收藏了珠穆朗玛峰、艾尔斯巨岩、上海未来大厦，乃至彩虹空间站的三维视景，许多都是日出或艳阳高照的景象。但每当这些美景消失，黑沉沉的现实又压在她头顶。这里不是什么高处，而是地球上最深的地方，整个太平洋，不，整个人类世界都在自己上面……

"法蒂玛！法蒂玛！"正当她胡思乱想时，内嵌耳机中传来站长莫妮卡·库伦的呼叫。

"怎么了，嬷嬷？"她懒洋洋地问，她喜欢把莫妮卡叫作嬷嬷。

"深海电梯坏了，大概又是机械故障。在海拔以下七千三百米的位置，维弗利先生和一名访客在电梯里，已经发出求救信号。"

法蒂玛怒气勃生："这部电梯用了快二十年了，说了多少次了，上头一直不换，每次都指望我去修！难道你们养我就是为了让我修电梯？"

"法蒂玛！"

"对不起。"她控制住了自己，"我这就过去。"

法蒂玛舒展开身体，她长长的鱼尾轻盈地摆动着，让她从海谷中最幽深的地方浮出来，袅袅游向远处那条垂直的光带。

3

法蒂玛心急如焚地奔跑着，半小时后已经驰过了五十公里。她毫不感到疲累，在她胸口的冷聚变能源可以让她这样跑一百年以上。

一片醒目的黑色焦痕出现在远处的荒原上，上面还有一些细小的突起。等她走近，才看到那是几根还没有化尽的黑色骨头暴露在空气中，向她提示出这片痕迹本来的形体。

法蒂玛目测了一下，那东西长将近四十米，或许是一头蓝鲸，但一般的蓝鲸体型也没有那么巨大，或许是某个新的亚种，它躲藏在大洋深处，从来不为人所知晓，如果早几年被发现的话，必将令世界震惊。但如今，这一切已经没有意义，这个物种尚未被发现就

　　　　　　　　　　　时间外史

已经从世界上消失，正如其他所有物种一样。在这个温度高达五百摄氏度、已经没有一滴液态水的星球上，没有任何生命可以存活。

法蒂玛又望向太阳，万物之主仍在肆虐着阳光。当然，肆虐的不只是阳光，从太阳表面喷射出的高温等离子气团，已经弥散到了地球轨道上。两个月前，疯狂的带电粒子流和上千度的高温在几小时内就吹散了地球大气层，并让海洋蒸发殆尽。现在，这个星球是一个金星般的炽热火狱。

这场大毁灭在人类文明的鼎盛期发生，人类自认为已经掌握了改天换地的力量，却并没有相当的防护措施，甚至没有这样的意识。计算机模拟中的一个小数点几位后的微小误差，导致了一连串的蝴蝶效应：一枚核弹撞击彗星时爆炸的效果和预计差异很大，彗星未能像预期的那样被送到围绕水星的轨道上，给殖民地的人们带来改造水星需要的水源，反而在水星引力影响下改变轨道，掠过水星，坠向太阳表面。人们虽然懊恼，却以为这不过是损失了一颗彗星的资源，所以没有再管它。但事情却沿着墨菲定律的方向发展：这时正是太阳活动的极大期，彗星坠落的方位更是太阳黑子活动的核心区域。冲击破坏了太阳内部结构，效应被千万倍地放大，在太阳光球层上造成了一道七十万公里长、数千公里宽的伤口，释放出了太阳内部的高能辐射，导致比平常大上千倍的耀斑爆发，当然这个伤口本身存在的时间并不长，只有百十个地球日而已，很快就会愈合。在太阳长达五十亿年的漫长生命中，只是一场不足道的小伤风。

但是人类的整个世界，却在毫无防备的情况下，毁于万物之父的一声喷嚏。就像歌谣中所唱的那样，一根铁钉钉错了，导致了一个帝国的灭亡。而今灭亡的不仅是帝国，而是全人类，包括她所爱的那些人。

哦，嬷嬷，法蒂玛痛苦地想，脑海中浮现出嬷嬷慈爱的面容。或许我不该离开您的，更不该最后对您说那些话……

她继续加快了脚步。

4

　　法蒂玛到达了深海电梯被困之处。电梯本身是球形的耐压舱，被悬挂在上不着天下不着地的渊薮之中。透过舷窗，她看到电梯里有两个人正在焦急地张望着，一个是副站长维弗利，另一个是一个陌生的年轻人，又高又瘦，脸色苍白，但看上去很英俊。

　　法蒂玛把脸贴在了窗口上。年轻人看到从黑暗的海水中，一个鱼尾少女身影显现，惊奇得差点让下巴掉下来。法蒂玛早已见怪不怪，她伏在窗口，和维弗利打了个招呼，做了个"放心"的手势，就绕到电梯背后，打开舱盖，钻进动力舱，这里也充满了海水，以便和外界的压力平衡。她找到线路板，对着仪表，开始进行检修。手指变成千百条灵活的纤维，钻进冷聚变反应器的深处。

　　借着舱体本身的传振，法蒂玛听到了电梯中的两个人在说话："别着急，米诺先生，这只是小故障，电梯很快会重新启动的。"

　　"维弗利先生，那个女孩是谁？怎么好像……好像美人鱼一样？"是那个年轻人的声音。

　　"她叫法蒂玛，是个纳米机械人。"维弗利说，声音很轻，显然是不想传到法蒂玛耳里，但法蒂玛灵敏的耳朵仍然能听到。

　　"机械人？可是我以为机械人在地球上早就被禁止了。"年轻人问。

　　"当然是禁止的，但事情总有例外。"维弗利低声说，"你从欧罗巴来，大概不太清楚。你记得二十年前的亚特兰大核爆吗？法蒂玛就是在那时候出生的，还在娘胎里就受了辐射，先天畸形，没有四肢，内脏功能也不全，根本活不过几天。她父母又是贫民，没钱进行克隆或者基因修补，把她扔给福利机构就不管了。那时候是新太平洋战争时期，军方在实验一种纳米体组合成的机器人，但是人工智能不够聪明，需要人脑的指挥，所以他们就把那孩子要来，把

　　　　　　　　　　　　时间外史

她的大脑移植了过去……"

"这……太残忍了吧？"

"可如果不这样，法蒂玛也根本活不下来。本来这是一个大工程，有上百个残疾儿的大脑被移植，可惜除了法蒂玛都没成功。后来战争结束，这个计划也被废止了，法蒂玛被库伦博士带到了深极站，二十年来一直生活在这里，现在她负责深极站的许多外部作业，她的机器身体不怕水底的压强，可以在站外灵活工作，对我们很有用。"

"不可思议，她竟然能在海底不借助任何设备自由活动。"

"因为她的身体本质上只是一部可以变形的机器嘛，不过嵌入了一个人类的大脑……"

听到这样不尊重她的议论，法蒂玛非常生气，将手底的拉杆狠狠一扳——

冷聚变装置重新启动，下方的水体向两边分开，电梯如同一块空中的石头那样坠了下去。里面正说得高兴的两个人瞬时失重，几乎飘了起来。

"法蒂玛！怎么回事？"维弗利惊惶地叫了出来。

"抱歉，"从通话器中传来法蒂玛顽皮的声音，"加速度调得太快了，不过我只是一部机器，可没那么灵活！"

她的头出现在窗口上方，一头金发在水中向上飘扬着，向他们露出胜利的笑容。那个米诺用炽热的目光望着她。看着他深邃的蓝眼睛，法蒂玛忽然感到了心中的莫名悸动。

5

洋底的坡度平缓而稳定地下降着，法蒂玛跑了一百公里左右，大约下降了两公里，目前她已经在原来的海平面下六公里处，但还是看不到一滴水。这时候她隐隐看到了地平线上的群山，事实上，对面的高度和这里差不多，但却因为板块挤压而陡峭地挺出在上万米深的马里亚纳海沟上。法蒂玛极目望去，似乎看到了一抹蓝色的痕迹，也许那里还有一片剩下的海水？

但她很快明白，那只是自己一厢情愿的幻觉。在现在的温度和压强下不可能有液态水存在，刚才在近地轨道上的目测也证实了这一点。虽然她的眼睛是一部精密的电子仪器，但她仍然有着人类软弱的大脑。

来自欧罗巴的回复到了，一个熟悉的声音："法蒂玛？我是米诺。"

法蒂玛猛然站住了，在离开欧罗巴后，她还是第一次听到米诺的声音，她忽然想哭。

米诺继续说下去："法蒂玛，从你传回来的资料看，西太平洋区域已经彻底毁灭，有人幸存的几率微乎其微。但我们曾经收到过亚洲东部的求救信号，也许在地下深处的矿井中，找到幸存者的概率更大。紧急理事会希望你尽快去那边进行搜索。"

法蒂玛很怀疑这一点，当太阳爆发时，虽然强烈的辐射光在八分钟内就抵达地球，但真正导致大毁灭的太阳暴风在三天后才袭来。应该说人类有一定的时间防御。但是面对这样恐怖的灾难。有没有防御区别不大。地球在等离子气团的桑拿浴中穿行了一个多月。最初欧罗巴的确收到过来自地球一些角落的中微子波束，但几天后就归于沉寂。可能是通讯仪器被毁坏了，但法蒂玛知道，那些仪器虽说脆弱，总还比人体结实一点。

在地球之外，更接近太阳的水星和金星两大殖民地毁灭得自然比地球还要彻底。月球和地球一样无法幸免。火星平均单位表面积接收到的热量大约是地球的一半，受创比地球小，但封闭的生态循环系统却远比地球脆弱，火星上几个主要殖民地遭到毁灭性打击，二十万居民大部分在酷热中死去，剩下的几千人也奄奄一息。在火星轨道之外，除了一些小太空站和探测飞船，只有欧罗巴一个大殖民地。欧罗巴由于远离太阳，除了部分冰层融化外，较少受到太阳表面喷发的影响，但致命问题是无法自足，必须依赖地球或火星的补给，但如今的情况下，这一切都异常艰难。

"当然，"米诺继续说，"最重要的是你的安全，法蒂玛，我们不能再失去你了。"

法蒂玛有许多话想告诉米诺，但又不知说什么，最后只有说："如果可能的话，我会去的。但现在我缺乏交通工具。除了走没有别的办法登上大陆。深极站是我的家，我无论如何要先回来看看，何况即使没有人……或许……'原母'还能活下来，你知道的。"

是的，原母，她想，毕竟它们已经活了三十七亿年以上，有什么样的灾难没有见过呢？她心底又升腾起了新的希望。

6

法蒂玛第一次听说"原母"的时候，是和米诺一起在海底漫步，当然，她像人鱼一样自在地漂行着，而米诺身穿笨拙的深海潜水服，依靠背后的喷射推进器前进，还不时走歪了方向。

他们走了大约五百米，然后到了深极点，那是一段深海峭壁下崎岖不平的一小块地方，还不到一百平方米，米诺用探照灯照亮，看到硅藻泥海底中立着一块方尖形石碑，上面刻着"世界最深点：－11034米"的字样。

"这就是地球上最深的地方，"法蒂玛说，"你看到了，所谓挑战者海渊，就是海底下一个大坑，其实一点意思也没有。嬷嬷说，刚开发海底旅游的时候，有些游客万里迢迢赶来，都会大失所望，待不上半小时就想走了，现在大家都去外星旅游，基本没人来了。"

米诺摊开手脚，让自己缓缓沉到海底，陶醉地闭上眼睛："但这里给我一种奇妙的感觉，我好像感到地球在跟我说话。"

"地球跟你说话？在这里？"法蒂玛哑然失笑，"米诺先生，你不会得了深海幻觉症吧？"

"一点也没有，我非常清醒。"

"你说你是个生物学家，"法蒂玛笑，"可说话却像个多愁善感的诗人。"

米诺也笑了："或许是我们外空间人对地球的那种乡愁吧，从小就觉得自己是在无根的漂泊中，想要找到根基所在……我来地球已经有些日子了，去过许多历史名城和风景区，不过只有在这里，我才真正感到自己是在故乡，自己的根基在这里。"

"可这里不是世界上最不像地球的地方吗？"法蒂玛忍不住大声抱怨，"没有城市和乡村，没有森林和草原，甚至没有海洋——我是说在海滩上看到的那种蔚蓝色的海洋。除了有水之外，这里看上去简直就像是月球的环形山！"

"不错。但是，你知道么，地球生命就是从这里起源的，这也是我感到亲切的地方。"米诺说，一只没有眼睛的怪虾一拱一拱地从他眼前游过。米诺想去摸它，怪虾大概感到了水流的变动，迅速游走了。

"这里？在深极点？"法蒂玛闻所未闻。

"不一定，但肯定是在深海中。那是大概四十亿年前的事了，在地球形成后几亿年，整个世界被原始海洋覆盖，大气中几乎没有氧气，火山活动剧烈，气温远比现在高，来自初生太阳的辐射穿透海洋，催生了复杂的大分子结构。海洋就如同一锅炖了几亿年的肉汤，充满了丰富的原生质。终于，在某个时刻，因为不到亿亿分之一可能的巧合，在大海的深渊里，产生出了一个能够利用周围的原料复制自己的分子。猜猜这是什么？"

"第一个细胞？"

"唔，应该比细胞还早，"米诺谈兴大发，"最初应该还没有细胞膜，所以只是一个可复制的大分子。但这是生命的诞生，地球历

288　　　　　　　　　　　　　　　　　时间外史

史上最重大的事件，没有之一。自从第一个生命诞生后，我们可以想象，在相对很短的时间内，生命分子通过不断复制自己改造了整个地球，充塞了海洋的每个角落。这是第一个进化的奇点，不是么？随后，因为遗传变异和环境的压力，生命开始缓慢地进化。"

"我知道，最后产生了人类嘛。"

"是的，不过还没那么简单。在地球历史早期，小行星的撞击远比现在频繁，生命在开始不久后就屡遭灭绝之厄。它们只有躲在海底才能获得安全，灾难过后又重新繁殖下去。这样的兴亡轮回可能在几亿年中发生过上百次，但生命挺了下来，在深海的沟壑里。后来又出现了新的变化，一部分原始生命进化出了光合作用，能够释放氧气，渐渐改变了整个地球大气的成分。原来的生命是不需要氧气的，氧气对它们来说是可怕的毒气。因此原始生命开始大批灭绝，幸存者进化为呼吸氧气的生命，它们就是人类和绝大多数现存生物的祖先。但是仍然有一部分最原始的生命在深海之下保存了下来。它们生活在海底火山的热泉附近，比细菌和真核生物更古老，被称为古菌，其中许多是嗜热菌类。"

"嗜热？"

"是的，它们的生存需要的温度高得难以置信，常常有一百二十度以上。"

法蒂玛听得入神了："它们在这里吗？在深极点？"

"很可能，它们需要高热，通常在海底的热泉喷口附近。而在板块边缘地带热泉尤其多。事实上，我来深极站就是寻找这一带的热泉的，如果能找到一种理论上最古老的古菌——我称之为'原母'——或许就可以解开生命起源问题中许多谜团。只是我们对海底的了解实在太少了。"

法蒂玛望向四周，微光中的海底峭壁巍然肃立，在她眼中，一切似乎变得不同了。这乏味的海渊变成了一个她从不知道的神秘渊薮，在亿万年的时光中，守护着生命原初的秘密。

海的女儿

"我知道附近的不少热泉，"她柔声说，"我会带你去的。"

7

法蒂玛离开了平原区域，进入了崎岖的"山区"，一座座犬牙交错的岩石山峰高高低低地矗立起来，有的甚至高达数千米，这是太平洋板块和菲律宾板块亿万年的冲撞挤压造成的结果。虽然拥有超凡的身体，但法蒂玛也只能艰难地通行。在陌生的环境下，她渐渐认出了一些熟悉的地貌。以前她曾经在漆黑的海渊中畅游，仅凭超声波定位，就可以轻松游过这些海峰之间的空隙，如今她却不得不在上面翻山越岭。

在灾变中，许多海底山峰发生了形变，有的崩塌了，有的表面明显已经熔解。这里是地壳最薄的区域之一，法蒂玛不禁恐惧地想到，如果温度再高一点点，达到岩石的熔点，或许整个太平洋地壳都会熔化，大地将被岩浆覆盖。

法蒂玛沿着一条深堑，向海沟的深处走去。有好几次，她都以为自己看到了深极站的蛋形外壳在反射阳光，但那只是她的错觉。

但最后她到了，首先是看到了落到大洋底部的海上移动平台以及深海电梯，大概是发生了爆炸的缘故，都已面目全非，变成了一堆奇形怪状的废铁。然后她看到了深极站，一颗小小的珍珠，几乎完好无损地矗立在群峰的包围中，银色的合金外壳熠熠发光，仿佛丝毫无损。法蒂玛的一颗心提了起来，她知道深极站有坚韧无与伦比的耐压金属外壁，将内部和周围隔绝开来，更有完善的温度调节设备，或许里面的人还活着。嬷嬷、老乔治、劳拉、中村……或许他们还在那里。

"嬷嬷，我回来了！"法蒂玛叫着，向着深极站俯冲下去。

但没有人答应，她也无法从往常的入口进入，控制气闸的电子

　　　　　　　　时间外史

元件肯定已经在高温中熔毁了。她围绕着深极站走着，发现面前有一摊亮晶晶的东西。她认出来那是观光厅的超强化玻璃，它们能抵御海底的巨大压强，但是熔点不高，在高温中都熔化了。整个观光厅只剩下一个东倒西歪的金属架。法蒂玛心里一沉，觉得自己几乎无法呼吸。她知道这意味着什么：炽热的高温气体早已侵袭了整个深海站，无人能够幸免。

她定了定神，跨过地下辨认不出的碎片，一步步走了进去，在光线照不到的地方打开手上的光源，照亮了四面的幽暗。在深极站的生活和科研区，大部分金属构架和器械都还一如旧貌，但塑料、玻璃和纸制物品已面目全非或荡然无存。她看不到任何人，在应该有人的位置，只有一些黑色灰烬和颗粒，她想起了那头鲸鱼烧剩的骨架，心一阵抽搐。

最后，法蒂玛推开了莫妮卡居室的门，外面的客厅保存得还相对完好，大理石的桌椅并无损坏，仿佛嬷嬷还坐在桌前一样。桌上放着几只陶瓷小猫，那是法蒂玛小时候的玩伴。童年的记忆涌上心头，她一步步走向里面的卧室。金属门从里面被锁死了，当法蒂玛终于设法推开门之后，厚厚的飞灰随着热风迎面扑来，撒得法蒂玛满身都是。

等法蒂玛终于有勇气望向房中时，她看到房间里散落着各种物品，但莫妮卡喜欢的木制家具和衣服都化为了灰烬，或许已和她本人的骨灰混在一起，无法分开。房间的金属壁上却仿佛多了一些东西。她慢慢走进房间，看到那是刻在墙壁上的一行行字迹。

8

"法蒂玛，这段日子你和那个外面来的米诺走得太近了。"那天，莫妮卡把她叫到卧室里，委婉地说。

法蒂玛顿时涨红了脸："嬷嬷，我十八岁了，我有交朋友的权利！"

"我不是想干涉你，不过……"莫妮卡叹了口气，"你和别的女孩不一样，你知道的。"

"以前你不是那么说的！每次我觉得自己和别人不一样的时候，你会说我是一个百分之百的女孩子！你给我买芭比娃娃，让我看《小妇人》和《安徒生童话》，现在你告诉我说，我是个怪胎？"

"我是希望你快乐，孩子，但你并不像其他人……你知道你的身体……"

"我恨透了这具可恶的机器，"法蒂玛抗议说，"这不是我的身体！将来我会有一个真正的身体的！我可以用脑细胞克隆一个，或者移植到其他的身体上去，到时候，我就可以变成一个真正的女孩子了！"

莫妮卡盯着她看了半天，然后叹了口气："那就等到时机成熟了再说，好吗？"后来，她们之间一直回避这个话题。

几天后的傍晚，法蒂玛和米诺驾着深潜艇，缓缓穿行在海沟北部的峰峦间，他们都一副倦容，今天他们毫无发现。米诺看到法蒂玛一副失望的样子，安慰她说，"没关系，这段日子你已经带我找到了好几个热泉，让我发现了三种新的古菌，已经是很大的收获了。"

"但是你说过，里面没有你想找的那种——原母？"

"那是理论推演中最原始的一种古菌，足以填平几大进化分支之间的缺失环节。存活的条件应该也最为特殊，或许早已经从地球上消失了，又或许会在别的海域，比如东太平洋海隆或者大西洋中脊。"

法蒂玛觉得自己的心沉了下去："所以……你要离开这里吗？"

"不，不会那么快，毕竟这一带还有很多地方没有勘探到，我会再待个把月，再去西南面勘探一下，然后……不管怎么说，这段时间很感谢你帮我，法蒂玛。"

"你多好啊，可以想去哪里就去哪里。但是我只能待在这里。"法蒂玛幽幽地说。

"为什么？库伦博士不让你走？"

"不是嬷嬷，是这副身体，该死的纳米机械体。政府觉得我是个难以控制的怪物，怕我会危害他们，所以没有给我合法身份，不让我离开这里。当然，他们没有明说，找出了一些冠冕堂皇的理由，比如脑机接口还不稳定，可能出问题什么的。"

"也许有道理，上次你说过，参加实验的其他几十个婴儿都因为脑机间无法协调而夭折，只有你活下来了。"

"我不知道，我只知道再困在这里我就要疯了！但是军方不肯放过我。他们说，十八岁以前我都得待在这里，一切等我成年以后再说。我想到时候，他们也许还有什么别的借口呢。"法蒂玛说着就怒气冲冲。

米诺想了想："我对政治问题不太了解，不过，如果你愿意的话，我可以问问库伦博士，能不能让你跟我去海底别的地方继续勘探，这样的话，你也没有踏上陆地，应该不算违反了规定。"

法蒂玛的目光中放出惊喜的光彩："真的么？我当然愿意了！可是不会给你添麻烦吧？"

"当然不会，我非常需要你这样有海底生活经验和工作能力的助手——咦？"

这时候，深潜艇中远红外线热成像仪上的绿灯闪烁了起来，表示探测到了一个出奇高热的目标，在一个深深的岩洞里。

他们又惊又喜，法蒂玛让米诺留在深潜艇中，自己从一条大裂缝里潜进去，不久就在岩洞深处看到了一根翻滚的黑色烟柱。那是夹带矿物质的海水喷泉，温度高达一百三十摄氏度。法蒂玛顺利采集了一些样本到携带的高热釜中，半小时后，他们就在显微镜下看到一群见所未见的半月形微生物在充满硫化物颗粒的金属汤中蠕动着，嬉游着，分裂着……

那就是米诺一直在寻找的"原母"，后来，他们把那个洞穴称为——生命之洞。

9

"法蒂玛，库伦博士的事我很难过。"米诺在通讯仪里呼叫了她，"你还好吗？"

"我没事，"法蒂玛干涩地说，"我会再去附近看看的，也许会有什么发现。我想先去生命之洞，希望有所发现。"

她离开了只剩下一层灰烬的房间，离开了深极站。一小时后，她到达了生命之洞，洞穴在她头顶几十米的高处。以往海水从低处渗透进地层，被下面的地热加热后沿着岩石缝隙上升，带着各种矿物质从上面喷出。形成洞中的喷泉，但现在一滴海水也看不见，只有黑沉沉的石头山。

法蒂玛让自己的手掌变成吸盘状，吸附着岩石，攀了上去，爬进了山洞。她用光源照着四周，幽暗的岩洞深处散落着黑红色的硫化物，间以银色的金属颗粒，但是最里面的裂缝是一个空洞，热泉早已不复存在，法蒂玛随手抓起一把粉末，握紧了拳头，听到它们在自己手心吱吱作响，然后松手，任它们飘洒在地上。这里早已没有了生命的痕迹。没有水，什么也不可能存在。原母，那地球的生命之母，经历了亿万年的无数灾难，最终也无法熬过这场人类带来的浩劫。

法蒂玛黯然站了很久。自从发现原母后，这里她来勘探过十多次，每次都是和米诺一起，这里也留下了她和米诺之间一串串美好的回忆。至少对她而言。但现在……

"法蒂玛。"这时候，米诺的回复来了，"你怎么样？有什么发

时间外史

现么?"

"洞里也什么都没有。"她干巴巴地说,"原母肯定都灭绝了,这里没有,其他地方也没有。"

米诺没有回答,要半个小时之后他才可能听到她的信息,然后再过半小时,他的回复才能传到她耳中。但即使他知道了,又能说什么呢?

她神思恍惚地走到洞口,无意识地跨出去,让自己坠下悬崖。摔得完全变了形,然后她的身体又在自我保护的指令下慢慢恢复原状。法蒂玛躺在那里,懒得动弹,她在电子角膜中调出了各种虚拟画面,巴黎,雅典,北京,纽约……一个个伟大的人类都市都已陨灭,化为尘土。地球上已没有任何生灵存在,最后的人类残余在火星和欧罗巴上苟延残喘,看来也不可能撑多久。

一道泪水从她眼角淌过,落到地上。

不,法蒂玛知道自己不会流泪。她的大脑虽渴望哭泣,但机械身体没有这样的功能。

她迷茫地坐起身来,望着地下的水点,一时不知道是怎么了,最后,她才发现一滴滴水是从天穹上的云团中出现,又落在地下。

下雨了。

10

"原母"的基因序列被探明后,诸多特征无可辩驳地证明它是地球上现存最古老的生物。它在进化的阶梯上至少在三十七亿年前就和其他一切生物的共同祖先分道扬镳,此后极少变化。它不太可能一直单独生活在深极点附近,因为这里的形成也不过一亿多年。或许是从别的地方迁移来的,或许在广袤海洋的深处还有许多原母的同类有待被发现。

海的女儿

生命起源中缺失环节的发现引起了新闻界和民众很大的兴趣，作为原母的发现者之一，法蒂玛虽然并没有学历，却和米诺一同分享了这一荣誉。在舆论界的压力下，不顾军方的禁令和嬷嬷的挽留，法蒂玛和米诺一起离开了深极站，如愿以偿地到了巴黎，又去了纽约和东京，见识了她梦寐以求的外部世界。

最初，法蒂玛的美少女形象很受人们欢迎。但很快有消息灵通的记者传出消息，说她是一个深海探测机器人，并非人类。军方旧日的计划曝光，引起了民众的巨大恐慌，除了法蒂玛本身的超人力量和存活能力令人畏惧外，更是谣言纷起，有人说法蒂玛身上内置了一枚核聚变炸弹，可以毁灭一座城市。也有人说，组成她身体的纳米体将会失控，吞噬整个世界。这些谣言带来的恐慌远远盖过了先前的科学发现，铺天盖地的谩骂诅咒接踵而来，说她是"人形杀人机器"。法蒂玛的一点点荣誉，很快变成了无止休的污名。

法蒂玛毕竟只是一个十八岁的女孩。她精神崩溃，彻夜难眠，这时候她才明白嬷嬷不让她离开深极站的良苦用心。是米诺安慰和保护了她，让她免受了许多骚扰。在法蒂玛的强烈要求下，米诺为她安排了移植克隆身体的手术，现在法蒂玛把获取新生的全部希望都寄托在这上面。但当她兴奋地打电话告诉嬷嬷这件事时，嬷嬷却说：

"法蒂玛，你……不能去进行大脑移植。"

"为什么？"

"我……向你隐瞒了真相，"嬷嬷的声音低沉起来，"但现在必须告诉你了，当初你之所以能活下来，是因为我改变了人机连接方式，直接将纳米体深深植入你脑部深处，它们取代了神经胶质细胞，模拟了人类的脑结构，你的大脑至少一半是由纳米体构成的，无法再移植到普通人类的身体里去。"

法蒂玛惊呆了："你为什么要这么做？"

"军方本来计划培养出人机结合的特种战士。但以往的尝试都失败了，我冒险一试，反而获得了意外的成功。你活下来了，虽然身体像成人，却像婴儿一样无知无助。我女儿在战争中被炸死了，我照顾了你很长时间，越来越喜欢你，最后把你当成了自己的女儿。我知道他们知道我成功后，肯定会拿你去做各种实验，甚至会切开你的大脑进行研究……所以在报告里隐瞒了真相，误导他们认为这是无法复制的偶然……后来，当计划被废止后，我带你离开了军队，去了深极站，你就在那里长大。"

"这么说，我根本就不是人类？连……连大脑都不是？"

"你当然是，孩子。"莫妮卡无力地说，"你是一个很好很好的女孩儿，只是具体来说——我是说——"

"你说谎！我恨你！为什么要让我活下来？！我再也不想见到你！"法蒂玛尖叫着，将电话在手里捏成碎片。

她不得不取消了手术，不敢告诉米诺原委，米诺也没有问为什么，过了几天后，他对她说："我要把一些原母的样本送回欧罗巴，你有没有兴趣一起去？那里只有一个很小的殖民地，但你可以看到木星升起时横亘半个天空样子，带着气势磅礴的条纹和大红斑，以及一连串珍珠般的卫星，美极了。任何去过的人都忘不了，我想你或许可以去散散心。"

"好啊。"她轻声说，心中一阵酸楚的甜蜜。她知道自己永远也不可能和米诺在一起了，因为她不可能变成真正的人类，但至少现在米诺还在她身边。

到欧罗巴的旅程是法蒂玛最开心的一个月。因为她每天都可以和米诺朝夕相处，无所不谈。但法蒂玛的喜悦在下飞船的那一刹那终结。飞船和基地对接后，她走出飞船，就看到在舷窗外木星的炫目光芒之下，一个热情如火的红发少女向米诺跑来，和他紧紧相拥在了一起。米诺拉着少女的手，说是他的未婚妻米莉亚，介绍给她认识，那时候，法蒂玛强笑着，忽然想起了一篇读过的《安徒生童话》。

海的女儿

他怎么会爱我呢？就算脱去了鱼尾，我也不是人呢，她苦笑着对自己说。

一个月后，法蒂玛不顾米诺的挽留，孑然返回地球。当她越过小行星带时，那颗彗星撞击了太阳。

11

雨淅淅沥沥下了起来，很快从小雨转为瓢泼大雨，最后竟如瀑布般倾泻。水不仅从天上落下，也从四面八方的高地奔流下来，成为大地上最初的江河。法蒂玛站立着，看着脚下干涸的海谷再次被水所覆盖和充塞，看到浑浊的泥浆盖过自己的脚背和膝盖，沿着双腿，漫过膝盖，上升到自己的头顶。她心中被惊喜所充满，合拢双腿，让它们连在一起，长出鱼尾，在海水中舒展着身体，那种熟悉的感觉又回来了。

大雨下了整整六十个昼夜，四十亿年来最大的一场雨。

随着等离子气团的消散，温度降低，萦绕着地球的水蒸气再度凝结为液态水，返回地球表面。在太阳灾变中，已经有很大一部分水体在蒸发后被驱散到星际空间，法蒂玛不知道有多少，但是剩下的水仍然足以填平低洼的大洋盆地，古老的诸海洋开始复生。

但生命却没有随着海水一起回来。几天后，法蒂玛离开了海沟，在大洋深处游弋着，寻找着可能残留的生命。但却连一只磷虾，一片海藻都没有见到。即使那些躲藏在深海岩石底下的古菌，也都已无影无踪。

地球返回到了生命出现之前。被太阳过分加热的其他后果逐渐显现出来：火山活动比以前剧烈了百倍，天空中布满了火山灰的黑云，水汽和火山喷发出的二氧化碳等气体逐渐形成了新的大气层，但是几乎没有氧气。即使有什么高等生命能够在太阳灾变中幸存下

时间外史

来，也无法熬过以后的时光。

法蒂玛和米诺一直保持着联系。米诺告诉她："现在太阳系剩下的人类已经不多，大概不到一千人，大部分人没有可循环生态系统的支持，只能消耗现有资源。他们撑不了几个月的。而地球也不再适合人类生存。即使像欧罗巴这样有自己生态系统的殖民地，许多必需的设备也需要地球的工业配件，无法自己生产，而这些配件中一些重要部分必然已经在高温中熔化了，因此……"

他顿了一下，法蒂玛明白他的言下之意：人类的灭绝只是时间问题。

"欧罗巴还能撑两三年，在这段时间里，我们欧罗巴上的人类只有一件事情可以做：在欧罗巴的冰下海洋中，也有类似海底热泉一样的地质构造，或许在那里我们可以让原母重新繁衍。也许亿万年之后，生命的花朵会再次从这块移植的根茎上长出来的。

"你的飞船还在吗？回欧罗巴吧，我们几个最后的人类应该在一起，至少彼此不再孤单。再说，我和米莉亚也很牵挂你。"

法蒂玛静静地躺在深极点的石碑下，聆听着宇宙深处那个人传来的声音。她不知道怎么回答，答案已经在她心里写下，却难以说出口。

最后她听到自己的声音说："不，米诺，我不会再离开地球，这里才是我的家，我会在地球上继续搜索幸存者。祝你和米莉亚……能够幸福。"

尾　声

法蒂玛在茫茫大海上仰望着天空。天上仍然阴云密布，大海上波涛起伏，却没有一点生命的迹象。

两年过去了。在过去的两年中，她走遍亚洲和美洲，遍访那些昔日大都市的废墟，以一种从未想过的方式实现了环球旅行的夙愿。但她一无所获。在地下数千米的矿井中，她发现了几具保存相对完好，还没有变成焦炭的尸体，仅此而已。那些人或许熬过了头几天的酷热，但无法熬过大气层的消失。

法蒂玛自己的大脑供氧是皮肤电解水得到的，使用的是冷聚变能。一系列复杂的纳米聚合体在她体内将皮肤摄入的元素合成各种有机物，作为滋养她大脑的养分。在满目疮痍的地球上，她仍然保持健康，长命百岁毫无问题，也许能活两百岁，如果她的大脑能允许的话。法蒂玛禁不住想，如果人类都拥有她的身体，那么完全可以熬过这次灾劫。但人类却出于对机械人的恐惧，立法拒斥这项技术，几十年来只有她这样一个怪胎出现。

愚蠢而自大的人类，无时不刻不在犯着可笑的错误，却总能获得上帝的原谅。只是到了最后，上帝的耐心用完了。

法蒂玛最后望了一眼天空，她告别了海面，摇曳着鱼尾，向海底深处潜了下去。

七天前，她收到了久违的米诺的信息，最近几个月，她和欧罗巴之间的通讯几乎中断。她很想念米诺，不知道在欧罗巴发生了什么。但米诺的信息也只有断断续续的几句话，听得出他已经相当虚弱：

"坏消息……播种的原母全部死亡了……欧罗巴的海水成分……它们无法存活……生态崩溃……食品供应中断……米莉亚昨天已经死了……我也……"

"米诺，你怎么样？米诺？米诺！"

她焦急地呼叫着，但几个小时过去了，然后是十几个小时，然后是几十个小时，她始终没有收到回复。

两个星球之间的联系永久中断了，再度被深不可测的空间分开，正如过去的几十亿年和未来的无数岁月一样。

法蒂玛越潜越深，已经能够看到海底的深谷了。海水包围着她，虽然没有了生物，但还是地球的大海，如此温暖、舒适，充满熟悉的气息，如同母亲的子宫。而欧罗巴的海水是潮汐作用形成的，寒冷粗粝，如同流动的冰，完全没有这种美好的质感，法蒂玛一点也不奇怪，原母没有办法在那里存活下去。她记得自己在欧罗巴上最后的那几天，当她在尝试在数百公里深的冰水中下潜时，忽然被一种极度陌生的恐惧所抓住。她忽然明白，这才是真正冷酷的深渊，而深极点只是母亲的怀抱。在那一刻，她无比想念太平洋的水流，想念嬷嬷的慈爱，老乔治的憨厚，中村的认真，甚至维弗利的刻薄……

于是她决定返回地球，也许她会面临更多更大的压力，但一切总会平息，她会在深极站平静地生活下去，和嬷嬷他们相依为命。这个决定与米诺和米莉亚无关，而是她终于找到了自己真正属于的地方。

只是当她返回时，一切已经面目全非。

法蒂玛降到了海沟底部，然后游向生命之洞。她进到洞的最里面，看到一缕浓浓的黑色烟柱从一条缝隙中冒出，在水中漂荡着。法蒂玛测量了温度，一百四十六度，即使原母也无法忍受的高温。但对她来说，一切刚刚好。她向着黑烟出来的裂隙潜了下去。一种从未有过的亢奋充满了她全身。

"米诺，这个世界还有希望。"她说，怀疑在六个天文单位之外是否会有米诺或其他人类听到这一信息，但她还是想说，事情因此才具有意义，"我会重新赋予这个星球以生命。"

在她说话时，她看到自己的皮肤开始裂开和脱落，露出了一层层的精密组织，它们都是由纳米体构成的，而它们也渐渐溶化在这富含大量金属元素的黑浆中。

"你知道么？嬷嬷在临终前，在房间的金属墙壁上用激光刀刻下了给我的遗言，告诉了我这副身体中的许多技术细节，她知道我一定会回来的。我想她希望我能在剧变后的地球上活下来。

海的女儿

"组成我的纳米体，某种意义上也是一种细胞，和古菌很类似，有简单的可复制分子结构。不需要氧气，而是依靠热能进行活动，只需汲取硅、水和若干金属就能复制自己。如果说有什么不同，那就是：它们是硅基的。这其实更有利，地壳中四分之一都是硅。海底更是到处都是硅藻泥。

　　"在绝大多数情况下，它们保持活性，执行命令，但不会进行自我复制，否则我早已被癌细胞所吞没，世界也早已被侵蚀干净。但在孕育它们的培养基中，由于热能的催化，它们才能高速繁殖，因为那恰恰也是富含营养物质、一百几十度的高压汤。"

　　法蒂玛感到自己周身的纳米体都被激活了，它们扭动着，跳跃着，快乐地和身边的同伴告别，解除了一切联系，跃入周围欢腾的水分子之中，在那里，它们得到了远大于那点冷聚变能的无尽热源，还有丰富的食物可以享用。

　　"我发出了最后的指令：分解自己，这是一个很难掌握的指令，但我学会了。一旦分解，我永远无法复原。我不可能把自己的身体重聚起来。这些微小的纳米体将在炽热的黑泉中活下去，并从周围的矿物质中汲取养分，一代代繁殖自己。暂时它们不可能离开这个环境，否则会因为温度降低而丧失活性。在未来几百几千年里，它们都将活在这儿，被囚禁在深海热泉中。但这种复制会逐渐发生错误，大部分错误是有害的，但总有一部分变异的纳米体会适应更温和的环境，在外部生存下来。这只是时间问题，而进化，最不缺的就是时间。"

　　法蒂玛感到了意识渐渐模糊，她的身体已经无法正常运作，大脑供氧也越来越慢了。这个大脑——古老原母最后的后裔将会在几分钟内因为缺氧死去。但她必须说完这件事。

　　"我不知道这在什么时候会发生，但只要地球继续存在下去，这必将会在某个时间点发生。那将是地球的第二奇点。随后最多只需几千年，这些纳米体的变异后裔将充满大海，随后发展出各种千奇百怪的形式，被进化的伟力重新组合起来，变成新的多细胞生物。它们将在亿万年后登上陆地，重新开始向智慧巅峰的漫长进军。

而我，以及你和所有人，我们灭绝的人类将永远活下去，和它们一起活下去。纵然这些亿万年后的遥远生命已经不可能再记得我们，或这个史前地球的任何信息。但它们是人类的造物，我们将和它们同在，直到永远。或许这一切早已发生过了，谁知道呢？……"

"我曾经憎恨过这个身体，憎恨过制造它的嬷嬷，憎恨过全世界，也恨过你……但现在不了。生命的出现已经是一种恩典，我们都需要感恩。

"我爱你，米诺。我也爱嬷嬷，爱人类、生命以及整个世界。这份爱将和新的生命一起活下去，直到亿万年之后。"

在大海深渊中的洞穴里，法蒂玛的身体翻滚着，像肉一样被煮烂，变得面部全非。但她并没有感到死亡，而是感到如波函数般发散的愉悦。在她不成形的脸上泛起最后一丝微笑，而那微笑就凝固在了那里，直到那残存的头颅也在黑烟中化尽。

而新生的生命在周围欢歌着，它们的舞蹈宛如江河，宛如潮汐，宛如日出日落，生生不息。

关于地球的那些往事

1

那颗看上去普普通通的矮星悬在银河系的荒蛮之地——两根主旋臂之间一团不引人注意的星际云中，在四光年之外看来，只发出一点平淡的微光，只有很费力才能将它从光辉灿烂的群星背景中分辨出来。从各个角度来看，都只是一颗再普通不过的主序星。所以，当卡奇瓦王子听到那个所谓"死星"的荒诞传说之后，忍不住哈哈大笑了起来，这笑声是一种特别高频的电磁波，令人难以忍受地冲击着每一个洛瓦人的信息接线。

这是泛银河世界中一个普通的时刻。但对洛瓦人来说却并不普通：洛瓦联合王国的主君，三千个洛瓦星系的共主，洛瓦大神之子，和平与商业的守护者卡尼瓦国王刚刚去世。他的弟弟，在两千日前的政变中被放逐到星系边缘的卡奇瓦王子殿下，在一堆亲信幕僚的簇拥下，正乘坐着"绝对空间号"皇家飞船，前往母星接管大权，在那里，有一支忠实的军队和无数臣民正焦急地等待着他的到来，现在只有不到一千光年的距离了。

但是在走了一大半路之后，飞船的空间引擎已经能量耗尽，目前的能量储备已经不足以支持飞船驶完最后一段旅程。这并不是什么大问题，只要从眼前这颗不大不小的恒星中汲取足够的能量，进行一次超级跃迁，就能在极短时间内穿越这一千光年的距离。将王子殿下送上那诱人的国王宝座。

可是王子殿下的首席科学顾问，沙密瓦博士却胆大包天地表示了不同意见：此举万万不可。

"关于死星的传说有其历史依据，殿下。"沙密瓦博士小心翼翼地说道，"这个传说至少从十个标准银河年之前就有了。整个泛银河世界所公认的最古老的文明种族，伟大的沙人，在他们的《开辟圣书》中写道：'如果你见到死星索莱斯，记住，绝不可以踏入它的神殿，那必不为诸神所喜悦。'而《圣书》的星图上死星的位置，根据银河史家对恒星坐标的历史还原，所指的正是这颗恒星。还有至少十二个古老民族的史诗中有类似的记载，例如——"

"够了，博士！"王子好不容易止住了笑声，将电磁波调到"威慑"类型，"我真为你感到羞耻。从什么时候起，那些我们自启蒙时代以来早就摆脱的神神怪怪又渗透到你的脑瓜里去了？这一路上，你净拿那些诸神啊、鬼怪啊之类的胡扯吓唬大家，真让人难以相信你居然是一个超空间物理专家。想想吧，那些早就堕落的古代民族，那些已经忘却科学的卑下种群，他们之所以还能在这个宇宙中存在的惟一理由就是它们像宗教一样崇拜祖先所发现的每一条科学定律。我已经厌倦这些鬼话了。"

"可是自古以来，一直有无数的星际飞船在这一星区消失不见。即使不论远古时代那些夸张的传说，确凿的记录也有好几十起。这一点早已经引起了整个银河系世界的不安。人们都觉得这个星区有某种神秘的力量存在着。比如英卡卡人有一句谚语来形容那些令人讨厌的人：'愿索莱斯的死光保佑他！'还有——"博士看到王子的信息场的颜色向"暴怒"方向转变，不由讪讪地关闭了语言端口。

"少他妈的扯淡！"王子大吼着，"睁开你那二十只生锈的胸眼和背眼看看：这颗恒星的类型是最适合用来补充燃料的，我们不把它榨干，就不能及时进行跃迁，不及时进行跃迁，就没法及时赶回母星，不赶回母星，就没法顺利登基，那会让我那个阴险的小侄子捡现成便宜。他要是当了国王，到时候我们大家的思维器都得从腹腔里被挖出来改装成游戏机！懂么？本王子特意不走普通航线，走这条最近的路线，就是要尽快赶回去，免得节外生枝。你还尽拿些废话来扯本王子的后腿。死星是吧？告诉你，就算这颗星星是他妈的死神自己的卵蛋，本王子这回也要把它一把揪下来！蠢电脑，超级跃迁立刻启动！"

最后一句话是对飞船的电脑控制系统说的。在接到这个明确无误的指令后，飞船微微震动了几下，超空间引擎启动了，飞船尾部发出了闪烁不定的光芒。从外部看来，飞船仍然只是在茫茫的星海中飘浮着，但船内所有人都感受到了飞船的加速，它将在加速到光速后一举跃入超空间内。指挥舱里，心怀疑虑的人们沉默不语。还有一些惴惴不安的船员开始念起了洛瓦人保平安的经文。王子虽然口头很强硬，心中也有点犯嘀咕，为了掩饰自己的不安，他刻意高声谈笑，用猥亵的口吻讨论起一个著名的洛瓦美人，说当上国王后要"把她变成我的专用合体器"。

王子正说得高兴时，超级跃迁开始了。看上去连续平滑的三维时空瞬间在第四个维度上被撕扯出一个巨大的裂隙，将"绝对空间号"容纳进去。飞船在宇宙空间中消失了，只剩下茫茫太空。它将瞬间穿越超空间，在同一时间就将出现在四光年外的那颗恒星附近。

在距离那颗恒星一点五亿公里之外，一颗经历了数十亿年的演化、刚刚显出蔚蓝色的行星正在缓缓转动着。在那颗百分之八十的表面是蓝色海洋的行星上，生命正在大洋深处孕育着。虽然还没有多细胞生物出现，但是原核生物早已繁荣起来，原生生物也已经崭露头角，海水中浮沉着五颜六色的藻类，动物的远祖、各式各样的鞭毛虫，变形虫，放射虫们在水中悠游自在，吞吐着俯拾皆是的水藻和菌类，享受着和煦阳光下温暖的水波。

这些悠闲的原始生命自然不会知道，当洛瓦人到达之后，自己将面临着悲惨的命运。洛瓦人粗暴的能量采集方式会让这颗恒星的核聚变反应变得极不稳定，并立即耗尽其内部的氢包层，这样一来不需要几个小时，这颗本来可以活上一百多亿年的恒星就会迅速爆发成一颗红巨星，半径膨胀上百倍，而这颗像水晶一样清澈的蔚蓝色星球将像火海上的一颗露珠一样，在能量的狂潮中转眼间便无影无踪。

但是这一切并没有如期发生。事实上，什么也没有发生。

飞船再也没有到达目的地。卡奇瓦王子，德沙瓦将军，沙密瓦博士等知名人士连同数百名普通船员一起，进入超空间后便无影无踪，再也没有在银河系的任何一个角落出现过。在母星，王子殿下的侄子，帕丁瓦小王子，本来一直在提心吊胆地等待这位以残暴著名的叔叔的到来，却再也没有机会感知到叔叔的能量场。在一个月的僵持后，帕丁瓦王子终于压倒了反对势力，在亲信大臣的簇拥下继位，成为中兴洛瓦王国的一代英主，改写了洛瓦人的历史。

当然，为了安抚卡奇瓦的支持者，帕丁瓦王子继位后，下达了在宇宙范围内寻找叔叔的旨意。并通过外交使节向其他数百个宇宙文明种族寻求帮助。但是却一无所获。因为卡奇瓦的旅行是秘密进行的，所收集到的零星证据只能将"绝对空间号"消失的地点锁定在第一旋臂与第二旋臂之间一处方圆数千光年的广大区域，却不知道具体在哪里。

直到过了五十万年，当洛瓦文明早已衰落后，某个与之毫无关系的文明种族才在一次偶然的游历中，在距离死星七万光年外的银河系另一个角落发现了这艘飞船的残骸。飞船及飞船内的一切早已被超空间的神秘力量撕裂成亿万碎片，又被挤压成各种奇形怪状，飘浮在黑暗的星际空间中。经过艰难的考证，人们才最终确定这艘飞船是洛瓦史书中记载的、五十万年前失踪的"绝对空间号"。但它是如何越过七万光年的距离而来到这里的，却是一无所知。人们只能推测它卷入了一场意外的超空间能量漩涡而被粉碎，又被甩到了这个角落。这一事件逐渐和关于死星的种种传说联系起来，寰宇新闻网上登出了几则吸引眼球的报道和猜测，在历史和神秘事件爱好者中引发了一轮争议，但不久后就和万千类似档案一样扔进故纸堆中，再也无人过问。

2

纷纷扰扰，星起星灭。一个个年轻的种族登上了银河系的王座，演绎了一出出气壮山河的历史剧，曾几何时又悄然退场，无声无息。在亿万年的繁荣后，泛银河世界又一次进入了长久的衰退时期。然后又是新一轮的复兴。新的种族兴起，新的势力扩张，新的碰撞，新的——战争。

在这漫长峥嵘岁月中的某一时刻，在离死星五百亿公里外的空旷太空中，一道蓝色的光圈从虚无中闪现，然后迅速由小变大，膨胀成近一万亿立方公里的巨大光球。刹那间，在那光球中，宛如一座城市从荒漠中平地而起一般，一眼望不到边的各式各样的宇宙战舰排成森严的阵列，猛然间从虚空中冒了出来。

玄渊共和国护国军第七舰队，由三百万艘各式战舰组成，浩浩荡荡地抵达了死星附近的天区。

"哦，禁制之星系，古老的咒语，诗人的灵感，哲人的迷思，旅人的梦魇……"在旗舰的指挥舱里，舰队指挥官青金元帅诗兴大发，喃喃自语着，虽然是自语，但却通过心灵感应系统，瞬间印入秘书官赤铜的意识中，赤铜知道这是主帅要他记录下来、将来收入史册的名言，虽然心里大骂"屁话连篇"（以主帅无法察觉的隐秘方式），却小心翼翼地将信息收藏到记忆储存区中。

元帅终于顿了顿，赤铜知道该是自己发问凑趣的时候："大帅，这就是传说中的死星星系么？我看挺普通嘛。"

"呵呵，你小鬼知道什么，"指挥官大笑着说，"自古以来，这里不知吞噬了多少宇宙旅行者的性命。传说中，这里处处飘荡着'鬼船'，引着漂泊的旅人进入亿万年前的时空陷阱。"

赤铜心中不以为然，却摆出很感兴趣的样子问："时空陷阱？如果掉进去会是什么样呢？"

"没有人知道，也许是无尽远古种族的幽魂，也许是宇宙另一端的黑洞，如果你运气好的话，也许能掉到我国古代美人绛镁夫人的床上去。"

"那敢情好，不过大帅，"秘书官终于问出了自己真正关心的问题，"我军这次为什么要迂回到死星附近来？"

青金的表情花纹顿时变成了严肃式："赤铜，关于此事，说说你的想法吧。"

"这个，我想大帅是要利用死星，设一个陷阱，引星妖们上钩。"

"哦？具体说说看。"

"这个我也没有想清楚。但是星妖们是从星系的另一头发家的。它们的势力只有在最近的战争中才拓展到这条旋臂附近。我想它们对死星的传说并不了解。既然死星有那么多神秘之处，我们大可以利用这一点。"

"说得对，赤铜。星妖们据说发源自一个充斥着几百颗恒星的大星云中，有的恒星相距不过几亿公里，它们习惯于生活在恒星附近，并善于利用恒星的能量进行攻守。甚至有谣言说它们在恒星表面的火海里洗澡！我花了几千时把它们引到附近，就是希望它们会接近死星，掉进传说中的陷阱，那样这些怪物就——"青金用胸口的四条辅臂做了一个表示"灰飞烟灭"的动作。

"不过大帅，这些假设都建立在死星传说是真的条件上，但是万一这不过是荒诞不经的神话，我们岂不是……"

"为此我专门查阅过有关资料，死星附近确实有无法解释的异常现象。据说，一旦接近其日鞘，也就是它的太阳风和星际物质交接的界限处，就会发生恐怖的灾难，仿佛有一层禁制在那里似的。当然，这次战争爆发后，首都星被摧毁，历史资料也残缺不全了。而且我们无法肯定，对于星妖这种超乎想象的生命体，死星的禁制是否仍然能起作用。不过我们已经没有选择了。"

"星妖的这次进攻猝不及防，在沙尔星系和古牙星系两次惨败后，我军第一、第三，第五舰队都已经被歼灭。第四和第八舰队在第三旋臂与敌军陷入胶着状态，无法来援。我舰队必须歼灭对方在这一星区的主力才有一线生机。如果我舰队反而被对方歼灭的话，"青金的思维场闪过一丝黯然之色，"古老的玄渊共和国就要从银河系被除名了。"

"敌军在这一天区的总体力量，是我军的两倍以上，如果不出奇制胜，我军根本没有胜利的可能。死星，就是我们最后的赌注！当然，我会立刻派几艘飞船去探测一下，以便确定——"

青金的这句话还没有说完，引力波探测仪忽然发出了警报信号，显示前方有空间扰动。青金的表情花纹扭曲起来，显示出极度的紧张。电脑很快从观察资料中分析出，前方两百亿公里外出现了敌军的舰队。星妖的大军尾随着他们，已经从一万光年外跃迁而来。

但令青金元帅失望的是，星妖们并没有主动前往不远处的死星附近布下阵营的打算。而是结成严密的空间阵势，浩浩荡荡，直接冲着第七舰队杀来。

"全军立即进入战斗队形！"青金气急败坏地命令道，"必须把敌军压缩到死星附近！不惜一切代价，进攻！进攻！"

两军以亚光速的高速迅速靠近。几小时后，玄渊舰队前方，千万妖异的金色的光点闪烁，星妖们杀过来了。

星妖大概是银河系中最古怪的生物之一，它们不需要借助任何舰船之类的外在工具，而直接生存在宇宙空间中。它们的身体呈半球形，由一种看上去像是金属的活性材料构成，每个的直径都有好几公里长，依靠氢聚变的能量生存。在它们身体前方，是一种比它们身体还要巨大很多倍的妖异磁场，可以吸收空间中游离的氢离子，作为进行聚变的燃料。许多人都怀疑它们是某个古代文明种族的机械奴隶，但它们矢口否认，而坚持说自己是在某片大星云中独立进化来的。

星妖的战争方式，实际上也是它们的繁殖方式。它们随时可以喷射出数百个高速的小球，尽管大多数都会被玄渊舰队的武器所拦截摧毁，但只要有几个落到对方的飞船上就会很麻烦。这些小球会迅速展开成有高智能的小星妖，四处乱飞，见缝插针，吞噬着飞船的一切，并迅速长大。一艘玄渊舰队的飞船，几乎经不住它们啃一二十下就完蛋了。

在光与影的进行曲中，战争看似杂乱无章，实则有条不紊地进行着。几乎每秒钟都有上百艘战舰被摧毁。令青金将军失望的是，十小时后，星妖的损失还不到四分之一，而玄渊舰队却已经损失了三分之二的有生力量。连防守最严密的旗舰也混进来一只小星妖，虽然在人们的手忙脚乱中终于被击毙，但是也造成了几十人死亡，许多重要设备毁损。最不幸的是，主帅青金元帅，被小星妖所吐出的冲击波弹击中下腹部，当场牺牲。

"我军没法再打下去了，为了保存实力，立即进入超空间跃迁！"副帅蓝锡将军下达了命令。

"慢着，不能跃迁！"正抱着主帅尸体的赤铜忽然坚定地说，他放下青金，大步流星地走向指挥台。

"秘书官，你——"蓝锡惊奇地叫道，忽然反应过来："你是青金元帅？"

赤铜点了点头："主帅在会战开始前就将思维复制体输入我体

内，并且下了命令，一旦出现意外，就由启动思维复制体代替指挥。所以我现在暂时是青金和赤铜的融合体，法律上是青金的死后代理人。"

这是玄渊人常见的做法，蓝锡并无异议，但是忍不住说："大帅，不跃迁还能怎么样？我们输定了，及时脱离战场，还有一线生机。"

赤铜－青金望着此时悬在他们头顶的那颗星星说："不，我们还有一个希望：去死星。"

几分钟后，玄渊舰队的残余舰只都加速到了亚光速，绕了个大圈，向着死星方向逃遁。星妖们毫不犹豫地紧追不舍。虽然星妖一族在跃迁技术上不如玄渊人，但是在亚光速航行水平上却要略胜一筹。在距离死星不到一百五十亿公里的地方，追上了疯狂逃跑的玄渊舰队尾部。一艘艘玄渊人的战舰瞬间变成了毁灭的光球。

"距离日鞘层只有八百万公里了，七百万……六百万……"旗舰舰长向赤铜－青金报告说。

赤铜－青金凝视着正在变得越来越明亮的死星，心中默默祈祷：亘古以来宇宙的毁灭者，伟大的索莱斯大神啊，请从沉睡中醒来，请聆听我们的呼唤，赐予我们您的神力！

五百万……四百万……

您曾经令银河系中多少商人闻风丧胆，多少船队一去不返……

三百万……二百万……

而今我们来了，带着邪恶的、渎神的敌人。我们愿将自己作为献祭，换取您毁灭一切的震怒……

一百万……五十万……

纵然这伟大的力量将我们一起毁灭，我们也无怨无悔……

青金元帅仿佛看到了死星喷发出妖异的光芒，索莱斯大神睁开了久闭的眼睛——

一秒钟后，两大舰队的主力几乎同时进入死星的日鞘。就在此时，那件青金将军所祈祷的事情发生了。

几百万个光点刹那间亮度增加了几十万倍，变成了绵延数万公里的火海。没有一艘飞船或一个星妖能够飞入日鞘层之内，而全部在其边缘爆炸了。爆炸所产生的千亿碎片，也发生了在力学中极为诡异的运动，就如同撞到一个无形无质却绝对刚性的水晶罩上一般，又被反弹了出去，两股巨力的挤压让这些碎片瞬间面目全非，并以近乎光速的速率向远离死星的方向飞去。

但是猛然爆发的一部分电磁风暴仍然穿透了神秘的阻挡，而继续以光速飞向星系内部，并在十多个小时后，到达了那颗惟一有生命的蓝色行星。

在那颗小小的蓝色行星上。生命正在海洋中经历着历史上第一次繁荣。美丽的海绵动物，奇妙的软体动物，古怪的节肢动物，恐怖的叶足动物……在暖洋洋的海水中生长繁衍着。在这些动物群中，一群刚刚长出脊索的后口动物在浅海沐浴着阳光——它们将成为这颗行星未来的主宰。那令整个银河世界都感到恐怖的死星，对它们来说却是生命的源泉。

这个慵懒的下午，这些原始的多细胞动物中，有不少睁着没有几个感光细胞的原始眼睛，看到了天外那强烈的白色闪光。可是它们离进化出对奇特现象有好奇心的时代不知道还有多少亿年。所以大部分物种都无动于衷，另有一些颇感觉到危险而躲进了深海，可是过不了多久就忘了这档子事，又在这碧蓝色的家园中捕食、嬉戏和求偶了起来。

强光消逝了，蔚蓝色的行星世界又恢复了宁静，继续慢条斯理地在进化的漫漫长道路上前进着。

而在外部的泛银河世界，这次悲壮的同归于尽，产生了一个青金元帅也没有料到的结果。几万光年外的其他星妖群，就在这一批星妖毁灭的同时，不知为何突然好像发了疯，自相残杀起来。转瞬间，超过一百个星妖军团突然失去了任何战斗力，玄渊人当然不会放过这个机会。他们发动了总攻，大开杀戒。星妖的势力顿时土崩瓦解，此后再也没有恢复过来，几千年后就销声匿迹了。

历史学家们对这一次莫名其妙的崩溃大惑不解，最后只能猜测，星妖并不是一个一般的种族，而是通过某种量子纠缠，将整个银河系的星妖思维串联起来，成为一个巨大的个体。而数百万的星妖在死星的骤然毁灭，可能猛然摧毁了这个超级妖魔的思维能力，让它发了疯。到底这个解释对不对，因为从此以后再也没有人见过活的星妖，也只能永久存疑了。

3

又是一个标准银河年过去了。这被整个银河系各大文明种族称之为"至高之大年"者，亦即周围恒星围绕着银心旋转一圈的平均时间，是漫长无尽的峥嵘岁月，也蕴含着无数文明兴衰起灭的历史纪年。极少有文明种族的寿命能够超过一个银河年。一个个曾经统治星河的主宰，不是分崩离析，一蹶不振，就是销声匿迹，隐藏不出，甚至灰飞烟灭，彻底灭绝。而一批批刚刚从泥浆里爬出的蠕虫，从深海里探头的怪虾，在星云中凝结的硅花，转眼间跻身文明种族之列，飞天入地，驰骋在星海之间，追逐寰宇中至高无上的权柄。主人变为枯骨，奴隶成为帝王。旧的势力衰落了，新的文明兴起了，又是一轮残酷而宏大的权力交接。政治体制也在充满血与火的权力交替中飞速进化着，终于，血腥而漫长的银河战争结束了，新的伟大宪章颁布了，各大文明种族再一次联合起来，庄严地宣告了银河联邦的成立。和平、繁荣与进步再一次降临在各大旋臂的无数星系之上。

古战场早已消失，文明时代降临了。在距离古老的死星数百亿公里外，一座宏伟的星际之门屹立着，它看上去并不像是一座门，而是一个直径为数百万公里的银色巨环，在其中心是不反射任何光线的黑暗，这其实是连接银河系不同区域的超空间通道。每隔几分钟，就会有一艘满载游客的星船从巨环的中心出现，驶向附近一座著名的空间站——死星博物馆。

"各位游客，欢迎来到恐怖的死星世界！这是银河系最神秘的区域之一，自从史前时代起，就出现在许多上古民族的神话传说中。据说一跨入这个星系，就会面临灭顶之灾，再也无法出去。古代的沙人称之为死亡之神，巴克人称之为'星洞'，意思是和黑洞一样可怕的无底深渊。这些说法曾被科学界视为无稽之谈，但是近几个世纪的研究已经证明，在这个星系确实有不能用科学解释的神秘现象发生。这是怎么回事呢？今天，就让我们一起来探索这个千古之谜吧！"在博物馆足以容纳百万游客的大厅中，通过自动翻译器，每个游客都用自己种族的语言接收到了这一解说信息。这大厅是一个空心的巨大球体，游客们悬浮在空中，四面没有实体的阻隔，而是用力场约束隔断内外。可以清晰地看到，不远处，死星放射着平淡而又神秘的光芒。

关于"死星"的种种传说，本来早已经在文明衰落时代中被遗忘，但随着联邦的兴起和星际贸易的繁荣，再一次吸引了人们的注意。几十艘星际商船和客船的相继失踪，终于促进了联邦政府将调查计划付诸实施。

几个探测队被派出了，不幸都是有去无回。政府再无法压制消息，新闻界开始炒作。"死星"的名头再一次被提起，出现在各大报章上。在科学界和民间的强烈兴趣下，政府不得不公布了一部分秘密档案，一方面禁止一切私人前往死星的探险，另一方面在死星星系的边缘修建科学考察站，进行长期观测和研究。

经过数百个无人探测器的反复研究，科学界确认了一点，死星的神秘威力主要在于它的日鞘层。在那里，似乎有某种强大怪异的能量场造成了任何人造飞行器一旦闯入，就会发生异常，导致毁灭性的爆炸。这种能量场甚至造成了超空间的扭曲现象。但只要不进入日鞘层，就不会有什么危险。

虽然日鞘有变化不小的膨胀和收缩，但也有绝对的界限。科学家们在日鞘外建立了多个基地进行研究。不久，在新闻界的渲染下，旅游业也随之发达起来。死星的噱头吸引了很多游客。虽然说看上去不过是一颗普通的恒星，没什么好玩，但精明的开发商买下了几个废弃的科学基地，改造成死星博物馆，又搜集了一些真真假假的飞船残骸，弄了几艘仿古的"鬼船"，并在附近修建了宏大的主题游乐场，这里逐渐也成为联邦人消闲的场所，每天吞吐着数以百万计的游客。

"我们虽然无法以任何方式接近死星，但仍然可以通过从星系内部发出的电磁波，观察这个神秘的星系。文明世界对死星的观测由来已久，在前联邦时代，就有一群虔诚的死星教徒在这个博物馆附近修建了第一座教堂，对死星进行膜拜。他们是古代玄渊人的后裔，据说死星帮助他们赢得了一次关键的战争，所以产生了对死星的崇拜。死星教徒的观测长达四分之一个银河年，并留下了丰富的资料。今天我们已经知道，这个星系共有八个大行星，其中一半是巨大的气体行星。让我们仔细观察一下这些行星的奇妙样态……"各大行星的三维虚拟图像在博物馆的中央大厅浮现。某个行星绚丽的光环引起游客们的称赞。

"……但最令人感兴趣的，是死星的第三行星，我们称为蓝星。"随着解说，一颗蔚蓝色的行星出现了，在大厅中央缓缓转动。人们可以清晰地看到，在蓝色的海洋上漂浮着黄绿色的大陆。"因为这颗行星拥有生命。我们的科学家从行星的照片和光谱分析得出了这个结论。大陆表面的绿色应该是靠光合作用生存的植物，很遗憾，由于距离过于遥远，我们无法得到该行星生态系统的具体信息。只能大致推断，应该是属于碳基，这也是很普通的类型。"

"根据死星教徒们留下的资料，大概在四分之一的银河年之前，黑黄色的陆地才变成绿色。一些学者认为，这是多细胞生物第一次出现，但更多的科学家相信，这些植物是从海洋中登上陆地的，因为它们首先出现在沿海地区，然后向内陆扩散。最近几个世代的研究显示，这些植物分成许多不同的类型，可能已经有高大的树木出现。"

"但更令人感兴趣的，还是动物，毕竟百分之九十五的文明种族都起源自动物形态。目前已经确认，这个星球上存在着动物，并且在植物登陆后不久也来到了陆地上。由于观测条件的限制，我们无法直接看到动物个体。但是随着大陆上植物群落颜色的微妙变化，我们还是可以判断出有以食用植物为生的动物的存在。当然可能有更高级的肉食动物，不过尚没有任何智慧生命出现的标志。"

大厅中出现了宇宙动物学家推测中的蓝星生物的样态，千奇百怪，无所不有。人们好奇地看着，不时传出各种骚动和哄笑，原来某些想象的蓝星生物和来参观的一些种族的游客不无相似。

"……以上所说的是我们的常规介绍，"信息广播继续着，"但是今天来到这里的大家将有幸看到一项特殊的节目。今天大家所看到的，将是终身难忘的奇景。我向大家保证，一个银河年之内都不会再出现这样壮丽的场景。很有可能，死星的奥秘将就此被揭开。"

"我们的科学家早已发现，死星神秘的防护能量场仅仅对人造物体起作用，而对于自然天体则可以放行。我们早已经观察到在日鞘外很远地方的一个彗星云团与星系内部的相互往来。最近几年来，我们的研究人员曾经尝试着将几个小行星和彗星推入星系内部，证明并没有受到什么阻碍。因此，第18970届政府时期，也就是大概十年前，一位年轻的科学家，来自天行族的古笛博士提出了一项近乎疯狂的计划，这最初被看作是天方夜谭而被排斥，但却获得了来自科学界越来越多的支持，证明它真的可行。最终这项计划获得了联邦政府的首肯，并命名为'诱拐'计划。"

虽然大多数游客对于"诱拐计划"早已经在各种媒体上获悉而

耳熟能详，但仍然认真地听着，人们意识到，这一时刻即将被载入史册。

"'诱拐'是一个很确切的称呼，这个计划的精髓，就是将一颗恒星推入死星星系，让它以极高的速度掠过该星系，特别是经过蓝星附近，捕获蓝星作为它的行星，然后再从另一边把蓝星'带'出来。这样，我们就可以不受死星禁制的阻碍，对蓝星进行自由的研究了。"

"可是这样，不会对蓝星的生态系统造成毁灭性的打击么？"一个尖锐的质问响了起来。

"这个，大家不用过于担心，我们的科学家已经通过量子计算机进行过多次模拟，基本上是安全的。当然，自转和公转的急剧变化会引起地震、海啸、火山喷发等地质灾害，换了一个太阳所造成的热辐射变化也可能导致气温急剧升高和气候系统的紊乱，这些恐怕是很难避免的。在计算机的优化配置下，我们所设置的具体参数已经将可能的损失降到了最低限度。但是由于对蓝星生态系统缺乏了解，风险总是存在的。

"不过即使造成了毁灭性的影响也是值得付出的代价，泛银河世界在通向科学与进步的道路上总是要付出代价。"讲解者在"科学与进步"几个单词上加重了语气，"我们不能允许死星的秘密永远不向文明世界开放。事实上，在银河系的各个角落，每个银河年中都有几百万个萌发出低等生命的星球因为偶然的事故遭到扼杀：小行星撞击，恒星膨胀，超新星爆发，星际物质侵蚀……比较而言，这次可能的牺牲还是有价值的。"

又响起了一些零星的抗议，不过又响起了更多的支持声，将抗议压了下去。狂热的生态保护主义者并不得人心。目前的游客比平常多一倍以上，许多人花昂贵的价钱买票到死星来，就是要看这一出双星夺珠的奇景。

"你们这些家伙难道是死星教的吗？死星吞噬了多少无辜联邦

公民的生命？你们怎么从不关心？做一个小小的实验，倒假仁假义起来了！"

"问问题那个，你不是鲇人族的么？你们在绿洋星采油的时候怎么没想到保护生态系统？赤裸裸的双重标准！"

"天天把生命权挂在嘴上，难道蓝星的虫子们是你们的主子？星际虫奴们有多远滚多远！"

一片扰攘中，忽然传来了讲解员清晰的信号："'诱拐'行动已经开始，请大家注意星门方向。"游客们中止了争吵，纷纷向三千万公里外的巨环望去，那里相继放出了奇异的蓝光：四艘恒星牵引舰出现了。

恒星牵引舰是体长数十公里的巨舰，其中主要的成分是中子星物质，这使得每艘牵引舰虽然体积远远小于任何恒星，但却拥有恒星级的质量。它们用引力将恒星约束起来，并影响和增减其方向和速度，犹如在役畜面前放上令它垂涎欲滴的食物，让它飞奔。甚至可以将恒星加速到近乎光速的水平。

在恒星牵引舰出现后，空间站发出了微微的震动，空间发动机已经启动，以免受到星门附近突然增加的大质量引力的影响。不久便有一盏诡异的红灯在巨环的中心幽幽亮起：那颗用来诱拐蓝星的恒星从银河系的另一端运到了这里。游客们欢呼起来。

后来在史书上被称为"复仇女神"的那颗恒星那时被叫作"诱惑"。这是一颗吐着暗红色光芒的红矮星，从恒星的角度来讲它是一个侏儒：质量仅仅相当于死星的十分之一，光度更是只有后者的百分之一。但从区区三千万公里外望去，它如同宇宙猛然睁开的一只暗红的独眼。在恒星牵引舰的加速下，它将以极高的速度掠入死星星系，接近到距离蓝星大约只有千万公里的地方，再以大于死星二十多倍的引力将其捕获，并很快带出这个星系。当然，这个过程要花费数千天以上的时间。

对"诱惑"的调教颇费时日，在恒星牵引舰花了将近一个月，让"诱惑"摇摇晃晃地转了好几个圈之后，这头总算被驯服的野兽才终于调整好了状态，一头奔向了死星方向。又过了几天后，"诱惑"终于接近了死星的日鞘。

这时候，早已经换了好几批游客。不过，"诱惑"进入日鞘是里程碑的大事件，所以这一天游客又激增起来，达到了三百万人之多，连博物馆的中央大厅都容纳不下了，许多人于是驾着小型飞行器在太空观赏。观者如堵，形体各异的各种飞行器和身穿宇航衣的个体参观者组成了一面壮观的巨墙，看着六亿公里外"诱惑"的移动。

不过，绝大多数人是看不出什么端倪的，日鞘内外并没有可以用肉眼分辨的标志。"诱惑"的高速运动，在几亿公里外看来，和静止不动没有多大区别。好在有一百多台立体摄像机跟随着"诱惑"，拍摄着这个历史性的时刻，并将图像转到博物馆大厅中。当科学家计算的"诱惑"进入日鞘的时刻到来时，先后不过几秒的时间，大厅的立体图像就消失了。人们明白，八台摄像机已经在神秘魔咒的作用下报废了。

但是肉眼可见，"诱惑"依然存在，发出稳定的红光。在接下去的两个标准小时内，都一动不动地悬挂在天际。看来，曾经毁灭无数宇宙航行者的神秘禁制对它是无效的。

正当游客们觉得已经没什么好看而陆续离去之时，一件不可思议的事情发生了。在进入日鞘两个小时后，"诱惑"闪烁了几下，然后就消失了。就像一盏暗淡的灯光熄灭一样悄无声息。游客们不敢相信自己的眼睛，几乎炸开了锅。

几十秒后，来自观测站的消息证实了人们的肉眼所见：望远镜的观测显示，在几秒钟内，"诱惑"的速度忽然迅速递减为零，似乎被什么东西扯住了。随即发生了形变，表面出现了奇特的隆起，然后内部的恒星物质疯狂地喷涌出来，形成了数十万公里高的超级日珥，这股物质流被吸入了后方一个看不见的点，使得整颗恒星迅速黯淡下来。然后，几乎在一瞬间，整个"诱惑"都消失在漆黑的

　　　　　　　　　　　　　　　　　时间外史

太空中，好像被一个魔术师用黑布变没了一样。

显然，死星的神秘禁制并不像科学家以为的那么简单。大多数游客不无失望，看来"诱拐"计划是失败了，死星的秘密仍然不为人知；不过也有人感到高兴，毕竟这也是毕生难见的奇观，证明死星的强大魔力不容小觑。人们议论纷纷，却浑然没有觉察到真正的危险所在。

"诱惑"消失后大约几分钟，游客们纷纷用各自的语言惊呼了起来：博物馆的中央大厅忽然悄无声息地裂成了两半，断裂面整齐得如同镜子一样。事实上，整个空间站都被斜斜地"劈"成了两半，重力场失效，防护力场破裂，空气大量外泄，博物馆内外的游客们都恐慌起来，像几百万只没头飞虫一样逃窜。转瞬间出现了十几万处爆炸和火光，那是各种飞行器在慌乱中的对撞。

仅仅十几秒后，已经分成两半的空间站再度分裂成七八片，有的裂痕直接从游客身上穿过，一个完整的躯体还来不及哼一声，转眼间就分成数片血肉，仿佛有一个巨大的狂暴武士拿着隐形的钢刀在疯狂砍削一样。随后，是几十片，几百片，几千片……再也拼不成任何完整的形状。

这种奇特的现象持续了十分钟之久，恐怖的断裂连续发生着，包括一千多座永久建筑和四千艘大型飞船的整个空间区域，变成了亿万片飞舞的碎屑，似乎为了验证物质是否无限可分的命题一样，这些碎屑也不断破裂，直到几乎每一个原子都断裂开来。其中自然已经没有任何活物。

能够及时逃生者只有几千人，其中一个目击者说了一句后来被证实的话："看起来破碎的不是空间站或者其他什么东西，而是空间本身。"

这恐怖的一幕，还仅仅是灾难的预演。

更大的灾难，发生在两万五千光年外的联邦首府——始建于银河帝国时代的天国之城。这是一座行星规模的都市，但并非一个行星，而是一个美轮美奂的巨型人造结构，看上去像是一朵分为七层、包含着数百片花瓣的鲜花，每一片花瓣都有几百万平方公里的面积，并有复杂的立体结构。联邦政府是一个像水晶一样玲珑剔透的光球，直径有两千公里，内部包含着三万个精美细致的建筑，它们天衣无缝地交织勾连在一起，构成完美的球形，悬浮在花蕊的位置。人们公认，这是整个银河系有史以来所建造的最美丽的城市，两千亿来自一百万个不同种族的联邦公民生活和居住在这里。这座城市不依赖任何恒星，而是围绕着银核做为期整整一个标准银河年的公转，以底部能源系统的真空能提取供给全城的能量。

当"诱惑"在死星日鞘附近消失的同一时刻，天国之城的居民们忽然感到整个城市被血红的光芒所充满，人们抬头望去，发现一个巨大而狰狞的火海突然降临在天空上，将整个苍穹都覆盖了。骇人的日珥疯狂地喷吐着，连上面的支流都看得清清楚楚。

"诱惑"变成了"复仇女神"，出现在距离天国之城只有百万公里的近处，并以大约三百公里每秒的速度向城市俯冲下来。

很快，大地发出剧烈的震动，尖锐的警报声响起。智能监控系统感知到，天国城受到了突然出现的一个强大引力，被拉向了引力源。预计将在三个标准时后相撞。

事实上，天国城有力场防护罩以及数百个反物质发动机，如果及时打开防护罩，开动城市发动机并进入跃迁状态，是有可能逃出红矮星的魔掌的。但是这要求五名执政官的共同授权，而在"复仇女神"降临所造成的大混乱中，一名正在参加竞选的执政官死于人流的践踏。另一名执政官无法联系到，以致延误了逃离的最佳机会。随后，温度迅速从三百K左右飙升到一千K，这超出了一大半种族的生存条件极限，几百亿既来不及穿上防护服、也来不及躲进耐高温建筑或飞行器的市民在高温中痛苦地死去，局面更加无法控制。随着温度的进一步升高，一些不耐热的建筑也纷纷倒塌或像蜡烛一样融化。

停泊在城市各处的飞行器都紧急起飞，以冀逃过这场毁天灭地的大劫。空中如同蝗灾一样布满了各式飞行器，以至于大地一片黑暗，连天上的火海也一时被遮挡住了。飞行器很快纷纷相撞，像火雨一样陨落下来，将城市砸得千疮百孔。最终，大概有一百亿人成功逃生，但仅仅因为飞行器相撞而死亡的据估计就有上亿人之多。最后时刻，整座城市失重了，天与地猛地颠倒过来，万物脱离了地表，向着天上的火海"飞落"着，整座城市倒立着，向着火海深处坠去，直到化为一颗流星。而联邦政府所在的水晶球，成了率先滴向火海的、这完美城市的一滴泪水。一位目击者悲叹说："花之天国就这样坠入了火的地狱。"

这一事件在历史上被称为"死星的复仇"，但是据科学家的研究，这很可能并非那神秘力量的蓄意报复。可以确知的是，当时，某种力量在死星星系的边缘撕开了一道通向超空间的裂口，并将来犯的红矮星"吸"了进去。这道裂口与仅仅几个天文单位外的星门相互作用，导致附近的空间结构不稳，产生空间崩溃，葬送了数百万人的性命。同时，被扔进超空间的红矮星在没有引导的情况下，仍然要寻找出口，而天国城附近的星门物质能量交换最为频繁，导致明显的能量洪流，因此就被吸引过去，从那里"掉"了出来。

无论真相如何，这次失败的计划几乎毁了银河联邦，在二十多届政府后才恢复了生气。此后，联邦将死星附近数光年都划为禁区，不论是商业旅行，科学研究，宗教崇拜，还是旅游观光一律禁止。再一次，死星从泛银河世界的视野中消失了，直到历史变成了传说，传说变成了神话，而神话变成了——笑话。

4

在上述事件发生后不知多少岁月，在同一个地方，宏伟的星门已经消失不见，巨大的空间裂痕也被永恒的时间之手所抚平。喧嚣归于沉寂，万有归于虚无。古代的教堂、空间站、博物馆、游乐场都已经消失得无影无踪，这里看上去只是宇宙中寻常至极的一个角落。

但此刻，一个意外的来客打破了这个空间亿万年以来的平静，一艘孤零零的飞船闯入了这片空间，并以亚光速向着死星飞驰。这是一艘相当庞大的飞船，从头到尾有十多公里长，但看上去十分丑陋拙劣，像是一个顽童用一堆乱七八糟的铁皮随意拧成的模型，经过长期的太空跋涉，更是早已破烂不堪，看上去和太空垃圾没什么区别。不过，这个时代的宇宙旅行家一望可知，这是虫人的飞船。

虫人是一个新兴的种族。在百万年前才开始登上银河世界的舞台。事实上，大部分文明种族并不承认它们有资格进入文明世界。毕竟，它们从未掌握空间跃迁技术，它们的亚光速飞船对于各大文明种族来说慢得如同低等动物的爬行。但不管怎么说，这是一个文明种族衰落的时代，虫人这样的半野蛮民族则蒸蒸日上，自十万年前从第二旋臂中部发迹以来，它们一直在向四周扩张，每一世代都有不计其数的巨型飞船前往附近的各个行星系建立殖民地。虫人的繁殖能力极为惊人，在几千年内，一个行星系就能达到饱和的状态，不得不将那些年轻人打发出去再次寻找新的殖民地。这种指数增长模式使得虫人已经成为几十万个星系的主人，并且对另外几百万个星系虎视眈眈。这简直是一场银河范围内的大蝗灾。有人开玩笑说，按照这个速度，再给虫人十万年时间，他们能占领整个宇宙，除非某个强大的文明种族看不下去，开展全银河系内的除虫运动灭绝它们。但虫人们也乖巧地不去触动那些古老文明种族的固有地盘，反正除此之外的空闲星系还有很多。

这个挂在第二旋臂的一个支旋臂末端的小小星系，显然就是这一拨虫人的下一个殖民目标。

此时，在飞船上，侍卫官黑背正和年轻的虫后——这一批虫人的最高首领——结束了一轮激烈的肉体欢爱，依偎在窗前，用精巧的复眼一起凝望那颗刚刚显出些许轮廓的小小恒星，虫人们称之为"希望之星"。

"小子，你的功夫还不错，"虫后慵懒地说，"这回本宫估计可以下两百个卵了。"

"陛下，等到您诞育御卵的时候，应该已经在希望之星的阳光下，在某个行星的平原上安置王廷了。"

"嗯，不过还得解决吃饭问题。要是那个行星上还有碳基生物就好了，我们也不用自己去搞什么合成工厂、速成作物了，可以直接捉来饱餐一顿。"虫人是一种特殊的碳基种族，它们的强大消化能力几乎将一切碳基生物变成自己的营养。据说这十万年来它们吃灭绝过三万个星球上的八百亿种生物。

提到生物，黑背忽然不说话，触角纠缠着，不自觉地做出了深思的表情。

"怎么，你还在想这个星系有禁制的那个传说？"

"是的，陛下，虽然是无稽之谈，但臣总是担心万一是真的，那么我们恐怕——"

"可是我们出发前已经咨询过好几个古老文明种族的大使，他们说这些只是可笑的传说和迷信。"

"这些人可能不怀好意，陛下。他们说不定想让我们去做实验品。"

虫后不悦起来："这些不都说过很多遍了么？这是个不得已的目标，附近的星系要么已经被其他文明种族占据，要么已经被其他虫人殖民，我们已经没有选择。"

"是的，陛下，但是恰恰是这一点让臣奇怪。我们虫人的殖民大军在五万年前就已经来到了这片星区，并且在其中数个星系殖民。几百代人的时间，周围能殖民的行星系几乎都被我们占光了，但为什么五万年来从来没有虫人入主过这个星系呢？我们虫人并不以历史记载见长，但是在臣查到的有限的记录中也已经有三次，我们种族的先驱企图征服这个星系，却一去再也没有消息。"

"你可能想多了，侍卫官。我们虫人的科技不发达，每次跨星系远航至少有百分之三十的事故率，这并不奇怪。我们出发的故乡星球，也是经过好几次失败的尝试才最终征服的。那些不幸的先驱飞船，说不定是在途中就报废了。"

"但愿如陛下所言。"

一阵沉默后，虫后说："侍卫官，有一件事情本宫可以老实告诉你，事实上在出发时，那个传说也是本宫选择这个星系的原因之一。只是怕节外生枝，所以没有明说。"

黑背做了个表示诧异的触角势。

"本宫并不完全相信这些说法，但说不定有一些根据。毕竟那些古老种族占领过的星系，比咱们见过的还多哪。本宫怀疑这个行星系很可能是某个非常、非常古老的文明种族的隐居之地，因此下了禁制，不允许其他种族进入。"

"陛下，您真的这么认为？"黑背惊恐地说，"那些古老种族可不是我们惹得起的。它们虽然对于征服宇宙早就失去了兴趣，但是不代表它们没有这样的力量。如果我们贸然闯入他们的地盘……大虫神啊！"

虫后微微一笑："侍卫官，何必这么慌张呢？为了整个种族的繁荣，我们虫人从来不在乎自己的区区性命。再说假设真有隐居种族的存在，经过几十亿年的时光，它们可能也早已飞升到传说中的另一个宇宙去了。"

"飞升？"

"已经有太多的种族在达到文明顶点后消失了，许多历史学家认为，或许是它们巅峰的科技打开了另一个宇宙的大门。譬如古老的沙人，据说他们是这个星系的'死星'传说的始作俑者。在只剩下神话的上古时代，他们曾经统治这个星系，但却在一夜间消失不

时间外史

见……它们很可能已经进入另一个宇宙了。"

"也可能它们就隐藏在这个星系……"黑背忧心忡忡地说。

"那说不定更好，想想吧，如果发现古老沙人的文明！反正这次如果失败，我们最多搭上自己的小命，损失几万人而已；但是如果成功，我们可能获得一个科技和文明的大宝库，从此一劳永逸改变虫人因为科技落后而被人鄙视、任人宰割的命运，我虫族也可不受他人的白眼，自此屹立于宇宙高级种族之林了。"

"说得对，陛下，就是死也没什么好怕的，"黑背苦笑着说，"至少臣，那是一点也不用怕了。"

虫后妩媚地看了他一眼，轻轻地张开口器，伸出管状的舌头与他长吻着。黑背幸福地颤抖着，一会儿便将脑袋深深地伸进虫后那硕大的口器中，虫后将大腭与小腭合拢，"咯吱咯吱"几声就把黑背的脑袋咬了下来，咀嚼着吞进了肚里，黑背的身躯倒在地板上，体液从颈部喷了出来，十二条腿还在一伸一缩。

半个时辰后，黑背的整个身体都进了虫后的肚子，爱侣的血肉将成为供应给自己孩子的养料。三个多月后，孩子们就会出世。在新行星的大地上，捕食着本土的小爬虫小飞虫们，茁壮成长，一代又一代……虫后望着舷窗外的星空，心中充满了温柔之意。

呼叫器里传来的复杂气味打断了她的遐思："启禀陛下，我们即将进入该恒星的日鞘层。"

虫后紧张了起来，按照古老的传说，如果该星系有什么禁制系统的话，那么很可能就在这里。她想了想，命令飞船降低速度，然后卧进了一个特殊的凹槽里，并用头顶的触须按了凹槽侧面的几个键，很快，她就被传送入了一艘救生艇中。万一发生什么事故，她也许可以及时逃生。虫后闭上了眼睛，等待着命运的安排。

飞船进入了日鞘。

一秒钟，两秒钟……差不多一分钟过去了，什么也没有发生。虫后不禁松了一口气，笑话自己如此沉不住气，准备从救生艇中出来，回到卧室中去。

就在这个时候，事故发生了。虫后忽然感到一阵晕眩，似乎有某种来自三维空间之外的巨大的震荡掠过了整艘飞船。随后信息传感器中传来表示危险的气味，驾驶员手忙脚乱地报告了几句，随即在虫人的一片慌乱中，飞船的核反应堆爆炸了，转瞬间，飞船内的一切都在毁灭性的高温和辐射中汽化。

惟一的例外是虫后。她在得知警报后，当机立断，立刻发射出救生艇，及时脱离了母船。这艘小艇是由一种特殊的材料制成，原料是一种甲虫的壳，而用的也是极为古老的化学推进方法，燃料居然是虫人所蓄养的一种巨虫的粪便，能量反应级别非常低。或许因为这个原因，她竟逃过了那无所不在的神秘禁制力量，成为数十个银河年以来，成功闯入这个神秘星系的第一个来客。当然，她自己对此一无所知。

星海之中，孤独逃生的虫后感到腹中小生命的悸动，她知道一个多月后，两百个孩子就要出世，她必须及时找到能够栖身的星球。一个个巨大的气态行星带着一串串千姿百态的卫星从舷窗外掠过，虫后都不感兴趣：救生艇上除了一些干粮，没有任何用来建设殖民地的物资，她必须找到一个本身有碳基生命的星球，才能够活下来。她暂时进入了冬眠。

一个月后，虫后终于见到了那颗蔚蓝色的行星，那个她梦寐以求的目的地。

在蓝色行星上，某个大陆的丘陵地带，日落时分，漫山遍野的蕨类植物正在夕照中摇曳。一块树干大小的子弹形物体从天而降，落在地上，砸出一个深坑，此后陷入了长久的寂静。

太阳在地平线下消失之后，繁星初现时，舱门终于打开，刚刚苏醒的虫后踉跄着爬了出来。不知怎么，她在降落的那一刻忽然失去了一切意识，昏厥了过去，无法再操纵飞船，导致飞船几乎坠毁。

"还没有完，只要我的孩子们能出世……"虫后虽然已经在坠落中身受重伤，意识模糊，却仍然坚持着想。她爬出舱外，尝试着用皮肤吸了一口气。令她欣喜的是，这个星球上的空气中含有一定的氧分，虽然稀薄得令她难受，但无疑可以呼吸。

虫后的十二条腿断了九条，爬了几步以后便无力再移动，只能平躺在地上，感受着腹中的悸动。她知道自己快死了，但几个小时后，孩子们就要出世了。孩子们出世后，以她的尸体为食物，将获得第一份养料，随后，他们总能在这个食物丰富的星球上活下去，繁衍后代，占领这个星球。

"我们虫人……什么都能吃……孩子们……一定能活下去的……"虫后意识模糊地想。

一阵地动山摇的脚步声打断了她蒙眬的思绪，虫后扭过头去，惊恐地发现一群巨大的四足爬行动物迈着沉重的步子，向她的方向走了过来。虫后刚刚挣扎着滚到一块岩石后面，一个比她身体还大的脚掌就踏在了她刚才躺着的地方。然后一条颀长的脖颈伸了过来，一个和那硕大身躯毫不相称的小脑袋好奇地盯着她看了一会儿。

虫后这才发现自己的处境：在这个神秘的星球上，她看上去并不处于食物链的顶端。

好在这小头的巨怪对她没什么兴趣，很快就扭过了头，自顾自地吃起了高大的蕨类植物的枝叶，显然是一种植食动物。

不久，那群巨怪就去别处觅食了。虫后刚刚松了一口气，又被背后的一阵窸窸窣窣声所惊动，她扭过脑袋，在她的复眼中，看到了一只覆盖着鳞片、五彩斑斓、比她自己略大一点的四足长吻兽饶有兴味地盯着她，似乎随时可能扑过来。

如果有任何虫人文明的武器在手，虫后都能在瞬间把这只蠢兽轰成渣。但她手头却什么也没有，虫后只能摩擦着发音器，发出尖锐的威胁声，并挥舞着两只还能活动的上肢进行恐吓，但看来没什么效用。那怪物吐着芯子，一步步逼近，很快离虫后只有不到半个身体的距离了。它张开嘴巴，露出了满嘴的獠牙，然后扑了上来。

就在这时，虫后在绝望中猛地张开了受伤的翅膀，体积一下膨胀大了三倍，居然扑腾着飞了起来。怪物没想到眼前这只大虫子还会飞行，这回被吓坏了，扭头一溜烟地跑了。虫后挣扎着想要飞到一个安全的地方，但是刚扇动了几下翅膀就掉了下来，这个星球上的空气还是比母星稀薄很多，成分也不同，无法承载它的身体。

精疲力竭的虫后躺在地上，仰望着陌生的星空，分不清楚自己的母星在哪里。在遥远的宇宙中，她的同胞们在万千星球间往来，但是没有人会来救她。这个行星系好像一个巨大的黑洞，将它自身和文明世界分开，在黑洞中所发生的一切，在外面的人看不到，也听不到。

虫后熬到了第二天的黎明，看到了自己的种族称为"希望之星"的那颗恒星第一次在自己梦中行星表面上升起。日出后不久，虫后就感到腹中一阵悸动，孩子们要出来了。但不知什么时候起，她发现自己身边已经围了一圈奇怪的小蜥蜴，它们虽然都有四肢，但是却只用后足站立，颀长的脖颈撑起了灵活的小脑袋，弹来跳去十分灵活，并且都用垂涎三尺的目光盯着她肥大的肚子。

虫后几次发出威吓的声音和动作把它们吓退，但是一次比一次微弱。它们围成了一圈，偶尔发出"吱吱"的叫声，对虫后蠕动的腹部非常感兴趣。终于，从虫后的腹孔中，一只几厘米长的小虫人露出了脑袋，好奇地盯着外面的世界。

"我的……孩子……"虫后欣慰地想，抬起复眼，努力想看清楚孩子的模样。

但小虫人也吸引了那些蜥蜴的注意。这时候，一只胆大的小蜥蜴跳上了她的腹部，一口叼起了还来不及爬出来的小虫人，仰头吞了下去。虫后只看到孩子幼嫩的身体在蜥蜴的嘴里晃动几下，就消失了。

"不——"虫后发出了疯狂的嘶吼。

　　　　　　　　　　　　　时间外史

但是尝到甜头的小蜥蜴们已经不把她的警告当回事了。更多的小蜥蜴跳到她身上，用嘴咬开了她的肚皮，黑黄色的内脏和白花花的卵流了一地。小家伙们发出兴奋的声音一拥而上，低头大嚼了起来——一切都完了。

在可恶的小爬虫们啃掉她的脑袋之前，虫后还一直活着，睁着眼睛瞪视着刚刚出现在地平线上的死星。现在，所有的希望已经破灭，她脑中只有一个最后的问题：在这个神秘的星系中，在这个古怪的星球上，究竟隐藏着怎样的秘密？

无论如何，她永远也不可能知道了。

5

亿万年的时光悠然流逝。在数不清的世代中，新的银河国家出现了，又很快消失得无影无踪。一个个新的种族从时间洪流中涌现出来，登上泛银河世界的历史舞台，又以同样的速度离开。苍茫寰宇，并无新事。

然而，在看似纷扰无常的变易中，一个历史性的趋势逐渐显明：泛银河世界日益趋向衰落。旧日的文明体系一个个衰亡或消失，而新的智慧种族越来越少，其成就也无法攀登到过去的高峰，古代那种可以称雄整个银河系数千万年的伟大文明早已不复再现，往往在几万年甚至更短的时间里，一个新兴的文明种族，或许还来不及跨出自己所在的旋臂，就消失不见了。

那上古的"死星"索莱斯，在最近的几千万年中，已经无人骚扰。在蔚蓝色行星上，盛极一时的巨大爬虫类消逝了，将生存空间让给另一种小得多的、用乳汁哺育后代的胎盘动物。它们很快繁荣起来，占据了天上、地下和海里的生态位的各个角落，万物来来去去，生命按照既定的速率进化着。

终于，在某块大陆的一条大裂谷中，有一些灵活的猴子从树上下来，学会了直立行走。他们发明了语言，制造了工具，学会了用火，顺便也褪去了一身的皮毛。不久，这些裸猿从裂谷出来，很快散布到这个星球的各个大陆上。一个个狩猎－采集部落操着日益分化的语言，在森林和草原上东飘西荡，最初的礼仪、伦理、宗教、犯罪和战争也随之诞生。当泛银河世界日益萧条冷清之时，这颗小小的星球却变得史无前例地喧闹起来。

　　就在这一时期，泛银河世界走完了漫长的衰落之途，陷入了彻底的沉寂。在整个银河系中，在十万光年的尺度上，除了蓝星上刚刚学会仰望星空的裸猿之外，再没有任何智慧生命存在的迹象。不知为何，一切生命的痕迹都已经消失，一切文明都归于寂灭。诚然，许多城市的建筑仍然存在，无数的飞行器仍在太空漂泊，但是其中再没有任何生灵活动。只有冷冷的星光还在照亮着这些昔日世界的遗迹，若干亿万年前发出的电磁波还在无尽的空间中飞奔着，向那光锥之外的广阔宇宙宣读那早已时过境迁的信息。

　　过去的事，无人纪念，将来的事，后人也不会追忆。

　　但宇宙的这种奇特沉寂似乎比蓝星上的喧嚣与骚动更加意味深长。在千万年的沉寂中，似乎有某种东西，某种超出银河文明能够理解的东西，正在耐心地等待着……

　　等待着最佳的时机……

　　某一个平平无奇的时刻，这时机终于来了。猛然间，整个银河系似乎都被某种东西震荡了一下。突如其来地，似乎在星系"上面"的另一个空间，一个巨大的水坝打开了，无穷无尽的神秘之水流溢了出来，将银河系的千亿颗恒星都淹没在无边的神秘海之中。这种无限充沛的力量和智慧，这个星系之前还从未感受到。

　　几乎不需要花费任何时间，那无限的神秘之水就从整个星系汇聚到了一点：离死星大约一光年外的彗星云层中。在那里，它将整个星系的一切都收入其神识之中。刹那间，那远古的神祇在日鞘处所安排的各种监察系统、防护体系和空间陷阱都落入这一意识之中，被一一破解。守护了亿万年的秘密已经不复存在，神识在自我满足的愉悦中发出了一个指令。转瞬间，神识的洪流已经穿过了一光年的距离，来到了死星星系不可侵犯的内部，并将那蔚蓝色行星包裹在它的意识之海中。

"银河系最神秘的禁地，我终于来到了这里。"那神识开始自言自语，又像是在对某个对象说话。这伟大的独白突破了时空的限制，在泛银河世界每一个角落里回响着，却无人去聆听。

"在二十多个银河年的洪荒岁月里，这个小小的蓝色星球，是银河系中最大的秘密。从没有任何力量能接近它，了解它，研究它，征服它。多少商船在这里消失不见，多少战舰在这里折戟沉沙，多少次各个政府和私人的探险队一去不返。这远古以来的禁制，从来没有任何文明民族能够了解和打破。是怎样的大能，布下了这样威力无边的防护系统？是怎样的智慧，可以轻易挫败任何智慧种族的进犯？是怎样的耐心，花费不可思议的漫长岁月，守护着这小小的星球？"

"这一切只有您能做到，啊！伟大的神。神啊，我向您致敬。"

"我曾被称为沙人，是这个星系除了您之外最古老的文明。二十多个银河年外，我们沙人一度是整个星系的主宰。整整一个银河年之久，我们都是这个星系当之无愧的主人。从我们自身的上古时代起，就知道了死星索莱斯和它的禁制，古人曾把它记载在宗教经典里，一代代人对此尊奉不疑，我们知道这是我们无法逾越的伟力，绝不敢触犯。我们崇拜您，神啊，您是我们惟一知道的、超越我们自身的力量，虽然对您，我们仍然一无所知。"

"但神啊，从那遥远的时代起，我们的心中就播下了挑战您的种子。战胜最高神明的梦想，从未在沙人的意识中消失。在我们文明的鼎盛时期，我们终于敢于违抗圣书的旨意，发动了渎神的战争，我们一度收集了上百颗恒星的能量，疯狂地轰击着这个星系；

又将银河中的超级黑洞搬运到死星附近，妄图能将它及其行星都吸进那无底深渊；还制造了恒星规模的反物质炸弹，其湮灭反应足以毁灭小半个银河系……但我们的狂妄进攻，在您的大能下，瞬间便灰飞烟灭，在死星星系上连一丝涟漪都没有留下。那一刻我们才了解了，在您的力量面前，我们的一切成就都像虫豸一样微不足道。"

"您的伟大典范教导了我们。外在的权柄毫无意义，惟有提升内在的力量才能获得不朽。随着时间的流逝，我们逐渐厌倦了在宇宙中的殖民扩张，而将注意力转向自己的内心。终于有一天，我们停止了一切征服宇宙的尝试，而将全部的精力用来沟通彼此的心灵，每一个心灵对他人来说，都是一个新的宇宙，每一次心灵的交融，都相当于一次文明的提升。而当我们将所有的沙人心灵都合为一个个体的时候，我们相信，自己终于跨入了神的行列。我们——不，'我'再也不需要肉体，就能够以纯粹意识的形式从星系的一端飞跃到另一端。我用意识拥抱着整个银河系。"

"在这次飞跃之后，我花了十来个银河年冥思这个宇宙的奥秘，来提升自己的心灵，这几乎是无限漫长的岁月，但对思维的心灵来说，又仅仅是一瞬间。终于有一天，我终于明白了这个宇宙最深层的奥秘，也明白了诸神创造沙人的目的。我的存在，就是为了将整个星系的生命，所有智慧的和原始的意识，都融为一体。当这一崇高的目的最终达到时，银河系本身将成为一个智慧生命。我就将成为它的意识本身，从此直到永远。"

"领悟到这一切之后，我在这个银河系中伸出意识的触手，去拥抱一个个文明，让它们和我融为一体，成为我的一部分。请不要误解，神啊，这一切完全出于自愿，毫无强迫，当一个文明发展到一定阶段，就会接触到我的意识，他们将我视为神明，而诚惶诚恐地愿意侍奉我，和我融合。没有任何毁灭，没有任何死亡。每一个文明中的每一个生命都在我之中。他们只是一时失去了意识，而当他们醒来的时候，他们就会发现自己已经成为了'我'。我就是一切，一切也就是我。"

"历经亿万年的光阴，一切的文明已经和我融合，一切的意识融汇为一点。我不再是沙人，也不仅仅是单个沙人的融合体，我是四百二十三万七千六百二十九个文明种族的总和与凝聚，是二十五个银河年的岁月结晶，甚至可以说我是这个银河系的意识本身，只除了你，神秘的神啊。最后，我终于来到你面前，在二十个银河年之后，我仍将和你做最后的对决。我要深入你深藏的内心，了解你至深的奥秘，最后和你融为一体。请允许我这样的僭越，神啊。"

在完成了这一系列的自白和宣言之后，银河系的至高神识静静地等待着回复。但回复它的，只有一片寂静。纵然将神识蔓延到千万光年外，甚至超空间中，也一无所获。

神识微微波动着，在无边智慧的思维场中，泛起自嘲的波纹。

"果然如此。正如我所预料的，远古的神族早已死去，留下的只是无意识的自动防卫系统而已。这是一场根本不用打就已经胜利了的战争。"

"但是，防卫这个小小的星系，更确切地说，是这颗小小的蓝色行星，有什么意义呢？这里的生命，看上去平平无奇……无论如何，这个秘密我很快就会知晓。"

神识将无数的触角伸向这个行星，想要探索那古神最后保守的秘密。但却被一道无意识的深渊所隔开，根本无法触碰到数万公里之下行星的表面。

"原来如此。"神识释然地明白，"古神的最后一道禁制，超波屏障。"

"不久之前，我还无法对付这种超级技术。然而现在，一切早已不是问题。本质上，无非是用紊乱的超波干扰有秩序的意识波流。找到干扰源，一切就迎刃而解了。"

神识冷笑着，略微探索了一下，便在十一维空间中找到了超波的来源，并轻轻一划，将其抹平。牢不可摧的意识屏障消失了，现在，这颗行星对它已经完全开放了。

神识志得意满，向着小小的行星沉降了下去。几乎不需要任何时间，它就能将这个行星上一切意识都掌握在手中，让它们和自己融为一体。这是它早已反复操练过几百万次的。

然而，什么也没有发生。

当神识从兴奋中回过神来时，发现自己仍然在"沉降"的过程中，却几乎一丝一毫也没有移动。它诧异地又做了一次尝试，结果依然如故。觉察到不可测危险的神识立刻想从中抽身出来，在刹那间瞬移到银河的另一边去，可是仍然无用，它根本无法改变自身的任何状态。一切都"僵住了"。

神识很快察觉到了问题所在：僵住的不是别的什么，而是时间本身。

更确切地说，是时间对它僵住了，它那无限丰富而迅捷的思维被禁锢在了一个几乎无限小的时间缝隙里。那可以毁灭星系的伟大力量，都因为依赖于时间的维度而无法施展。

超空间跃迁，微空间变形，不连续时空转移……一切的尝试都归于失败，整整十亿年以来，神识第一次感觉到了"愤怒"。不久又感受到了"恐惧""无奈"和"绝望"。经过数十亿年的岁月，它在那神秘对手面前，还是无力得有如婴孩。不知所措的它甚至发出了惊惶的乞求，却得不到任何回应。

然而不久后，"信心"拯救了它：神识相信自己拥有无限的生命，它可以等下去。真正的决战尚未开始，它要平心静气，在未来和神的对决中积蓄力量，准备反击。它将自己的意识活动降低到最低状态，耐心地等待着时间禁锢的失效。对于这种休眠状态来说，亿万年的岁月，也不过是一霎而已。

神识的估计没有错，它的煎熬并不是无限的，而只经历了一段"有限"的时间。

但这段主观体验中的时间，漫长得连拥有数十亿年生命的神识都无法想象。如果将那段时间比作漫长一生的话，那么将那数百万文明中的数万亿亿个个体的心灵曾经体验的全部时间加起来，也仅仅等于这一生中的一秒钟，甚至更短。

即使是伟大的银河之神识，也无法承受如此漫长的等待。在无穷无尽的等待中，它终于崩溃了，麻木了，忘却了……

当时间禁锢终于消失，那伟大神识最终接触到蓝星的地表时，它已经丧失了一切的记忆、智慧和雄心。事实上，时间的流逝还不到一秒钟。而银河所产生的最伟大力量却已经支离破碎，再也产生不了任何威胁。

那一刻，沧海桑田。

不知什么时候，周围起伏的生命场让这曾经主宰银河的神识微微醒来，在模糊的知觉里，它用尽最后一丝力量抓住了附近一个原始的意识，想要吞并它来恢复自己。但本应智慧无边的神识却在昏聩中忘记了，自己早已孱弱到了极点，这种举动和自杀毫无区别。两种意识甫一融合，神识那脆弱的信息场就被野蛮而强健的原始思维所摧毁。转瞬间，这个曾经是银河系中最强大的力量，就被吸纳进了那懵懵懂懂的原始意识中。

在一个人人披着兽皮、拿着石斧的狩猎小队里，一个青年猎人忽然停下了脚步，捂住了头，神色痛苦而茫然。

"你怎么了，罕？"同伴诧异地问道。

罕迷惘地抬起头，努力思索着，望着天空。

"没啥，就是有点头晕。走吧。"他最终说，大步流星跟上了队伍。

在罕以后的生活中。他添了一种奇怪的毛病，有时候会望着星空发愣，说些自己也不明白是什么意思的话。

"好像俺前世生活在天河上面，曾经活过好多好多辈子。从一颗星星飞到另一颗星星……"他有一次发傻说。村里的巫师以为他要抢自己的饭碗，于是宣称他中了邪，绑起来狠狠鞭打了一顿，打得他连连求饶才作罢，从此他多了一个绰号："天上来的罕"。这个绰号相伴了他终生。

不过在他以后三十多年的生活中，他先后娶了三个老婆，生了五个儿子和四个女儿，生活宁静而幸福。罕五十多岁的时候，在一次狩猎中，被一头豹子咬伤而突然去世，这是一个猎手光荣的归宿。家人们带着平静的悲伤埋葬了他——

以及整个银河系四百多万个种族五十亿年的光荣与梦想。

6

一万九千个蓝星年过去了。行星的表面发生了翻天覆地的变化，首先出现的是农业，昔日覆盖大部分陆地的森林相继为整齐划一的农田所替代，随后一座座城市拔地而起，一条条道路贯穿大陆，一支支船队扬帆四海。不久，烟囱林立、黑烟缭绕的工厂也一片片兴建起来。火车，轮船，飞机等迅捷的交通工具也像雨后春笋一样冒了出来。然后，在几次覆盖行星表面的血腥战争后，战后的蓝星人将注意力转向了太空。继发射了人造卫星后，他们一鼓作气在近地轨道上建立了空间站，并登上了三十八万公里外蓝星惟一的卫星。

蓝星文明产生和发展的历史岁月，在泛银河世界中实在短暂得可怜。还不够蜉蝣一般的红超巨星一呼吸的时间。如果将泛银河世界历史上的诸伟大文明比作成人，那么蓝星文明连婴儿都算不上，充其量是刚刚形成的胚胎。但所有昔日的文明种族都已经沉寂，泛银河世界已成为无人记忆的往事。这些年来，在银河系的各个角落，又有几百个新的智慧种族进入了初级文明，挣扎着飞出了自己的行星。他们对过去几十个银河年的往事一无所知，只是满怀雄心壮志，要去征服万千星河，探索宇宙最深的奥秘。蓝星人也是其中之一。他们浑然不知自己曾是这个恒星系最受人关注的存在，只是

338　　　　　　　　　　　　　　　　　　　时间外史

对外部世界充满了好奇，正如外部世界曾对他们充满了好奇一样。

蓝星历2075年初夏，整个蓝星都把目光凝聚在近地轨道的一个闪烁的光点上：这个星球上的第一艘载人恒星际飞船，质量达一万三千吨的"星火号"已经在太空站组装完成，将在今天出发，带着十一名宇航员，飞出这个行星系。它带着一个近十万平方米的太阳帆，将借助死星的光压和各大行星的引力加速，最终以百分之三的光速飞向距离蓝星十二光年的一颗恒星，并在四百多年后到达那里——已经探明，这颗恒星带有数个和蓝星相似的行星，很可能有生命的存在。在这四百年的旅途中，十一名宇航员将进入冬眠，直到进入目标星系才会被唤醒。他们将在那里根据具体情况，进行若干年的探测并补充燃料，然后又踏上四百年的归途，在八个半世纪后才会回到家乡蓝星。

这个宇航计划是星球上的一个刚刚复兴的古老大国所开展的。它曾在全国范围内引起巨大的争议，耗费数千亿的资金，却至少要等到四百多年后才可能看到结果，看上去缺乏实用意义。何况人类几乎肯定会在接下去的几个世纪中造出更新更快的飞船，可能只要几十年就能到达目的地，那么之前的四百年远航就更是毫无意义了。反对意见一度占据了上风。对这个计划来说，幸运的是，一位名人的一句话拯救了这个计划，他说："宇宙召唤着我们。我们不能等到一切都准备好了才开始，否则我们永远也不会开始，现在，就必须开始！"

打动人们的并不是这句话的逻辑力量，而是说话的人。他是在全国家喻户晓的一位科幻作家，他的作品风靡全国并被改编成多部电影。他的支持扭转了舆论，点燃了埋藏在这个国度心灵深处的探索激情，为太空计划争取了近亿名支持者。于是一切在艰难中起步了，在二十多年的筹备后，终于，星火号吐着光焰，载着十一名宇航员，飞向人类从来未曾涉足过的宇宙深处。五十亿人通过全球直播观看了人类第一次飞向外星系的壮举，整个星球为之欢呼。

日落时分，在一座海滨城市的假日海滩上，许多人伸长脖颈看着天空：根据计算，星火号将在出发后十分钟经过这座城市的上空。很快有人看到了飞船的踪影——一个迅速移动的闪烁光点——并兴奋地指点给身边的同伴，人群一下子沸腾起来，向着天空招手欢呼。安在周围的摄像机将他们的动作拍下来，通过无线电波传到飞船上，宇航员们也亲切地挥手致意，向同胞们问好，这些画面又随着无线电波传回到大地，显示在海滩旁竖立的电子屏幕上。

　　在离喧闹的人群几百米外，一个容貌普通的中年男人躺在海滩上，仰望着在天上移动的飞船，神情恍惚，似乎陷入了沉思之中。

　　"嗨，帅哥，在想什么呢？"一个娇柔的声音打断了他的遐思，男人回过头，看到一个金发碧眼的泳装女郎走到他身边，半蹲下来，亲昵地拍了拍他的肩膀。丰满的胸部几乎要碰到男人的脑袋。

　　中年男人略微一怔，但目光一闪，已经认出了对方，扬了扬眉毛说："凯蒂，是什么风把你吹来了？"

　　"来看看老朋友不行吗？张，你可说过，随时欢迎我的。"

　　"当然欢迎了，不过没想到你是……这身打扮，真是诱使男人犯罪。"张打量着她。

　　女郎咯咯笑着："你想做点什么？我随便啊。你知道我很喜欢跨种族性爱的哦。"

　　张耸了耸肩："得了吧，凯蒂，咱们又不是没试过，那滋味可不好受。"他上身坐起来，指着身边的一瓶啤酒，对女郎说："来点么？"

　　"免了吧，"女郎忙摆手，"你们碳基生物们的饮料我是永远无福消受的。"

　　张笑了笑，自顾自地斟了一杯酒，一饮而尽，说："是长老会让你来的吧。"

　　"张，他们需要你。特别是需要知道研究的进展。你也知道，时间不多了。"

　　"我知道，我很快会回去向他们报告的。实际上，我打算明天——

就是这颗恒星（他指了指落日）再度升起后，就动身。"

"这么快？我以为你还会在这个星系再待一段时间呢。"女郎有些诧异地说。

"没必要，我要做的都已经做完了，一切已经结束了。今天，是我留在这里的最后一天。"

女郎在他的身边坐下来，说："是么？让我猜猜，是不是和那艘原始飞船有关？"

张没有正面回答，又倒了一杯酒，饮了一口后才慢慢说："凯蒂，我们认识也有上百亿年了吧？我从来没有向任何人说过我的过去。你想听么？"

"我也没有说过我的过去啊，"凯蒂咯咯笑着说，"今天我也可以告诉你这个秘密，要不要听？"

"好啊，那你先说吧。"张笑着说。

"我诞生在一片星系间的冰冷云团里，在纯能化之前，我的躯体是一种八足三头的硅基节肢虫，要多丑有多丑。而且没有智力。说白了，我们根本不是一个智慧种族。"

"没有智力？开玩笑。你为长老会解决了十多个重大的基本数学问题！"张有些惊讶。

"真的，"女郎叹息着说，"我的种族没有自身的智力。但有一种奇特的学习能力，能够迅速模仿其他种族的思维方式。也就是说，当没有文明种族来造访我们的时候，我们只是一群低等动物，当有外星球的客人来的时候，我们就能迅速获得和他们一样的思维能力。"

"是么，你的种族真是不可思议。"张赞叹说，"不过这也没什么啊。"

"是啊，本来是让人羞耻的过去，不过纯能化以后，这些都意义不大了。"凯蒂说，"我想你的过去肯定更有意思一点。"

"多谢你分享你的秘密，"张笑着说，"其实我的过去也很简单……某种意义上，我的过去，就在这里。"

"你不说我也能猜到一些，"女郎说，并指了指周围的人群，"这些就是你曾经的世界，你曾经的星球，你曾经的同胞。至少看上去是如此。"

"哦？你怎么知道的？"张有些讶异，"上次你来的时候，这个星球上没有出现多细胞生命呢。"

"这也并不难猜，"凯蒂微笑着说，"八十多亿年之前，你看中了宇宙中这个最偏僻的星系，将它当成后花园。一次次摆弄调理它的形状，直到让你满意为止。然后你从这里的一片星云中培育出了一颗恒星，位置、直径、质量、光度等等参量都精心设计，并且创造了若干颗行星，每个行星的大小，结构和轨道都有精确的安排，仿佛是依据某一个样板来的一样。然后你设下层层禁制，不允许这个星系中的任何力量接近这个行星系，特别是这颗蓝星。

"虽然整个宇宙中没有人知道你在这个行星系里做什么——长老会的人也不便过问——但一定和这颗行星上的生命有关。我想你也精心设计了这个星球上的生命体系，并且安排好了特定的进化路线。为的就是进化出这些无毛两足动物，你昔日的同胞。"

"没错，"张说，"不过你怎么能看出来这些人是我的同胞？"

"我们可有几十个银河年都在一起共事，不要忘记我能学到你的思维方式。这些年你变换过亿万种三维形象，大概只有两三次是以这种生物的形象出现的。但你知道我为什么对这个形象印象尤其深刻么？因为每次当你以这种形象出现的时候，都是特别庄重或者肃穆的场合。所以我猜到，这大概就是你本来的自己。这次来到你的后花园，看到了这个和你当初一样的种族，更让我彻底明白，为什么你如此偏爱这个小小的星系。你……是在复制自己的故乡么？"凯蒂说。

"没想到你是我的知己，"张沉默了一会儿后说，"你猜得不错，我出生的那个世界和这个世界的这个时代十分类似。我的同胞们逐渐从蒙昧的时代觉醒，科学和技术进入了突飞猛进的时期。人类刚刚迈向太空，但绝大多数人还生活在行星表面，我们的生命短暂得像 μ 子的半衰期，从来也不敢梦想自己有朝一日能永生不死，在群星间往来。"

此时，太阳已经落下去了，在深蓝的夜幕之上，夏夜的群星初上，熠熠发光，组成各种美丽的形状。

"看这些星星，"张微有酒意，说："我特意将它们安排成和故乡所能看到的一样的形状，每次看到都让我想起童年。可惜这个世界的人类给起了一些稀奇古怪的星座名称，全给糟蹋了……当我还是一个孩子的时候，就拿着粗陋的望远镜，仰望着星空，渴望着有朝一日能够在群星间翱翔。后来，对宇宙的兴趣让我成了一名天体物理学家，可以研究群星的秘密。可是我仍然在大地上，过着普通人的日子。

"就在我找到了未婚妻——就是共同抚育后代的家庭配偶——并打算结婚的时候，一个星际探险的计划正式展开了。听到消息后，我的血液都要沸腾了，觉得自己终于找到了人生的目标。立刻去报了名，并且顺利入选。为此，我和家人，朋友，未婚妻都闹翻了。但我毫不后悔，毅然决然地踏上了飞向星际的征途。

"就这样我离开了故乡，第一次进入太空，看到了自己居住了二十多年的大地变成一个蔚蓝色的球体，然后越来越小，变成一个蓝色的光点，最后消失在视野中。随后我冬眠了五个世纪，当我醒来的时候，发现航行出了意外，飞船发生了机械故障，大多数船员的冬眠器损毁，他们都死了。活着到达目的地的，只有我和另外一个宇航员。幸运的是，这里居住着一个文明高度发达的智慧种族。他们友好地接待了我们，并且教给我们许多先进的技术，譬如生命无限延续和超空间跃迁的能力。从他们那里，我们第一次听说有泛银河文明的存在。

"十多年后，我们驾驶着改装后的飞船满载而归，并且通过瞬间的跃迁，比预定时间提前了五个世纪回到故乡。但是我们看到——我永远不会忘记那恐怖的一刻——那蔚蓝色的故乡已经不复存在，取而代之的是一个破碎的半球，熔岩覆盖着大地，周边还围绕着一个由喷射到太空中的地幔物质形成的一个环。一切文明——不，生命的迹象都已经消失。其他各大行星也都七零八落，面目全非。从某个人类太空站残留的信息中，我们才知道，在两个世纪前，有一个野蛮种族的殖民舰队来到这里，把所有的行星都掠夺了一遍。我们的故乡星球尝试进行抵抗，结果在瞬间被摧毁了。"

"我很为你难过。"

"这其实也不是什么稀奇的事，"张叹息说，"根据统计，在任何一个银河里，一个有生命的星球能够不受干扰地产生出星际级文明的概率只有百分之零点七二，绝大多数都因为各种自然或人为的原因被扼杀了。只是我的同伴无法接受这一事实，不久后就自杀身亡。我也几乎要发疯，险些走上同样的道路，只有复仇的念头让我坚持活了下去。我携带着飞船上保留下来的有关故乡的全部信息，回到了那个外星文明种族那里，他们收容了我。我在那里居住了几个世纪，如饥似渴地学习各种知识和技术。后来，我跟着另一个文明种族的大使，去了星系另外一头游历了十万年。从此，我就在整个星系中过着游荡的生活，从银盘的一边到另一边，有时在一个原始星球上茹毛饮血地住几千年，有时又跟着某条舰队闯荡未知的旋臂。从程序员到行吟诗人，从国家元首到星际海盗，我统统都当过。

"但是我再也没回过自己的故乡，我不敢再见到那惨绝人寰的景象。一百万年后，我最终找到了曾经毁灭我的故乡的罪魁祸首，但那个种族早已经灭绝多年了，复仇自然不可能了。我不知道自己还能做些什么。生活令我厌倦，我尝试着融合进其他种族的意识中忘却自身，但几百万年后又脱离出来。我始终无法摆脱记忆的纠缠，于是我最终决定尽一切努力，让那古老的故乡重新复活，如果不能复活，就创造一个新的故乡。

"我走遍了整个星系，访问了千万个伟大的文明，但是没有任何智慧和力量能做到这一点。于是最终我飞出自己的银河，去访问宇宙中亿万个其他的银河，那时候我根本不知道中央世界的存在。在一堆蚂蚁窝之间转悠，还傻乎乎地以为在遍游宇宙，真是井底之蛙……十来个银河年后，我才终于到了中央世界，一切又从头开始。后来的事，你大概知道了。阴差阳错，我得到了长老会的赏识。"

"这不奇怪，长老会一直想解决时间之矢的问题，让宇宙延续下去，却陷入了思维的僵局而无法自拔，你的新颖提议令我们感到振奋。"

"我并不是天才，凯蒂，并不比你或者其他智者更聪明。事实上，是我比你们都笨，还保留了太多的原始思维和情感，所以才可能看到某些你们忽略了的地方。因为你们一直想的是怎么逆转熵，也就是逆转时间的方向，我知道此路不通，我自己已经琢磨了多少个银河年而一无所获。所以我告诉你们，惟一的方法是创造一个新的宇宙。在那个宇宙中创造新的世界。但怎么能做到，我也没有办法。"

"不管怎么说，你提出了许多有价值的设想。包括最关键的超统一方程式的一些重要部分。所以长老会才不吝送给你一个星系。要知道，在这个宇宙中已经有百分之九十的星系都熄灭了，现在充满年轻星体的星系可都是稀缺资源了。"

"对我来说，这是必须的。惟有在这里我才能感到内心的平静，获得思维的灵感。否则我无法工作。"

"不过我还是不明白你为什么要花几十个银河年重复漫长的进化过程。你绝对有能力直接将你的种族创造出来，并教给他们文明。这不是更方便么？"凯蒂问。

"我曾经试过，在最初得到这个星系的时候就试过。我创造了和我形体一样的种族，并教给他们文字和科学。他们曾经像对神一样崇拜我，但是他们是无根的种族，没有历史和传承，也不懂得艺术和美，他们根本不像我的族人。他们对待生命的态度，交配和繁殖的模式，以及社会的阶级构成都让我感到陌生。就在这时候，我去了中央世界一段日子，等我回来后，他们已经变成我几乎认不出的怪物了。他们自称为'沙人'，自以为是神的子民，是这个星系的主人，征服了万千恒星。我最终放弃了他们，决定从头创造一个新的故乡世界，通过一丝不苟地重复漫长的进化史让我的世界复活。反正还有几百亿年的时间可以消磨。

"我耐心地在这个星球的原始海洋中播下生命的种子，让它们按照我控制的速率和方向去进化。我按照自己知识中的进化过程，让这个星球重演了上百亿年前、宇宙彼端的另一个星球的进化历程。我并不急于让智慧人类再现：我已经等待了几十个银河年，不在乎多等几十个。有时候我甚至希望他们不要那么快出现，我享受的是这个历程，这种期盼，这种希望。

"不过时间还是一眨眼就过去了，二十多个银河年，就好像二十多天一样短暂。最终，我的同胞们复活了。的确，我希望能完全复原那早已逝去的古老文明，为此我甚至安排这颗行星的大陆形状都和我的故乡的一样，但是并不成功。历史与文化中充满了混沌效应，我既无法回到开端的原点，也没法控制历史的具体走向。最后，他们仍然走过了不同的历史，讲着不同的语言，建立不同的国家，那个过去的世界，永远不可能再现了。他们并不完全像我的同胞，漫长的进化过程和迥然不同的历史发展赋予了他们太多不一样的地方。

"但在这个世界深处，还是和那旧世界有一些共同之处。他们的一言一行常常令我感到亲切，我能够理解他们，他们虽不算我的同胞，却是我的苗裔，我的子孙。我照看了他们整个历史进程，但如今，他们的宇宙飞船也已经驶向外星球。他们长大了，不再需要我的保护。在这个银河中，他们目前也不再有强敌，该是我离去的时候了。"

"我想我理解你，张，"凯蒂若有所思地说，"但是又不是真的理解。我能理解你，是因为我能学到你的思维方式。但是永远只是表面的，而无法深入那最深刻的内核。我的种族没有自己的文化，我们的文化和思维都是从其他文明种族那里学来的。所以我们是一个无根的种族，没有自己的认同，所以我实在无法真正明白你对自己那已经灭绝了亿万年的种族的眷恋。你看，我就是一个永远向前看的人。自从离开了家乡后，我根本没想过要回去。我现在也不知道那里的同胞究竟怎么了。反正每一个文明种族都会衰亡，这是宇宙间永恒的规律，我想，只有放弃自己特殊的种族认同，特殊的生活记忆，特殊的历史与文化，投入到宇宙的变易洪流之中，才能与时俱进，永葆青春。"

张笑了笑，说："是的，我也很欣赏你的生活态度，甚至可以说是羡慕，这是我无法做到的。不过你有没有想过，这个宇宙也会衰亡的。到宇宙衰亡的那一天，除了记忆，我们还有什么？如果记忆对你没有意义，那还有什么是有意义的呢？"

这话让凯蒂愣住了。

"我没有仔细想过这个问题，"沉默一会儿后，凯蒂终于勉强地说，"这个念头多少让我不快。不管怎么说，我的信仰是天无绝人之路。达到永生那么多年后，我已经无法想象死亡了。这也就是我来这里找你的原因，你现在在超统一方程式上有多少进展？老实说吧，我已经等不及要去那个即将出现的新宇宙中享受人生了。"

张露出了一丝古怪的笑容："你一直就想问这个，不是么？我确实取得了一些进展，但也许并不是长老会所希望听到的。不过今天，我不想讨论这些问题。你也不用着急，没多久之后，我就会在中央世界向那些满脸苦相的长老报告了。今夜还是让我们来看这美丽的星空吧。"

此时，夏夜的星空已经完全浮现，繁星漫天，一条天河横贯天顶。一个个星座流光璀璨，神秘的星云若隐若现……在这个世界的人们眼中，这一切说不出地深邃美丽。但在凯蒂看来，这幅景象像路边水沟里的泡沫一样平平无奇。她撇了撇嘴。

"我想这是属于你一个人的星空，"凯蒂礼貌地说，"我不打扰你欣赏夜景，先一步走了。一会儿回中央世界再见吧。"

张点点头，没有说话，做了个告别的手势。凯蒂微微一笑，站起身来。一刹那间，她的身体划过一道复杂得无法形容的曲线，一下子消失在地平线之外。当然，这是旁人看不到的。

夜深了，狂欢的人群逐渐散去，海滩渐渐沉寂下来。

张手中端着半杯酒，凝神注视着天空的一个角落，目光发亮，良久不动。

用一般种族的眼睛来看，那个天区是一条璀璨的银河，数不尽的恒星像大街上的灯火一样照耀着这个欣欣向荣的星系，把弥漫于空间中的星际尘埃和气体云渲染成一道道绚丽的霓虹。然而在张的注视中，那些纷繁的恒星和星云全都消失了，整个星系都被他甩在身后，他面对着广袤无边的永恒黑暗。

张调整了一下自己的视力，刹那间，那些数百万、数千万光年外的星系都像是被张的目光所点亮，串成长长的一丝丝、一缕缕的星系簇，像在黑暗空间飘飞的杨花。其中任何一片杨花都是由上千个星系组成的，而随便某个星系就有这个银河系的规模，包含上百亿颗恒星和数以百万计的智慧文明，他们有的正在整个星系内昂首阔步，以为自己是整个宇宙的主人，有的刚刚从冰封的地层中破土而出，呆呆地凝望着天上的星空，有的早已衰老得奄奄一息，乘着破旧的幽灵船队漫无目的地游荡在群星之间……

不过这一切，张都不感兴趣，他眨了一下眼睛，那些星系簇又统统熄灭，他的意识沿着目光的轴线，飞越无边的空间和百亿年的时间，一个个星系出现又消失，像不断被掠过的路标一样指向那早已消失的星系。终于，那个小小的光点出现在他的虚拟视网膜

时间外史

上：古老的本星系团。张很快从中辨认出了那个远古的、真正的银河系，一百二十亿年前的银河系，正在一百二十亿光年之外熠熠发光。那小小的一点微光呵，像一只濒死的萤火虫，而曾经有多少代人以为那就是整个宇宙本身。那么，那个过去的太阳呢？张试图辨认太阳系的位置，但却无法从银河系那朦胧的光斑中分辨出任何单独的恒星来。张自嘲地笑了笑，纵使他有神的大能，也无法从这一点微光中看出旧日太阳的灿烂阳光，更不可能认出在太阳的庇荫下泛着淡淡的蔚蓝色光辉的小小行星。虽然他知道，他所看到的那一点点微光，必然蕴含了一百二十亿年前，那尚未毁灭之时的古老故乡，蕴含了一百二十亿年前，拿着简陋的望远镜凝望星空的他自己……

张深深地吸了一口气，闭上了眼睛。他似乎看到了在那个早已毁灭的星球上，在那个连历史都已湮灭的古老国家，在那个似乎从未存在过的城市中，在那条仍然清晰记得却又无比遥远的街道上，一百二十亿年前的他自己，一个小小的少年，和同学们一起，欢笑着走向红旗招展的学校；一个茁壮的青年，在另一座城市的大学中贪婪地攫取着知识；一个腼腆的男生，在月光下吻着一个更腼腆的白衣女孩；一个刚强坚毅的男人，在登上飞船前的最后一刻，向着泣不成声的家人挥手，忽然泪水冲出了眼眶……他本该和同时代人一起过完渺小而温馨的一生，然后在儿孙的簇拥中平静地死去，而不是一百多亿年后在宇宙尽头的另一个星系，用漫长的进化过程让早已灭绝的人类再度诞生在这个世界上。让他们重新经历那些奴役与革命，战争与和平，光荣与屈辱，爱情与死亡……然而纵然这个种族与天地同寿，最终仍然要在这个宇宙的大结局中灭亡。

宇宙在不停的膨胀中，而且日益加速，最终空间本身的增生将撕裂一切物质，一切存在。这是这个宇宙中的一切生灵，从蓝星上卑下的蚂蚁，到统治亿万星系的长老会都无法逃脱的宿命。超空间跃迁、超波屏障、时间停滞……这些无与伦比的神性，仍然建立在简单朴素的物质基础上，并永远逃不开其根本原理的制约：有生就有死。

　　整个宇宙都沉默不语。张摊开身子，躺在沙滩上，感受着大地那似乎能承载万物的力量，不知不觉中泪流满面。听着似曾相识的海涛声，张喃喃自语着，用一种已经消亡了一百二十亿年的古老语言："那是地球，我的——地球。"

图书在版编目（CIP）数据

时间外史/宝树著. -- 北京：作家出版社，2018.4
（青·科幻丛书）
ISBN 978-7-5063-9929-6

Ⅰ.①时… Ⅱ.①宝… Ⅲ.①小说集-中国-当代
Ⅳ.①I247

中国版本图书馆 CIP 数据核字（2018）第 040559 号

时间外史

作　　者：宝　树
主　　编：杨庆祥
责任编辑：李宏伟　秦　悦
装帧设计：骨　头
出版发行：作家出版社
社　　址：北京农展馆南里 10 号　　邮　　编：100125
电话传真：86-10-65930756（出版发行部）
　　　　　86-10-65004079（总编室）
　　　　　86-10-65015116（邮购部）
E-mail:zuojia@zuojia.net.cn
http://www.haozuojia.com（作家在线）
印　　刷：中煤（北京）印务有限公司
成品尺寸：145×210
字　　数：288 千
印　　张：11.5
版　　次：2018 年 4 月第 1 版
印　　次：2018 年 4 月第 1 次印刷
ISBN 978-7-5063-9929-6
定　　价：45.00 元